Lukas Hainer
Das dunkle Herz

PIPER

Zu diesem Buch

Während einer Gedenkfeier für ihren verschwundenen Bruder wird Anna schwarz vor Augen, und sie erwacht am Rande einer verlassenen Wüstenstadt. Als alle Versuche scheitern, Kontakt zu ihren Eltern aufzunehmen, sucht sie in der Stadt nach Antworten und stößt auf weitere Ankömmlinge, unter ihnen der junge Nick. Bald entbrennt ein Kampf ums Überleben, sowohl mit ihrer unwirtlichen Umgebung als auch unter den Gestrandeten selbst. Während die Spannungen eskalieren und es sogar zu Todesfällen kommt, findet Anna plötzlich Hinweise auf ihren Bruder – ist es möglich, dass er noch lebt? Als sie der Spur folgen, stoßen Nick und sie auf ein furchtbares Geheimnis, das dieser Ort und seine Bewohner hüten: das dunkle Herz. Und plötzlich geht es um weit mehr als nur um ihr eigenes Schicksal.

Lukas Hainer ist einer der erfolgreichsten deutschsprachigen Songtexter. In Zusammenarbeit mit der Band »Santiano« startete er 2017 seine Kinderbuchreihe »König der Piraten«, zu der ein Hör-Musical mit der Band und mehrere Hörbücher erschienen sind. »Das dunkle Herz« ist der erste Jugendroman des Autors, der nach Lebensabschnitten in Brasilien und Norddeutschland derzeit wieder in seinem Geburtsort München lebt. Gemeinsam mit seiner Familie genießt er dort von ganzem Herzen die Freiheit, jeden Tag an seinen Geschichten und Songs arbeiten zu dürfen.

Lukas Hainer

DAS DUNKLE HERZ

Roman

PIPER

Von Lukas Hainer liegen im Piper Verlag vor:
Das dunkle Herz
Das weiße Herz

FSC
www.fsc.org
MIX
Papier aus verantwortungsvollen Quellen
FSC® C083411

Ungekürzte Taschenbuchausgabe
November 2019
ISBN 978-3-492-28208-6

Umschlaggestaltung: zero-media.net, München
Umschlagabbildung: FinePic®, München
Satz: psb, Berlin
Gesetzt aus der Dorian DTL
Druck und Bindung: CPI books GmbH, Leck
Printed in the EU

Prolog

Der alte Mann schritt durch die staubigen Straßen der Stadt. Es lag ein Wispern in der Luft, ein Flüstern von Ereignissen, die sich bereits anbahnten. Diese Zeit, bevor es begann, machte den Alten immer nervös. Ihm blieb nichts mehr zu tun, nichts mehr vorzubereiten. Er konnte jetzt nur abwarten, bis sich dieser verlassene Ort zumindest vorübergehend erneut mit Leben füllen würde.

Er nahm ein paar Stufen und fand sich in einem Gewirr aus schmalen Gassen und schiefen Wänden wieder. Lehmziegel in allen erdenklichen Braun- und Rottönen bildeten einen steinernen Irrgarten. Manche Korridore endeten in eingestürzten Ruinen, manche wurden einfach zu eng, als dass man sie hätte passieren können. Der Alte hatte keine Mühe, sich zu orientieren. Er kannte diesen Ort bis in den letzten Winkel, spürte ihn um sich wie die zerknitterte Haut seiner Hände.

So viele hatte er schon kommen und gehen sehen, in diesem Reich, das auf eine erschreckende Art und Weise auch *sein* Reich war. Er teilte es mit dem Bösen, das unter der Stadt lauerte und das schon so lange hier war, wie er zurückdenken konnte. Auch jetzt nahm er es wahr. Sein dumpfes, drängendes Pochen: nicht ganz wach, aber auch nicht ganz schlafend. Manchmal war der Alte sich sicher, dass die Ankömmlinge es ebenfalls bemerkten. Er hatte beobachtet, wie sie sich an die Brust griffen, als könnte das die Kälte vertreiben, die sich an diesem Ort um ihr Herz legte.

Als er an einem großen Gebäude vorbeiging, hob er kurz den Blick. Hoch oben waren eine Menge Schriftzeichen in den Stein gehauen, die er nicht lesen konnte. Ein windschiefer Turm, verziert mit seltsam geformten Glassteinen, klammerte sich an eine der Mauern und wäre ohne die starke Schulter an seiner Seite vermutlich einfach umgefallen. Die Menschen hatten ihn für ihre Götter errichtet, so viel hatte er verstanden. Mit viel Hingabe hatten sie daran gearbeitet, als würde das Bauwerk über ihr Schicksal entscheiden.

Es stand ihm nicht zu, ein Urteil darüber zu fällen, und er erlaubte sich keines. Sie alle, die daran gearbeitet hatten, waren ihm vorausgegangen, während er hier zurückblieb und seine Pflicht erfüllte.

Die Schritte lenkten ihn weiter, dorthin, wo Mauern und Häuser zu Stückwerk wurden. Wo der Stadtrand ausfranste, öffnete sich eine wüste Ebene vor ihm. Sein grauer, schäbiger Umhang malte geschwungene Linien in den Sand, und schließlich kam der alte Mann an einer scheinbar wahllosen Stelle zum Stehen. Er mühte sich in die Hocke, wobei seine Knie ein trockenes Knacken von sich gaben. Bis auf das stete Rumoren der fernen Mahlwerke herrschte Totenstille.

Der Alte strich mit der Handfläche über den Boden, und der körnige Sand gab eine Oberfläche aus dunklem Metall frei. Nach und nach erschien eine Platte mit einem Durchmesser von etwa zwei Metern. Sie trug fremdartige Zeichen, fremdartig zumindest für jeden anderen, der sie erblickt hätte. Mit den Fingerkuppen tastete der Alte sie ab und eine tiefe Sehnsucht ergriff Besitz von ihm. Er stellte sich vor, das Tor würde sich öffnen und ihn durchlassen. Er stellte sich vor, er könnte die Stufen hinabschreiten und die Welt dort unten noch einmal betreten.

Es war der Zugang zur *eigentlichen* Stadt. Einem Ort, der einmal sein Zuhause und das vieler anderer gewesen war. Die steinernen Trümmer und Ruinen hier oben waren nur etwas, das die Ankömmlinge wieder und wieder besiedelten und verließen, ohne den Sinn darin zu verstehen.

Der alte Mann strich über das verschlossene Tor und sprach die Worte, deren Bedeutung irgendwann mit ihm verloren gehen würde:

Die Stadt ist versiegelt.
Der Weg hinein ist versperrt.
Der Weg hinaus führt durch das dunkle Herz.

Trauerglocken

»Zum heutigen Gottesdienst erinnern wir uns auch an einen Jungen, der vor zehn Jahren von uns gegangen ist.« Der Pfarrer hatte nach seiner Predigt vor dem Altar Stellung bezogen.

Anna fand nicht, dass es etwas Besonderes war, wenn sie heute an den Jungen dachten, der ihr Bruder gewesen war. Sie konnte sich an keinen Tag in den letzten zehn Jahren erinnern, an dem sie nicht an ihn gedacht hatten. Sein Schatten lag in ihrem Elternhaus über jeder gemeinsamen Mahlzeit. Er lag in den Sorgenfalten ihrer Mutter und sein Name schien noch immer auf der Tür zu dem leeren Zimmer im Haus zu prangen, auch wenn die Buchstaben dort schon lange nicht mehr hingen:

»Ben«, der Junge, der von uns gegangen ist.

»Familie Engel schickt ihre Gedanken und Fürbitten zum Heiligen Vater. Wir beten gemeinsam mit den Eltern Susanne und Frank und mit der Schwester Anna für die Seele des kleinen Ben.«

Der Pfarrer suchte Blickkontakt mit Annas Mutter, und

diese trat aus der Kirchenbank und machte sich auf den Weg nach vorne. Es war bis ins kleinste Detail dieselbe Szene wie im Jahr davor und davor und davor. Anna hätte wetten können, dass es auch an Bens Beerdigung so abgelaufen war, aber daran konnte sie sich nicht erinnern. Sie war vor zehn Jahren immerhin erst vier gewesen. Annas Mutter hatte vermutlich dasselbe schwarze Leinenhemd und die schwarze Hose getragen und war ebenso von einem Pfarrer nach vorne gebeten worden. Nur war sie dann wohl nicht an der Osterkerze, sondern an einem kleinen, leeren Sarg vorbeigelaufen.

Die meisten würden einen Sarg mit einem Kind darin vermutlich für schlimmer halten als einen leeren. Aber Anna wusste, dass ihre Eltern alles, was passiert war, weitaus besser verkraftet hätten, wenn sie Ben damals tatsächlich hätten beerdigen können.

»Danke«, sagte Annas Mutter mit brüchiger Stimme am Lesepult. Sie legte einen kleinen Zettel darauf und begann.

»Heute ist es zehn Jahre her, dass wir unseren Sohn Ben verloren haben. Meiner Familie und mir fällt es immer noch schwer, es bei unserem Abschied von ihm zu belassen.« Mit einer zittrigen Bewegung strich sie sich eine Strähne aus der Stirn. Anna hatte ihr volles Haar geerbt, doch bei ihrer Mutter wirkte es inzwischen matt und kraftlos. »Selbst nach all der Zeit suche ich ihn manchmal noch unter den Kindern, die von der Grundschule nach Hause gehen, obwohl er jetzt schon siebzehn Jahre alt wäre und vielleicht sein Abitur gemacht hätte.«

Sie musste eine Pause machen und kämpfte sichtlich mit den Tränen. Anna senkte den Blick, auch wenn es traurige Gewohnheit geworden war, ihre Mutter so zu sehen. Alles, was sie sagte, hatte Anna so oder so ähnlich schon zigmal gehört. Sie stellte sich vor, ihre Mutter spräche dort vorn über sie, und ihr großer Bruder säße hier an ihrer Stelle. Würde er weinen? Mit Sicherheit hätte er sich besser an Anna erinnern können als umgekehrt, denn die meisten Bilder in ihrem Kopf stammten aus alten Videos ihrer Eltern.

Auf einem davon war sie erst knapp zwei, wackelte ständig vergnügt quietschend hinter ihrem fünfjährigen Bruder her und rief: »Bem, Bem!«, während dieser sich von ihr fangen ließ. Sie hatte keine eigene Erinnerung an die Szene, kannte sie nur aus der Kameraperspektive ihrer Mutter. »Bem« hatte sie ihn noch bis zu seinem Verschwinden manchmal genannt, zwei Jahre später. Ob ihr Bruder tatsächlich nicht mehr lebte? Oder gab es doch irgendwo den mittlerweile siebzehnjährigen Jungen, von dem ihre Mutter sprach?

»Bis heute fällt es uns nicht leicht, damit zu leben«, fuhr diese am Pult fort. »Jeden Tag frage ich mich, ob ich an irgendetwas nicht gedacht habe. Ob es noch einen Hinweis gibt, den man verfolgen könnte, oder ob man erneut einen Aufruf starten sollte. Ich weiß nicht, wie wir mit der Situation jemals hätten umgehen sollen, ohne den vielen Rückhalt, gerade hier in der Gemeinde. Dafür möchten wir euch heute noch einmal danken.«

Anna konnte ihren Eltern nicht den Vorwurf machen, sie hätten nach Bens Verschwinden nicht alles versucht, um etwas Normalität zurückzugewinnen. Sie waren bei allen möglichen Therapeuten gewesen: für sich selbst, für ihre Ehe und für die Familie. Auch für Anna, als sie noch zu jung gewesen war, um sich dagegen zu wehren. Sie hatten sich bemüht, ihr die Kindheit zu ermöglichen, die die Umstände zuließen.

Natürlich hatte Anna selbst damals kaum etwas begriffen. Ihr Bruder war plötzlich fort gewesen und der »Tod« kaum mehr als ein abstrakter Begriff, den sie von angefahrenen Tieren auf der Straße kannte. Was sollte er im Zusammenhang mit ihrem Bruder bedeuten, mit dem sie jeden Tag spielte oder stritt oder durch die Wohnung tobte? Und dann war Ben ja nicht einmal wirklich gestorben, zumindest nicht auf eine Art, die irgendwie begreifbar war. Wie sollte eine Vierjährige damit umgehen, wenn das selbst Erwachsene nicht hinbekamen? Am allerwenigsten ihre Eltern.

Die ersten Tage hatte die ganze Familie praktisch durchgehend geweint. Noch für Wochen hatte Anna ihre Mutter nur mit verheulten Augen zu Gesicht bekommen. Doch im Nachhinein war diese erste Zeit nicht das Schlimmste gewesen. Es war der lange Schatten, den sie geworfen hatte.

Normalerweise, wenn ein Elternteil oder Geschwister starb, dann überschattete das vielleicht ein Jahr lang alles und danach normalisierte sich das Leben langsam wieder, so weit wie möglich. Anna kannte die Abläufe aus den Trauergruppen ihrer Eltern und den vielen Links in irgendwelche Foren, die sie von ihnen bekommen hatte. Doch bei ihr war es nicht nach einem Jahr Kindergarten vorbei gewesen. Ganz im Gegenteil hatten ihre Eltern den Jahrestag zum Anlass genommen, die Suche noch einmal so richtig in die Medien zu bringen. Und im Jahr danach hatte es einen neuen Aufruf wegen ganz neuer Verfahren und Möglichkeiten gegeben, Ben doch noch zu finden, und so weiter und so fort. Seit sie denken konnte, war sie gefangen in ihrer Rolle, weil es immer und immer wieder von vorne losging: Familie Engel mit ihrem verlorenen Sohn.

Manchmal kam es Anna vor, als hätten sich alle mit ihrem Schicksal abgefunden: Ihr Bruder war das vergötterte, verlorene Kind und ihre Eltern waren die gezeichneten Erwachsenen mit dem tragischen Schicksalsschlag. Aber niemand schien zu kapieren, dass sie selbst nun mal nicht wollte, dass das Verschwinden ihres Bruder vor zehn Jahren für immer jede Facette ihres Lebens bestimmte.

»… und deshalb bitte ich euch jetzt um eine Schweigeminute für Ben, während die Kirchenglocken für ihn läuten.«

Annas Mutter hatte ihre Trauerrede beendet und steckte den Zettel wieder ein. Anna fühlte sich schuldig für ihre egoistischen Gedanken, ausgerechnet hier und jetzt. Als sich alle erhoben und Anna ihre Mutter dort vorne stehen sah, fragte sie sich, wer sie vor dem Schleier aus Tränen gewesen war. Erinnern konnte Anna sich daran ebenso spärlich wie an ihren Bruder.

Gong … begannen die Kirchenglocken zu läuten, und der Klang erschien ihr schwer. Sie spürte das Dröhnen bis in ihren Bauch.

Gong … Gong …

Es schlug ihr auf den Magen, und bei jedem Glockenschlag wurde es schlimmer. Als ihr schwindlig wurde, hielt sie sich mit den Händen an der Rückenlehne der Kirchenbank vor ihr fest. Sie hatten sich nicht in die erste

Reihe gesetzt, Anna hatte sich geweigert. Sie fand, sie sitze durch die Erwähnung der »Familie Engel« mehr als genug auf dem Präsentierteller. Anna sah sich nervös um, doch die Kirchgänger waren allesamt ins Gebet versunken. Was war los mit ihr? Bloß nicht umkippen, betete sie sich vor. Es würde keinen Tag dauern, bis die ganze Schule wusste, dass sie einen Schwächeanfall während der Trauerglocken für ihren Bruder gehabt hatte.

Gong …

Ihre Beine wurden zittrig. Vielleicht lag es daran, dass sie heute Morgen kaum etwas gegessen hatte. Annas Vater stand mit gefalteten Händen und geschlossenen Augen neben ihr. Sie wollte ihn nicht aus seiner Andacht reißen, aber es ging ihr immer schlechter.

Gong …

Schwarze Flecken tanzten in ihrem Sichtfeld. Anna hatte Schweiß auf der Stirn und hätte sich gern übers Gesicht gewischt, doch sie traute sich nicht mehr, die Bank vor ihr loszulassen. Mit beiden Händen klammerte sie sich daran fest, wie eine Ertrinkende. Sie spürte noch die bleierne Schwere in den Beinen, als ihr Blut plötzlich nach unten sackte – dann verlor sie das Bewusstsein. Sie würde sich später noch oft fragen, ob sie nicht doch für längere Zeit ohnmächtig gewesen war. Doch es fühlte sich nicht danach an: Ihre Sinne kehrten sofort zurück und Schwindel und Übelkeit waren nahezu verschwunden. Tatsächlich war sie auch nicht umgekippt, sondern stand noch immer aufrecht da. Nur eben nicht mehr neben ihrem Vater in der Kirche.

Anna fand sich in einer staubig roten Wüste wieder. Die Menschen, die Kirche, alles war plötzlich fort. Die Silhouette einer Stadt befand sich in einiger Entfernung. Doch diese Stadt hatte nicht die geringste Ähnlichkeit mit ihrem Zuhause. Es waren niedrige Bauten aus graubraunem Lehm, die sich aus dem roten Sand hoben. Kaum fähig, sich zu rühren, spürte sie ein dumpfes Dröhnen im Boden. Sie hielt es zunächst für die Kirchenglocken, doch es hörte nicht auf, sondern war ein stetiges, leises Wummern.

Hinter Anna knirschte etwas im Sand und ein wirrer Redefluss in einer Sprache begann, die nach Arabisch klang. Anna fuhr zusammen und drehte sich um. Das Herz hämmerte ihr in der Brust. Dort krabbelte ein kleiner Junge auf dem Boden rückwärts von ihr weg und ließ sie dabei nicht aus den Augen. Seine Worten klangen ängstlich und aggressiv zugleich.

»Shaitan!« Dieses Wort fiel immer wieder.

Anna war völlig überfordert. Die plötzliche Bewegung hatte einen pochenden Schmerz in ihrem Kopf geweckt. Sie hob beschwichtigend die Hände, doch das nahm seinem Blick nichts von der Furcht oder der offensichtlichen Feindseligkeit. Er hatte dunkle Haut und trug ein dreckiges Hemd aus grobem Leinen.

»Warte. Hör doch auf«, beschwor Anna das Kind. Es hatte den gegenteiligen Effekt.

»SHAITAN!«, schrie der Junge angsterfüllt. Er atmete heftig und die Angst schüttelte seinen ganzen Körper.

Anna hatte noch kaum ihren eigenen Schock verarbeitet. Lag sie etwa ohnmächtig in der Kirche und fantasierte?

»Beruhige dich«, bat sie den zitternden Jungen, der sich gerade aufrappelte, und machte selbst ein paar vorsichtige Schritte rückwärts. »Bitte!«

Er blieb auf der Stelle stehen und blickte sich gehetzt um.

Bis auf die Silhouette der Stadt schien es nichts als Wüste um sie herum zu geben. Der Horizont bildete eine klare Linie, und obwohl das karge Land weit in die Ferne reichte, weckte der bedeckte Himmel dennoch ein beklemmendes Gefühl in ihr. Die rissigen Mäuerchen und Torbögen der Stadt erinnerten Anna an Nachrichtenbilder aus dem Nahen Osten. Verlassene Ruinen im Niemandsland zwischen Sprengfallen hinterlassenden Terroristen und Drohnenangriffen der USA. Alles weit weg. Erneut fragte sie sich, ob sie fantasierte. Es sah verdammt real aus und fühlte sich auch so an …

Mit noch immer klopfendem Herzen zog sie ihr Handy aus der Tasche, während der Junge sie misstrauisch beäugte.

»Ich hole Hilfe«, murmelte sie dabei vor sich hin, mehr für sich selbst als für das Kind. »Keine Panik, ich hole jetzt Hilfe.«

Das Handy zeigte keinen Empfang. Trotzdem suchte Anna die Nummer ihres Vaters heraus – es baute sich keine Verbindung auf.

»Scheiße«, murmelte sie und versuchte es fieberhaft wieder und wieder, rief den Browser für das Internet auf. Nichts. Es fiel ihr immer schwerer, Ruhe zu bewahren. Mit zitternden Fingern schrieb sie eine Nachricht an ihren Vater: »Ruf mich schnell zurück!« Doch ein rotes Ausrufezeichen zeigte an, dass sie nicht gesendet werden konnte. Das dunkelhäutige Kind beobachtete sie weiter argwöhnisch.

»Hey, weißt du, was hier los ist?«, versuchte sie es auf Englisch. »Weißt du, wo wir sind?«

Keine Reaktion, doch der Junge verriet sich, indem er sich erneut kurz umblickte. Er schien die Frage also verstanden zu haben, antwortete aber wieder nicht. Für Anna schien er viel eher in diese Landschaft zu passen als sie selbst. Aber er wirkte nicht so, als würde er sich hier auskennen. Eher, als könnte er sich auch keinerlei Reim auf seine Ankunft hier machen.

Anna fühlte sich immer hilfloser. Sie hatte nicht die leiseste Idee, wie sie an diesem Ort gelandet war, und offensichtlich konnte sie niemanden verständigen. Der Junge, der nicht mit ihr redete, verschlimmerte das Gefühl, vollkommen auf sich allein gestellt zu sein, fast noch.

Bis auf die verlassen wirkende Stadt gab es keinen Anhaltspunkt, wohin sie sich wenden konnte. Also machte sie mit zunehmender Verzweiflung ein paar Schritte in Richtung der Häuser. Ihre ganze Hoffnung war, dort Handy-Empfang zu bekommen.

»Kommst du mit?«, fragte sie den Jungen nach ein paar Schritten und deutete auf die Stadt.

Der Junge folgte ihr zögerlich, hielt aber weiter großen Abstand. So bewegten sie sich auf die fremde Kulisse zu. Anna in ihren Jeans und der schwarzen Bluse, die sie zur Trauerfeier angezogen hatte, und der dunkelhäutige Junge in dem heruntergekommenen Hemd, das ihm bis über die Knie hing. Beide ahnten nicht, *wie weit* sie von zu Hause weg waren.

Während sie gingen, wanderte Annas Blick nach oben. Ein einziger, dunstiger Schirm spannte sich hellgelb über ihnen auf. Er wirkte künstlich, wie die Studioleuchten eines Fotografen.

Als sie den Blick wieder senkte, war es ihr, als bewegte sich dort eine Gestalt zwischen den Gebäuden.

»Hallo?«, rief sie. »Hey, hallo!«

Die Gestalt war schon wieder mit den Schatten der Stadt verschmolzen. Anna beschleunigte ihre Schritte und der Junge folgte ihr weiter in vorsichtigem Abstand.

»Wir werden jemanden finden, der weiß, was hier los ist«, murmelte sie, als bräuchte sie sich nur selbst davon zu überzeugen, damit es wahr wurde. Sie musste herausfinden, wo sie war, sonst konnte sie ihrem Vater schlecht sagen, wo er sie abholen sollte. Allein seine Stimme zu hören, würde ihr schon ein gutes Stück ihrer Beklemmung nehmen. Sie sah noch einmal auf ihr Handy: Noch tat sich nichts auf der Statusleiste.

Es dauerte noch eine ganze Weile, bis sie endlich an den ersten Gebäuden ankamen. Das dumpfe Dröhnen wurde dabei lauter und schien von linker Hand zu kommen. Dort wuchsen in der Ferne ein paar größere Konstruktionen aus dem Boden, die sich von den übrigen Lehmziegelbauten abhoben. Gigantische Hallen, die weit moderner wirkten als der Rest der Stadt. Ihre Fassaden waren weiß, und ein Schimmer lag auf ihrer wabenartigen Oberfläche.

Gemeinsam betraten Anna und der Junge den Weg in die Stadt. Kein Geräusch, außer dem tiefen Wummern. Kein Anzeichen, dass hier irgendjemand wohnte, und trotzdem fühlte sich Anna aus den Schatten der Fensterlöcher beobachtet. Sie dachte wieder an verschanzte Terroristen im Nahen Osten.

»Hallo?«, rief Anna ängstlich. »Wir brauchen Hilfe!«

In diesem Moment spürte sie eine Berührung von hinten an der Hüfte und gleichzeitig traf sie ein Stoß in die Kniekehle. Anna schrie auf und fiel hilflos zu Boden. Sie hörte schnelle Schritte und sah auf. Der Junge hatte sie umgestoßen und rannte, so schnell er konnte, die Gasse entlang.

»Was machst du?«, rief Anna ihm wütend hinterher, während sie sich schnell wieder aufrappelte. »Was soll das?«

Sie sah sich hastig um, klopfte sich den Staub von der Jeans – und erstarrte. Die Taschen ihrer dreckigen Hosen waren leer. Der Junge hatte ihr das Handy geklaut.

»Nein, HALT!«, schrie sie verzweifelt und stürzte ihm nach. Das Kind war längst um die nächste Ecke verschwunden und Anna spürte die Panik wie eine Hand, die sich in ihre Brust krallte. Ohne ihr Handy war die letzte Rettungsleine nach Hause verloren. »KOMM ZURÜCK!«

Im Laufen hörte sie einen erschrockenen Laut, und die schnellen Schritte des Jungen kamen aus dem Takt. Mit klopfendem Herzen erreichte Anna die Stelle, wo er um die Ecke gebogen war. Ein anderer Junge, etwas größer als Anna, stand einige Schritte entfernt vor einem Hauseingang und bückte sich gerade zum Boden herunter. Der Dieb musste gestolpert sein, oder der ältere Junge hatte ihn zu Fall gebracht, denn er kam ein paar Meter weiter gerade erst wieder auf die Beine. Als er augenblicklich seine Flucht fortsetzte, wollte Anna ihm schon nach, da sah sie, wie der Ältere sich wieder aufrichtete und etwas in der Hand hielt. Es war ihr Handy.

»Das ist meins!«, keuchte sie erleichtert, während sie auf ihn zulief.

Sie musste einen ziemlich erschreckenden Eindruck machen, nach dem Geschrei und der wilden Jagd. Doch der Junge mit den braunen, leicht gelockten Haaren hatte ein vorsichtiges Lächeln auf den Lippen, als er ihr das Smartphone entgegenhielt. Mit klopfendem Herzen nahm sie es und vergewisserte sich, dass es keinen Schaden davongetragen hatte. Der Bildschirm zeigte ihre Nachricht im Ausgang und keinen Empfang.

»Sprichst du Englisch?«, fragte er.

Anna konnte seinen leichten Akzent nicht zuordnen. Hastig strich sie ein paar widerspenstige Haarsträhnen hinters Ohr, die ihr nach der Rennerei ins Gesicht hingen.

»Ja, schon. Bist du von hier? Kannst du mir sagen, wo wir sind?«

Er sah sie bedauernd an. »Nein, keine Ahnung … O Mann, ich dachte, *du* wüsstest vielleicht was. Ich war eben noch zu Hause und hatte so eine Art Kollaps. Plötzlich bin ich hier.«

Anna erzählte ihm, dass es ihr ähnlich ergangen war. Ihr Gegenüber trug Jeans und ein weiß-blaues Streifenshirt. Man konnte den Jungen zweifellos als gut aussehend bezeichnen mit seinen lockigen Haaren und dem klaren Blick seiner braunen Augen.

»Ich heiße Nikos. Oder Nick, wenn du magst.«

»Anna«, stellte sie sich vor.

»War der vielleicht von hier?« Nick deutete den Weg

entlang, den der Junge genommen hatte. »Ich hab gesehen, wie er dich geschubst hat und weggelaufen ist.«

Anna wollte eben antworten, als plötzlich ein fernes Heulen erklang. Es kam aus Richtung der riesigen Hallen und dehnte sich über einige Augenblicke, ehe es so abrupt abbrach, wie es begonnen hatte.

»Was war das?«, flüsterte sie erschrocken, und machte unwillkürlich einen Schritt vom offenen Weg in den Schatten der Mauern. Anna konnte den Laut keinem Tier zuordnen, das sie kannte.

»Komm mit nach oben!«, forderte Nick sie mit bleichem Gesicht auf und drückte sich in den Hauseingang hinter ihm.

Anna folgte ihm hinein und entdeckte die bruchstückhaften Reste einer Treppe hinter dem Eingang, die auf ein teilweise eingestürztes Dach führten. Als sie oben ins Freie traten, zog sie sofort das Handy aus der Tasche. Während sie auf den Home-Button drückte, betete sie im Stillen, doch ihre Gebete wurden nicht erhört: kein Empfang.

»Scheiße«, murmelte sie wie vorhin auf Deutsch, und Nick, der sich nach dem Ursprung des Heulens umgesehen hatte, brauchte wohl keine Übersetzung.

»Ich hab auch keinen Empfang«, wandte er sich ihr zu. »Ich seh da draußen nichts. Vielleicht war es nur ein Wolf oder so was.«

Die Unsicherheit in seiner Stimme verriet, dass er es selbst nicht glaubte. Anna hatte den Klang noch immer im Ohr. Das war kein Wolf gewesen.

»Wir müssen irgendjemanden finden, der uns sagen kann, wo wir sind«, sagte Nick.

Anna nickte und steckte das Handy entmutigt wieder weg. Hier oben standen sie wie auf einer zweiten Ebene über den Straßen und Gassen. Von dieser Stelle aus hatte Nick wohl beobachtet, wie der Junge sie umgestoßen hatte. Die Fläche aus Dächern war unregelmäßig, denn keine zwei Häuser waren gleich hoch. Anna fand einen windschiefen Turm neben einem großen Gebäude mit Kuppeldach. Symbole aus dunklem Glas schillerten unter der Turmspitze. Anna glaubte, ein Kreuz zu erkennen.

»Da ist eine Kirche«, deutete sie darauf.

»Ja, hab ich auch schon gesehen«, antwortete Nick. »Sollen wir es da versuchen? Oder willst du dem Jungen nach?«

Anna schüttelte den Kopf. Das Kind hatte sich vorhin genauso unsicher auf die Stadt zubewegt wie sie selbst. Sie glaubte nicht, dass es hier zu Hause war. »Den finden wir nicht wieder. Lass uns lieber zur Kirche gehen.«

Sie wollte sich schon wieder der Treppe zuwenden, da hielt Nick sie zurück.

»Wir könnten den Weg über die Dächer nehmen«, schlug er vor und Anna sah ihm an, dass er Angst hatte. Das Schattenlabyrinth unter ihnen war seit dem unheimlichen Laut auch Anna nicht mehr geheuer. Es würde eine ziemliche Kletterpartie werden, aber wo sie nicht eingestürzt waren, standen die Dächer so dicht, dass sie sich frei über weite Teile der Stadt bewegen konnten.

Anna nickte zögerlich und Nick wirkte erleichtert. Während er schon über einen Mauervorsprung zum nächsten Gebäude kletterte, plapperte er los.

»Hast du den Jungen in der Wüste getroffen? Er ist so komisch hinter dir hergeschlichen. Die Kirche sieht ziemlich heruntergekommen aus, was?« Er schien der Stille keine Chance geben zu wollen, ihre unheimliche Wirkung zu entfalten.

»*Alles* hier sieht ziemlich heruntergekommen aus«, antwortete Anna, während sie vorsichtig über eine Lücke zwischen zwei Dächern stieg. Und bevor sie auf den Rest antworten konnte, fuhr er schon fort.

»Schon, oder? Und dann dieser baufällige Turm.« Nick schien Übung im Klettern zu haben. Anna staunte, wie behände er über die Dächer stieg, wobei seine Worte kein bisschen Anstrengung verrieten. »Irgendwie ist hier alles *falsch*. Weißt du, was ich meine?«

Sie wusste es. Der Staub unter ihren Füßen, der gelbe Himmel, alles wirkte unnatürlich, es passte nicht.

Anna versuchte es unterwegs noch einmal mit ihrem Handy, doch sie bekam kein Netz. Ihre Hoffnung, dass sich das so bald ändern würde, schwand allmählich dahin. Alleine hätte sie dieser Gedanke sicher zum Verzweifeln gebracht. Umso dankbarer war sie, Nick gefunden zu haben, der vor ihr über die Dächer kletterte. Er blickte sich suchend nach ihr um, und als sie das Handy wieder einsteckte, musste sie an ihre Eltern denken.

Anna konnte sich noch immer nicht vorstellen, wie es passiert war, aber sie war nun mal hier und damit nicht mehr zu Hause in der Kirche. Allem Anschein nach war nach zehn Jahren Suche nach ihrem Sohn nun auch noch ihre Tochter spurlos verschwunden …

Die Kirche

Es gab keine Dachziegel, nur Lehm und Stein, mal zu Kuppel- mal zu Flachdächern geformt. Einige wenige waren mit Stroh oder trockenem Gras gedeckt, aber das waren Ausnahmen. Bei jedem Schritt betete Anna, dass der bröckelige Lehm sie auch trug und sie nicht einfach durchbrechen und unter einer nachgebenden Mauer begraben werden würden. Einmal sah Anna ein paar Vögel aus den Schatten aufflattern, ansonsten blieb es ruhig. Ihre Fantasie malte sich dennoch allerlei Schreckgestalten zu dem Heulen aus, das ihr desto unheimlicher in den Ohren klang, je länger es zurücklag.

»Du bist Deutsche, oder?«, fragte Nick sie unvermittelt, während er ihr auf einen Vorsprung half.

»Ja. Woher weißt du das?«

»Ein bisschen dein Akzent, aber ich liege fast immer richtig. Im Sommer kommen viele Deutsche zu uns in die Stadt.«

Einen Akzent hatte er selbst auch, für Annas Begriffe sogar einen deutlich ausgeprägteren, doch er gefiel ihr.

Nick sprach melodisch und rollte das R, wenn auch nicht so hart wie ein Spanier.

»Wo kommst du denn her?«, fragte Anna. Englisch zu sprechen fiel ihr nicht schwer, sie hatte es schon seit der Grundschule.

»Aus Thessaloniki.«

»Griechenland?«, fragte Anna. Es war mehr geraten, aber er nickte nur beiläufig, als wäre das selbstverständlich.

»Es sieht hier ein bisschen nach Vergina aus.« Mit einem Sprung setzte Nick auf das nächste Dach hinüber. »Vielleicht sind wir dort in der Nähe.«

Anna verharrte wie angewurzelt.

»Ich dachte, du wüsstest nicht, wo wir sind?«, fragte sie verwirrt.

»Ist auch bloß eine Vermutung«, zuckte er mit den Schultern.

Anna sprang hinterher und erreichte das nächste Dach gerade so. Steinchen lösten sich unter ihrem Schuh und rieselten herab und Nick streckte schnell die Hand aus. Sie ergriff sie und zog sich zu ihm hinüber, ehe sie das Gleichgewicht verlieren konnte. Schnell hasteten sie weiter, bevor dort unten noch etwas auf sie aufmerksam wurde.

»Wo sollte das denn sein, dieses Vergina?«, fragte sie und hatte Mühe, es so auszusprechen wie er.

»Na, hier irgendwo, in der Nähe von Thessaloniki.«

»Du glaubst, wir sind in Griechenland?« Anna hatte keine Vorstellung, wie es dort aussah. Angesichts der Landschaft hatte sie zuerst an Syrien gedacht, aber Griechenland lag immerhin in derselben Richtung. Der Gedanke, sie könnte binnen eines Wimpernschlags so eine Distanz überwunden haben, war zwar verrückt, aber doch weit weniger erschreckend als die Ungewissheit.

»Wo denn sonst? Ich glaube nicht, dass wir weit weg von Thessaloniki sein können. Ich bin ziemlich sicher, dass ich nur kurz ohnmächtig war.«

Anna blieb erneut stehen.

»Ich komme aus Deutschland, das hast du doch selbst erraten«, sagte sie entgeistert. »Wie soll *mich* denn dann irgendwer so schnell nach Griechenland gebracht haben, wenn es darum geht?«

»Du bist aus Deutschland hier aufgetaucht?« Nick starrte sie betroffen an. »Ich dachte, du wärst eine Touristin …«

Plötzlich hörte Anna ein lautes Poltern und Krachen und fuhr zusammen. Die Steine unter ihren Füßen bebten und sie dachte schon, das Haus stürze unter ihnen ein. Erschrocken streckten Nick und sie die Hände aus und klammerten sich aneinander fest. Doch statt abzurutschen, offenbarte sich ihnen die Ursache des Bebens: Mit einem lauten Quieken brach ein Tier aus dem Gemäuer unter ihnen und rannte mit Hufgetrappel die Gasse entlang. Es war ein braun geflecktes, stattliches Schwein, das dort um die Ecke jagte, und ehe sich Anna und Nick wieder sammeln konnten, stolperte eine Gestalt auf die Gasse. Es schien sich zwar um einen Menschen zu handeln, aber es hätte nicht viel gefehlt, und Anna hätte ihn für ein weiteres Schwein gehalten.

Der Mann war klein und dicklich. Er trug einen blauen Strickpulli und braune Hosen und hatte eine Daunenjacke um die Hüfte gebunden. Sein lichtes Haar war über den kugelrunden Kopf gekämmt, und als er sich umsah, entdeckte Anna ein rundes Brillengestell auf seiner Nase. Er stieß ein paar harte Silben hervor und beugte sich laut schnaufend vornüber.

Anna hatte sich wieder von Nick gelöst. »Ähm … Hallo?«, rief sie von oben auf dem Dach, und der Mann stieß einen überraschten Laut aus.

»Hast du mich erschreckt«, murmelte er in gebrochenem Englisch. »Wer seid ihr?«

»Ich bin Anna«, stellte sie sich vor. Sie hatte nicht das Gefühl, als müssten sie vor diesem erfolglosen Schweinefänger Angst haben.

»Und ich Nick«, schloss Nick sich an.

»Ich heiße Lev«, antwortete der Mann schnaufend. »Was macht ihr da oben?« Alles, was er hervorbrachte, klang rau und sperrig. Anna war sich ziemlich sicher, dass er Russe war.

»Lev!«, ertönte eine Frauenstimme. »Le-ev!«

»Jelena!«, antwortete Lev. »Schau, ich habe was gefunden!«

Die Frau, die nun um die Ecke kam, trug ebenfalls eine Brille, auch wenn ihre rechteckig und deutlich moderner war als die von Lev. Ihre dunkelblonden Haare waren zu einem Pferdeschwanz zusammengebunden. Während Anna und Nick sich an den Abstieg machten, musterte sie die beiden.

»Ihr seid auch nicht von hier, oder?« Ihr Englisch klang deutlich besser als das des Russen.

»Nein«, antwortete Anna, »wir wissen nicht, was passiert ist oder wie wir hergekommen sind. Nick und ich waren gerade auf dem Weg zu der Kirche.«

»Uns geht es wie euch«, sagte Jelena stirnrunzelnd. »Wir wollten auch zur Kirche, bevor Lev diesem Schwein nachgejagt ist.« Die Frau verdrehte hinter ihrer modischen Brille die Augen und Nick und Anna tauschten einen belustigten Blick. Lev wurde noch röter im Gesicht, als er es durch die Anstrengung ohnehin schon war.

»Vielleicht hätte ich es erwischt, ohne die Kinder.«

Anna verkniff sich einen Kommentar, obwohl ihr schon auf der Zunge lag, dass höchstens die *Kinder ihn* erwischt hätten, so kopflos, wie er durch die Gassen gerannt war. Sie musste an den Jungen denken, der sie von hinten angegriffen hatte, und wollte die beiden schon nach ihm fragen.

»Und was hättest du mit dem Schwein gemacht?«, kam Jelena ihr zuvor.

»Ich habe eben Hunger«, maulte Lev schulterzuckend.

Auch Anna bemerkte jetzt ihr Loch im Bauch, aber noch schlimmer war der Durst. Ihr plötzliches Erwachen hier lag nun schon eine Weile zurück und keiner, auch nicht Lev und Jelena, schien etwas zu trinken bei sich zu haben. Die Stadt war staubtrocken, es gab kaum grün und sah auch sonst nicht danach aus, als ob es hier oft regnete …

»Bevor wir anfangen, Schweine zu jagen«, fuhr Jelena fort, »sollten wir vielleicht nach jemandem suchen, der uns sagen kann, wo wir sind. Dann ist dieser Albtraum hoffentlich bald wieder vorbei. Gehen wir zusammen?«

Es war verlockend, Jelena als Erwachsener zu vertrauen und zu glauben, es gäbe eine logische Erklärung und vielleicht sogar eine einfache Lösung für alles. Doch etwas in Anna wehrte sich dagegen und das mulmige Gefühl blieb, während sie gemeinsam das letzte Stück Weg zur Kirche zurücklegten. Hier war gar nichts in Ordnung. Hier war alles *falsch*, der Himmel, die Erde und was immer sich außer ihnen in diesem Labyrinth herumtrieb.

Es gab keinen Vorplatz oder Kirchenhof. Sie kletterten aus einer engen Gasse, deren Eingang teilweise verschüttet war, und standen auf einmal vor dem großen Bauwerk. Das gelbe Licht des Himmels hatte sich etwas verdüstert, aber es reichte, um das Gebäude eingehend betrachten zu können. Der Turm zu ihrer Linken wirkte aus der Nähe noch baufälliger. An einigen Stellen war der Stein einfach herausgebröckelt und es klafften Löcher in den Mauern. In ungefähr fünfzehn Metern Höhe schillerten dunkle Glassteine in der Fassade.

Sie bildeten das Kreuz, das Anna schon aus der Ferne gesehen hatte, und daneben einen Halbmond und einen Davidstern: Christentum, Islam und Judentum ... drei Religionen in einem Haus? Doch rings um die Glassteine waren noch eine Menge anderer Symbole in roter, weißer und schwarzer Farbe auf den Turm aufgemalt: ein Rad mit vielen Speichen, dieses indische Zeichen, das wie eine verschnörkelte Drei aussah, die unterschiedlichsten Kreuze, ein Yin-Yang und noch alles Mögliche. Was war das für ein Gebäude? Wer hatte es erbaut?

Die lange Seite des Kirchenschiffs vor ihnen war ebenfalls bemalt, allerdings nicht mit Symbolen, sondern einer Vielfalt von Schriftzeichen aller erdenklichen Sprachen. Anna hätte nie gedacht, dass es so viele verschiedene Möglichkeiten gab, Worte niederzuschreiben. Ganz oben, unter dem Kuppeldach, war eine Botschaft in den Schriften der drei großen Religionen in den Stein gehauen und mit Glassteinen gefüllt. Ganz links in arabischen Schnörkeln, in der Mitte auf Hebräisch und rechts in Buchstaben, die auch Anna lesen konnte:

Du sollst nicht töten.

Auch wenn es als mahnendes Gebot und Bibelzitat dort stand, Annas Augen hingen nur an dem Wort *töten* fest.

»Das soll uns Hoffnung machen?«, murmelte Lev. Er blickte auf etwas an der Mauer, das wohl kyrillische Zeichen des russischen Alphabets darstellte, und war ganz bleich geworden. Auch Jelena hatte sichtlich Mühe, sich von dem Anblick loszureißen, trotzdem war sie die Erste, die sich wieder bewegte.

»Na los, suchen wir den Eingang«, sagte sie und machte ein paar zaghafte Schritte.

Annas Blick glitt über die vielen Schriftzeichen, von denen sie die meisten in ihrem Leben noch nie gesehen hatte, und blieb an etwas hängen. Sie war auf einmal wie elektrisiert: In dem Wust von hastigen Strichen und Punkten und sorgfältig gezogenen feinen Linien war sie über drei kleine Buchstaben gestolpert. »Bem« stand dort in unruhiger Schrift und das »e« war spiegelverkehrt. »Bem«, so wie sie ihren Bruder immer genannt hatte.

Sofort sah Anna den Film ihrer Mutter vor sich, den ihre Eltern ihr so oft gezeigt hatten, wenn sie nach dem Verschwinden ihres Bruders nach ihm gefragt hatte. Sie sah sich selbst mit knapp zwei Jahren, wie sie ihrem Bruder hinterherstolperte. »Bem, Bem!«, hatte sie gerufen, und ihre Mutter hatte beim Filmen gelacht, wie Anna sie in den ganzen letzten zehn Jahren nicht mehr hatte lachen hören.

»Anna?« Die anderen waren schon weiter, nur Nick sah sie fragend an. Sie stand noch immer wie in Trance. Mühsam wandte sie sich von den krakeligen Buchstaben ab und schloss sich Nick an, der sie stirnrunzelnd ansah, während Jelena schon um die Ecke bog.

»Was hast du?«, fragte Nick.

»Ich ... weiß nicht«, antwortete Anna wahrheitsgemäß, denn tatsächlich wusste sie nicht, ob die Buchstaben überhaupt etwas zu bedeuten hatten. Die Kirche war übersät mit Zeichen und Symbolen. Es war doch kein Wunder, dass ihr nun diese drei ins Auge stachen, da die Trauerfeier für ihren Bruder erst einen halben Tag her war ...

Als sie durch das Eingangstor auf der Stirnseite die Kirche betraten, hörten sie sofort ein leises, jammerndes Gemurmel, das im Hall des Raumes verschwamm. Anna überkam eine Gänsehaut. Die Abenddämmerung war hereingebrochen und das Innere des Kirchenschiffs offenbarte sich ihnen nur allmählich. Es gab keine Fenster, nur schmale Scharten in den Mauern. Die Fugen des Deckengewölbes waren löchrig und ungenau, sodass einzelne Lichtstrahlen einfallen konnten. Einige Bänke standen in zwei Reihen links und rechts auf dem Lehmboden. Das Jammern kam von einer Gestalt weit vorne, die ihnen den Rücken zuwandte. Zwei weitere, eine davon klein wie ein Kind, saßen auf einer Bank näher am Eingangstor.

»H-hallo?«, fragte Jelena zögerlich, und es hallte im Kirchenschiff nach, als hätte sie laut gerufen. Das Jammern setzte sich fort, doch die beiden am Eingangstor drehten sich abrupt zu ihnen um und schälten sich aus der Bank. Die größere Gestalt entpuppte sich als ein Mädchen, wohl etwas älter als Anna. Unter der knappen Häkelmütze auf ihrem Kopf lugten ein paar blonde Strähnen hervor. Die kleinere war ein schwarzes Kind, das die Neuankömmlinge aus großen, ängstlichen Augen ansah.

»Hallo, wisst ihr, wo wir sind?«, flüsterte das Mädchen. Dem Akzent nach war sie Französin. Der schwarze Junge hielt ihre Hand umklammert, er konnte nicht älter als vier sein. »Ich habe die Frau gefragt, aber sie versteht nicht.« Sie nickte zu der jammernden Gestalt in ihrer Bank hinüber.

Jelena schüttelte den Kopf. »Nein, wir hatten gehofft, hier Antworten zu finden. Ist außer euch niemand hier?«

»Nur sie, aber wie ich schon sagte, sie versteht mich nicht.«

Wieder eine Hoffnung, die enttäuscht wurde. Wie sollte sie je wieder nach Hause kommen, wenn sie in dieser Wüstenstadt niemanden fanden außer immer mehr ratlosen Gestrandeten? In dem nachhallenden Jammern erkannte Anna kein Wort und schon gar keine Sprache. Für sie machte es diesen beängstigenden Ort mit seiner mahnenden Botschaft an der Fassade nur noch schlimmer, doch Nick horchte auf einmal auf.

»Das ... das ist Griechisch«, sagte er erstaunt. Im nächsten Moment lief er schon auf die Gestalt zu und tatsächlich schien sie den Kopf zu heben, als er sie ansprach. Die ganze Gruppe folgte Nick zögerlich. Die Alte trug eine Bauernschürze und ein hinter dem Kopf zusammengeknotetes Tuch. Ihr weinender Tonfall änderte sich kaum, als sie Nick etwas entgegnete.

»Ich bin Chloé, das ist Arthur, wir sind beide Franzosen«, erklärte das Mädchen mit der Häkelmütze währenddessen. Es klang wie Arthür, wie sie es sagte, und der Junge versteckte sich beim Klang seines Namens wieder hinter dem Mädchen.

Sie alle stellten sich noch einmal vor und so erfuhr Anna, dass Jelena aus Polen kam. Nick redete noch immer auf die Alte ein, doch er schien damit nichts zu bewirken, denn als er sich wieder den anderen zuwandte, setzte sich ihr Klagen fort.

»Sie ist Griechin, aber sie kommt vom Land und spricht kein Englisch«, berichtete Nick.

Er hatte wohl die leise Hoffnung gehegt, dass er mit seiner ersten Vermutung, in Griechenland zu sein, doch recht behalten hatte. Doch angesichts seiner niedergeschlagenen Miene brauchte Anna nicht nachzufragen. Die Alte war auch nicht von hier und wusste nichts darüber, wo *hier* war.

»Sie glaubt fest, dass sie gestorben ist«, erklärte Nick. »Ich kann ihr sagen, was ich will.«

»Vielleicht stimmt es ja«, brummte Lev und sah sich mit kritischem Blick um. »Aber der Himmel ist das nicht ...«

Jelena stieß ihn mit dem Ellenbogen an.

»Natürlich sind wir *nicht* gestorben.« Nachdem auch dieser Weg eine Sackgasse zu sein schien, hatte sie sichtlich Mühe, die Fassung zu bewahren. »Wir müssen uns eben organisieren. Wie es aussieht, sind wir nicht die Einzigen, die es hierher verschlagen hat. Wenn wir uns sammeln und alle Informationen zusammenbringen, dann werden wir schon herausfinden, was passiert ist.«

Anna war sich da nicht mehr so sicher. Bis auf den

Aberglauben der Alten hatten sie in der Kirche nichts Neues erfahren.

»Wir brauchen auch was zu trinken«, meldete sich Lev zu Wort, »und zu essen.«

Er dachte wohl an das Schwein, das er zu fangen versucht hatte, doch Anna hätte ein Schluck Wasser vollauf genügt. Ihr ganzer Mund war trocken, und wenn sie ihre Zunge bewegte, klebte sie am Gaumen und am Zahnfleisch fest. Wenn diese Stadt einmal bewohnt gewesen war, musste es doch irgendwo Wasser geben.

Sie wollte ihren Gedanken schon mit den anderen teilen, da drang plötzlich ein Heulen von draußen durch die Mauern, ähnlich dem ersten, das Anna und Nick gehört hatten. Anna gefror das Blut in den Adern, und die klagende Frau verstummte ebenfalls augenblicklich. Auch diesmal brach es irgendwann ab, doch ein weiteres antwortete, dann noch eins. Anna dachte an den Satz draußen an den Wänden: *Du sollst nicht töten.* Wer – oder was – waren diese Heuler, die sich dort draußen in den Schatten herumtrieben? Nichts konnte so schlimm sein wie die Schrecken ihrer Vorstellung.

Nach ein paar Sekunden kehrte wieder Ruhe ein, bis auf das leise Brummen draußen aus der Wüste, das den Boden vibrieren ließ und das Anna schon fast ausgeblendet hatte.

»Habt ihr das gehört?«, hörte Anna sich zaghaft fragen. »Wisst ihr, was …?«

Jelena schüttelte nur leicht den Kopf. Auf einmal schienen Hunger und Durst nicht mehr so wichtig.

Die alte Frau stimmte erneut ihre Gebete an, als wollte sie höchstpersönlich den Teufel von diesem Ort vertreiben.

»Sie soll aufhören!«, beklagte sich Lev bei Nick. »Mach, dass sie aufhört, sie macht mich wahnsinnig!«

Nick versuchte es, und zumindest wurde sie etwas leiser, als er erneut auf sie einredete.

»Es ist schon fast dunkel«, stellte Jelena mit besorgter Miene fest. »Ich schlage vor, wir versperren den Eingang und ruhen uns ein paar Stunden aus. Morgen können wir sicher mehr in Erfahrung bringen.«

Sie wechselten kein weiteres Wort über die Heuler, aber das mussten sie auch nicht. Niemand sprach sich dafür aus, den Schutz der Mauern im Dunkeln noch einmal zu verlassen. Den Eingang zu versperren war allerdings leichter gesagt als getan. Sie stellten schnell fest, dass die Bänke allesamt aus gemauertem Stein bestanden, es gab nicht ein Holzbrett im gesamten Kirchenschiff. Der Altar war ebenfalls aus Steinen gebaut und sie fanden drei Schnitzarbeiten darauf: ein Kreuz, den jüdischen, siebenarmigen Kerzenleuchter und ein verschnörkeltes Schriftzeichen, das arabisch wirkte ... wieder die drei Weltreligionen. Als Lev ein Feuerzeug zückte, um die Kerzen des Leuchters anzuzünden, zeigte sich, dass diese ebenfalls geschnitzt und nicht aus Wachs waren. Es war bleiches Material, zu hell für Holz, eher Elfenbein oder Knochen.

Ansonsten fanden sie ein paar große, unbeholfen getöpferte Tongefäße und einige Scherben, nichts zum Verbarrikadieren einer Toröffnung. Jelena teilte stattdessen Wachen ein.

»Ich übernehme die erste«, bestimmte sie, »dann Lev und dann ...« Ihr suchender Blick in die Runde verriet, dass sie wohl erst jetzt bemerkte, dass sie die einzigen Erwachsenen waren.

»Anna, Nick, wollt ihr zusammen Wache halten?«

Die beiden nickten. Anna war dankbar, dass Jelena sie nicht allein einteilte. Sie hätte wahrscheinlich nicht widersprochen, aber die Vorstellung, alleine am Eingang Wache zu halten, während alle schliefen und sich die Heuler draußen herumtrieben, verschaffte ihr erneut eine Gänsehaut.

»Ich kümmere mich um Arthur«, sagte Chloé, offensichtlich, um nicht ebenfalls eingeteilt zu werden. Der kleine Junge war während der ganzen Erkundung der Kirche an ihrer Hand geblieben.

»Ihr weckt mich dann einfach wieder«, wandte sich Jelena an Anna. »Irgendwie werden wir die Nacht schon überstehen ...«

Sie zogen sich zurück in eine Ecke hinter dem Altar, während Jelena sich am Eingang niederließ. Chloé und Arthur kuschelten sich im Liegen aneinander, und obwohl es nicht kalt war, beneidete Anna die beiden.

Sie konnte noch immer nichts von dem begreifen, was an diesem Tag geschehen war. Gefühlt war sie gerade erst aufgestanden und hatte sich mit ihrer Mutter gestritten, weil sie Jeans für die Trauerfeier angezogen hatte. Mit den Fingern tastete sie ihre spröden und rissigen Lippen ab und hätte viel gegeben für einen Schluck kühles Wasser.

»Was sagt sie?«, fragte Lev Nick. Anna konnte die Konturen des Russen in der Dunkelheit erkennen. Er lehnte im Sitzen an der Wand und meinte mit seiner Frage wohl das Gejammer der alten Frau. In der Kirche verschwamm es zu einer Geräuschwolke, die auch von einer ganzen Gemeinde hätte stammen können.

»Sie betet um ihre Seele«, murmelte Nick. Anna hörte

ihm seine Beklommenheit an. »Sie glaubt, wir würden bald gerichtet, und bittet um Vergebung.«

»Vergebung wofür?«, schnaubte Lev.

»Für ihre Sünden. Für all unsere Sünden.«

Darauf schnaubte Lev, erwiderte aber nichts mehr. Anna hätte die Worte der Alten gern als bloßen Aberglauben abgetan, aber das Heulen klang ihr noch in den Ohren. Nach einiger Zeit fiel Levs Kopf auf seine Brust und man hörte ihn schwerer atmen. Auch Chloé und Arthur schienen zu schlafen. Nur Nick bewegte sich immer wieder unruhig in eine andere Position.

»Bist du noch wach?«, flüsterte Anna irgendwann, als sie das Schlafen längst aufgegeben hatte. Das Gedankenkarussell in ihrem Kopf ließ sie nicht los. Die Stadt, das unheimliche Heulen, die unheilvollen Worte an der Kirche und das unbeholfen an die Wand gemalte *Bem*, das sie verfolgte, seitdem sie es entdeckt hatte.

»Ja«, flüsterte Nick und wandte sich ihr dankbar zu.

Sie lenkten sich gegenseitig ab, indem sie sich von zu Hause erzählten. Nick war fasziniert davon, dass sie allein mit ihren Eltern lebte (Anna behielt ihren Bruder für sich), denn Nick selbst hatte fünf Geschwister und meinte, es hätte wahrscheinlich noch nicht einmal jemand gemerkt, dass er weg war.

»Mein Vater geht früh schlafen. Er muss schon um drei Uhr in die Backstube und meine Mutter verkauft ab sechs den ganzen Tag.«

»Ihr habt eine Bäckerei?«

»Ja, griechische Bäckereien sind die besten. Sie haben alle mindestens zwanzig Sorten Kekse und Papa backt die leckersten. Aber es ist Fluch und Segen, meine Familie wiegt zusammen ungefähr eine Tonne. Ich bin der einzig normale.«

Er sagte es, ohne eine Miene zu verziehen, und Anna stellte sich Nick zwischen zwei kugelrunden Eltern (der Vater mit Bäckerschürze) und fünf speckigen Geschwistern vor, alle mit Nicks Locken. Sie konnte nicht anders, als leise zu lachen, und dachte schon, er würde es ihr übel nehmen, doch er sah sie mit seinem klaren Blick an und lächelte stattdessen. Das alberne Gespräch zerstreute ihre Ängste für eine Weile, bis die Dunkelheit sie irgendwann zurück in ihr Bewusstsein brachte.

»Ich höre immer dieses Geräusch«, flüsterte Anna bedrückt. »Ich krieg es nicht aus dem Kopf.«

»Das Heulen?«, fragte Nick zögerlich, als wollte er am liebsten gar nicht daran denken.

»Genau … Was machen wir, wenn sie kommen?«

Am Morgen tat Anna alles weh und der Durst war unerträglich geworden. Sie wartete noch eine ganze Weile, bevor sie die Augen öffnete. So konnte sie die Hoffnung aufrechterhalten, sie würde zu Hause in ihrem Zimmer aufwachen, und der harte Boden wäre nur das Parkett vor ihrem Bett. Doch sie wurde enttäuscht: Mit dem Himmel hellte sich auch das Kirchenschiff langsam auf und hatte nichts von seiner Realität eingebüßt. Lev hatte sie und Nick in der Nacht geweckt, und ihre Wache war ereignislos verstrichen. Sie hatten sich die ganze Zeit über unterhalten und Anna war erneut dankbar gewesen, dass sie nicht allein in der Dunkelheit ausharren musste. Nach ihrer Ablösung durch Jelena hatte sie endlich ein wenig Schlaf gefunden.

Nick erhob sich neben ihr und dabei wurde ihm augenscheinlich schwindlig, denn er wankte für einen Moment und stöhnte auf.

»Wir brauchen was zu trinken«, sagte er.

Annas trockene Kehle gab ihm recht. Sie fuhr sich durch die Haarsträhnen und wünschte sich eine Bürste. Zwischen den Fingern spürte sie bereits die ersten Knötchen. Anna stocherte suchend in ihrer Hosentasche herum und hatte Glück. Sie zog einen Haargummi heraus und band sich einen Pferdeschwanz. Als sie ebenfalls aufstand, tönte auf einmal Levs aufgeregte Stimme vom Eingang.

»Feuer!«, rief er. »Da ist Rauch, Feuer!«

Mit pochenden Kopfschmerzen lief Anna gemeinsam mit Nick zum Eingang hinüber, während sich auch Chloé und Arthur aufrappelten. Jelena spähte bereits mit Lev zum Himmel hinaus. Wegen der nahen Häuserfassaden war es schwierig, die Herkunft des Rauchs zu bestimmen, aber es hingen eindeutig schwarze Schwaden in der Luft.

»Vielleicht ist es ein Signal«, sprach Jelena auch Annas Hoffnung aus. »Los, wir brechen auf, bevor es wieder ausgeht.«

Nick lief sofort zu der alten Frau, die sich als Einzige noch nicht gerührt hatte, während Chloé und Arthur durch das Kirchenschiff zu ihnen kamen. Anna fielen die dunklen Augenringe der Französin auf. Sie kamen von ihrer Schminke, die sie wohl wegzuwischen versucht hatte, doch ohne Wasser war das ein aussichtsloser Kampf.

Nick sprach die Alte an, die zur Seite gesunken auf ihrer Bank lag. Anna konnte aus der Entfernung keine

Regung an ihr erkennen, auch nicht, als er sie an der Schulter berührte. Schlagartig machte sich ein beklommenes Gefühl in ihr breit.

»Sie ... sie reagiert nicht!« Nick war ganz blass geworden und sah sich Hilfe suchend nach ihnen um. Während sie kamen, versuchte er weiter vergeblich, die Frau wach zu rütteln. Ihr Gesicht war eine wächserne Maske. Ihre Augen waren geschlossen und die Haut aschfahl.

»Dehydriert«, murmelte Jelena, nachdem sie sich über sie gebeugt hatte, »aber sie lebt.«

Anna war sich für einen schrecklichen Moment sicher gewesen, dass die Frau mitten unter ihnen gestorben war. In der Nacht waren sie wohl alle erleichtert gewesen, als die Klagen irgendwann endlich verstummt waren, und niemand hatte nachgesehen, wie es der Alten ging. Sie hätten besser aufeinander achtgeben müssen.

»Ich hoffe, wir bekommen sie auf die Beine«, runzelte Jelena die Stirn, »und zwar, bevor das Feuer ausgeht.«

»Dehydriert?«, wiederholte Lev bemüht das sperrige Fremdwort. »Bist du Krankenschwester?«

»Ärztin«, entgegnete Jelena trocken.

»Eine Ärztin«, freute sich Lev ungeachtet der ohnmächtigen Frau auf der Bank. »Das erste Mal, dass wir Glück haben!«

Jelena achtete nicht auf Lev. Mit den Fingerknöcheln der rechten Hand rieb sie der zusammengesunkenen Frau unter dem Halsansatz heftig über das Brustbein. »Tut mir leid, aber wir haben keine Zeit«, murmelte sie dabei.

Die Alte krampfte sich zusammen und stöhnte. Anna und Nick halfen sofort und griffen ihr unter die Schultern.

»Ich weiß, das tut weh«, murmelte Jelena noch mal entschuldigend. »Los jetzt!«

Lev und Jelena übernahmen das Gewicht der Frau und stützten sie auf dem Weg nach draußen. Kraftlos jammerte sie dabei fortwährend, schien sich aber auch nicht dagegen wehren zu können. Am Himmel hingen noch immer schwarze Rauchschwaden. Zumindest eine grobe Richtung, aus der sie kamen, ließ sich erkennen und die schlugen sie ein. Schon nach einem kurzen Stück sank der Kopf der Frau wieder auf die Brust.

»Ich bekomme sie nicht wach, solang wir kein Wasser haben«, stellte die erschöpfte Ärztin fest. »Wir müssen sie abwechselnd tragen.«

Nick löste Jelena ab und nach einer Weile sah er Anna fragend an. Lev schien trotz seiner unsportlichen Statur genug Kraft zum Weitermachen zu haben und Nick hätte sich wohl auch nur mit Jelena abgewechselt. Aber das wollte Anna nicht: Sie waren alle gleichermaßen geschwächt und sie würde ihren Teil beitragen.

Der Körper der Alten war gar nicht so schwer, doch jede Spannung war aus ihm gewichen. Sie hing zwischen Anna und Lev wie ein nasser Sack und das machte die Sache mühsam und anstrengend. Jede zweite Richtung, die sie einschlugen, endete in einer Sackgasse und auf die Dächer konnten sie sich mit dem kleinen Arthur und der Bewusstlosen nicht hinaufwagen. Lev stöhnte auf, als sie wieder einmal vor einer Mauer standen und es kein Weiterkommen gab.

»Das ist ein Labyrinth!«

»Warte mal«, sagte Nick neben Anna, während die anderen schon umdrehen wollten. Die Mauer war so hoch wie die umliegenden Häuser und wirkte nicht, als gehörte sie zu einem Gebäude dahinter. Sie stand zwischen den Häusern, und als Anna genauer hinsah, stellte sie fest, dass die Mauer die umstehenden Behausungen geradezu durchschnitt. Sie musste Teil einer weitläufigen Begrenzung sein und der Rauch kam von irgendwo dahinter.

Nick lief in die Sackgasse hinein und schien an einem Stein der untersten Reihe der Mauer zu ruckeln. Der Mörtel in den Fugen staubte und zerbröselte und Nick zog den Stein mühelos heraus.

»Die sind lose«, rief er triumphierend und zog gleich noch mehr Steine heraus. Anna fragte sich erstaunt, woran er das von hier aus gesehen hatte, während nach und nach ein kleiner Durchbruch entstand.

Lev pfiff durch die Zähne und auch Anna hatte schon Hoffnung, dass sie nicht erneut den Rückweg antreten müssten, doch bald kam Nick nicht weiter. Er bückte sich, um auf die andere Seite zu sehen, schüttelte aber den Kopf.

»Ich sehe nichts«, sagte er enttäuscht, »da ist es dunkel, wahrscheinlich steht ein Haus dahinter.«

Auch Lev konnte mit einigen kräftigen Tritten keine weiteren Steine lösen. Die Alte hatten sie an eine der angrenzenden Häuserwände gesetzt, doch was der Russe auch versuchte, das Loch blieb zu klein für die meisten von ihnen.

»Der Junge«, drehte Lev sich plötzlich zu Chloé um, als wäre ihm gerade erst eingefallen, dass sie ein Kleinkind bei sich hatten. Der kleine Arthur erschrak und verkroch sich sofort hinter der Französin.

»Er hat Angst«, widersprach Chloé, »und er ist zu klein! Er wird das nicht machen.«

»Er müsste nur nachsehen, ob der Rauch tatsächlich von dort drüben kommt«, warf Nick bittend ein.

Anna pflichtete ihm bei. »Wir können hier nicht ewig durch die Gegend irren.«

Wer wusste schon, wie weit die Mauer in beide Richtungen reichte. Anna spürte bereits, wie ihre Kräfte nachließen, und sie machte sich nichts vor. Wenn sie nicht bald auf Hilfe stießen, würden sie einer nach dem anderen zusammenklappen, genau wie die alte Frau.

Chloé bückte sich schließlich doch widerwillig zu ihrem Schützling hinunter.

»Arthur, ...« Sie redete mit sanfter Stimme auf Französisch mit ihm und er sah sie aus großen Augen an. Als sie verstummte, nickte er kaum merklich und sie führte ihn an der Hand zu dem kleinen Durchlass, den Nick freigeräumt hatte. Dort ging der Junge, ohne zu protestieren, auf Hände und Knie hinunter, steckte seinen Kopf in das Loch und zwängte auch seine Schultern hindurch. Anna sah ihm dabei zu. Sie war nervös, als er in dem Loch verschwand. Mit dem Heulen in ihrer Erinnerung kamen die Fratzen zurück, die ihre Fantasie sich dazu ausmalte.

Arthurs Schritte entfernten sich leise und Chloé bückte sich erschrocken zu dem Loch hinunter. Anna hörte sie leise den Namen des Jungen rufen, doch er kam nicht wieder.

»Was ist los, wo läuft er hin?«, fragte Anna erschrocken.

»Ich weiß nicht«, sagte Chloé aufgeregt, »er sollte nur kurz schauen und sofort zurückkommen. Ich habe gesagt, er ist noch zu klein, vielleicht hat er etwas falsch verstanden.« Unverhohlener Vorwurf lag in ihrer Stimme.

Es blieb ihnen nichts anderes übrig, als mit zunehmender Beunruhigung an dem Loch zu warten und die Rauchschwaden zu beobachten, die vor dem gelblich grauen Himmel aufstiegen. Als die leisen Schritte endlich zurückkehrten, bückte sich Chloé sofort wieder zu dem Loch hinunter.

»Arthur!«, flüsterte sie.

Sein kleiner Kopf erschien und Anna fiel ein Stein vom Herzen. Arthur kam durch die Mauer gekrochen und Chloé schloss ihn sofort in die Arme. Der Junge berichtete ihr auf Französisch, was er gesehen hatte.

»Er sagt, da sind Menschen«, klärte sie die bangende Runde auf. »Wir sind am Stadtrand. Auf der anderen Seite stehen noch einige Ruinen wie hier, abgetrennt durch die Mauer, und dann hört die Stadt auf. Es muss ziemlich weitläufig sein da drinnen und der Rauch kommt von ein paar größeren Gebäuden ein Stück vom Stadtrand entfernt. Da hat er ein paar Gestalten gesehen, nicht mehr.«

»Wie kommen wir hinter die Mauer?«, fragte Jelena.

Nick würde wahrscheinlich hinüberklettern können, vermutete Anna, aber ohne ein Seil konnte er den anderen nicht hinaufhelfen und die Bewusstlose konnten sie auch nicht einfach zurücklassen.

»Er sagt, da lang gibt es einen Weg hinein.« Chloé deutete nach links die Mauer entlang, wo eine Wand den Weg versperrte.

Annas Puls hatte sich während Chloés Ausführungen beschleunigt. Also war das Gelände jenseits der Mauer tatsächlich bewohnt. Jemand hatte das Feuer angezündet und sie hergeführt. Vielleicht zu ihrer Rettung? Diesmal mussten sie Glück haben. Sie würden nicht mehr viele Chancen bekommen, wenn nicht …

»Gut gemacht«, sagte Lev und klopfte dem Kleinen anerkennend auf die Schulter. Auch Jelena lächelte ihn an und er versteckte sich schnell wieder bei Chloé.

Nick und Jelena bückten sich nach der Frau, die noch immer ohne Bewusstsein war. Lev und Anna bekamen eine Pause und die hatte sie auch bitter nötig. Sie alle waren blass und ihre Lippen voll rissiger Hautfetzen. Es war nicht mehr viel Platz für andere Gedanken in Annas Kopf, denn einer erdrückte sie alle: Wasser …

Die Burg

In quälender Anstrengung schleppten sie sich den Weg zurück, den sie gekommen waren. Sie mussten erkennen, dass die meisten kleinen Seitengassen und Schlupfwege entlang der Mauer eingestürzt oder unpassierbar waren; zumindest in ihrer Verfassung, ausgezehrt vom Durst und mit der ohnmächtigen Frau. So kämpften sie sich fast bis zur Kirche im Zentrum der Stadt zurück und schlugen dann einen großen Bogen. Anna war selbst erstaunt, wie weit sie über den Punkt kamen, an dem sie längst schon gedacht hatte, sie würde beim nächsten Schritt zusammenbrechen. Die Ahnung, auf der richtigen Spur zu sein, ersetzte ihre Muskelkraft.

Beim Tragen der Frau wechselten sie sich weiter ab. Nur Chloé blieb außen vor, weil sie auf Arthur aufpassen musste, wie sie nicht müde wurde zu sagen. Nachdem das Kind so viel Mut bewiesen hatte, wollte sich niemand darüber beschweren. Als Anna zum dritten Mal an die Reihe kam, spürte sie die Last kaum mehr. In Gedanken war sie längst den Weg vorausgeeilt und wartete darauf, dass ihr ausgelaugter Körper endlich zu ihr aufschloss. Die Menschen, von denen Arthur gesprochen hatte, empfingen sie mit einem freundlichen Lächeln und das Land hinter dem Tor war eine grüne Oase voller kühler Wasserquellen.

»Hey, wir wissen nicht, was wir da finden«, murmelte Nick ihr zu. »Mach dir keine zu großen Hoffnungen.«

Er musste den verklärten Ausdruck auf ihrem Gesicht gesehen haben und sie nickte. Dennoch schaffte sie es nicht, die Bilder loszulassen.

Schließlich erreichten sie erneut den Stadtrand und konnten die Mauer wieder und wieder zwischen den Ruinen auftauchen sehen. Das war auch gut so, denn an der Rauchfahne konnten sie sich nicht mehr orientieren, das Feuer musste ausgegangen sein.

Als sie aus dem Schatten der letzten Häuser heraustraten, sahen sie, was Arthur ihnen bereits beschrieben hatte: Die Mauer stand jenseits der Stadt frei und beschrieb einen großen Bogen in die Wüste hinaus. Vermutlich war es ein Ring, der die Anlage umschloss.

»Ist es wärmer geworden?«, fragte Nick unvermittelt.

»Kann sein«, antwortete Anna. Sie schwitzte zwar nicht, vermutlich fehlte ihrem Körper schon die Flüssigkeit dazu, aber sie spürte, wie die Hitze ihr zu schaffen machte. Ihre Beine fühlten sich an, als ginge sie auf zwei wackligen Stelzen.

Vor ihnen erstreckte sich eine karge Landschaft. Sie war der Stelle zum Verwechseln ähnlich, wo Anna diesen Ort zum ersten Mal betreten hatte, doch sie mussten sich hier ziemlich genau auf der gegenüberliegenden Seite der

Stadt befinden. In einiger Entfernung entdeckte Anna ein paar kleine, quaderförmige Erhebungen in der Wüste. Die Luft flimmerte dort vor Hitze.

»Schaut mal, da rechts ist das Tor«, stieß Jelena hervor und Anna seufzte erleichtert, als sie ihrem Blick folgte. Es sah nicht aus, als wäre die Bruchstelle in der Mauer mit den ausgefransten Rändern als Eingang vorgesehen, eher, als hätte sich jemand oder etwas mit Gewalt seinen Weg gebahnt. Von der anderen Seite war das Loch durch einen großen Felsen versperrt.

»Und dahinter sind Menschen?«, fragte Jelena Arthur, als müsste sie sich dessen noch mal versichern. Natürlich dachten sie alle seit Stunden an nichts anderes. Chloé bejahte für das Kind.

»Dann werden die uns aufmachen«, sagte Jelena. Ihre Behauptung blieb unangezweifelt stehen, denn niemand wollte sich wohl vorstellen, was wäre, wenn nicht.

Auch aus der Nähe büßte das Tor nichts von seiner Rohheit ein. Die Steinquader an den Rändern waren gebrochen und geborsten.

»Hallo?«, rief Jelena, als sie es erreicht hatten. »Ist da jemand? Wir brauchen Hilfe!«

»Hey!«, kam es zurück. »Ihr – ihr seid nicht die, die so schrecklich heulen, oder?« Die Stimme war die eines Mannes. Er klang nervös und sprach ein breites britisches Englisch.

»Nein«, rief Jelena ungeduldig. »Habt ihr Wasser?«

Anna verkrampfte innerlich. Es war die Frage, die aller Wahrscheinlichkeit nach über ihr Schicksal bestimmen würde.

»J-ja, wir haben Wasser.«

Sie sah Nick an und konnte nicht anders, als zu grinsen. Er erwiderte es schwach. Doch die Freude wurde sofort vom Durst übermannt, der nun umso gieriger nach Flüssigkeit verlangte.

»Wie viele seid ihr, habt ihr Waffen oder so was? Ich will keinen Ärger kriegen.« Der Wächter machte noch immer keine Anstalten, den Weg freizuräumen. »Vielleicht sollte ich Verstärkung holen.«

»Jetzt hör mir mal zu!«, rief Jelena zornig. »Wir haben hier eine Frau, die bald stirbt, wenn sie kein Wasser bekommt. Wir sind zwei Erwachsene und vier Kinder, und am Ende unserer Kräfte. Mach das Tor auf!«

»Schon gut, ist ja schon gut, ich will nur keinen Ärger, o. k.?« Etwas ruckte an dem Felsen hinter dem Loch und Staub rieselte zu Boden. »Dieses – verdammte – Ding!«

Es war kein natürlicher Stein. Größere Felsen hatte Anna hier bisher ebenso wenig gesehen wie das Grün von Pflanzen. Es war eine Art gemauerte Scheibe, dick wie eine Tresortür, die nun zur Seite rollend den Durchgang freigab. Das Haar des Mannes, der die Scheibe bewegte, war rötlich und seine Haut hatte eine ungesunde Farbe. Sein Gesicht war übersät mit roten Pickeln, obwohl er schon Ende zwanzig sein musste. Es schien ihm alles abzuverlangen, den schweren Stein zu bewegen.

»Da – rein mit euch«, sagte er schwer atmend, und während sie über Geröll nach drinnen stiegen, positionierte er sich schon wieder auf der anderen Seite der Scheibe.

Kein Schlaraffenland erwartete sie dahinter. Das karge Wüstenland unterschied sich in nichts von dem außerhalb der Mauer. Lediglich die großen Bauten, von denen Arthur erzählt hatte, entdeckte Anna in einiger Entfernung.

»Wo ist das Wasser?«, fragte Lev gierig.

»Ich muss erst das Tor schließen«, gab der Wächter zurück und schien sich weder besonders für ihren abgekämpften Zustand noch für die Bewusstlose in ihrer Mitte zu interessieren. »Wenn ihr mir helft, bekommt ihr schneller was zu trinken.«

Anna hatte kaum mehr genug Kraft, wütend über die gleichgültige Haltung ihres Gegenübers zu sein. Rechter Hand konnte sie einige Häuser und Ruinen sehen, die durch die Mauer vom Rest der Stadt abgeschnitten waren. Dort musste Arthur durch das Loch geschlüpft sein, das Nick freigeräumt hatte. Im Zentrum des Mauerrings befanden sich die großen Gebäude, von denen Chloé erzählt hatte. Anna sah die Gestalt einer Frau darauf zulaufen und dann zwischen den Häusern verschwinden. Sie konnte keine Einzelheiten erkennen, dafür war sie zu weit entfernt.

»Bevor ihr fragt«, stieß der Mann hervor, während Lev ihm half, das Tor zu verschließen, »niemand weiß, wo wir sind oder wie zum Teufel wir alle hergekommen sind, o. k.? Vor uns muss das hier eine verdammte Geisterstadt gewesen sein.«

Die Ernüchterung kam kaum überraschend, Anna wollte nur endlich trinken …

»Ich bin Kyle und das hier ist Kahil oder Kalil, ich weiß nicht mehr, er spricht kein Englisch.«

Erst jetzt bemerkte die Gruppe den Jungen, der sich in den Schatten der Mauer drückte. Er hatte dunkle Haut, trug ein heruntergekommenes Hemd, das ihm bis über die Knie hing, und Anna erkannte ihn sofort wieder. Der Junge wich ein paar Schritte zurück, nun, da sie ihn direkt ansahen, und rannte dann in Richtung der großen Gebäude davon.

»Hey!«, rief Kyle ihm hinterher, während er sich am Arm kratzte. »Dummer Junge. Weiß der Geier, was er schon wieder hat.«

Anna und Nick tauschten einen Blick, denn Nick hatte den kleinen Handy-Dieb natürlich auch erkannt. Doch in diesem Moment kam der Torstein vor dem Eingang zum Stehen.

»Wasser!«, verlangte Jelena von Kyle. »Wo ist das Wasser?«

»Hier lang«, sagte dieser und kratzte sich noch immer. Sie folgten ihm, der Spur des Jungen nach, der bereits fast bei den Gebäuden angekommen war.

Es war keinen Augenblick zu früh, dass sie den Brunnen inmitten der Befestigungen erreichten. Die ganze Anlage mit der weitläufigen Mauer und den großen Häusern, die den Brunnenplatz umringten, glich einer Burg. Anders, als die Gemäuer der Stadt, reckten sich die Häuser am Brunnen aufrecht und ohne Spuren der Zerstörung über zwei bis drei Stockwerke nach oben. Ihre dicken Wände waren massiv bis auf eine Unmenge kleiner quadratischer Fensteröffnungen, die sie fast wie ein Gefängnis aussehen ließen.

Ungeachtet einiger bunt zusammengewürfelter Erwachsener, die bereits auf dem Platz zusammensaßen oder herumliefen, schleppte sich die kleine Gruppe bis zu dem Brunnen. Er war nicht aus Stein, sondern aus einer Art dunkel schimmerndem Metall. Ringsum waren einige tönerne Tröge aufgestellt, gefüllt mit glasklarem Wasser. Mit letzter Kraft sanken sie davor zu Boden und wie durstige Pferde tauchten sie die Köpfe hinein.

Sie tranken gierig, verschluckten sich, husteten und tranken weiter, bis ihre Bäuche so schwer gluckerten, dass sie meinten, sie müssten platzen. Anna spürte, wie die Flüssigkeit ihren ganzen Körper durchströmte, sie kühlte und ihre vertrockneten Zellen wieder zum Leben erweckte. Es war ein herrliches Gefühl.

Hinterher stützten Anna und Nick die alte Frau und Jelena nahm ihr das Kopftuch ab. Sie tränkte es immer wieder mit Wasser und bemühte sich, der Alten etwas durch die rissigen Lippen einzuflößen. Lev, Chloé und Arthur blieben währenddessen völlig erschlagen bei den Wassertrögen auf dem Boden liegen. Als sich die Frau trotz des Wassers nicht regte, wischte ihr Jelena mit dem nassen Tuch über das gelblich verfärbte Gesicht und machte eine sorgenvolle Miene.

»Willkommen! Es hat also noch jemand hergefunden.« Anna drehte den Kopf und erblickte den Ursprung des Grußes. Ein Mann mit Bürstenhaarschnitt und Schnauzer, der ein dunkles Hemd trug und darüber eine Uniformjacke. Das Grün war abgewetzt und ein Knopf fehlte, aber die restlichen waren sorgfältig zugeknöpft. Aus seiner Tasche lugten schwarze Lederhandschuhe hervor und an der Seite glänzte ein Pistolenholster. Alles an dem Mann schrie Militär und er schien diesen Eindruck noch verstärken zu wollen, indem er sich übertrieben in die Brust warf.

»Mein Name ist Álvaro, ich bin der Comandante dieses Castillo. Sicher seid ihr unserem Signalfeuer gefolgt.«

Alle Blicke auf dem Platz wandten sich ihm zu. »Es wird bald eine Versammlung geben, bis dahin erholt euch von euren Strapazen.«

Mit diesen Worten beugte er den Oberkörper kaum merklich wie zum Gruß nach vorne, machte dann auf dem Absatz kehrt und marschierte zurück in das Gebäude, aus dem er gekommen war. Es schien das Haupthaus zu sein, denn es überragte seine Nachbargebäude zu beiden Seiten.

Noch immer kribbelte das Hochgefühl nach dem Stillen des ersten Durstes bis in Annas Fingerspitzen. Sie fühlte sich wie berauscht und vielleicht fand sie den Auftritt dieses Álvaro deshalb so komisch. Lev richtete unvermittelt seinen Oberkörper auf.

»Erholen bis zur Versammlung, jawohl!«, trompetete der Russe voller gespielter Inbrunst und das gab ihnen den Rest. Nick brach in Gelächter aus und Anna stimmte mit ein. Die Erleichterung, keine Angst mehr vor dem Verdursten haben zu müssen, und die ganze Unwirklichkeit ihrer Situation bahnten sich ihren Weg nach draußen. Sie kugelten sich dort auf dem staubigen Boden vor dem Brunnen und kümmerten sich nicht darum, dass sie noch immer im Mittelpunkt der Aufmerksamkeit standen. Niemand außerhalb der Gruppe stimmte in ihr Lachen mit ein. Es waren bange oder verständnislose Blicke, die sie trafen. Sie bemerkten auch nicht, dass sie aus dem Haupthaus beobachtet wurden. Dort stand Álvaro an einem der kleinen Fenster und angesichts des Gelächters ballte er die Faust vor Zorn.

»Ruhe!«, forderte ein untersetzter Mann mit Mittelscheitel, obwohl in dem Raum höchstens geflüstert wurde. Er wischte sich den Schweiß aus dem Gesicht und machte einen Schritt zur Seite, als Álvaro vortrat.

Im Erdgeschoss des Haupthauses drängten sich etwa dreißig Menschen und damit war es gut gefüllt. Die Bewohner des ummauerten Bereichs fanden Platz auf dem Erdboden oder den steinernen Stufen der Treppe, die entlang der Rückwand des Gebäudes nach oben führte. Álvaro hatte vor ihnen Stellung bezogen. Der untersetzte Kerl stand an seiner Seite.

»Willkommen! Ich bin Álvaro, Comandante dieses Castillo.«

Es schien, als könnte er diesen Teil nicht oft genug betonen. Zu Annas Empörung hatte Álvaros schwitzender Handlanger sie und Nick zunächst gar nicht hereinlassen wollen. Sie seien noch »Kinder«, hatte er nur gesagt. Chloé hatte sich zuvor mit Arthur zurückgezogen und somit hatte Anna vermutet, dass außer ihnen tatsächlich nur Erwachsene anwesend sein würden. Zum Glück hatte Lev Anna und Nick schließlich mit nach drinnen geholt. Álvaros Türsteher hatte es kritisch beäugt, aber nicht widersprochen.

Zu ihrem Ärger entdeckte Anna in diesem Moment den Jungen wieder, der ihr fast das Handy gestohlen hatte. Er saß direkt zu Álvaros Füßen und war ja tatsächlich ein Kind, doch niemand schien sich an ihm zu stören.

»Zunächst, wie schon gestern, das Wichtigste: Wir befinden uns gemeinsam an einem unbekannten Ort, ohne Kenntnis, wie wir hierher gelangt sind«, erklärte Álvaro. »Wir stammen aus unterschiedlichen Ländern und sind dennoch allesamt gleichzeitig vor etwa«, er sah auf seine Armbanduhr, »einunddreißig Stunden hier aufgetaucht.«

Dieses Wort passte, fand Anna. Sie waren nicht hergekommen und auch nicht hergebracht worden, zumindest hatte wohl niemand von ihnen so etwas mitbekommen. Sie waren einfach plötzlich aufgetaucht.

Álvaro ließ den Blick über die Runde schweifen, als wartete er darauf, dass ihm jemand widersprach. Als das nicht geschah, nahm er die schwarzen Lederhandschuhe aus seiner Tasche und fuhr fort. Die Handschuhe knetete er beim Reden mit den Händen, sodass sie trocken knirschten.

»In meiner Obhut befindet sich die einzige uns bekannte Wasserquelle in diesem wüsten Land.«

»In seiner Obhut?«, flüsterte Nick ungläubig.

»Unser Castillo grenzt an eine Ansiedlung, die von ihren Bewohnern aufgegeben scheint. Wir haben keine Hinweise auf ihren Verbleib.«

»Was ist mit dem Heulen?«, warf jemand ein und ein unbehagliches Raunen ging durch die Versammlung.

Angesichts der Unterbrechung zeigte sich für einen Moment Unwillen auf Álvaros Gesicht, doch seine Züge glätteten sich schnell wieder. Er wartete ab, bis erneut nur das Knirschen der Lederhandschuhe zwischen seinen Fingern zu hören war.

»Wir haben keine Hinweise auf den Verbleib der Bewohner«, wiederholte er unbeirrt. »Was das Heulen von gestern angeht: Es ist bekannt, dass es Sichtungen von Tieren gab, auch von solchen, die in diese karge Landschaft nicht zu passen scheinen. Gut möglich, dass diese Laute von Tieren gekommen sind. So oder so haben wir Mauern, und solange wir sie bewachen, gibt es keinen Grund zur Annahme, dass wir darin nicht sicher wären.«

Es gab Gemurmel, doch Álvaro ließ sich nicht noch einmal unterbrechen.

»Wir haben kaum Pflanzen oder Brennholz gefunden«, setzte er seine Rede fort, »und das wenige, das uns zur Verfügung stand, haben wir heute verfeuert, um Hilfesuchende auf unsere Stellung aufmerksam zu machen. Dieses Unternehmen war erfolgreich und wir haben unsere Zahl fast verdoppelt. Nun muss unser oberstes Ziel sein, Nahrung zu beschaffen und die Umgebung zu erkunden. Nur so können wir Schritte unternehmen, die uns aus dieser Situation befreien.«

Álvaro steckte die Handschuhe wieder in die Tasche und seine Hand strich dabei über das Pistolenholster an seiner Seite, als wollte er sich vergewissern, dass es noch da war.

»Wir werden alles Nötige für morgen vorbereiten und die Gruppen einteilen. Das ist alles – ach ja, bevor ich es vergesse.«

Etwas an seiner Stimme ließ Anna zweifeln, dass er tatsächlich nur beiläufig etwas hinzufügen wollte. Es klang zu einstudiert.

»In der kurzen Zeit, die wir hier sind, hat es bereits einen Zwischenfall gegeben. Viele von euch wissen das, ich sage es nur noch einmal für alle: Einer aus unserer Mitte hat versucht, den Brunnen zu vergiften und uns damit alle ins Verderben zu stürzen. Zum Glück konnten wir ihn aufhalten.«

Den Brunnen vergiften? Wer sollte so etwas tun? Er

hätte sich ja selbst mitvergiftet, wenn es das einzige Trinkwasser war, das sie hatten.

»Wir wissen bisher nichts über seine Beweggründe und auch nicht, ob er allein gehandelt hat. Also bleibt wachsam und meldet alles, was euch merkwürdig erscheint, Enzo oder mir.«

Enzo musste wohl der Schwitzende neben ihm sein, der bei der Erwähnung seines Namens keine Miene verzog.

»Und ich meine *alles*! Ob euer Nachbar, mit dem ihr gestern hier angekommen seid, plötzlich nervös wirkt oder ob einer unserer neuen Gäste irgendwo herumschleicht ... *alles*!«

Zum ersten Mal schien Álvaro einzelne Gesichter zu betrachten. Auch wenn sie nichts zu verbergen hatte, musste Anna sich zwingen, seinem Blick standzuhalten und nicht zu Boden zu schauen. Ganz unvermittelt fühlte sie sich wie auf der Anklagebank und ärgerte sich darüber. Immerhin kam ihr selbst einiges hier merkwürdig vor, allem voran die Brunnenvergifter-Geschichte.

»Ich hoffe, dass es keine weiteren Vorfälle gibt und wir uns morgen ganz unseren Aufgaben widmen können. Das Versammlungshaus und seine Nachbargebäude sind fürs Erste nur mir und den von mir befugten Personen zugänglich, auch schöpfen nur wir das Wasser aus dem Brunnen in die Tröge. Das geschieht zu eurem eigenen Wohl. Haltet die Augen offen – das ist alles.«

»Was ist mit diesem Verräter passiert?«

Eine eindrucksvolle Gestalt hatte gesprochen, die nur wenige Schritte von der Tür entfernt stand. Der große, massige Mann hatte eine Glatze und einen sorgfältig gestutzten Vollbart. Sein Akzent erinnerte Anna an ihren eigenen, vielleicht ein Deutscher?

Álvaro musterte ihn und schien jedes seiner Worte genau abzuwägen. »Er wurde vor die Versammlung geführt und vorläufig in Gewahrsam genommen. Sobald wir unsere Lage hier unter Kontrolle haben, gehen wir der Sache auf den Grund.«

Zustimmendes Gemurmel war die Antwort, und als Álvaro nichts mehr hinzufügte, erhoben sich die Menschen und verließen nach und nach den Versammlungsraum. Anna konnte es kaum glauben. Das sollte es gewesen sein? Sie mussten sich doch besprechen, sich beraten, ihren Wissensstand austauschen. Bestimmt hatte jeder seinen eigenen Weg durch die Stadt beschritten. Ihre Erfahrungen zu sammeln war die größte Chance, einen Hinweis zu finden, wo sie waren und wie sie nach Hause kämen!

Auch Lev, Nick und Anna selbst erhoben sich und tauschten verwirrte Blicke. Jelena war bei der alten Frau geblieben, der sie bereits ein Lager zurechtgemacht hatten. Sie hätte bestimmt etwas gesagt und Álvaro zur Rede gestellt, aber alleine wollte Anna es nicht riskieren und Lev und Nick befanden sich schon auf dem Weg zum Ausgang. Draußen zerstreuten sich die Menschen, doch Anna entdeckte Kyle, der ihnen das Tor geöffnet hatte, und lief auf ihn zu.

»Kyle, warte!«

Der schaute sie erst fragend an, dann schien er sie zu erkennen.

»Ach du!«, sagte er in seinem breiten britischen Englisch. »Ihr habt vielleicht Nerven. Erst macht ihr einen

Aufstand, weil ihr kurz vorm Verdursten wärt, und dann lacht ihr euch hier am Brunnen kaputt wie die letzten Idioten.« Sein Blick huschte nervös über Annas Schulter zum Eingang des Hauptgebäudes.

»Was war denn das für eine Versammlung?«, fragte sie offen. »Ich dachte, jetzt setzen wir uns zusammen und besprechen die Lage. Und was war das für eine Geschichte mit dem Brunnen?«

Kyle wirkte erschrocken. Er zog den Kopf ein und packte Anna am Arm. Nick näherte sich eilig.

»Hey, was soll das?«

Auch Lev kam heran.

»Pass auf, wie oft muss ich euch sagen, dass ich keinen Ärger will? Schwimmt einfach mit und haltet die Klappe, verstanden?«

Anna wollte etwas entgegnen, doch Kyle verstärkte seinen Griff noch, und ein heftiger Schmerz durchzuckte sie, als er einen Nerv traf. Nur die Überraschung hielt sie davon ab, sich zu wehren.

»Ich habe gesagt, haltet die Klappe. Ich bin nicht euer Freund, nur weil ich euch reingelassen habe, kapiert? Wenn ihr einen auf Klugscheißer machen wollt – mich zieht ihr da nicht mit rein!«

Damit ließ er Anna stehen und machte sich schleunigst davon. Nick kam bestürzt auf sie zu.

»Hat er dir wehgetan? Was ist denn das für einer?«

Kyle hatte sich schon ein gutes Stück entfernt und kratzte sich wieder in der Armbeuge, wie zuvor am Tor.

»Ein Irrer«, stieß Anna hervor. »Ich habe ihn nur gefragt, was das für eine merkwürdige Geschichte mit diesem Brunnenvergifter war.«

»Sollen wir mit Álvaro reden?«, schlug Nick vor. »Er hat doch selbst gesagt, wir sollen alles Auffällige melden.«

Doch Lev legte ihm die Hand auf die Schulter.

»Ich glaube, wir sollten hier vorsichtig sein mit dem, was wir sagen.«

Anna nickte zögernd und rieb sich den immer noch schmerzenden Arm. Sie konnte sich nicht vorstellen, dass ein Gespräch mit Álvaro ihnen weiterhelfen würde. Die Blicke einiger Umstehender waren nun auf sie gerichtet, deshalb machten sie sich lieber auf den Weg zurück zu ihrer Unterkunft. Es gab genug heruntergekommene Behausungen am Stadtrand, Kyle hatte sie ihnen vor der Versammlung gezeigt. Man musste nur eine finden, die nicht bereits eingestürzt war oder genau das zu tun drohte, während man darin schlief.

Anna warf einen Blick zum Himmel, bevor sie ihre Unterkunft betraten. Zu dem *falschen* Himmel, der bereits wieder dunkel wurde. Auch an diesem Tag hatten sie kein einziges Mal die Sonne gesehen, nur das trübe Gelb in seinen verwaschenen Farbübergängen, das sich bis zum Horizont erstreckte.

»Sie ist immer noch nicht aufgewacht«, begrüßte sie Jelena im Inneren des Hauses, das praktisch nur aus einem nackten Raum bestand. »Aber sie atmet ruhiger. Ich denke, sie wird sich wieder erholen.«

Chloé saß neben Jelena. Arthurs Kopf, in der Dunkelheit kaum zu sehen, kuschelte sich in Chloés Schoß. Anna und Nick erzählten ausführlich von der Versammlung und Jelena war so empört, wie Anna es vermutet hatte. Das allein tat ihr nach dem Schrecken schon gut.

»Er hat niemand anders reden lassen?«, fragte sie und Anna schüttelte den Kopf. »Das gibt's doch nicht. Morgen rütteln wir die Leute hier mal wach. Das mit dem Brunnen stinkt zum Himmel. Wahrscheinlich will er uns nur einschüchtern mit seiner Paranoia.«

Lev nahm die Brille ab und putzte sie mit seinem Pullover. »Ich weiß nicht ...« Seine kleinen Schweinsäuglein blinzelten, als er sie wieder aufsetzte. »Wir sollten uns nicht noch mehr Ärger einhandeln.«

»Noch mehr?«, fragte Jelena.

Anna erzählte ihr auch von ihrem Zusammenstoß mit Kyle und entdeckte dabei einen tiefblauen Fleck an ihrem Arm, wo Kyle sie gepackt hatte.

»Ein Grund mehr«, sagte Jelena nur finster.

Sie machten es sich auf dem Boden des Hauses so bequem wie möglich, was nicht sehr bequem war. Im Gegensatz zur Kirche war er nicht einmal mit Lehm geebnet, daher mussten sie im Grunde auf dem sandigen Wüstenboden schlafen. Anna löste den Haargummi von ihrem Pferdeschwanz und fuhr sich mit den Fingern durch die Strähnen. Sie kämpfte sich immer wieder hindurch, bis sich die am schlimmsten verknoteten Stellen gelöst hatten, was ein schmerzhaftes Unterfangen war.

Später lagen Anna und Nick nebeneinander und das Karussell in ihrem Kopf ließ sie wie schon am Vorabend nicht zur Ruhe kommen. Den Atemgeräuschen nach schliefen die anderen schon und der Kehle der alten Frau entfuhr von Zeit zu Zeit ein leises Stöhnen, als setzte sie noch in ihrer Ohnmacht ihre Klagen fort. Ein Gedanke ließ Anna nicht mehr los.

»Nick«, flüsterte sie leise.

»Ja?«, erwiderte Nick.

»Kann ich dich was fragen?«

»Sicher, was denn?« Er wandte sich ihr zu.

»Was ist, wenn sie recht hatte?«, murmelte Anna und kam sich schon jetzt dumm dabei vor.

»Wer?«

»Die alte Frau«, sagte Anna. »Was ist, wenn wir wirklich alle tot sind?«

Wenn man sich traute, darüber nachzudenken, schien es lange nicht so abwegig, wie ihr lieb gewesen wäre.

»Das ist doch nur Aberglaube«, tat Nick ab, aber das ließ Anna nicht gelten.

»Was heißt denn Aberglaube? Logisch erklären können wir sowieso nichts von dem, was passiert ist. Wenn wir nun alle zum gleichen Zeitpunkt gestorben sind und das hier nur so eine Art … Übergang ist?«

Nick überlegte, diesmal länger.

»Einer von uns könnte sich doch an etwas erinnern. Sogar bei einem Herzinfarkt spürt man vorher was.«

»Hm«, antwortete Anna nicht sehr beruhigt.

»Aber«, fuhr Nick fort, »ist es nicht eigentlich egal?«

»Egal? Ob wir tot sind?«, fragte Anna verwirrt.

»Na ja, auf jeden Fall sind wir jetzt hier«, antwortete er zögerlich, »höchstwahrscheinlich auch dann noch, wenn wir morgen aufwachen. Wir haben Durst, wir haben Hunger, alles wie vorher. Also ob wir jetzt tot sind oder sonst was passiert ist: Wir müssen irgendwie das Beste aus der Situation machen. Egal, was uns als Erklärung einfällt.«

»Ja, wahrscheinlich stimmt das«, pflichtete Anna ihm bei, ohne gänzlich überzeugt zu sein.

Diese Haltung würde ihnen jedenfalls nicht helfen, einen Weg hier raus zu finden. Aber da machten ihre eigenen Gedanken ihr auch nicht mehr Mut.

»Jelena glaubt, dass Álvaro lügt …«, flüsterte Nick auf einmal.

»Du nicht?«, fragte Anna. »Auf jeden Fall ist er total besessen von seiner Anführerrolle.«

»Schon«, antwortete Nick, »aber ohne sein Feuer und den Rauch wären wir wahrscheinlich verdurstet.«

Anna widerstrebte es, Álvaro dankbar zu sein, auch wenn sich nicht leugnen ließ, dass er ihnen das Leben gerettet hatte.

»Und wer weiß schon, was das alles für Leute sind«, fuhr Nick fort. »Wenn wirklich einer alle vergiften wollte? Dann ist es doch besser, wenn wir vorsichtig sind.«

»Ich weiß nicht.« Alles in Anna sträubte sich dagegen, Nicks Argumenten zu folgen. »Es passt viel zu gut in seine Masche: Er jagt allen Angst ein mit irgendwelchen Geschichten und dann kann er jeden zum Verräter erklären, der ihm nicht in den Kram passt. Ich finde ihn einfach fürchterlich.«

»Ich ja auch, so als Typ ist er furchtbar«, stimmte Nick zu.

Irgendwie fand keiner von ihnen einen Anschluss an das Gespräch und Nick flüsterte irgendwann einfach: »Gute Nacht!«

Sie hätte gern weiter mit ihm darüber geredet, denn es kam ihr wichtig vor. Aber sie wusste nicht, wie, also wünschte sie ihm auch eine gute Nacht.

Während sie versuchte, die schlechten Gedanken zu vertreiben, spürte Anna das Gegenteil: Die Verzweiflung schlich sich zurück und hielt ihr vor Augen, wie ausweglos ihre Lage war. Sie holte schließlich ihr Handy hervor, obwohl sie keinen Strom vergeuden wollte. Auf der Seite liegend schirmte sie mit ihrem Körper und der Hand das Licht des Displays ab, damit es Nick nicht störte. Sie erschrak, als sie sah, dass ihr Akku fast leer war. Die Nachricht an ihren Vater hing noch immer im Ausgang fest: »Ruf mich schnell zurück!«

Sie behielt das Handy in der Hand, auch nachdem sie es ausgeschaltet hatte. Sie hatte kaum mehr Hoffnung, hier irgendwo Netz zu bekommen, und trotzdem fürchtete sie den Moment, in dem der Bildschirm schwarz bleiben würde. Das Handy war ihre letzte, zumindest gefühlte Verbindung nach Hause. All die Male, die sie damit ihre Eltern erreicht hatte, spürte sie wie ein Versprechen, wenn sie es in der Hand hielt. Egal wie unwahrscheinlich es war, solange das Handy noch anging, bestand zumindest die theoretische Möglichkeit, Hilfe zu holen. Doch wie lange würde das noch der Fall sein?

Der alte Mann stand auf einem der Dächer und überblickte die Stadt in der Abenddämmerung. Sein zerschlissener Umhang bewegte sich leicht in einer Brise.

Die Neuankömmlinge waren hier, und fast alles hatte sich zugetragen wie immer. Manchen fiel die Ankunft leichter, anderen schwerer. Es gab jetzt zwei größere Gruppen von ihnen, und die nächsten Tage würden sie damit zubringen, ihre Umgebung zu erkunden. Die eine oder andere Überraschung stünde ihnen noch bevor. Der Alte hoffte nur, dass es nicht wieder Krieg geben würde, wenn sie aufeinandertrafen.

Fast alles war wie immer. Aber etwas tat sich unter der Erde, der Alte hatte es gespürt. Etwas war dort in Aufruhr geraten und das war neu. Er glaubte nicht, dass es das dunkle Herz war. Das schwarze Böse schlummerte dort unten, denn noch waren die Fesseln stark, die es seit so langer Zeit an diesem Ort hielten. Nein, was sich dort regte, fühlte sich anders an und der Alte konnte nur Vermutungen anstellen, was geschehen war. Er versuchte sich zu beruhigen: Früher oder später würde sich die Bedeutung offenbaren. Dann musste er entscheiden, ob er handeln sollte.

Wohl fühlte er sich dabei nicht. Er war lieber stiller Beobachter, hatte zugesehen, wie sein eigenes Volk kleiner und kleiner geworden war, und hatte schließlich die letzte Pflicht auf sich genommen, anstatt mit den anderen dahinzuscheiden. Er hatte die Bauwerke an der kargen Oberfläche wachsen sehen, in den Monaten, in denen er die ersten Ankömmlinge beobachtet hatte, um sie einschätzen zu können. Das junge Volk war ihm fremd und vertraut zugleich gewesen. Viele Wellen waren seither über die Stadt geschwappt und es war seine Aufgabe, sich um die Ordnung zu bemühen, und das Schicksal dieser Menschen nicht noch schlimmer zu machen.

Nein, das war nicht richtig. Hier gab es keine Ordnung und er konnte keine aufstellen, davon zeugten all die Konflikte, die der Wüstensand schon gesehen hatte. Er war nur dem Erbe seines Volkes verpflichtet und musste alles unternehmen, die Fesseln um das dunkle Herz zu stärken. Letztlich dienten sie alle an diesem Ort nur ihrem Gefangenen. Der Alte selbst und jene, die nun neben ihm die Oberfläche besiedelten. Zeit, ein eigenes

Gotteshaus zu bauen, würden sie nicht haben, doch für den Alten war das ein tröstender Gedanke. Was immer sich dort unten regte: Mit der Ernte würde wieder Ruhe einkehren.

Der Alte spürte den Wind und hörte auf die Geräusche der neuen Bewohner, die er brachte. Da war das Zirpen und Rascheln von Insekten, ein flatternder Flügelschlag, irgendwo ein erschöpftes Grunzen. In der Ferne konnte er zwei Schemen auf der Mauer erkennen, Wachen, die sie aufgestellt hatten. Bald würde die Dunkelheit sie verschlucken.

Auf einmal brach ein Heulen in die Szenerie. Hoch und schrill thronte es für ein paar Sekunden über dem Einbruch der Nacht. Es kam aus den grünen Hallen, dort, wo die Mahlwerke am lautesten dröhnten. Weitere Stimmen antworteten und stimmten ein.

Die Schemen auf der Mauer gerieten in Aufruhr und weitere kamen dazu, als das Heulen längst verstummt war. Der Alte konnte ihre Angst fast körperlich spüren. Angst war gefährlich. Hoffentlich würde es nicht wieder Krieg geben …

Jäger und Kundschafter

Am nächsten Vormittag wollte Jelena mehr von den Bewohnern der Burg erfahren. Sie waren morgens zum Brunnen gegangen und in Ermangelung eines Frühstücks hatten sie dort getrunken und sich gewaschen. Anna hatte Schmerzen vor Hunger, egal mit wie viel Wasser sie ihren Bauch füllte. Die ganze Nacht hatte es in ihrem Magen rumort. Auch einige andere hatten sich beim Brunnen eingefunden, die meisten von ihnen Erwachsene in Straßenkleidung, deren Gesichter müde und erschöpft wirkten. Die Rufe der Heuler vom letzten Abend steckten wohl allen in den Knochen: Niemand hatte gut geschlafen, obwohl noch mehr Wachen postiert worden waren. Auch wenn die Laute nicht besonders nah geklungen hatten, die Schauergestalten, die Annas Vorstellungskraft zu dem Heulen hervorbrachte, wurden mit jedem Mal fürchterlicher.

Sie versuchten, mit den anderen um den Brunnen in Kontakt zu kommen, doch diese schienen wenig Interesse an einem Austausch zu haben. Es mochte an Álvaros Rede liegen oder daran, dass der Hunger an ihnen nagte. Sie hockten in kleinen Grüppchen, die Hosen staubig vom Wüstensand, und beäugten die Neuankömmlinge missmutig. Nur eine tat Annas Gesprächsaufnahme nicht einsilbig ab: Ihr Name war Elif, eine Türkin mit langem schwarzem Haar, etwas älter als Anna selbst. Jelena und Nick gesellten sich dazu, als sie die Unterhaltung mitbekamen, während Chloé und Arthur noch an den Wasserträgen spielten. Lev hielt sich dagegen zurück. Er hatte nach der Begegnung mit Kyle ja zum Ausdruck gebracht, dass er kein Risiko eingehen wollte.

»Wie habt ihr euch gefunden?«, fragte Elif, nachdem sie erzählt hatten, dass sie gemeinsam dem Rauch in die Burg gefolgt waren.

Sie berichteten von der Kirche und der ohnmächtigen Frau und kamen dann auf sie zu sprechen.

»Ich bin schon seit vorgestern hier«, sagte Elif. »Ich bin nicht weit von der Mauer angekommen, da wo es so heiß ist.«

Anna nickte, das Mädchen musste das Hitzeflimmern in der Wüste meinen, das auch sie gesehen hatten.

»Das Tor war offen und da haben wir den Brunnen gefunden. Am Anfang waren wir nur ein paar, bis zum Abend schon ein Dutzend. Am nächsten Tag haben wir das Feuer gemacht und den Rest wisst ihr …«

Jelena stellte die Frage, die auch Anna unter den Nägeln brannte. »Hast du den … Zwischenfall mitbekommen, von dem Álvaro gesprochen hat?«

»Ja«, antwortete Elif freiheraus und kein bisschen erschrocken, wie Kyle es gewesen war. »Das war ziemlich am Anfang. Hat uns alle ganz schön mitgenommen. Es war genau, wie Álvaro es geschildert hat.« Sie spulte es herunter wie auswendig gelernt. Vielleicht hatte sie schon mit der Frage gerechnet.

»Und ihr habt ihn dabei erwischt?«, hakte Jelena nach. »Hast du ihn gesehen?«

»Nein, es ging alles ziemlich schnell«, antwortete sie, »so genau weiß ich das auch nicht mehr. Wird Zeit, dass wir heute was zu essen finden, oder?«

Die Ablenkung war so offensichtlich, dass es fast komisch wirkte. Als Jelena schon zu einer weiteren Frage ansetzte, schüttelte Elif kaum merklich den Kopf und die erwachsene Polin stockte.

»Ich hab ziemlich Hunger, ihr auch?«, beharrte sie in bemüht plauderhaftem Ton und schließlich antwortete Anna an Jelenas Stelle ebenso oberflächlich. Danach plätscherte das Gespräch dahin, bis Jelena frisches Wasser für die alte Frau holen ging und Lev dabei einsammelte. Chloé und Arthur blieben noch. Die kleine Gruppe wandte sich um zum Gehen, und wie Anna gehofft hatte, erhob sich Elif mit ihnen.

»Wartet, ich komme mit«, verkündete sie und so verließen sie den Brunnenplatz zu fünft. Elif war gertenschlank und groß. Größer als Anna und vielleicht sogar als Nick. Sie trug Jeans und ein Top mit Spaghettiträgern. Anna selbst hätte sich in einem ihrer Tops weit wohler gefühlt als in der taillierten schwarzen Bluse, doch sie hatte eben nichts anderes. Als sie das Haupthaus und seine Nebengebäude hinter sich gelassen hatten, ergriff Elif plötzlich das Wort.

»Ihr müsst aufpassen, wem ihr solche Fragen stellt, vor allem nach der letzten Versammlung.« Anscheinend hatte sie sich vorher gut im Griff gehabt, denn nun lag doch Angst in ihrer Stimme. »Álvaro ist gefährlich und Enzo auch. Das mit dem Brunnen hat uns Álvaro schon vorgestern weismachen wollen, aber ich glaube ihm kein Wort.«

»Wieso nicht?«, fragte Anna angespannt.

Elifs Miene verfinsterte sich. »Weil ich Sinan kannte. Sie haben ihn einen Wahnsinnigen genannt, aber wir hatten uns schon vorher unterhalten, und da war er kein bisschen wahnsinnig. Er war in einem schlechten Zustand, als sie ihn uns vorgeführt haben. Und ihr Zeuge war Kyle, wisst ihr, wer das ist?«

Anna schnaubte und rieb mit der Hand unwillkürlich über die blauen Flecken an ihrem Arm. »Den kennen wir gut.«

»Achtung!«, zischte Lev plötzlich und Elif schrak zusammen.

Hinter ihnen näherte sich Enzo mit schnellen Schritten vom Brunnenplatz.

»Ihr da!« Sein ausdrucksloses Doggengesicht glänzte wie gestern unter einem dünnen Schweißfilm. »Der Boss hat euch eingeteilt. Dich auch.« Er nickte in Elifs Richtung und ließ seinen Blick auf ihr ruhen.

»Wofür eingeteilt?«, wollte Elif wissen. Enzo fixierte sie weiter und Elif erwiderte den Blick, ohne zu blinzeln. Hatte Álvaros Handlanger etwas von ihrem Gespräch mitgehört?

»Kundschafter. Er sagt euch selbst, was ihr zu tun habt.«

Es war der denkbar unglücklichste Zeitpunkt, jetzt, wo sie gerade etwas Licht ins Dunkel brachten. Als Enzo sich abwandte, machte Anna Anstalten, ihm zu folgen.

»Nicht die Kinder, zu gefährlich. Nur ihr drei«, brummte das Doggengesicht.

Wut kochte in ihr hoch. Hatten sie sich hierher durchgeschlagen, damit man sie nun behandelte, als gehörten sie in den Kindergarten? Außerdem konnte Elif nicht so viel älter sein als sie.

»Wir sind doch überhaupt nur wegen eures Brunnens hier«, protestierte Anna. »In der Stadt sind wir auch sehr gut alleine klargekommen.«

»Wir wollen genauso wissen, was mit uns passiert ist und warum wir hier sind!«, fügte Nick hinzu und Anna hörte selbst, dass Enzo sie schon jetzt in die Rolle hilfloser Kinder gedrängt hatte.

Der ging voraus und ignorierte ihre Beschwerden, wie er es schon bei der Versammlung getan hatte. Anna hoffte noch auf Unterstützung durch Jelena oder Lev, aber dieses Mal wurde sie enttäuscht.

»Es muss sich auch jemand um die alte Frau kümmern«, sagte Jelena beschwichtigend. »Es geht ihr langsam besser, vielleicht wacht sie bald auf.«

»Das kann Chloé alleine.«

Doch auch Lev setzte sich nicht für sie ein: »Wir wissen nicht, was da draußen lauert. Es ist besser so.«

Wütend nahm Anna Lev den vollen Tonkrug aus der Hand. Nick wandte sich mit ihr zum Gehen, während Elif und die Erwachsenen Enzo zurück zum Haupthaus folgten.

Auf dem Rückweg gingen sie noch einmal gemeinsam Elifs Behauptungen durch: War dieser Sinan zu Unrecht von Álvaro beschuldigt worden, wie Elif gesagt hatte? Und hatte Álvaro Kyle zu einer falschen Aussage gedrängt?

Aber Nick meinte, das käme ihm wie ein ziemlich großer Aufwand vor, um die wenigen Menschen unter Álvaros Kontrolle zu zwingen, die zu Beginn hier gewesen waren. Anna konnte ihm nicht widersprechen. Es schien ohnehin so, als befolgten die Bewohner gerne die Anweisungen des selbst ernannten *Comandante*. In seiner Militärmontur und mit seinem Gehabe gab er ihnen wohl das Gefühl, der naheliegende Anführer zu sein.

Tatsächlich kam die alte Frau gegen Mittag zu sich. Sie war zunächst orientierungslos und Nick bemühte sich, sie zu beruhigen. Trotzdem jammerte sie weiter über die Dämonen und die Hölle, die ihnen drohte. Nick rang ihr zumindest ihren Namen ab, sie hieß Faní.

Die beiden sprachen nur Griechisch, und was Nick ihr davon übersetzte, wollte Anna nicht hören. Er versuchte noch immer, der Alten auszureden, dass sie die ewige Verdammnis befürchten müsse. Chloé war mit dem pitschnassen, aber fröhlichen Arthur vom Brunnen zurückgekommen. Sie hatte Enzo mit den drei anderen im Haupthaus verschwinden sehen. Nach und nach waren kleinere Gruppen, auch mit Jelena und Lev, von dort in Richtung Tor aufgebrochen. Mehr konnte die Französin ihnen nicht sagen.

Nick wäre es sichtlich lieber gewesen, Anna wäre geblieben, und fast tat sie das auch. Aber dann fing die Alte wieder an zu jammern und Anna entschied, dass sie frische Luft brauchte. Weil Nick seine desorientierte Landsfrau nicht allein lassen wollte, ging sie schließlich ohne ihn nach draußen und stieg in der Nähe auf eins der Dächer, von denen man über die Mauer sehen konnte. Wohin mochte Álvaro Jelena und Lev geschickt haben?

Auch wenn sie der Hunger quälte, der größte Teil des Ärgers kam wohl daher, dass sie hier völlig nutzlos herumsitzen musste.

Weil ihr nichts Besseres einfiel, kletterte sie wieder hinunter und suchte nach der Stelle, wo Arthur durch das Loch in der Mauer geklettert war. Sie brauchte eine gefühlte Ewigkeit, bis sie das Loch in einem halb eingestürzten Haus entdeckte, wo die bröckelige Rückwand den Blick darauf freigab. Das Mauerwerk des Dachs bröselte schon allein von den Erschütterungen Annas vorsichtiger Schritte. Um das Loch zu erreichen, musste sie hinter die Trümmer der Rückwand klettern.

Anna wusste, dass sie den Mauerdurchbruch eigentlich Álvaro hätte melden müssen, denn die Stelle war außer dem bewachten Tor vielleicht der einzige Zugang in die Burg. Anna dachte aber nicht daran. Sie glaubte nicht, dass jemand den Durchgang aus eigenen Stücken finden konnte, und es war ihr einziger Ausweg, wenn man sie hier weiter einsperrte. Nach Elifs Erzählung gab es außerdem einen Grund mehr, dem *Comandante* nicht zu trauen.

Anna nahm sich einen Steinziegel vom Boden (es lagen mehr als genug herum) und begann die Ränder des Lochs damit zu bearbeiten. Wie mit einem Hammer schlug sie Stück für Stück die Kanten der Steine ab und vergrößerte so den Durchgang. Es war eine mühsame, schweißtreibende Arbeit, aber sie vergaß den Hunger darüber und konnte sich zumindest einreden, etwas Sinnvolles zu tun.

Die Zeit verstrich und Anna verlor das Gefühl dafür. Irgendwann war sie der Meinung, das Loch sei nun groß genug, dass sie oder Nick und vielleicht auch Jelena hindurchpassen würde. Lev vermutlich nicht, aber ein Loch von seinem Bauchumfang war an einem Tag auch nicht zu schaffen. Sie fühlte sich gut mit ihrem Werk, zumindest hatte sie etwas getan und nicht auf die Rückkehr der anderen gewartet. Nachdem sie sich den Staub von der Hose geklopft hatte, machte sie sich auf den Rückweg.

Am Eingang ihres Lagers sah sie schon von Weitem Nick, der ihr sofort bedeutete, sich zu beeilen. Beunruhigt beschleunigte Anna ihre Schritte, doch er kam ihr dennoch entgegen.

»Wo hast du gesteckt? Ich hab dich schon gesucht, Lev und Jelena sind zurück.«

Angesichts seines bleichen Gesichts sparte sie sich lange Erklärungen.

»Was ist denn …?«

»Lev ist verletzt worden«, fiel er ihr ins Wort. »Sie sind auf irgendwen gestoßen! O Gott, ich hab nichts gesagt, weil Enzo dabeistand, aber ich dachte schon, du wärst ihnen heimlich nach oder so … Lev meinte, es seien die Heuler gewesen. Enzo hat die beiden gleich mit zu Álvaro genommen, komm mit!«

Sie rannten sofort los, so schnell, dass Anna bald die Lunge davon brannte. Gleichzeitig spürte sie dieselbe Panik in sich aufsteigen wie zu Beginn, als sie begriffen hatte, dass sie mit dem Handy keine Hilfe würde holen können. Mit Lev und Jelena war zumindest ein Hauch von Ordnung in dieses Chaos gekommen. Nicht auszudenken, wenn ihnen nun etwas zugestoßen war …

Die Strecke bis zum Brunnenplatz überquerten sie in Windeseile. Ohne zu zögern, stürmten sie danach in den Versammlungsraum im Haupthaus. Die Stimmen kamen von oben, also stiegen sie die Treppe hinauf und kamen in einen weiteren, großen Raum. Eine Art gemauerter Tisch stand darin, ähnlich dem Altar in der Kirche. Álvaro hatte sich mit Enzo hinter dem Tisch aufgebaut, während Jelena und Lev auf einer Art steinernen Bank davor saßen.

Die Reaktionen, als Anna und Nick am Treppenaufgang erschienen, fielen unterschiedlich aus. Jelena drehte sich zu ihnen um und lächelte flüchtig, wie zum Zeichen, dass alles in Ordnung sei. Auf Álvaros Stirn zeigte sich dagegen eine steile Falte, als er sie erblickte. Lev war in vollem Redefluss und bemerkte sie gar nicht. Sein Strickpulli war voller Schmutz und wies auch ein paar dunkel eingetrocknete Blutspuren auf.

»... ein Dschungel in den Hallen. Wuchert aus allen Ecken. Wir sind rein und auf einmal waren sie überall, wie die Affen.«

Álvaro hatte sie also zu den Hallen geschickt, auf der anderen Seite der Stadt. Anna war fassungslos: Nick und sie selbst hatten das Heulen aus der Richtung der Hallen gehört, als sie von dort gekommen waren. Hätte es eine Aussprache gegeben oder wären sie dabei gewesen, dann hätte sie ihnen davon erzählt und sie wären vielleicht vorsichtiger gewesen. Aber Hauptsache, man hatte die *Kinder* aus der Sache herausgehalten.

»Sie haben Steine geworfen«, setzte Lev seine Erzählung fort, »und uns angebrüllt und wir sind gerannt, wieder an diesen – diesen Turbinen vorbei, die so einen Lärm machen. Sie haben mich am Kopf getroffen und dann ist das passiert.«

Lev deutete auf seinen linken Fuß. Seine Hose war ein Stück nach oben gekrempelt und man sah, dass sein Knöchel fast zur Größe einer Faust angeschwollen war.

Álvaro machte sich nicht die Mühe, sich nach vorn zu beugen, um es zu sehen.

»Und es gab Pflanzen dort, die Früchte tragen?« Er sagte es, als wäre das schon gesagt worden, aber er wollte sich dessen noch einmal versichern.

Jelena setzte zu einer Antwort an, doch Lev war nicht zu bremsen.

»Da!«, bejahte er in seinem Eifer auf Russisch. »Überall. Bis auf dort, wo das Dach kaputt war, da war alles verdorrt. Aber wo sie uns angegriffen haben, da gab es alles Mögliche.«

»Gut, vielen Dank für euren Einsatz! Ihr könnt euch jetzt erholen und zurück zu eurer … Gruppe.«

Álvaro deutete auf Nick und Anna an der Treppe und Lev drehte sich nach ihnen um. Anna erschrak, als sie das verschmierte Blut in seinem Gesicht sah. Es bildete eine Spur vom Haaransatz bis in die Augenbrauen und über seine rechte Wange. Strähnen blutverklebten Haares hingen ihm ins Gesicht.

»Moment«, begann Jelena. »Das ist noch nicht …«

»Es gibt bald wieder eine Versammlung, da werden wir alles Weitere beraten«, wiegelte Álvaro ab, und als zwei Männer in sandig-staubiger Kleidung die Treppe hochkamen, nutzte er das aus.

»Hier kommen die nächsten Kundschafter, wir sehen uns später.«

Jelena schien kurz hin- und hergerissen, ob sie sich Álvaro widersetzen sollte, aber dann griff sie doch Lev unter die Arme. Anna und Nick halfen ihr dabei, den Verletzten heil die Treppe hinunterzubugsieren.

»Bist du o. k.?«, fragte Nick Lev sofort, als sie unten waren. Er übernahm nun die linke Schulter des Russen, Jelena die rechte. »Was hat euch da angegriffen?«

»Diese Teufel waren überall«, schnaufte Lev. »Ohne Jelena wäre ich gar nicht wieder rausgekommen, dann hätten sie mich wahrscheinlich zu Ende gesteinigt.«

»Álvaro hat euch zu den Hallen geschickt?« Anna wollte die Geschichte von vorne und der Reihe nach hören. Doch das erwies sich angesichts Levs Aufregung als gar nicht so einfach.

»Ja, er hatte so eine Vermutung und er hat den Nagel auf den Kopf getroffen«, erwiderte Lev. »Da draußen wachsen Pflanzen, Obst und Gemüse, alles ist voll davon. Sie haben schon ein paar der Hallen zerstört und wir waren vorsichtig, aber sie haben uns in eine Falle gelockt. Sie haben geschrien und dann wurde ich getroffen und Jelena hat mich rausgezogen. Erst hat es nicht mal wehgetan, aber dann!« Er stöhnte, als durchlebte er den Schmerz noch einmal.

»Und wer waren *sie*?«, hakte Anna nach.

Jelenas Gesichtsausdruck wirkte besorgt, aber sie beteiligte sich nicht an Levs Erzählung, schien ihm überhaupt nicht zuzuhören. Sie waren bereits am Brunnenplatz vorbei und einige schauten ihnen nach. Lev redete noch immer laut und sah mit seinen Verletzungen zum Fürchten aus.

»Das waren die Heuler, mit Sicherheit!«, sagte er. »Das sind Monster, sag ich euch, Wilde! Das müssen sie gewesen sein! Wie – ist das *mein Schwein*?«

Anna hatte Levs Ausführungen mit zunehmender Bestürzung gelauscht. Als sie nun seinem Blick zum Tor folgte, entdeckte auch sie die Gruppe von sechs Männern. Der Hüne mit dem Vollbart, der bei der Versammlung am Ende nach dem Verräter gefragt hatte, führte sie an. Der Pulli, den er dort noch getragen hatte, war ihm nun lässig um die Hüfte geschlungen. Gemeinsam mit einem zweiten Mann schulterte er eine Stange, die sich unter dem Gewicht eines großen Schweins bog. Die Pfoten der Sau waren um die Stange gebunden und der gescheckte Körper wies zahlreiche Stichwunden auf und war voller Blut. Der Kopf baumelte herunter und aus einer großen Wunde am Hals tropfte noch Blut vom roten Fleisch. Auch das vordere Ende der Stange glänzte rot, eine Stein- oder Knochenspitze war dort befestigt, und das weiße T-Shirt des Riesen starrte vor Dreck und Blut.

Die restlichen vier Jäger flankierten die Beute. Sie trugen Steine und angespitzte Knochen in den Händen und grinsten voller Stolz. Anna spürte Übelkeit in sich aufsteigen. Ihrem Magen setzten all das Blut und die Brutalität der Szene arg zu, auch wenn sie wohl ein Ende des Hungers bedeutete: Das Tier sah groß genug aus, sie alle satt zu machen. Dennoch war das stolze Grinsen der Jäger kaum zu ertragen. Sie hatten offenbar einen Männerclub gefunden, in dem sie sich wohlfühlten. Hatte jeder dem Schwein noch einmal seine Waffe in die Seite gestochen, um hinterher sagen zu können, er habe ihm den Todesstoß gegeben? Den Anschein machten sie zumindest. Nur der Große schaute genauso ernst wie bei der Versammlung.

»Hey, wir könnten Hilfe brauchen!«, rief er, als er sie entdeckte.

Wieder kam es Anna vor, als hätte der Mann einen deutschen Akzent.

»Wir müssen Lev versorgen«, sagte Jelena an Nick gewandt, der mit ihr den Russen stützte. Sie schien keine Geduld zu haben, sich jetzt noch mit der Jägertruppe auseinanderzusetzen.

»Hilf doch du ihm«, schaltete sich Lev an Anna gewandt ein. »Umso schneller bekommen wir etwas zu beißen. Ich sterbe vor Hunger!«

Anna war völlig überrumpelt, aber sie konnte sich schlecht weigern. Sie hatte zwar noch eine Menge Fragen dazu, was Lev und Jelena dort draußen geschehen war, aber die würden wohl warten müssen.

»O. k., dann bis später«, sagte sie zögerlich.

Nick warf ihr und den Jägern einen skeptischen Blick zu. Er schien von Levs Vorschlag auch nicht besonders viel zu halten. Aber es half nichts: Anna gab sich einen Ruck und wandte sich den Jägern zu, die schon weiter zum Brunnenplatz zogen. Hinter ihr setzte die immer noch abwesend wirkende Jelena mit Nicks Hilfe und dem humpelnden Russen in der Mitte den Weg in ihr Lager fort.

»Wir brauchen Glut«, stellte der kahlköpfige Anführer der Jäger mit dem Vollbart fest. »Je schneller wir ein Feuer haben, desto schneller gibt es Glut zum Grillen.«

Die Männer hängten das Schwein an einem der Nebengebäude des Haupthauses auf. Die Mauer war unregelmäßig genug, dass sie die Hinterläufe an zwei hervorlugenden Ziegelsteinen festbinden konnten. Nun starrte das Tier dort auf die Lache aus Blut hinunter, das beim Aufhängen aus seinem Hals und Maul geflossen war. Der Anblick schlug Anna erneut auf den Magen.

»Ich glaube nicht, dass noch etwas Brennbares übrig

ist«, antwortete ein anderer. »Wir haben alles, was wir gefunden haben, in unserem Signalfeuer gestern verbrannt.«

»Ohne Feuer können wir das Fleisch nicht essen«, brummte der Hüne.

»Soll ich gehen und Álvaro fragen?«, bot Anna an und war schon mit einem Fuß in Richtung Haupthaus unterwegs. Sie hatte zwar wenig Interesse an einer Begegnung mit Álvaro, aber es konnte nur besser sein als das, was sie hier erwartete.

»Nein«, widersprach der Kahlkopf und musterte sie. »Bogdan geht.«

Einer aus der Runde nickte ergeben und lief los. Der Anführer schien sich bei der Jagd den Respekt seiner Männer verdient zu haben.

Während die stolzen Jäger an die Wassertröge gingen, um zu trinken, nahm der Hüne ein zusammengeschnürtes Lederbündel von seinem Gürtel und öffnete es auf dem Boden neben dem Schwein.

»Wie heißt du, Mädchen?«, fragte er, ohne aufzusehen.

»Anna«, antwortete sie.

»Maik«, erwiderte der Mann und streckte ihr aus der Hocke die blutverschmierte Hand entgegen. Vor ihm lagen nun einige Werkzeuge auf dem Leder, die aussahen wie Relikte aus grauer Vorzeit. Da war ein grober Stein, der wie ein Handbeil ohne Stiel zu einer scharfen Kante zulief, ein langer Knochen mit zahlreichen eingeschnitzten Sägezähnen und noch allerlei kleinere scharfkantige Steine und knöcherne Nadeln. Anna überwand ihren Ekel und ergriff die große Pranke des Mannes. Sie fragte sich, wo er die Sachen wohl herhatte.

»Du bist Deutsche, oder?«, fragte er sie geradeheraus in ihrer Muttersprache. Anna nickte.

»Ja«, antwortete sie, ebenfalls auf Deutsch und unsicher, ob sie sich über diese Gemeinsamkeit freuen sollte. »Ja, und du anscheinend auch.«

Er lachte laut auf. »Ist das so schlimm?«

Maik nahm die Werkzeuge nacheinander in die Hand und prüfte ihre Schärfe. »Ich dachte, wir bekämen hier ein bisschen mehr Begeisterung für unsere Beute. Aber du würdest wohl lieber Sand und Steine essen?«

Anna warf noch einen Blick von dem Steinbeil und der Knochensäge hinüber zu dem aufgehängten Schwein, doch ehe sie antworten konnte, antwortete Maik sich selbst.

»Nein, würdest du nicht. Aber du kennst dein Fleisch in mundgerechte Portionen geschnitten und in Plastik verpackt aus dem Supermarkt, hm? Ungewohnt, wenn es ein Gesicht hat.«

Anna war vor den Kopf gestoßen, was damit zusammenhängen mochte, dass sie sich ertappt fühlte.

»Nur weil ich nicht drauf abfahre, ein lebendes Tier mit spitzen Stöcken zu quälen, heißt das nicht, dass ich nicht weiß, was ich esse!«, erwiderte sie heftig.

»Also?«, fragte Maik.

»Also was?«

»Weißt du, was du isst?«, knurrte ihr Gegenüber, während er mit dem behelfsmäßigen Steinbeil und einer Knochensäge in der Hand aufstand. »Dann widersprich mir doch, wenn das besser ist, als was wir hier machen.«

Natürlich kauften sie zu Hause ihr Fleisch im Supermarkt. Sollten sie etwa mit Pfeil und Bogen in den Wald gehen? Aber sie wusste selbst, dass das meiste Fleisch aus den Verkaufstheken kaum ein gnädigeres Schicksal gehabt haben dürfte als dieses Schwein.

Zu ihrem Erstaunen verzichtete Maik auf eine abfällige Bemerkung, obwohl sie offensichtlich nichts entgegenzusetzen hatte. Stattdessen teilte er mit ruhiger Hand das Schwein in zwei Hälften. Es tropfte dabei fast kein Blut mehr auf den Boden.

»Woher kannst du das?«, fragte Anna.

»Ich habe einen Jagdschein. Und mach dir keine Gedanken, Blicke wie deinen vorhin kenn ich zur Genüge.«

Mit dem letzten Ruck baumelten die zwei Hälften getrennt voneinander an der Wand.

»Ich hab natürlich keine Ahnung, wo der Bursche hier herkommt. Kann genauso aus einem Mastbetrieb stammen.«

»Du meinst, das Schwein ist nicht von hier?«, fragte Anna.

»So viel ist sicher. War schon halb verdurstet, der Kollege, und Futter findet der hier auch keins. Der ist so hergekommen wie wir, wenn du mich fragst. Aber was das heißt, kann ich dir auch nicht sagen ... Hier, mach dich mal nützlich!«

Maik gab ihr ein großes Stück Fleisch, das er aus der linken Schweinehälfte herausgeschnitten hatte. Er hielt ihr dazu einen scharfkantigen Stein hin.

»Schneid es einfach in gleichmäßige Scheiben. Das können wir nachher herrlich braten.«

Die grobe Arbeit hatte Maik schon gemacht und Anna war erstaunt, wie schnell sich der brutale Anblick des toten Schweins in ein gewohntes Bild verwandelte. Nachdem Maik den Kopf abgetrennt und das Tier geteilt hatte, dachte man schon nicht mehr an das lebende Tier, sondern stattdessen an aufgehängte Schweinehälften in Kühlhäusern und Metzgereien – eben an Ware. Einzig den dampfenden Haufen von Darmschlingen neben Maik konnte Anna nicht ansehen, ohne dass ihr wieder etwas flau wurde. Nach und nach schnitt Maik verschiedene Fleischportionen zurecht und die anderen Jäger halfen. Bei der Arbeit verlor Anna schnell ihr Unbehagen, aber es war eine Plackerei.

»Lange haben wir sowieso nichts mehr von den Tieren«, sagte Maik nachdenklich zu ihr. »Der hier war schon nicht mehr wirklich gut zu Fuß. Da draußen sterben und verrotten uns die anderen, bevor wir sie überhaupt einsammeln können.«

Anna erzählte von Jelena und Levs Fund in den Hallen. Dass es dort Pflanzen mit Obst und Gemüse gab, hellte Maiks Stimmung auf. Sie berichtete ihm auch von ihrer Ankunft und wie Lev dieses Schwein schon einmal durch die Gassen gejagt hatte. Es war eine angenehme Abwechslung, Deutsch zu reden. Anna fand sich im Englischen gut zurecht, dennoch musste sie oft überlegen und nach Wörtern suchen. Gerade in den längeren Gesprächen mit Nick hatte sie schon gemerkt, wie sie an ihre Grenzen stieß.

Irgendwann kam auch Nick nach und entdeckte Anna inmitten der Jäger bei der Arbeit. Maik gab ihm Werkzeug und er gesellte sich zu ihr.

»Alles in Ordnung mit Lev?«, fragte sie.

Er nickte. »Ja, auch wenn er ziemlich durch den Wind ist. Du hast ihn ja erlebt.«

Nick hatte die Arbeit kaum aufgenommen, da kehrte der Jäger, den Maik Bogdan genannt hatte, mit einem Mädchen an seiner Seite vom Haupthaus zurück. Es war Elif.

»Wir können kein Feuer machen«, verkündete diese, ohne die weitgehend ausgeschlachteten Schweinehälften oder die Innereien am Boden zu genau zu betrachten. Sie reagierte auch mit keiner Regung auf Annas oder Nicks Anwesenheit. Anna wollte die Geschichte des Mädchens unbedingt zu Ende hören. »Wir haben kein Holz übrig, aber es gibt eine andere Möglichkeit.«

Elif erzählte, dass sie ebenfalls als Kundschafterin unterwegs gewesen war.

»Ich hab mir mit Kyle dieses Hitzeflimmern in der Wüste angesehen.«

Bei der Erwähnung von Kyle horchte Anna auf. Laut Elif hatte Álvaro ihn als falschen Zeugen für den vergifteten Brunnen benutzt. Hatte er es nun auf Elif abgesehen?

Bogdan und sie hatten einige Tonscherben aus dem Haupthaus mitgebracht, jede davon etwa so groß wie zwei Handflächen.

»Wir haben dort einige Öfen gefunden.«

»Öfen?«, wiederholte Maik stirnrunzelnd, wie um sicherzugehen, dass er sie richtig verstanden hatte.

»Ja, der Boden da draußen ist ganz heiß und die Öfen scheinen das irgendwie noch zu verstärken. Überall sind Spuren von Lehm, vielleicht wurden dort die Ziegel der ganzen Häuser gebrannt.«

Sofort schossen Anna ein Dutzend Fragen durch den Kopf: Wie alt waren die Lehmspuren? Woher kam diese Hitze? Wer war vor ihnen hier gewesen? Lev hatte von irgendwelchen lärmenden Turbinen bei den Hallen gesprochen, erinnerte sie sich. Wie passten die modern wirkenden Konstruktionen dort mit den primitiven Bauten im Rest der Stadt zusammen?

»Wenn die Öfen so heiß sind, wird das Fleisch verbrennen«, wandte einer der Jäger ein, dessen größte Sorge sein Hunger zu sein schien.

Elif wies auf die Scherben, die sie gebracht hatten. »Wenn ihr euer Fleisch klein genug schneidet, dass es auf die Tonscherben passt, dann müsste es gehen.«

»*Unser* Fleisch?«, antwortete Maik. »Hast du keinen Hunger?« Der verkannte Jäger schien sein Thema zu sein.

»Ich bin Muslima.« Elif hielt seinem Blick, ohne mit der Wimper zu zucken, stand. »Ich esse kein Schwein.«

»Wart ein paar Tage ab«, brummte Maik, aber sie ging nicht darauf ein.

»Wenn ihr alles vorbereitet habt, zeig ich euch den Weg.«

»Álvaro will jetzt Versammlung halten«, fügte Bogdan hinzu. »Er sagt, wir Jäger können das Fleisch fertig machen, und Elif führt uns zu den Öfen, sodass es hinterher etwas zu essen gibt.«

Die Männer nickten.

»Der Rest soll ins Haupthaus kommen. Dich will er auch dabeihaben, Maik.«

Der Anführer gab seinen Jägern noch ein paar Anweisungen, was zu tun war. Nick wandte sich Anna zu.

»Ich geh noch mal los und sag Jelena Bescheid, sie will bestimmt dabei sein.«

»Ja, gut«, nickte Anna. Sie sah der zweiten Versammlung mit weit gemischteren Gefühlen entgegen als der ersten. Ob Álvaro bereits etwas gegen Elif in der Hand hatte? Oder sah sie Gespenster und es war reiner Zufall, dass er Kyle Elif zugeteilt hatte? Sie mussten aufdecken, was hier wirklich los war, bevor er sich gegen sie in Stellung bringen konnte.

»Hast du mit Elif …?«, murmelte Nick leise.

»Nein«, antwortete sie ebenfalls flüsternd. »Vielleicht können wir heute Abend mit ihr reden.«

Nick lief los, um Jelena zu holen, während Anna sich am Brunnen waschen ging. Sie wollte das Blut an ihren Händen schnell loswerden, außerdem dachte sie an Maiks Worte: Sie wussten nicht, wo das Schwein eigentlich hergekommen war, und das Letzte, was sie hier brauchen konnten, waren irgendwelche Krankheiten.

Die Heuler

»Wir haben zu essen«, begrüßte Álvaro die Versammlung. »Dank unserer großartigen Jäger und ihrem Anführer Maik haben wir Fleisch, das gerade gebraten und nach der Versammlung verteilt wird.«

Der Jubel darauf zeugte davon, dass sie alle seit mehr als zwei Tagen keinen Bissen mehr zwischen die Zähne bekommen hatten. Natürlich hatte es sich schon herumgesprochen und das zerteilte Schwein am Brunnenplatz war nicht zu übersehen gewesen, aber mit Álvaros Verkündung wurde es wirklich wahr, dass der Hunger ein Ende hatte.

Anna dachte an Elif, die die Jäger draußen zu den Öfen führte und nichts vom Festmahl haben würde, weil ihre Religion ihr kein Schweinefleisch erlaubte.

»Auch unsere Kundschafter waren erfolgreich«, fuhr Álvaro fort, als wieder Ruhe in dem vollen Raum einkehrte. »Wir wissen nun deutlich mehr darüber, wo wir sind. Leider sind das nicht nur erfreuliche Nachrichten.«

Jelena saß neben Anna und Nick. Sie hatten Platz auf

der Treppe gefunden und die Polin fixierte den *Comandante* in der Uniformjacke konzentriert durch ihre Brille, als wollte sie jedes Wort auf Ungereimtheiten überprüfen.

»Wir haben weiter keinen Hinweis darauf, wo wir uns befinden. Ich habe Männer in die Wüste ausgeschickt, doch sie haben dort nichts gefunden. Maik berichtet, dass die Tiere in der Stadt uns nicht lange satt halten werden. Die wenigen, die es gibt, verdursten und verhungern selbst.«

Maik stand vorne an der Tür. Er hatte noch immer das T-Shirt mit dem getrockneten Blut an, hob bei der Erwähnung seines Namens kurz den Kopf und nickte. Bedrückte Stimmung machte sich unter den Versammelten breit, die eben noch gejubelt hatten.

»Es gibt einen Hoffnungsschimmer, aber auch der ist an Gefahren geknüpft.« Álvaro hatte wieder seine Handschuhe hervorgeholt und malträtierte sie mit seinen Händen. Sein Schnauzer zuckte angespannt. »Zwei der Unseren haben Pflanzen gefunden, die Früchte tragen. In überdachten Plantagen auf der anderen Seite der Stadt. Doch sie wurden überfallen von den Heulern – wartet!«

Álvaro hatte Mühe, die aufgebrachten Menschen zu übertönen.

»Es sind Menschen wie wir, aber Wilde. Wir wissen nicht, ob sie schon länger hier leben. Unwahrscheinlich ist es nicht, denn sie sind verwahrlost und unzivilisiert. Sie haben die Unseren überfallen und verletzt, weil sie wohl alles für sich beanspruchen wollen, was es dort gibt. In ihrem Wüten haben sie anscheinend schon einige der Plantagen verwüstet und zerstört, sodass dort nichts mehr wächst.«

Jelena schüttelte stirnrunzelnd den Kopf. Sie schien ganz und gar nicht einverstanden mit dem, was Álvaro erzählte, dabei ähnelte es doch mehr oder weniger dem, was auch Lev geschildert hatte. Woran störte sich Jelena? Nick saß zwischen ihnen und lauschte gebannt, sonst hätte Anna sie gefragt.

»Wir müssen was tun!«, rief jemand.

»Das müssen wir«, stimmte Álvaro zu, »aber noch wissen wir zu wenig.«

»Haben sie Waffen?«, fragte einer. »Haben *wir* Waffen?«

Nicks Augen wanderten zu dem Pistolenholster an Álvaros Seite. *Er* hatte offensichtlich eine.

»Vermutlich sind wir ihnen überlegen, aber wir müssen planvoll vorgehen. Wenn sie uns kommen sehen und die Plantagen vernichten, stürzen sie uns unweigerlich ins Verderben.«

Noch hatten die Versammelten kein Fleisch zwischen die Zähne bekommen und sie hungerten nun schon lange genug, dass sie bei der Vorstellung in Rage gerieten, jemand könnte mutwillig Nahrung vernichten. Es gab eine Menge Unruhe und Vorschläge bis hin zu einem Überfall. Anna erkannte Kyle hinter diesem Einwurf. Er hatte einige seiner Pickel im Gesicht aufgekratzt und gab ein scheußliches Bild ab.

»Beruhigt euch«, beschwichtigte sie Álvaro und steckte die Handschuhe wieder ein. »Jetzt ist es Zeit, euren Hunger zu stillen. Ich werde mir mit Enzo und unserem erfolgreichen Jäger Maik etwas überlegen. Wir finden schon heraus, mit wem genau wir es zu tun haben, und dann können wir die Plantagen sichern. Guten Appetit!«

Jelena schien fassungslos. Während die Begeisterung der Menschen zurückgekehrt war und sie dem Duft von gebratenem Schweinefleisch nach draußen folgten, sprang sie auf und lief auf den Mann in der Militärmontur zu. Anna und Nick gingen ihr nach und schnappten ein paar Worte auf, als sie ihn bestürmte.

»... soll das gewesen sein ... mir überhaupt zugehört?«

Álvaro stand mit regloser Miene und ließ den ersten Schwall über sich ergehen. Schweißgesicht Enzo wollte hinzutreten, doch sein Boss machte eine abwehrende Handbewegung.

»Maik«, rief er dem Hünen an der Tür zu, der noch nicht mit den anderen nach draußen gegangen war, »hol dir einen Teil von deiner Beute und dann gesell dich zu uns«.

Maik nickte und verließ das Haupthaus, dann wandte sich Álvaro Jelena zu.

»Ich bin sicher, wir können die Missverständnisse ausräumen. Beteilige dich gern an unserer Besprechung, immerhin ist es euch zu verdanken, dass wir überhaupt von den Plantagen wissen.«

Jelena schnaubte und machte Anstalten, ihm zu folgen, als er voraus zur Treppe ging. Álvaro hatte ruhig gesprochen, doch Anna sah es in seinen Augen zornig funkeln, als er an ihr vorbeikam.

»Jelena, was ist denn los?«, fragte Anna verwirrt.

»Holt euch draußen ein Stück Fleisch und reserviert eins für mich«, antwortete Jelena flüchtig im Vorbeigehen. »Ich muss hier noch einiges klarstellen. Höchste Zeit, dass sich ein paar Dinge ändern!«

»Aber ...«, wollte Nick Anna zur Seite stehen.

»Ich erklär euch gleich alles, wartet einfach draußen mit den anderen.«

Anna hatte allmählich genug davon, auf Abstand gehalten zu werden. Als sie kurz vor dem Verdursten gewesen waren, hatten sie den Weg zum Brunnen gemeinsam gefunden. Den Zwischenfall bei den Plantagen, wie Álvaro die Hallen genannt hatte, hätten Nick und sie vielleicht verhindern können, wenn man sie gefragt hätte, und nun waren sie erneut außen vor. Was hatte Jelena so in Rage gebracht?

Es war ein einziges Fressen, draußen auf dem Brunnenplatz. Die Menschen schwatzten und lachten und grinsten sich glücklich mit ihren fettverschmierten vollen Mündern an. Die Jäger brüsteten sich und spielten die Hatz nach. Anna erinnerte die ganze Stimmung an ihren eigenen Heiterkeitsanfall, als sie kurz vor dem Verdursten hier Wasser bekommen hatten. Auch Annas Magen protestierte vor Hunger, doch er würde sich gedulden müssen.

»Komm mit!«, sagte sie energisch zu Nick. Sie war fest entschlossen, dieses Mal nicht alles zu verpassen.

»Wohin willst du denn?«, fragte Nick, als sie ihn mit sich vom Hauptgebäude wegzog, doch dann verstand er, was sie vorhatte.

»Anna«, zischte er erschrocken. »Das bringt uns nur in Schwierigkeiten. Genau auf so was hat Álvaro doch alle angesetzt!«

Sie drehte sich zu ihm um.

»Aber du hast es selbst gehört, irgendwas läuft da«, antwortete sie. »Ich will nur hören, was sie reden, komm schon!«

Nick blickte sich besorgt um. »Wenn sie uns erwischen, dann sind wir erledigt. Am Ende sperrt er uns auch weg.«

»Ich weiß, wir dürfen uns eben nicht erwischen lassen.«

Nick atmete tief durch. »Also gut. Aber danach holen wir uns endlich was zu essen.«

Sie schlichen sich um den Häuserring herum und kamen an der Stelle vorbei, wo sie mit Maik das Schwein zerteilt hatten. Noch immer lagen hier die Innereien, aber nur wenige Fliegen machten sich darüber her.

Hinter dem Haupthaus hörten sie schon Jelenas aufgebrachte Stimme im ersten Stock, doch vom Inhalt war nichts zu verstehen. Geduckt liefen sie an der Wand entlang und Anna lugte durch eine der quadratischen Fensteröffnungen in den Versammlungsraum im Erdgeschoss. Auf der untersten Treppenstufe hockten zwei Jäger, Álvaro hatte also Wachen aufgestellt. Doch die beiden kümmerten sich mehr um das Fleisch auf ihren Tonscherben als um ihre Umgebung. Von dem Bratenduft lief Anna das Wasser im Mund zusammen.

»Kommst du?«, flüsterte Nick auf einmal.

Sie blickte auf und stellte fest, dass Nick schon damit begonnen hatte, die Wand hochzuklettern. Die Ziegel und Fenster boten genug Halt für Hände und Füße und so machte sie sich ebenfalls vorsichtig an den Aufstieg.

Man musste aufpassen, keinen losen oder brüchigen Stein zu erwischen, und wie schon auf den Dächern stellte sich Nick geschickter dabei an als sie selbst. Bis sie an der nächsten Fensterreihe ankamen, hielten sie immer wieder angespannt Ausschau nach beiden Richtungen. Doch niemand zeigte sich und schließlich blickten sie durch zwei Fensterlöcher in Álvaros Residenzraum.

Er hatte wieder Stellung hinter seinem steinernen Tisch bezogen, während Enzo drüben an einem Fenster stand und zum Brunnen hinabspähte. Jelena saß diesmal nicht auf der Bank, sondern stand Álvaro gegenüber am Tisch und war noch immer außer sich. Plötzlich tauchte direkt vor Anna Maiks Kopf auf, als dieser die Treppe hochkam. Sie duckte sich sofort erschrocken weg und hielt für einen Moment mit klopfendem Herzen die Luft an. Nick gab ihr nach ein paar Sekunden von seiner Warte aus Entwarnung – Maik hatte sie nicht entdeckt.

Als sie wieder aufsah, war der massige Kopf mit Glatze und Vollbart bereits vorbeigewandert und Maik gesellte sich zu den anderen. In seinen Händen trug er mehrere Tonscherben mit duftendem Fleisch. Álvaro zog sogleich ein Messer unter seiner Jacke hervor und zerschnitt eins der Stücke. Auch Enzo kam an den Tisch und die drei Männer griffen beherzt zu. Nur Jelena hatte offenbar keine Lust zu essen.

»Ich weiß, das ist lästig, aber würdest du für Maik noch einmal von vorne beginnen mit deinen … Anmerkungen?«, sagte Álvaro kauend und übertrieben freundlich.

»Kinder, es waren Kinder! Das habe ich dir auch gesagt, bevor Lev seine Gruselgeschichten ausgepackt hat«, wetterte Jelena sofort los. »Ich sage es dir auch noch zehnmal und noch hundertmal. Keine Wilden, keine Heuler, ein paar verwahrloste Kinder, die sich vor uns erschreckt und mit Steinen nach uns geworfen haben. Lev hat einen davon abbekommen und ist beim Weglaufen umgeknickt, das war alles! Er hat ja kaum etwas mitbekommen und stand unter Schock und du nimmst seine lächerlichen Übertreibungen und machst allen Angst, als wollte uns da draußen jemand aushungern? Es waren Kinder!«

»Ja, wir haben mitbekommen, dass du dieser Meinung bist«, antwortete Álvaro mit ruhiger Stimme.

»Der Meinung? Ich habe ihre Gesichter gesehen, verdammt noch mal, der Älteste war keine zwölf! Ist das so ein Männerding, dass einer von euch vom Hund gebissen wird und die anderen übernehmen seine Geschichte vom großen, bösen Wolf?«

Der »Hinterhalt der Wilden« waren ein paar verschreckte Kinder gewesen? Und glaubte Álvaro wirklich eher dem verletzten Lev in seiner Aufregung als der nüchternen Jelena? Anna hätte ihre Hand dafür ins Feuer gelegt, dass im Zweifel Jelena die Situation richtig eingeschätzt hatte. Sie tauschte einen Blick mit Nick, der nicht weniger bestürzt wirkte.

»Ich habe dir gesagt, dass sie diese Hallen nicht zerstört haben können, und dann behauptest du es trotzdem. Das waren richtige Krater dort, weiß der Geier, wo die herkommen, aber bestimmt nicht von einer Gruppe Kinder, die mit Sicherheit genau wie wir hier angekommen sind. Sie brauchen unsere *Hilfe*, keinen Schlachtplan!«

Maik hatte aufgehört zu kauen. Offenbar kamen Jelenas Ausführungen auch für ihn unerwartet. Enzo war wieder an seinen Beobachterposten gegangen, nur Álvaro aß ungerührt weiter, während Jelena sich austobte.

»Was ist jetzt euer Plan? Willst du deinen neuen Jagdhäuptling und diesen gruseligen Mafiosi hier losschicken, um ein paar Kinder zu meucheln und die Plantagen zu sichern, wie du versprochen hast? Das ist doch krank! Wir müssen uns endlich zusammensetzen, Klartext reden und zusammenarbeiten, damit wir herausfinden, was hier los ist. Lev und ich haben zwei deiner Wüstenkundschafter auf dem Weg zurück getroffen und es ist unglaublich, was sie erzählt haben. Die Menschen haben ein Recht, es zu erfahren, aber du hast kein Wort darüber verraten. Du hast sogar behauptet, sie hätten nichts herausgefunden!«

Álvaro war, immer noch kauend, hinter dem Tisch hervorgetreten. Während ihrer letzten Worte hatte er geschluckt und sich vor ihr aufgebaut. Die aufgebrachte Frau dachte wohl nicht daran, sich von ihm einschüchtern zu lassen, und wich keinen Zentimeter zurück.

Doch Álvaro wollte sie auch nicht einschüchtern. Er wischte sich mit dem Arm Fett von Mund und Schnauzer, rückte sich seine Uniformjacke zurecht und schlug dann völlig unvermittelt mit seiner Faust so brutal zu, dass Anna für einen Moment gar nicht glauben konnte, was sie sah. Sie hörte ein hässliches Knacken, als vermutlich Jelenas Nase brach, und Jelena entfuhr ein erstickter Schrei. Maik machte einen Satz zurück. Álvaros Hand war zu seinem Pistolenhalfter gesunken. Während die Polin sich zur Seite krümmte, das Gesicht in den bereits blutüberströmten Händen vergraben, zog er die Waffe.

Anna wollte schreien, damit es aufhörte, aber sie war wie gefangen in einem Albtraum, in dem die Ereignisse einfach unerbittlich ihren Lauf nehmen mussten. Álvaro schlug Jelena den Knauf der Pistole mit einem dumpfen Schlag an den Kopf und sie sackte zu Boden. Während alledem stand Enzo ungerührt am Fenster.

»So«, stellte Álvaro nüchtern fest, legte die Waffe auf

den Tisch und schüttelte die Hand aus, mit der er vorher zugeschlagen hatte, »das hätten wir.«

Anna war noch immer in Schockstarre. Sie schaffte es nicht, dem, was in den letzten Sekunden passiert war, einen Platz in der Realität zu geben. Sie konnte es gar nicht begreifen. Álvaro beugte sich zu Jelena hinunter, unter deren Kopf sich eine rote Pfütze gebildet hatte. Er verharrte dort einen Augenblick und richtete sich dann mit zufriedenem Gesichtsausdruck wieder auf.

»Sie ist am Leben, nur bewusstlos. Kannst du dir denken, warum ich dich dazugeholt habe?«

Er richtete diese Frage an Maik, der sich nach einem ersten Schreckmoment wieder gefangen hatte.

»Als Zeuge, falls sie sich beim Betriebsrat beschwert?«, antwortete er trocken. Álvaro lachte.

»Nein. Weil ich dich für einen fähigen und vor allem intelligenten Mann halte. Wir befinden uns in einer außergewöhnlichen Situation, und wie ich es sehe, hält uns nicht viel davon ab, im Chaos zu versinken. Wenn wir unsere Kontrolle über die Menschen hier bewahren, haben wir alle die besten Chancen, wieder heil nach Hause zu kommen.«

»*Ihre* Chancen sind gerade beträchtlich gesunken«, stellte Maik mit Blick auf die bewusstlose Jelena fest.

»Sie waren noch nie besonders gut«, antwortete Álvaro. »Kinder oder Wilde, wir brauchen diese Plantagen und eine starke, geschlossene Gemeinschaft. Keine hysterischen Weiber, die alles infrage stellen.«

»Sie ist Ärztin, eine Ärztin brauchen wir nicht?«

Anna hatte Maik davon erzählt und es schien Álvaro zu überraschen.

»Du bist gut informiert und eine Ärztin wäre nützlich gewesen. Aber was nützt eine Ärztin, wenn sie Panik und Missstimmung stiftet und darüber die ganze Gruppe zerbricht? Dann überlebt nur der, der als Letzter schießt.«

Die Waffe lag noch immer auf dem Tisch. Es war eine dieser deutschen Pistolen aus dem Zweiten Weltkrieg, mit einem schrägen Griff und fingerdünnem Lauf. Warum hatte Álvaro keine moderne Waffe, wenn er beim Militär war. Aus Nostalgie? War Álvaro ein Nazi?

Anna betete, dass Maik sich die Waffe schnappen und nach Hilfe rufen würde. Dass er den Dreckskerl und dessen Handlanger in Schach hielt und sie Jelena wieder auf die Beine bringen konnten. Aber er stand noch immer unentschlossen auf der Stelle.

»Pass auf, Maik! Weißt du, was die Kundschafter erzählt haben, von denen sie geredet hat? Sie haben gesagt, sie sind geradeaus in die Wüste gegangen, und sobald die Stadt hinter ihnen am Horizont verschwunden ist, da ist sie vor ihnen wieder aufgetaucht.« Er machte eine kurze Pause, um diese Information sacken zu lassen. »Sie dachten erst, sie hätten eine andere Siedlung gefunden, aber sie sind hier an unserer Mauer angekommen, von der aus sie aufgebrochen waren, ohne dass sie unterwegs umgekehrt oder im Kreis gelaufen wären.«

»Was soll das heißen?«, fragte Maik zögerlich.

»Das weiß ich genauso wenig wie du, aber das haben sie erzählt, und nach allem, was wir erlebt haben, glaube ich ihnen.«

»Aber es muss eine Täuschung sein, irgendein Trick«, widersprach Maik.

»Und unser Auftauchen hier? War das auch ein Trick?

Selbst wenn, die Kundschafter haben keinen Weg gefunden, durch die Wüste zu kommen, und sie haben es mehrfach versucht. Wenn herauskommt, dass wir von unsichtbaren Mauern hier festgehalten werden ... Mauern, gegen die man nicht einmal anrennen kann ... Wenn das erst mal in die Gehirne da draußen durchsickert, dann bricht hier alles zusammen, was wir mühsam aufgebaut und durchgesetzt haben! Die Kundschafter werden keinem was erzählen«, er stieß Jelena mit dem Fuß an, »um sie hier brauchen wir uns nicht mehr zu kümmern und diesem Lev werde ich schon beibringen, dass er die Klappe zu halten hat. Wach auf, Maik! Es ist Zeit, Verantwortung zu übernehmen. Wir müssen uns alles sichern, was es hier an Versorgung gibt. Egal, ob wir es uns von ein paar Kindern oder einer Horde Wilder holen müssen. Wir brauchen keine Zauderer und Moralisten. Hier geht es ums Überleben. Hast du den Durchbruch in der Mauer gesehen, den wir als Eingangstor nutzen? Wenn die Zerstörung an den Plantagen so aussieht, wie die Ärztin es geschildert hat, wenn sie dieselbe Ursache hat, wer weiß dann schon, wann der nächste Angriff kommt.«

Álvaro knetete wieder seine Handschuhe, wie bei den Reden vor der Versammlung. »Wir sind nicht die ersten Bewohner hier, *bei Weitem* nicht, und wir müssen zusehen, dass von uns mehr übrig bleibt als von all den anderen! Was immer mit uns geschehen ist, wir müssen überleben! Egal, was es kostet!«

Anna schwirrte der Kopf von all den neuen Informationen. Es gab keinen Weg durch die Wüste? Man kam nur immer wieder zurück zur Stadt, wenn man geradeaus von ihr fortlief? Und das sollten Jelena und Lev erfahren haben? Oder war es eine weitere List von Álvaro, dieses Mal, um Maik auf seine Seite zu ziehen? Dafür klang es zu abstrus, da schien es fast wahrscheinlicher, dass es wirklich irgendeine Täuschung war, wie Maik sagte. Doch was half ihnen das, wenn sie so oder so nicht von hier fortkamen.

»Die Gruppe ist gewachsen, Maik. Enzo und ich brauchen Unterstützung, um sie weiter unter Kontrolle zu halten. Du hast dir ihren Respekt verdient, genau wie meinen. Mit dir wird es leichter sein. Also, bist du für mich oder gegen mich?«

Die Frage hing zwischen ihnen in der Luft. Sekundenlang. Anna betete, dass Maik nach der Pistole auf dem Tisch greifen würde. Dass er diesem brutalen Schläger einen Strich durch die Rechnung machen würde. Von draußen drang lautes Gelächter herein und Anna sah den Zug auf sich zufahren, schon bevor er sie überrollte:

»Für dich«, antwortete der bärtige Riese und Annas Herz stürzte ein zweites Mal binnen Minuten in ein Loch.

»Wir müssen weg hier«, zischte Nick panisch, und als hätte er es damit provoziert, trat in diesem Moment zu ihrer Linken jemand aus dem Schatten zwischen den Gebäuden.

Anna erschrak so sehr, dass sie beinahe den Halt verlor, ihre Knie zitterten ohnehin von dem, was sie beobachtet hatten.

Die Gestalt stand etwa zehn Meter von ihnen entfernt zur Wüste hin. Zum Glück war es bereits ziemlich dunkel, so verschmolzen ihre Silhouetten hoffentlich mit der der

Wand. Das Surren eines Reißverschlusses war zu hören, dann plätscherte es leise.

»Hey!« Das kam von unter ihnen aus einem der Fenster. Es war wohl einer der beiden Wächter aus dem Haupthaus. »Was fällt dir ein, hinter das Haus vom Boss zu pissen?«

Ein Kopf lugte aus einem Fenster im Erdgeschoss hervor.

Annas Herz hämmerte in ihrer Brust. Sie mussten verschwinden. Wenn die Wächter sie beim Spionieren erwischten, würde es ihnen nicht anders ergehen als Jelena.

»Hier lang«, flüsterte Nick leise.

Behände bewegte er sich über die Wand nach rechts, weg von der Szene. Anna fiel es in ihrer Verfassung schwer zu klettern, noch dazu leise. Sie hing direkt über dem Kopf der Wache an der Wand.

»Ist ja gut, sorry«, brummte der Mann, der dort pinkelte, doch das Plätschern hatte noch nicht aufgehört. Anna setzte sich hastig in Bewegung. Das Geräusch war im Moment ihr einziger Schutz, nicht entdeckt zu werden.

»Wirst du wohl aufhören mit der Sauerei«, verlor der Jäger die Geduld. »Schluss jetzt!«

Das Plätschern wurde leiser und ebbte schließlich ab. Anna und Nick waren bereits an der Ecke angekommen und machten sich über die Seite des Hauptgebäudes an den Abstieg. Über die letzten Meter half ihr Nick herunter, dann warfen sie einen Blick zurück: Ein zweiter Wächter kam von der anderen Seite um das Haupthaus, wahrscheinlich der zweite, den sie im Erdgeschoss beim Essen beobachtet hatten. Gemeinsam mit dem anderen, der noch immer vom Fenster her schimpfte, verscheuchte er den Mann, während sich im ersten Stock Enzo zeigte.

»Schaut euch um, ob sich da noch mehr herumtreiben«, befahl das Doggengesicht. »Wenn ja, haltet sie fest! Ich komme runter.«

Anna gefror das Blut in den Adern.

»Jawohl«, antwortete der Mann eifrig und kam auf ihre Seite des Gebäudes zu.

Sie zog den Kopf zurück und sah sich gehetzt um. Nach rechts ging es zum Brunnenplatz, wo man die Menschen nach dem Festmahl schwatzen hörte. Sie könnten versuchen, dort unterzutauchen, aber wenn auch von dieser Seite schon jemand das Haupthaus beobachtete? Keine Armspanne entfernt stand das nächste Nebengebäude.

»Komm, schnell«, flüsterte sie Nick zu und stürzte hinüber zu einem der Fenster. Kopfüber krabbelte sie in das Loch, ohne zu wissen, was dahinter lag. Sie stützte sich auf der anderen Seite mit den Händen am Boden ab und zwängte sich hindurch. Nick tat es ihr gleich, dann kauerten sie sich gemeinsam dahinter und lauschten gebannt. Hatte es gereicht, oder hatte der Wächter Nicks Beine verschwinden sehen? Leise Schritte näherten sich und verharrten. Anna meinte, man müsste ihren pochenden Herzschlag bis zum Brunnenplatz hören. Dann entfernten sich die Schritte wieder und Nick atmete auf.

In diesem Moment zischte sie jemand von der Seite an: »Seid ihr wahnsinnig?«

Anna wusste, dass man vor Schreck sterben konnte, und daher war es wohl ein Wunder, dass sie diesen überlebte. Er durchschoss ihren ganzen Körper bis in die Fingerspitzen und unter den Haaransatz mit einer Wucht, die sie bis dahin noch nicht erlebt hatte. Neben ihnen baute sich im Dunkeln ein groß gewachsenes Mädchen auf. Es war Elif.

»Warum schleicht ihr hier rum?«, flüsterte sie.

Anna und Nick hätten sie dasselbe fragen können, doch sie bekamen kein Wort heraus, so groß war ihr Schock. Während sie sich wieder fingen, gewöhnten sich Annas Augen langsam an die Dunkelheit. Das Gebäude, in das sie geflohen waren, war etwas kleiner als das Haupthaus. Es musste eine Art Lager sein, denn ein Sammelsurium von Dingen war in dem Raum verteilt und füllte nahezu jeden Zentimeter, wie auf einem Basar. Von der Decke hingen ebenfalls allerlei seltsame Gebilde.

»Was denkt ihr euch dabei, wollt ihr, dass es euch wie Sinan geht?« Elif beruhigte sich langsam und bemerkte den Zustand ihrer beiden Gegenüber. »Was ist, warum zittert ihr so?«

Während sie sich zu ihnen herunterbückte, sah Elif sie forschend an. Die Geschehnisse drangen erst jetzt allmählich zu Anna durch. Von der ersten Sekunde an hatte sie Jelena am ehesten zugetraut, den Weg für sie alle nach Hause zu finden. Nun war diese Hoffnung zerstört, und auch wenn sie dagegen ankämpfte, spürte sie, wie sich ihr Atmen zu einem Schluchzen verkrampfte. Nick legte ihr vorsichtig die zitternde Hand auf die Schulter.

»Hey, was ist denn los?«, flüsterte Elif jetzt erschrocken.

Anna wischte sich Tränen aus den Augenwinkeln. In wenigen Sätzen hatten sie Elif erzählt, was geschehen war. Das Mädchen war entsetzt.

»Scheiße«, fluchte sie, »nichts wie weg hier.«

Nick half Anna hoch. Gemeinsam folgten sie Elifs hastigen Schritten durch den Raum. Was dort teilweise von der Decke hing, waren Glasgebilde, erkannte Anna. Sie erinnerten an die gläsernen Symbole an der Kirche, doch hier war das milchig-farbige Glas zu groben Flaschen, Bechern und Schalen geformt.

»Was ist das hier?«, flüsterte Nick.

»Wissen wir nicht«, antwortete Elif. »Álvaro lässt hier keinen rein. Ich erklär euch alles, wenn wir in Sicherheit sind.«

Hier und da erhaschte Anna einen Blick auf weitere Kuriositäten. In Tonschalen und gemauerten Regalen lag zum Beispiel ein alter Stahlhelm. Alte Mäntel und Teile von Uniformen bildeten einen Stapel und es gab Werkzeuge und Waffen. Manche improvisiert, wie die Steine und Knochen, die Maik beim Zerlegen des Schweins benutzt hatte, andere nicht. Annas Blick streifte im Vorübergehen zwei Pistolen, einige Messer und sogar ein rostiges Schwert (oder war das getrocknetes Blut?). In der Ecke stand eine Art Spaten aus einer langen Stange, die mit einem großen Knochen, vielleicht einem Schulterblatt, verbunden war. Es gab noch viel mehr, doch sie hatten keine Zeit, sich alles in Ruhe anzusehen. Es wirkte, als hätte jemand den Bestand eines Antiquitätenhändlers mit dem Lager eines Stammes Höhlenmenschen zusammengeworfen.

Wir sind nicht die ersten Bewohner hier, bei Weitem nicht, hallten Álvaros Worte in Annas Gedächtnis nach. Sogar ein paar helle Blätter Papier voller Notizen leuchteten fahl in der Dunkelheit. Anna hätte nicht kehrtmachen können, um sie zu holen, nicht mit dem tauben Gefühl im ganzen Körper, das von dem Schrecken geblieben war. Später würde sie sich darüber ärgern, immerhin war es vermutlich Wissen, das zu besitzen sich gelohnt hätte. Wissen, das Álvaro besaß.

Auf der anderen Seite des Gebäudes kletterten sie aus einem der Fenster. Elif führte sie und Nick in einem weiten Bogen in Richtung ihrer Behausungen, ohne dem Brunnenplatz dabei nahe zu kommen. Obwohl sich hier draußen nichts verändert hatte, war es für Anna wie eine andere Welt. Die Furcht, entdeckt zu werden, ließ die Schatten und Gestalten allesamt in ihre Richtung starren und sie bewegten sich wie in Feindesland. Um keine Aufmerksamkeit auf sich zu ziehen, gingen sie nicht zu schnell, und das machte es nicht leichter für Annas Nerven. Sie sah, dass Wachen an der Mauer unterwegs waren, doch niemand kümmerte sich um sie.

Statt zu ihrer Unterkunft mit Lev und Chloé führte Elif Nick und sie zu einem anderen Haus. Es befand sich inmitten von Trümmern und eine Treppe führte vom Dach ins Nichts, wo es wohl einmal einen zweiten Stock gegeben hatte.

Als sie endlich wieder vor Blicken geschützt waren, atmete Anna tief durch.

»Warum war sie nur so leichtsinnig?«, stöhnte Elif. »Wie konnte sie ihn einfach so zur Rede stellen? Ich hab euch doch gesagt, dass Álvaro gefährlich ist.«

»Nach der Versammlung standen alle draußen vor dem Haupthaus«, protestierte Anna. »Wer hätte damit rechnen sollen, dass er sie einfach bewusstlos schlägt!« Anna konnte noch immer nicht glauben, dass er genau das getan hatte. »Und dass sie nicht mit dem einverstanden war, was er gesagt hat, das haben doch auch noch mehr Leute mitbekommen. Da kann doch jeder eins und eins zusammenzählen, wenn er sie jetzt verschwinden lässt!«

Nick sagte gar nichts. Er hockte neben ihr und starrte ins Leere und Anna konnte die brutalen Bilder mühelos erraten, die sich gerade erneut vor seinen Augen abspielten.

»Selbst wenn es jetzt noch jemand versucht und sich gegen Álvaro stellt«, antwortete Elif auf Annas Einwände. »Er hätte doch gar keine Chance, wenn Álvaro jetzt auch noch Maik, den Jagdhelden, auf seiner Seite hat. Die Hälfte der Leute jubelt ihm blind zu, die andere hat erst recht zu viel Angst, wenn das mit Jelena durchsickert. Sie hat ihm in die Hände gespielt! Jetzt ist es vorbei, ihr müsst fliehen!«

»Wieso ihr?«, fragte Nick plötzlich. »Du kommst nicht mit?«

Anna wollte Jelena weiter verteidigen, aber sie sah ein, dass Elif die Situation richtig erkannt hatte. Die Polin war zu leichtsinnig gewesen, Álvaro allein gegenüberzutreten. Hätte sie doch lieber in der Versammlung etwas gesagt, sodass alle es mitbekommen hätten. Natürlich mussten sie nun fort. Álvaro hatte gesagt, er werde Lev den Mund verbieten. Lev würde vorsichtiger sein, als Jelena es gewesen war. Chloé und Arthur waren ihm sicher auch nicht aufgefallen, aber sie und Nick hatte er bestimmt auch auf seinem Radar. Spätestens seit sie nach Levs Verletzung in seinen und Jelenas Bericht bei Álvaro reingeplatzt waren. Er würde sichergehen wollen, dass alle losen Fäden beseitigt waren. Und auch Elif war in Gefahr.

»Nein, ich kann nicht weg«, antwortete diese gefasst. »Ich muss Sinan finden.«

Und obwohl die Zeit drängte, denn wer wusste schon, wie schnell Álvaro nach ihnen suchen lassen würde, erzählte Elif nun ihre Geschichte zu Ende, die sie vor einer gefühlten Ewigkeit begonnen hatte.

»Ich hab euch doch gesagt, dass wir ganz am Anfang nur wenige waren. Als Erstes habe ich Enzo getroffen, hier in der Nähe des Burgtors. Er hat kaum ein Wort mit mir geredet.«

Anna musste daran denken, dass Jelena ihn einen Mafiosi genannt hatte. Das passte ziemlich gut. Den verschwiegenen Handlanger seines Gangsterbosses mimte er perfekt. Anna hätte es nicht gewundert, wenn Enzo bis vor Kurzem noch auf Sizilien Schutzgelder eingetrieben hätte.

»Sinan war schon vor uns in der Burg und Álvaro auch. Enzo und Álvaro haben sich sofort zusammengetan. Ich glaube, Enzo hat ihn am schnellsten von uns allen durchschaut. Habt ihr seine Militärsachen im Kopf? Die runtergekommene Jacke und die Pistole?«

Anna glaubte nicht, dass sie je wieder vergessen würde, wie Álvaro mit der Weltkriegswaffe zugeschlagen hatte. Auch die abgewetzte Jacke mit dem fehlenden Knopf hatte sie lebhaft vor Augen.

»Er hat sie von dort, wo wir gerade waren, genau wie die Pistole. Es ist nur eine Verkleidung!«

»Nein ...«, hauchte Anna. Sie konnte es nicht glauben. Und sie alle waren ihm und seinem übertriebenen Gehabe auf den Leim gegangen. Das Lager musste eine Goldgrube für ihn gewesen sein. Bestimmt war es auch Álvaro gewesen, der Maik das Werkzeug zum Zerlegen des Schweins und die Jagdwaffen gegeben hatte.

»Doch. Sinan hat gesagt, Álvaro hätte sich gleich auf die Sachen gestürzt, auch wenn Sinan ihn dafür ausgelacht hat. Sie waren zu dem Zeitpunkt ja nur zu zweit.«

Elif atmete tief durch. Man spürte, dass sie die Geschichte schon lange mit sich herumtrug und froh war, sie nun loszuwerden.

»Je mehr Leute dazugekommen sind, desto mehr hat Álvaro sich aufgespielt. Sinan hat das ganz schön gestunken, es muss ähnlich wie mit Jelena gewesen sein. Wahrscheinlich hat er die Konfrontation gesucht und Álvaro hat kurzen Prozess gemacht. Oder Enzo hat Sinan vorsichtshalber aus dem Verkehr gezogen, denn er war Álvaro bestimmt ein Dorn im Auge.«

»Aber das kann doch nicht so einfach gewesen sein«, warf Nick ein. »Er hat doch gesagt, er habe den Verräter vor die Versammlung geführt, bevor er eingeschlossen wurde. Warum hat Sinan es da nicht allen gesagt?«

»Na ja, Sinan ist Türke wie ich«, erwiderte Elif verbittert. »Er kann schon ein paar Brocken Englisch, aber mit mir hat er sich nur auf Türkisch unterhalten. Als Álvaro ihn gefesselt vorgeführt hat, war er außer sich. Sie hatten ihn vorher verprügelt und Kyle hat ihn ja die ganze Zeit beschuldigt. *Den* haben alle verstanden. Was sie von Sinan gesehen haben, war ein dunkelhäutiger, wütender Mann, der auf Türkisch geflucht und geschrien hat. Ich hab es in ihren Augen gesehen: *Terrorist*, haben sie gedacht. *Sperrt ihn weg, den Terroristen!*«

»Und – was haben sie dann mit ihm gemacht?«, fragte Nick, hörbar beklommen.

»Ihn weggeschafft«, murmelte Elif finster. »Aber ich wette, er liegt gefesselt irgendwo in der Burg. Wahrscheinlich geben sie ihm gerade so viel Wasser, dass er nicht stirbt, aber auch nicht auf die Beine kommt.«

»Du hast ihn vorher gesucht«, begriff Anna. »Während die anderen gegessen haben, wolltest du ihn finden.«

Elif nickte. »Aber das ist mir nicht gelungen. Deshalb muss ich hierbleiben.«

»Das ist doch Irrsinn, du bringst dich nur in Gefahr«, protestierte Nick.

»Ich bin ja nicht so unvorsichtig wie ihr«, antwortete Elif schmunzelnd, aber es wirkte schal und verschwand gleich wieder von ihrem Gesicht. »Natürlich vermutet Álvaro, dass ich was mitbekommen haben könnte. Allein schon, weil ich mit am längsten hier bin. Aber er weiß nicht, dass Sinan und ich gesprochen haben, und er kann ja auch nicht einfach alle umnieten, die er verdächtigt. Ich halte die Augen offen. Bestimmt sperrt er Jelena da ein, wo er Sinan gefangen hält. Ich krieg schon raus, wo das ist, aber ihr müsst diese Kinder warnen.«

Die Kinder – an die hatte Anna über Elifs Geschichte kaum mehr gedacht.

Nick offenbar schon. »Wir sagen ihnen Bescheid.« Anna nickte ihm zu, als er sie fragend ansah.

»Wenn Maik und Enzo sie mit Waffen überfallen, haben sie keine Chance«, sagte sie. »Und wenn wir sie warnen, vielleicht bekommen wir dann ein paar Verbündete gegen Álvaro.«

Álvaro – was war das für ein Mensch? Wer kam an so einen Ort wie diesen und nutzte ihn sofort aus, um seine Machtfantasien auszuleben?

»Wegen der Waffen«, fiel Elif ein. »Sinan hat gesagt, Álvaros Pistole sei die einzige mit Munition gewesen. Wenn er die nicht herausgibt, dann haben Enzo und Maik keine Schusswaffen.«

Anna konnte sich kaum vorstellen, dass Álvaro die Pistole hergeben würde. Er fühlte sich wahrscheinlich wie Gott auf Erden mit der einzigen brauchbaren Feuerwaffe in der ganzen Stadt, falls es nicht irgendwo noch mehr solcher Lager gab.

»Los jetzt, ihr müsst weg hier«, drängte Elif. »Vielleicht kann ich die Wachen am Tor irgendwie ablenken, damit ihr rauskommt.«

»Nein, das musst du nicht«, sagte Anna und hatte zumindest eine gute Nachricht. Sie erzählte Elif von dem geheimen Durchgang in der Mauer und deren Miene hellte sich auf. Auch Nick wusste ja noch nicht, dass sie das Loch von dieser Seite gefunden und vergrößert hatte.

»Das ist perfekt«, sagte Elif erleichtert. »Ihr wisst ja jetzt, wo ihr mich findet, wenn ihr wiederkommt. Nachts in der Dunkelheit entdecken sie euch bestimmt nicht. Also los, bevor Álvaro die Sache zu Ende bringt.«

Sie umarmten sich und wünschten Elif viel Glück. Zu dritt verließen sie die Ruine, denn Elif wollte sich am Brunnenplatz zeigen, um nicht mit ihrer Flucht in Verbindung gebracht zu werden.

Die Nacht war nun vollkommen hereingebrochen und hüllte die Wüste mit all den Gemäuern in Schwärze, doch auf dem Weg vom Brunnenplatz zu den Unterkünften näherten sich bereits drei feurige Punkte: Fackeln.

»Lauft!«, zischte Elif und das ließen sie sich nicht zweimal sagen. Während Elif einen anderen Weg wählte, duckten sie sich zwischen die Gemäuer und hasteten, so leise sie konnten, in Richtung des geheimen Durchgangs. Anna gab den Weg vor und Nick hielt sich dicht bei ihr. Sicher waren auch die patrouillierenden Wachen an der Mauer gewarnt worden. Sie konnten nur hoffen, dass sie nicht entdeckt und wie Jelena enden würden.

Der Lichtschein der Fackeln erreichte hinter ihnen die erste Fassade, und sie waren erst auf halber Strecke. Anna lief schneller. Wenn sie bei der Flucht durch die Mauer beobachtet würden, dann gäbe es keinen Weg zurück in die Burg.

»Halt, Vorsicht!«, hielt Nick sie plötzlich zurück und zog sie hinter einen Vorsprung. Im nächsten Moment hörte auch Anna die Stimme. Es war einer der Jäger und sein Fackelschein verfehlte ihre an die Mauer gedrängten Körper nur knapp. Anna erkannte Bogdan, der mit einem anderen vorbeilief. Die Jäger eilten dorthin, wo Lev sich ahnungslos bei Chloé, Arthur und der alten Griechin von seiner Verletzung erholte. Welche Geschichte würde Álvaro ihnen über Jelena auftischen? Lev würde hoffentlich vorsichtig sein und Álvaro keinen Grund geben, auch gegen ihn gewalttätig zu werden.

Sie wagten kaum zu atmen, bis die Männer sich wieder ein Stück entfernt hatten. Dann schlichen sie das letzte Stück zu dem eingefallenen Haus, hinter dem sich das Loch in der Mauer verbarg. Anna versuchte zu erkennen, ob Wachen in der Nähe waren, aber es war zu dunkel.

Mit klopfendem Herzen schlichen sie sich in die Ruine und blieben dabei unbehelligt. Nick ertastete das Loch hinter der Rückwand und zwängte sich hindurch. Anna folgte ihm. Als sie auf der anderen Seite der Mauer hervorkam, atmete sie erleichtert auf. Sie waren nicht entdeckt worden.

»Warte, hilf mir, das Loch zuzumachen«, flüsterte Anna Nick zu, der sich schon durch die Gasse davonschleichen wollte.

Blind tastend füllten sie den Durchgang mit den Steinen, die Nick am Vortag von dieser Seite aus herausgezogen hatte. Als Anna am Ende mit den Fingern über ihr Werk strich, fühlte es sich nicht anders an als der Rest der Mauer. Sie zog ihr Handy aus der Tasche und schaltete es an. Sie wollte sichergehen. Das bläuliche Licht des Displays leuchtete auf und sie ging die Wand damit ab, während Nick nervös wartete.

»Was ist, hauen wir ab«, zischte er, als Anna auf einmal erstarrte und sich nicht mehr rührte. »Es sieht doch gut aus.«

Tatsächlich waren die Ränder des Lochs kaum zu erkennen. Nur wenn sie wirklich jemand abtastete, würde er merken, dass die Steine lose waren und von keinem Mörtel mehr gehalten wurden. Doch es war etwas anderes, das Anna so aus der Bahn geworfen hatte. Auf einem der Steine, mit denen sie eben den Durchgang verschlossen hatten, offenbarte das fahle Licht drei krakelige Buchstaben: Bem, mit einem seitenverkehrten e.

Die Kinder

Anna starrte den Stein an, bis das Licht ihres Handys erlosch. Und das, obwohl Nick neben ihr völlig außer sich geriet.

»Anna, wir müssen weg hier«, zischte er. »Komm doch endlich!«

Schließlich zog er sie einfach mit sich fort und sie wehrte sich nicht. Gemeinsam stolperten sie über den holprigen Weg und irrten durch die finsteren Gassen. Wie schon in den Nächten zuvor stand kein Stern am Himmel und bis auf den Schimmer der Fackeln hinter der Mauer war es stockdunkel.

In Annas Kopf tobte ein Sturm. Wer hatte diese Zeichen hinterlassen? Drei Buchstaben, von Kinderhand in weißer Farbe auf den Ziegel gemalt. Etwas verblasst und vom Staub abgerieben, als stünden sie dort schon seit Jahren. War ihr Bruder hier gewesen? Oder versteckte er sich sogar noch immer an diesem Ort, nach so vielen Jahren? Aber warum zeigte er sich ihr nicht offen, hatte er Angst vor den Heulern?

Anna stolperte über die Reste einer Mauer, fiel hin und schlug sich das Knie. Nick war sofort neben ihr.

»Hast du dir wehgetan?«, fragte er und half ihr auf. »Komm, was ist denn mit dir? Wir müssen weiter!«

Er hatte recht, sie waren noch keineswegs in Sicherheit. Vielleicht hatte Maik schon die Jäger nach ihnen ausgeschickt. Anna rappelte sich auf und riss sich zusammen und sie schlugen sich gemeinsam weiter durch die Gassen. Das einzige Ziel: so viel Raum wie möglich zwischen sich und ihre Verfolger zu bekommen.

Irgendwann glitten sie verschwitzt in etwas, das sich wie ein Hauseingang anfühlte, und sanken dort zu Boden.

»Was war denn das?«, fragte Nick keuchend. »Was ist da an der Mauer passiert?«

Er hatte die Buchstaben offenbar nicht entdeckt oder zumindest nicht für wichtig gehalten und Anna konnte es ihm nicht erklären. Nicht jetzt. Sie hätte gar nicht gewusst, wo sie anfangen sollte.

»Morgen«, murmelte sie erschöpft. »Ich erzähl dir alles morgen.«

Nick wischte sich mit der Hand übers Gesicht und schüttelte den Kopf. Sie konnte es gut verstehen.

Bis Annas Puls zurück zu einer normalen Frequenz fand, dauerte es eine ganze Weile.

»O Mann, ich dachte, es geht bergauf, als wir den Brunnen gefunden haben«, sagte Nick schließlich und die ganze Verzweiflung, die in seiner Stimme lag, brachte Anna beinahe zum Schluchzen.

Sie riss sich zusammen und nickte traurig. Sie hatte sich in Maik getäuscht. Bis zuletzt hatte sie gehofft, dass der Jäger sich gegen den *Comandante* stellen würde, doch jetzt kam es ihr vor, als wären sie an diesem Ort von Feinden umringt. Und das zu allen Problemen, die sie auch so schon hatten.

Nick und sie legten sich auf die nackte Erde, Rücken an Rücken. Als sie ihren Kopf auf den Boden bettete, war das Wummern zurück. In der Burg war es kaum zu hören gewesen, aber hier dröhnte es wieder aus dem Boden. Der Schweiß von ihrer nächtlichen Flucht klebte an ihrem Körper und Anna stellte fest, dass sie Gänsehaut hatte. Zum ersten Mal fror sie an diesem Ort, obwohl es nicht kalt war. Ihre Hände zitterten, als käme die Kälte von innen. Vielleicht Mangelerscheinungen ihres Körpers, der seit drei Tagen nichts zu essen bekommen hatte. Den Hunger spürte sie schon kaum mehr. Nick atmete bereits nach Minuten ruhiger, und einmal zuckte er im Schlaf. Du nicht, dachte Anna, du wirst noch lange Zeit wach sein und an deinen kleinen Bruder denken. Aber sie irrte sich. Todmüde, wie sie war, döste sie ebenfalls bald ein und schlief.

Am Morgen erwachte Anna von einem Kitzeln und Zupfen an dem Kragen ihrer Bluse und von einem Geräusch, das so gar nicht in ihre schlaftrunkene Gefühlswelt passen mochte: einem leisen Lachen. Sie blinzelte und starrte in ein übergroßes, behaartes Gesicht mit spitzer Schnauze, schwarzen Knopfaugen und einem Fächer weißer Schnurrhaare. Anna fuhr auf und schüttelte das Tier ab, während Nicks Lachen frei losbrach. Der Schlaf gab Annas Verstand langsam frei und sie erkannte eine kleine graue Maus auf dem Boden, die sich zappelnd aufrappelte und zu Nick huschte.

Einen Moment lang war sie sauer, doch das schüchternkindische Grinsen in Nicks Gesicht war zu ansteckend und brachte sie selbst zum Schmunzeln. Mit einem Lächeln auf den Lippen war es schwer, böse zu sein.

Anna streckte selbst die Hand aus und die Maus krabbelte, ohne zu zögern, über den Boden auf sie zu. Von ihrer Hand lief sie schnurstracks weiter über den Arm auf Annas Schulter, wo die Schnurrhaare ihren Hals kitzelten.

»Wo kommt die denn her?«, fragte Anna, überrascht von der Zutraulichkeit des kleinen Nagetiers.

»Ich hab sie gefunden, als ich aufgewacht bin«, antwortete Nick und mühte sich auf die Beine. Er schien sich ebenso erschlagen zu fühlen wie sie selbst. »Sie ist einfach auf mich draufgekrabbelt, so wie jetzt auf dich.«

»Vielleicht war sie ja ein Haustier«, mutmaßte Anna und erzählte Nick von Maiks Theorie, dass die Tiere ebenfalls mit ihnen angekommen waren.

»Das passt, streck mal deine Arme aus!«, sagte Nick wieder grinsend.

Anna tat es und die Maus lief über ihren Nacken von Arm zu Arm. Unterwegs kämpfte sie sich durch ihr dichtes Haar und Nick strahlte, als hätte er dem Tier das Kunststück selbst beigebracht.

Schließlich nahm Anna die Arme herunter. »Sie soll sich nicht verausgaben, sie ist bestimmt kurz vorm Verdursten.«

Ihr wurde bewusst, dass sie selbst kein Wasser aus der Burg mitgenommen hatten.

»Die Kinder werden schon Wasser haben«, erriet Nick ihre Gedanken. »Sie haben ja auch Pflanzen. Ich sag's dir, wenn ich dort eine Wassermelone in die Hände bekomme, dann werd ich zum Tier!«

»Ich glaube nicht, dass wir uns was wünschen können.«

Aber Nick ließ sich nicht beirren. Er fantasierte weiter von saftigen Orangen und Feigen, frisch vom Baum gepflückt. Derweil stand Anna auf und band sich wieder ihren Pferdeschwanz. Der Haargummi wirkte bereits spürbar strapaziert. Nicks Träumereien erinnerten Anna an ihre eigenen Hoffnungen, als sie ihren Weg in die Burg gesucht hatten. Jetzt flohen sie von dort und hatten keine Jelena mehr, auf die sie sich verlassen konnten. Sie waren ganz auf sich allein gestellt.

Die großen Hallen mit den Plantagen lagen auf der anderen Seite der Stadt, deshalb machten sie sich bald auf den Weg. Nick setzte sich die Maus auf die Schulter, als sie loszogen, und dort blieb sie. Sie hatte damit wahrscheinlich bessere Überlebenschancen als allein, vermutete Anna. Aus Angst, entdeckt zu werden, wählten sie diesmal nicht den Weg über die Dächer. Stattdessen mühten sie sich durch das Gewirr aus Gassen und Nick kletterte ab und zu eine Fassade hoch, um sich am Kirchturm zu orientieren, der wie ein krummer Finger in Richtung Himmel zeigte. So schnell wie er oben und wieder unten war, bot sie erst gar nicht an, sich mit ihm abzuwechseln. Es schien ihm sogar Spaß zu machen. Nur sein Magen grummelte von Zeit zu Zeit unüberhörbar und er quittierte es mit einem verlegenen Lächeln.

»Was war jetzt gestern eigentlich mit dir los?«, fing er irgendwann das Gespräch an, das Anna ihm in der Nacht versprochen hatte. Natürlich hatte sie seit dem Aufstehen daran gedacht, und obwohl sie Angst vor diesem Moment gehabt hatte, war sie nun fast froh. Es gab ohnehin keinen guten Einstieg, also sprach sie es einfach aus.

»Ich bin gar kein Einzelkind«, begann sie. Das hatte sie tatsächlich so auch nie gesagt. Sie hatte Nick eben nur von ihrem Leben allein mit ihren Eltern erzählt und von keinen Geschwistern.

»O. k.?«, kommentierte Nick.

»Ich hab einen Bruder, aber er ist vor zehn Jahren spurlos verschwunden …«

Anna erzählte ihm von der unermüdlichen, jahrelangen Suche nach Ben, die ihre Eltern betrieben hatten. Von ihren eigenen Problemen damit sprach sie nicht. Sie wollte nicht so egoistisch erscheinen, wie sie sich zuletzt in der Kirche gefühlt hatte. Wenn sie ehrlich war, so schrecklich all das hier war, zumindest einen Teil der letzten Tage hatte sie genossen: Sie hatte Nick und Jelena und Lev kennengelernt und unter ihnen einfach nur Anna sein können. Keine Tochter trauernder Eltern und keine Schwester eines verschwundenen Jungen. Einzig, wie sie als Kleinkind aus Ben »Bem« gemacht hatte, erzählte sie Nick, denn so schlug sie den Bogen zu den Zeichen an der Kirchenwand und der Burgmauer.

Nick sagte kein Wort, sondern hörte nur zu, während Anna die Schrift beschrieb, die in ihrer Kindlichkeit und mit dem verdrehten Buchstaben an der Kirche so fehl am Platz gewirkt hatte. Und wie sie dieselbe Schrift an der Burgmauer entdeckt hatte. Dann verstummte sie.

»Kein Wunder, dass du durcheinander warst«, kommentierte Nick verblüfft.

Es hatte gutgetan, die Gedanken auszusprechen, und es tat gut, dass Nick weit weniger kritisch damit umging als sie selbst in ihrem eigenen Kopf. *Das kann nicht sein,* tönte es dort unablässig, *bild dir keinen Unsinn ein! Vergiss einfach, was du gesehen hast!*

»Und? Glaubst du, er ist hier?«, fragte Nick nach einer Weile geradeheraus.

Sie zuckte mit den Achseln und versuchte ebenso nüchtern zu reagieren. »Keine Ahnung. Eigentlich nicht, er müsste ja schon zehn Jahre hier sein. Dann müsste es doch mehr geben als eine Kinderhandschrift.«

»Und wenn er …«

»… tot ist?«, beendete Anna seinen Satz und sah sofort, dass ihm die Anspielung leidtat. »Mach dir keine Sorgen. Ich hab mich schon vor Jahren von ihm verabschiedet.«

Sie hörte die Worte, die wie automatisch kamen. Stimmte das überhaupt? Sie wusste zu gut, wie es ihren Eltern auch nach Jahren noch gegangen war. Rastlos, immer auf der Suche nach dem entscheidenden Hinweis. Klammerte sie sich nicht genauso an die Kritzeleien und hoffte sie nicht insgeheim doch, dass sie seine Spur hier fand?

»Wenn er hergekommen ist, dann doch wahrscheinlich so wie wir, mit anderen Leuten zusammen«, überlegte Nick. »Denk mal an die ganzen Sachen in diesem Lager in der Burg. Die Menschen dazu können doch auch nicht alle verschwunden sein.«

Anna spürte, dass es ihm auch um ihr eigenes Schicksal ging. Was würde denn mit *ihnen* passieren? Sie dachte an die beschriebenen Blätter zurück, die sie in Álvaros geheimem Lager gesehen hatte, und fragte sich, ob dieser mehr wusste. Mehr, als er Maik verraten hatte.

»Hier ist jedenfalls niemand mehr«, antwortete Anna

in Gedanken und hörte den Tod in ihren Worten erst, als sie schon ausgesprochen waren. »Vielleicht haben sie ja einen Weg zurück gefunden«, versuchte sie zu relativieren, »und hatten keine Zeit, ihre Sachen mitzunehmen.«

Es klang schon in ihren eigenen Ohren kläglich.

»Ich weiß nicht«, murmelte Nick.

»Weißt du noch, was du dazu gesagt hast, dass wir schon tot sein könnten?«, fragte Anna. »Dass es am Ende egal ist, wir müssten eben zurechtkommen? Eigentlich hat sich daran doch nichts geändert.«

Nick sah sie mit seinen dunkelbraunen Augen an und lächelte schwach, doch es war ein trauriges Lächeln. Es hatte sich eben doch etwas geändert: Sie verloren allmählich ihre Hoffnung.

Anna beschlich ein merkwürdiges Gefühl, als sie ziemlich genau dort den Stadtrand verließen, wo sie diesen Ort erst vor wenigen Tagen betreten hatte. Zu ihrer Linken erstreckte sich, so weit das Auge reichte, die Wüste, ohne eine Pflanze, einen Felsen oder irgendeine Besonderheit, an der sich ihr Blick hätte festhalten können. Wenn Álvaro nicht gelogen hatte und seine Kundschafter nicht verrückt geworden waren, war diese Weite wohl nur eine Täuschung.

Zu ihrer Rechten standen die sechs Hallen in zwei Dreierreihen. Es waren gigantische Bauten mit Oberflächen, die nach mattem Glas aussahen. Nur wenn man sie genau betrachtete, entdeckte man, dass sie in allen möglichen Farben schillerten. Fast wie eine Pfütze Benzin auf der Straße. Es brauchte keinen Architekten, um zu erkennen, dass diese filigranen Bauwerke von jemand anders stammten als die brüchigen Mauern und windschiefen Türme der Stadt hinter ihnen.

»Also müssen wir da rein?«, fragte Nick, als müsste er sich dessen versichern. Levs Verletzungen waren ihm wohl noch lebhaft im Gedächtnis. Die Maus auf seiner Schulter schien seine Anspannung zu spüren und bewegte unruhig den Kopf.

»Sieht so aus«, erwiderte Anna. »Wir dürfen sie auf keinen Fall erschrecken. Nicht, dass sie uns auch angreifen.«

Sie gingen in einem Bogen auf die Hallen zu. Hier draußen war das Wummern im Boden so intensiv wie bei Annas Ankunft. Sie hatte es mit dem Dröhnen der Kirchenglocken verwechselt, doch jetzt erinnerte es sie eher an das Geräusch einer nahen Baustelle. Aus der Ferne hielten sie Ausschau, doch nichts regte sich. Die Bauten offenbarten nichts von ihrem Innenleben und gaben auch von der Wüstenseite kein anderes Bild ab als von der Stadtseite. Sie entdeckten lediglich die Spuren der Zerstörung, von denen Jelena und Lev erzählt hatten: Die Stirnseite einer der hinteren Hallen war geradezu zerfetzt. Ein paar Streben standen noch hier und dort, doch von der Außenhülle war kaum etwas übrig.

»Siehst du das?« Nick deutete auf ein paar Erhebungen im Sand neben den Hallen. Von dort schien das Wummern zu kommen. »Lev hat sie Turbinen genannt.«

Anna erinnerte sich daran, und die Dinger sahen tatsächlich ein wenig aus wie Flugzeugantriebe, die halb im Wüstenboden versunken waren. Was den Lärm genau verursachte, konnten sie auf die Entfernung nicht erkennen, aber offensichtlich war noch Leben in den Maschinen. Woher kam die Energie? Wer hatte die Hallen und Maschinen errichtet? Jemand, der wusste, was hier geschah, vielleicht sogar dafür verantwortlich war? Oder doch nur Menschen wie sie und ihre Vorgänger, die mehr aus ihrer Zeit hier gemacht hatten, als Ziegel zu brennen und zu windschiefen Behausungen aufzustapeln?

Nick sah sie fragend an und Anna gab sich einen Ruck. »Also los!«

Anna steuerte die Halle auf der Wüstenseite an, die ihnen am nächsten war. Nick ging dicht an ihrer Seite. Nur Kinder, redete sie sich immer wieder ein, da drin sind nur verängstigte Kinder. Kein Álvaro, kein Enzo, nichts wirklich Gefährliches.

Im Näherkommen entdeckte Anna einen Umriss an der mattweißen Wand. Er sah aus wie die automatische Schiebetür eines Kaufhauses. Von den zwei Türflächen stand eine leicht schief in der Aufhängung, sodass in der Mitte zwischen ihnen am Boden ein Spalt frei blieb. Eine einzelne, dürre Wurzel grub sich dort aus der Halle hervor, als versuchte sie zu entkommen. Pflanzen!

Sie kamen näher und Anna wollte sich die Wurzel genauer ansehen, doch plötzlich kam Leben in die Tür: Während sich die rechte Türfläche vor ihr zur Seite in die Kuppel hineinschob, zuckte die linke heftig im Rahmen, wie ein verschreckter Vogel, der immerzu gegen eine Fensterscheibe flog. Sie musste sich verkeilt haben und schlug abwechselnd gegen die Wurzel am Boden und einen unsichtbaren Widerstand in ihrer Aufhängung, was einen Höllenlärm verursachte. Anna stolperte zurück.

Das Klappern und Rucken echote zwischen den Wänden der anderen Hallen und auf einmal erklang ein schweres Poltern und Krachen hinter der Tür. Erst als Anna scheinbar bis außerhalb der Reichweite des Bewegungsmelders zurückgewichen war, hörte die automatische Tür endlich mit ihrem Tanz auf. Auch der Lärm war verstummt. Annas Herz raste.

»Das werden sie wohl gehört haben«, murmelte Nick atemlos.

»Hallo?«, rief Anna. »Wir sind hier, um euch zu warnen! Es kommen andere, die euch angreifen wollen. Wir tun euch nichts!«

Keine Antwort.

»Bist du sicher, dass das eine gute Idee ist?«, fragte Nick besorgt, als Anna erneut auf die Tür zuging. Die Maus auf seiner Schulter schnupperte nervös in der Luft.

»Nein, bin ich nicht«, antwortete sie ehrlich, »aber was bleibt uns anderes übrig?«

Nick folgte ihr nur zögerlich, doch als die linke Türfläche erneut ihr aufgeregtes Klappern begann und Anna durch die offene rechte Seite rannte, blieb er ihr dicht auf den Fersen.

Eine dampfig feuchte Luft schlug Anna ins Gesicht, verbunden mit einem leicht modrigen Geruch. Das allgegenwärtige Grün erschlug sie fast. Lev hatte nicht gelogen, es *war* ein verdammter Dschungel. Plantage traf es nicht, denn was immer es hier alles an Pflanzen gab, es wuchs wild.

Wasser, schoss es Anna in den Kopf. Wo so viel wuchs, musste auch Wasser sein.

Der Boden war überwuchert von Büschen und Sträuchern, die es auch bei Anna zu Hause in jedem Garten gab, aber über ihren Köpfen reckten sich gewaltige Schachtelhalme und Farne, groß wie Bäume, zum Hallendach. So etwas hatte sie noch nicht gesehen. Wo die Giganten auf das Dach stießen, bogen sie sich zur Seite und folgten seiner Krümmung. Braune Stämme wirklicher Bäume entdeckte sie kaum.

Dach und Wände der Halle waren von innen durchsichtig. Nur eine grobe Netzstruktur der Streben vor dem schwefelgelben Himmel verriet überhaupt, dass sie sich nicht mehr im Freien befanden.

»Schau dir das an!« Nick deutete auf eine Stelle im Dickicht vor ihnen. Dort befand sich ein wahres Trümmerfeld aus Steinen. Es mussten Ziegel vom Stadtrand sein, die gebrochen und zerstreut herumlagen, als wären sie aus großer Höhe herabgefallen.

»Das war das Poltern eben«, stellte Anna fassungslos fest. Ihr wurde ganz flau im Magen von dem Anblick. »Die hätten uns erschlagen, wenn wir gleich reingegangen wären.«

Die Kinder hatten sich nach Jelenas und Levs Besuch offensichtlich etwas Neues einfallen lassen.

»Hey!«, rief Anna zornig. »Wir wollen euch warnen! Wir sind zu zweit und wollen nur reden, habt ihr das kapiert?«

Nichts, bis auf das Wummern aus dem Boden. Es fehlte auch die typische Urwald-Klangkulisse. Keine Affen, keine Papageien, keine Zikaden, nur das gleichmäßige, maschinelle Brummen.

»Du willst weiter da rein?«, fragte Nick nervös, als Anna Anstalten machte, ins Dickicht einzutauchen.

»Sie müssen ja hier irgendwo sein«, erwiderte Anna mit einem finsteren Blick in Richtung der Steine. »Also suchen wir sie eben.«

»Hoffen wir mal, dass sie uns nicht umbringen, bevor wir sie gefunden haben«, murmelte Nick.

Während sie sich tiefer in den Urwald bewegten, setzten sie ihr Rufen fort.

»Hallo? Wo seid ihr? Wir wollen euch helfen!«

Sie waren noch nicht weit gekommen, da ertönte ein Laut, den sie seit fast zwei Tagen nicht mehr gehört hatten. Ein schauderhaftes Heulen klang durch den Wald und die Maus auf Nicks Schulter quiekte auf. Sie krabbelte hektisch an ihm herunter und entschwand im Dickicht. Die Heuler? Hier?

»Warte«, rief Nick der Maus nach und Anna erkannte entgeistert, dass er dem Tier nacheilen wollte.

»Halt, bist du wahnsinnig?«, erschrak sie und hielt ihn zurück. Sie mussten fliehen. Die wilden Laute kamen immer näher, aus allen Richtungen und am lautesten direkt von vorne. Während sie zurück zum Eingang rannten, übernahm die Panik jedes Denken in Annas Kopf. Die Heuler mussten ihnen hier zuvorgekommen sein. Ihre Rufe klangen anders als die letzten Male, schriller. Noch immer Hand in Hand, um sich im Dickicht nicht zu verlieren, rannten sie um ihr Leben.

Bald hörten sie vor sich das Klappern der automatischen Tür: Dort war jemand. Und als sie durch das Buschwerk brachen, sahen sie auch, wer.

Vor der zappelnden und klackernden Tür standen fünf halbstarke Jungen und Mädchen in einer Reihe. Sie trugen zerrissene Schuluniformen oder T-Shirts und Hosen, die sie sich selbst zu Shorts abgeschnitten hatten. In den Händen hielten sie angespitzte Stöcke.

»Weg hier!«, schrie Anna den Kindern im Laufen zu. »Hinter uns kommen sie!«

Nick schien bereit zu sein, die Reihe mit ihr im Schlepptau einfach über den Haufen zu rennen, da hörte sie, wie hinter ihnen auch die Heuler aus dem Dickicht brachen. Im selben Moment hoben die fünf Kinder vor ihnen die Stöcke und richteten ihre Spitzen auf sie.

»Hey, was ...?«, schrie Nick auf und bremste aus vollem Lauf ab, um nicht aufgespießt zu werden. Begriffen sie denn nicht? Anna sah sich gehetzt um – und erstarrte.

»Anna!«, rief Nick, als sie stehen blieb, und drehte sich nach ihr um. Da sah auch er, was hinter ihnen aus dem Wald gebrochen war: Das Heulen kam von einem knappen Dutzend weiterer Kinder, die meisten deutlich kleiner als die vor ihnen, und sie schrien aus Leibeskräften in den schrillsten Tönen. Jetzt stimmten auch die Älteren vor ihnen in das Triumphgeheul mit ein und da änderte sich der Klang annähernd zu dem, den sie aus der Ferne gehört hatten. Ein Laut, den Anna keinem Menschen und keinem Tier zugetraut hätte.

Die Wahrheit lag wohl irgendwo zwischen den Erzählungen von Jelena und Lev. Auch wenn es nur Kinder waren, verschreckt und wehrlos schienen sie keineswegs. Das hier *waren* die Heuler.

Hinterhalt

»Ihr wollt uns also warnen?«

Ein Junge aus der Reihe vor ihnen hatte das Wort ergriffen. Seine Haare waren kurz geschoren und seine Augen blickten ihnen trotzig entgegen. Das Hemd hing ihm schmutzig aus der schwarzen Hose und der Akzent erinnerte Anna sofort an Kyle aus der Burg, der Junge war Brite. Er war noch nicht im Stimmbruch gewesen, aber seine raue Stimme hatte dennoch so gar nichts Kindliches an sich. »Vielleicht warnen wir lieber euch! Hört auf, hier herumzuschleichen!«

Er stand in der Mitte der fünf älteren Kinder, flankiert von einem zweiten mit speckigen Backen und der Krawatte einer Schuluniform, einem Mädchen mit ordentlich zurechtgemachter Frisur in T-Shirt und Jeans, einem kleineren Jungen mit strubbeligem Haar und dem Gesicht voller Dreck und noch einem Mädchen, das als einziges freundlich schaute. Wobei ihr zähneblitzendes Grinsen fast schon etwas Verrücktes an sich hatte.

Annas Blick huschte von einem zum nächsten, doch

auch die Gesichter der Kleineren suchte sie vergeblich nach vertrauten Zügen ab: Ihr Bruder war nicht hier. Selbst im Chaos der Situation spürte Anna die Enttäuschung. Was hatte sie denn gedacht? Dass ihr Bruder hier in einer Art Zeitkapsel seit zehn Jahren als kleiner Junge lebte?

»Wir haben doch nach euch gerufen«, erwiderte Nick dem Jungen in der Mitte. »Ihr habt nicht geantwortet, also mussten wir ja reinkommen!«

»Das stimmt«, kommentierte das Mädchen mit der ordentlichen Frisur. »Ich hab euch ja gesagt, wir sollten ihnen antworten.«

»Halt den Mund!«, fuhr der Junge in der Mitte sie an, der so etwas wie ihr Anführer zu sein schien, und sie machte einen beleidigten Gesichtsausdruck.

»Gehört ihr zu den anderen beiden, die hier herumgeschnüffelt haben?«, fuhr er fort und reckte das Kinn. »Lasst uns einfach in Ruhe! Ihr habt doch die ganze Stadt, schert euch zum Teufel!«

Zwei der kleineren Kinder ließen erneut ihr Heulen hören, wie zur Bestätigung. Auf ein Kopfschütteln des Mädchens hin, das eben gesprochen hatte, verstummten sie wieder.

»Es geht doch gar nicht um uns«, mischte sich nun Anna ein. »Wir sind hier, weil wir euch warnen wollen.«

Sie erzählte von der Burg und deren Bewohnern. Als sie dazu kam, dass Álvaro die Kinder mit einigen anderen Erwachsenen von hier vertreiben wollte und dass Nick und sie selbst vor diesen Erwachsenen geflohen waren, legte sich die Feindseligkeit zumindest ein wenig. Der Anführer senkte seinen Stock und die anderen taten es ihm gleich.

»Das ist Nick und ich bin Anna. Wie gesagt, wir sind hier, um euch zu helfen.«

»Und dafür sollen wir euch wohl aufnehmen, was? Zurück könnt ihr ja nicht!«, sagte der Junge hochmütig.

»Doch nur, weil wir nicht schweigend zusehen wollten, wie sie euch aus dem Weg räumen!«, entgegnete Anna wütend.

»Ist ja gut. Wir werden ja sehen, wer hier wen aus dem Weg räumt.«

Er schien tatsächlich keine Angst zu haben. Dem Jungen an seiner Seite mit der Krawatte hatte Anna während ihrer Erklärungen schon angemerkt, dass ihm gar nicht wohl in seiner Haut war. Aber der harte Blick von dem in der Mitte mit den kurzen blonden Stoppeln hatte nicht einmal geflackert. Es war eine Kälte darin, fast wie bei Álvaro, als er Jelena gegenübergestanden hatte. Er mochte ein Kind sein, aber er hatte den Gesichtsausdruck eines Schlägers.

»Das hier ist Poppins«, der Anführer deutete auf das Mädchen mit der ordentlichen Frisur, »das hier Peter«, das war der Ängstliche mit der Krawatte, »Connor«, der mit dem dreckigen Gesicht, »Ruth«, das Mädchen, das so irre grinste, »und ich bin Eric ... ach ja, und das ist die Horde«, fügte er nun ebenfalls grinsend hinzu und deutete auf die kleineren Kinder, die sofort mit Jubelschreien antworteten. Es war nichts gegen das Geheul von vorher, aber dennoch lief es Anna kalt den Rücken hinunter. Sie konnte kaum glauben, wie diese Kinder mit ihrem gemeinsamen Geschrei fast doppelt so viele Erwachsene über Tage hinweg in Angst und Schrecken versetzt hatten.

Ehe sichs Anna und Nick versahen, befanden sie sich in einer Traube von Kindern, die ihnen ihr Reich zeigten. Ruth, das Mädchen, das vorhin so gegrinst hatte, sprang herum wie ein Gummiball und stob durch die »Horde«, die ihr Spiel begeistert aufnahm. Sie redete wie ein Wasserfall, aber meist sahen sich Anna und Nick verständnislos an, denn höchstens jedes zweite Wort war in verständlichem Englisch. Für Anna klang der Rest nach Holländisch.

»Das ist unser Lager, hier schlafen wir«, sprudelte es aus Ruth heraus oder zumindest machten sie sich diesen Reim auf ihr Kauderwelsch, »und da sind meine Hühner!«

Tatsächlich wackelten zwei zerzauste Hennen über den platt getrampelten Boden der Lichtung. Es gab ein paar Ziegelsteine, vermutlich vom Stadtrand erbeutet, die eine Feuerstelle eingrenzten, und eine Menge Abfälle wie Schalen von Früchten.

Poppins, mit den sorgfältig angelegten Haarspangen, war ebenfalls an ihrer Seite geblieben und deutlich besser zu verstehen.

»Ich hab euch doch gesagt, ihr sollt das Lager in Ordnung halten!«, schimpfte sie die Kinderschar, die sogleich jauchzend mit beiden Händen in die matschigen Obstreste griff und sie in hohem Bogen ins Dickicht jenseits der Lichtung warf. Die Hennen verfolgten das Spektakel gackernd.

»Also wann kommen diese Männer, die uns angreifen wollen?«, höhnte Eric. »Wir müssen ihnen ja einen ordentlichen Empfang bereiten.«

»Wir wissen nicht genau, wann«, erwiderte Anna.

»Vielleicht wollen sie euch auch erst mal ausspionieren. Aber du tätest gut daran, sie ernst zu nehmen.«

Ihr fiel auf, dass Nick und sie noch gar nicht besprochen hatten, was sie den Kindern überhaupt raten wollten, aber es erschien ihr ziemlich eindeutig. »Ihr müsst zusammenpacken. Nehmt so viel zu essen mit, wie ihr tragen könnt, und dann verstecken wir uns irgendwo in der Stadt, wo sie uns nicht finden.«

Essen, allein beim Gedanken daran lief ihr das Wasser im Mund zusammen. Der schwere Duft süßer Früchte lag in der Luft.

»Glaubt bloß nicht, ihr hättet hier irgendwas zu sagen, nur weil ihr älter seid!«, stellte Eric klar. »Wir gehen doch von hier nicht mehr weg. In den Hallen haben wir alles, was wir brauchen. Wenn dieser Álvaro es sich holen will, werden wir es ihm schon zeigen.«

»Du verstehst nicht«, widersprach Anna vehement. »Das sind Erwachsene, manche davon haben Waffen, und sie sind viel mehr als ihr.«

Peter, der Junge mit der Krawatte, der schon wieder an Erics Seite stand, machte eine sorgenvolle Miene, aber nicht so Eric.

»Denkt mal an die letzten beiden, die sie geschickt haben«, erwiderte er ungerührt. »Erwachsene können auch bluten!«

Es war nicht mehr viel Zeit, bis es dunkel werden würde. Wie grausam sie Álvaro und seine Leute gegenüber Eric auch schilderten, er ließ sich nicht beirren. Poppins und Peter, die einzigen, die noch mit ihnen stehen geblieben waren, schwiegen nur betreten. Am liebsten hätte Anna ihren Anführer offen zurechtgewiesen, aber irgendetwas sagte ihr, dass das nicht gut enden würde. Es war zum Verrücktwerden: Sie waren vor einem sturen Diktator geflohen, um nun vor dem nächsten zu stehen. Wenn ihnen dieser hier auch kaum bis ans Kinn reichte.

Poppins erbarmte sich ihrer, als sie Nicks Magen knurren hörte. Das Mädchen mit den Haarspangen zeigte ihnen Büsche voller wilder Beeren neben einem Baum, der Mangos zu tragen schien. Sie schaufelten sich Beeren in den Mund, bis ihre Hände voll von rotem, klebrigem Saft waren. Anna probierte auch von den Früchten des Baumes. Ihr Fleisch war dunkler und sie hatten kleinere Kerne als Mangos, aber sie schmeckten genauso gut. Während sie aßen, sprangen einige der kleineren Kinder um sie herum. Als Anna nach Wasser fragte, bedeutete Poppins den beiden, ihr zu folgen. Zum Trinken mussten sie die Halle offenbar verlassen, denn Poppins führte sie zum Ausgang. Dort sammelte der Junge mit dem verdreckten Gesicht und den strubbeligen Haaren gerade die zertrümmerten Steine vom Boden in einem großen, geflochtenen Korb. Als sie kamen, sah er auf.

»Connor«, sagte Poppins, »mach das Ding bloß nicht wieder scharf, bevor nicht alle noch mal getrunken haben, hast du verstanden?«

Nick hatte damit gerechnet, dass Connor Amerikaner war, vermutlich einfach des Namens wegen, doch der Junge hatte einen Akzent und rollte das R wie Lev.

»Ja, ja, keine Sorge. Warum hat es *euch* eigentlich nicht erwischt?«, wandte er sich mit prüfendem Blick an Anna und Nick.

»Wir sind wegen der Tür erschrocken, deshalb sind

wir nicht gleich rein«, erklärte Nick und Anna stellte fest, dass es fast entschuldigend klang. Er war wohl überrascht von der Frage gewesen, immerhin wären sie vermutlich gestorben, wenn es nach diesem Connor gegangen wäre.

»Hm, eigentlich solltet ihr reingehen und der Bewegungsmelder löst die Steinfalle aus. Ich dachte, das *muss* klappen ...« Connor redete mehr mit sich selbst, während er weiter Steine aufsammelte.

»Er meint es nicht persönlich«, erklärte Poppins, als sie die klappernde Tür hinter sich gelassen hatten. »Connor ist eben ein Tüftler und wir müssen uns ja auch schützen. Eure Warnung ist der beste Beweis. Ich war jedenfalls dafür, euch zu antworten, als ihr gerufen habt.«

»Ja, danke«, erwiderte Anna und hielt den sarkastischen Unterton zurück. Es schien ihr am besten, die Sache schnell wieder zu vergessen. Es war kein schöner Gedanke, dass diese Kinder sie am liebsten gesteinigt auf dem Boden gefunden hätten.

Die Luft außerhalb der Halle fühlte sich nach dem schwül-dampfigen Dschungel angenehm frisch an. Poppins marschierte mit ihnen in Richtung der Turbinen und auf dem Weg kamen sie an der zerstörten Halle vorbei. Hinter den Streben der offenen Stirnseite waren keine Spuren mehr von irgendeiner Vegetation zu sehen. Staub und Wüste hatten die Halle zurückerobert. Vielleicht bildete Anna es sich ein, aber selbst die Wände der Halle sahen anders aus. Der Schimmer fehlte und sie wirkten irgendwie ... tot.

»Wo kommst du her?«, begann Nick ein Gespräch mit ihrer Führerin.

»Aus Dänemark. Ich kann nur sagen, wie froh ich bin,

dass ich dort aufwachsen durfte. Wenn ich mir Ruths Englisch anhöre oder das von Connor ... und manche der Kleinen sprechen überhaupt kein Wort, stellt euch das mal vor, und das in unserer Lage!«

Ruth war die quietschfidele Niederländerin mit ihrem zweisprachigen Redefluss gewesen. Poppins sprach tatsächlich ziemlich sauberes Englisch, wahrscheinlich sogar besser als Anna oder Nick. Sie wäre trotzdem nicht auf die Idee gekommen, dem deutschen Schulsystem vorzuwerfen, dass es ihr keine Wildnis- und Überlebensausbildung für eine Situation wie diese auf den Weg gegeben hatte.

»Ruth ist aus Holland«, bestätigte Poppins Annas Vermutung. »Connor ist, glaube ich, Tscheche.«

»Und Eric und Peter sind Engländer?«, erkundigte sich Nick.

»Eric ja, Peter nicht.«

»Nein?«, fragte Nick erstaunt. »Bei ihm war ich mir sicher, wegen der Schuluniform-Krawatte.«

»Nein, nein, komplett daneben«, lachte das Mädchen überheblich. »Peter ist natürlich Ire.«

Anna und Nick sahen sich an. Sie zog eine Augenbraue hoch und er schüttelte ungläubig den Kopf. Vorgeführt von einer Sechstklässlerin oder was immer Poppins sein mochte.

Während Nick darauf nichts mehr sagte, dachte Anna über die Aufzählung des Mädchens nach. Auch bei den Bewohnern der Burg waren zumindest die, von denen sie es wusste, alle Europäer. Also, wenn man Russland dazuzählte. An der Kirche hatte Anna eindeutig auch asiatische Symbole gesehen und auch der Rest der Sprachen war nicht nur aus Europa und Russland gekommen. Also musste es bei ihren Vorgängern anders gewesen sein. Hatte es irgendeine Bedeutung, dass ihre Gruppe nicht aus der ganzen Welt zu kommen schien?

An den Turbinen selbst wurde das Brummen immer durchdringender und sie spürten den Boden unter ihren Füßen vibrieren. Die halbrunden, zylinderförmigen Gebilde reichten ihnen ungefähr bis zur Hüfte und waren eine Armspanne breit. Ihre Oberfläche war aus demselben dunklen Metall wie der Brunnen in der Burg.

»Poppins, habt ihr rausgefunden, was das hier ist?«, fragte Nick über das Wummern hinweg, aber das Mädchen schüttelte nur den Kopf.

Der Brunnen lag dahinter und man konnte von ihm aus in einiger Entfernung den Stadtrand sehen. Der dunkle Ring glich dem Brunnen in Álvaros Burg wie ein Haar dem anderen. Er war randvoll, und weil es keine tönernen Tröge oder Gefäße gab, schöpften sie das Wasser mit den Händen heraus. Anna spürte das kalte Wasser nach dem Schlucken durch ihren ausgezehrten Körper wandern. Ihr ganzes Leben hatte sie weder Hunger noch Durst leiden müssen, der Bruch zu den Strapazen der letzten Tage hätte kaum härter ausfallen können. So musste es Kriegsflüchtlingen gehen, die auf einmal alles im Bombenhagel verloren. Anna hätte nicht mit ihnen tauschen wollen, selbst wenn sie dafür erfahren hätte, wo sie war. Immerhin gab es für sie irgendwo noch ein Zuhause, auch wenn ihr das langsam weniger real vorkam als dieser Ort.

Auf dem Rückweg erzählte Poppins ihnen stolz davon, wie die Kinder Jelena und Lev vertrieben hatten, und machte sich dadurch nicht gerade sympathischer.

»Warum habt ihr sie überhaupt angegriffen?«, fragte Anna unwirsch. Sie hätte gern gewusst, wie Álvaro mit der Situation umgegangen wäre, wenn Lev unverletzt zurückgekehrt wäre und nicht schon das Bild der grausamen Wilden geprägt hätte.

»Eric wollte kein Risiko eingehen«, erklärte Poppins. »Vor allem nicht mit Erwachsenen. *Ich* hätte …«

»Schon klar, *du* hättest sie nicht sofort mit Steinen beworfen«, schnaubte Anna. »*Du* hättest sie zumindest vorher gewarnt, was? Aber getan hast du es trotzdem nicht.«

Das Mädchen mit den Haarspangen setzte wieder seine beleidigte Miene auf.

»Und jetzt warnt ihr uns vor ihnen, also so falsch lagen wir ja wohl nicht«, murmelte Poppins.

Während Nick zu erklären versuchte, dass Poppins Lev und Jelena nicht mit Álvaro und seinen Männern über einen Kamm scheren dürfe, schwieg Anna verbissen. Gegenüber diesen Kindern war es ja doch nur vergebene Mühe.

Als Eric sie zum Lager zurückkehren sah, rief er die drei zu sich.

»Na?«, fragte er mit seinem hämischen Grinsen. »Habt ihr euch auf unsere Kosten ordentlich den Bauch vollgeschlagen?« Er wartete keine Antwort ab. »Ich will euch nur mal zeigen, was wir euren Freunden für einen Empfang bereiten werden.«

Gemeinsam mit Peter und der Quasseltasche Ruth saß er neben einem Stapel von den angespitzten Stöcken, mit denen auch Nick und Anna schon Bekanntschaft gemacht hatten.

»Es sind nicht unsere Freunde, die kommen«, entgegnete Anna und für einen kurzen Moment musste sie an Maik denken. Sie fühlte sich verraten von dem Jäger, immerhin hatte sie ihm von Jelena als einer Freundin erzählt, bevor die Ärztin vor Maiks Augen niedergeschlagen worden war.

»Das sehen wir ja dann!«

Eric erklärte ihnen den Plan. Bis es dunkel würde, sollte die »Horde« noch einen Graben vor dem Eingang buddeln, so tief sie eben komme. Es sei Connors Idee, der bereits Vorbereitungen treffe, und deshalb sollten er und Poppins die Kinder auch dabei anleiten. Dann würden sie die spitzen Stöcke in die Gräben stecken und diese mit Farnen und Blättern bedecken, um sie zu verbergen. Wenn die Angreifer nicht durch die Steine getroffen würden, sagte Eric, sollten sie auf die Blätter treten und sich an den Stöcken aufspießen.

»Reicht ja, wenn sie nicht mehr laufen können«, beendete er gehässig seine Ausführungen.

Anna erstaunte vor allem die Kaltblütigkeit, mit der Eric redete. Er sprach, wie man es von einem Soldaten mit Kriegserfahrung erwartet hätte, nicht von einem Jungen, der um die zwölf sein musste.

»Habt ihr noch Ideen?«, fragte der Anführer in die Runde.

»Verstecken wir uns wieder und werfen mit Steinen, wenn die Gräben sie nicht aufhalten?«, fragte Peter neben ihm. Seine Stimme klang viel weicher als die von Eric.

»Die Gräben *werden* sie aufhalten. Aber zur Not machen wir es wie bei Anna und Nick. Wir schicken die Horde ins Gebüsch und schlagen sie in die Flucht. Ihr hättet eure Gesichter sehen sollen«, grinste er die beiden an.

Bis die Dämmerung einsetzte, schafften es die kleineren Kinder, Gräben von einem halben Meter Tiefe auszuheben. Sie wühlten mit Freude in der feuchten, lockeren Erde. Für sie war es ein Spiel. Dann spickten die Älteren die Gräben mit den Spießen und deckten sie zu. Im Dunkeln würden sie nicht zu erkennen sein, sollten Enzo und Maik die Nacht nutzen wollen.

Als alle noch einmal am Brunnen getrunken hatten, kletterte Connor eines der hoch aufragenden Schachtelhalm-Rohre hinauf. An den grünen Borsten entlang des mächtigen Stiels konnte man sich leicht festhalten und dort oben hatte er den Korb mit den Steinen an einer Stelle verkeilt, wo sich der Halm mit zwei Farnen kreuzte. Ruth griff sich einen Schössling, der gefällt am Boden lag, und richtete ihn mit Peters Hilfe auf. Sie stellten ihn so neben die Tür, dass diese ihn umwerfen würde, wenn sie zu ruckeln begann. Connor schob das Gewicht des Korbs mit den Steinen oben dagegen. Wenn die Tür den unterstützenden Halm unten umwarf, würden die Steine aus einigen Metern Höhe herabfallen. Es sah wackelig aus, aber das war ja auch der Sinn des Ganzen.

Anna war sich nicht sicher, ob die Vorkehrungen ausreichen würden, um aufzuhalten, wen Álvaro auch immer schickte, seien es nun Enzo und Maik oder gleich die ganzen Jäger. Sie würden zumindest vermuten, dass die Kinder durch Anna und Nick gewarnt worden waren.

»Ganz schön brutal«, murmelte Nick ihr zu. »Hätten sie das mit den Fallgruben bei uns auch gemacht, würden wir jetzt ziemlich übel aussehen …«

Anna nickte. Die Unterschiede zwischen Álvaro und Eric erschienen ihr immer unbedeutender. Beide hatten kein Mitleid und nahmen keinerlei Rücksicht und nun rissen sie ihre Gruppen in eine Auseinandersetzung auf Leben und Tod.

Es war dunkel geworden und die Kinder hatten ein kleines Feuer in dem Steinkreis auf ihrer Lichtung gemacht. Natürlich hatte Anna sich dagegen ausgesprochen. Wenn in der Nacht jemand käme, würde er sofort wissen, in welcher Halle sie waren. Doch natürlich hatte Eric umgekehrt ihre Bedenken erneut abgetan.

Das Feuer hatte Connor innerhalb einer erstaunlich kurzen Zeit zum Brennen gebracht. Er verwendete dazu nichts als ein Zundernest und ein Bündel trockener Pflanzenfasern. Die Fasern spannte er um ein Stück Rinde, das er mit dem Fuß auf dem Boden hielt. Mit ruckartigen Bewegungen zog er die Fasern unter der Rinde durch, hin und her, bis ganz dünner Rauch sich an der Rinde kräuselte. Die wenige Glut reichte ihm, um den Zunder zu entfachen.

»Und dieser Maik hat es geschafft, ein Schwein zu jagen?«, fragte Connor interessiert, als sie danach ums Feuer saßen. Die Kinder hatten sich nach der Buddelei auf Poppins' Anweisung hin gewaschen. Connor war ebenfalls zum Brunnen gegangen, aber Anna hatte ihn beobachtet, wie er hinterher mit den Fingern den Dreck in seinem Gesicht erneuert hatte. Mit zwei Fingern hatte er dunkle Streifen über seine Wangen gezogen, wie ein Footballspieler. Jetzt waren sie aber schon wieder verschmiert und es wirkte eher, als hätte ihm jemand das Gesicht in die Erde gedrückt.

»Ja, hat er«, erwiderte Anna. »Sie waren aber auch mindestens zu sechst.«

»Ich hab ein paar Fallen gebaut«, erzählte Connor eifrig, »aber bis jetzt haben wir nichts als diese blöden Hühner gefangen. Und Eric sagt, wir sollen abwarten, ob sie nicht noch ein Ei legen, bevor wir sie essen.«

»*Ich* habe die Hühner gefangen!«, tönte Ruth und ließ dann einen aufgeregten Schwall Worte hören, aus dem Anna schloss, dass die Hühner ihre seien, nachdem sie sie mit eigenen Händen erwischt und in die Halle gebracht hatte, und dass *niemand* sie essen würde.

»Sie hat ihnen sogar Namen gegeben.« Peter lächelte zum ersten Mal, aber selbst dabei wirkte der pummelige Junge mit der Krawatte immer noch melancholisch. Es lag an seinen Augen. »Bernard und Bianca. Darauf muss man erst mal kommen.«

Die Hühner trotteten währenddessen auf der Lichtung umher und pickten nach irgendetwas auf dem Boden. Sie schienen gänzlich unbeeindruckt von der Diskussion, ob, und wenn ja, wann sie gegessen würden.

»Wieso, wir haben doch alle neue Namen?«, rief Ruth.

Anna horchte auf. »Neue Namen?«

»Ja, haben wir uns gleich am ersten Abend ausgedacht«, erklärte Peter. »Jeder, den wir gefunden haben, durfte sich einen neuen aussuchen. Irgendwie passten die alten nicht hierher.«

»Er hat sich nach Peter Pan benannt«, trompete Ruth und Peter verstummte wieder. Obwohl das kleine Feuer nicht viel Licht gab, war Anna sicher, dass der Junge mit der Krawatte rot geworden war.

»Mach mal den Mund nicht zu weit auf! Deinen Namen verwendet nämlich keiner, weil er so doof ist.«

»Ach ja?«, fragte Ruth, doch der Rest war wieder kaum zu verstehen.

»Sie wollte Feuerblitz heißen«, erklärte Peter, »ihr wisst schon, wie der Rennbesen von Harry Potter. Aber das ist ja gar kein Name, deshalb nennen wir sie immer noch Ruth.«

Anna schmunzelte. Sie hätte Feuerblitz gar nicht so unpassend für das kleine Energiebündel Ruth gefunden.

»Mich nennen alle Poppins, wie Mary Poppins, weil ich mich um alle kümmere«, stellte Poppins klar.

»Und die Kleinen?«, fragte Nick fasziniert.

Die Horde saß ein Stück abseits auf der Lichtung. Ein paar der Kinder spielten miteinander, ein paar schauten immer wieder herüber zum Feuer.

»Am ersten Tag waren es noch nicht viele«, erklärte Connor, »da haben wir versucht, ihnen Nummern zu geben. Aber dann haben wir am zweiten noch welche aufgelesen und sind ständig durcheinandergekommen.«

Das weckte eine Frage in Anna. »Ihr seid also auch erst vor ein paar Tagen angekommen?«

Peter antwortete für Connor. »Ja, am Anfang waren wir nur Eric, Poppins und ich. Connor hat uns als Erster gefunden und dann sind wir rausgegangen und haben mehr Kinder zu uns in die Halle geholt. Wir sind nicht weit in die Stadt gegangen und den Erwachsenen haben wir uns nicht gezeigt. Viele der Kleinen sprechen kein Englisch und das mit den Nummern war eine blöde Idee. Jetzt sind sie einfach die Horde.«

Anna wollte weiter zu ihren Erlebnissen nachfragen, aber Peter lächelte auf einmal.

»Nur einem von ihnen haben wir einen Namen gegeben, aber das seht ihr dann schon noch«, sagte er, »oder ihr hört es ...«

»Er hat ihn Pan genannt«, lachte Ruth. »Hab ich's nicht gesagt? Zusammen sind sie Peter Pan!«

Peter warf ihr erneut einen bösen Blick zu, aber Anna verstand noch immer nicht, was Peter hatte andeuten wollen.

»Mein Name interessiert euch wohl nicht?«, fragte Connor auf einmal beleidigt.

»Doch, na sag schon!«, ermunterte ihn Nick.

Die Stimmung am Lagerfeuer war auf einmal fast familiär.

»Meiner ist nämlich der beste! Ich hab mir Connor ausgesucht wegen Terminator.«

Weit unten in Annas Filmgedächtnis klingelte etwas. Sie wusste zumindest noch, dass der Klassiker mit Arnold Schwarzenegger eineinhalb Stunden ihres Lebens gekostet hatte, die sie im Nachhinein lieber anders verbracht hätte.

»John Connor, Retter der Menschheit!« Er war vor Begeisterung aufgesprungen. »Der Terminator reist in der Zeit zurück, um Connors Mutter zu töten, aber sie entkommt und bringt ihrem Sohn alles über Guerillakrieg und so bei. Und als die Maschinen die Weltherrschaft übernehmen, führt er den Befreiungskampf. John Connor!«

Er schien fassungslos, dass ihnen das nicht sofort klar gewesen war.

»Ignoriert ihn einfach.« Poppins rollte mit den Augen und alle anderen lachten, selbst Eric. Connor sank, offenbar zufrieden mit seinem Auftritt, wieder in den Schneidersitz. Eric beteiligte sich sonst nicht am Gespräch und sah wohl auch keinen Bedarf, seinen Namen zu erklären. Anna vermutete, dass er einfach seinen alten behalten hatte. Zumindest fiel ihr zu Eric kein berühmtes Vorbild ein.

»Interessiert euch eigentlich gar nicht, was wir über die Stadt herausgefunden haben, während ihr euch hier verbarrikadiert habt?«, fragte Nick.

»Was gibt es herauszufinden?«, entgegnete der Anführer der Kinder. »Ist doch klar: Wir sind im Paradies!«

»Im *Paradies*?«, stieß Anna hervor.

»Natürlich, oder das Schlaraffenland oder wie ihr es nennen wollt. Schaut euch doch um. Genug zu essen, keine Arbeit, keine Erwachsenen! Wenn wir erst mit euren Freunden fertig geworden sind, dann wird das hier das schönste Leben!«

»Du bist *glücklich*, hier zu sein? Was ist denn mit deinen Eltern zu Hause?«, fragte Anna entgeistert und Eric fuhr auf.

»Was soll mit ihnen sein? Glaubst du, es interessiert die, was mit uns passiert ist? Das ist denen doch scheißegal. Machen sie sich eben neue Kinder, auf denen sie herumtrampeln können. Wir brauchen keine Erwachsenen, seht ihr doch!«

»Nur weil du so ein verdammt harter Typ bist, heißt das doch noch nicht, dass hier keiner seine Eltern vermisst!«, entgegnete Anna, ebenfalls wütend. Nick berührte sie sacht am Arm. Die Stimmung war schnell wieder gekippt. »Was ist denn mit euch?«, fragte sie in die Runde der Kinder, die betreten zu Boden blickten.

»Ich hab's ja gewusst, dass ihr nur alles kaputt machen

wollt!«, rief Eric. »Haltet besser die Schnauze oder ihr fliegt wieder raus!«

Er trat in Annas Richtung gegen das Feuer. Ein paar der dürren Äste fielen auseinander und Glut stob auf. Es war nicht wirklich gefährlich, aber Anna schrak dennoch zurück.

»Bist du bescheuert?«

»Wart's mal ab!«, rief er.

Nick war aufgesprungen.

»Komm mal runter, klar?«, fuhr er Eric an. »Wir haben's kapiert, du bist der Boss hier, aber hör auf mit so einem Scheiß!«

Eric stierte nur ins Feuer.

»Komm«, wandte sich Nick zu Anna um. »Lass uns unser Schlaflager aufbauen.«

Während sie aus der Lichtung traten und einen Haufen Blätter und Buschwerk als Schlafstätte zusammentrugen, machte Anna ihrem Ärger über den »hirnlosen Idioten« Luft. Sie war noch immer ganz aufgewühlt von der Attacke, als plötzlich ein Ton erklang. Es war ein zarter Laut, der perfekt in die Kulisse des dunklen Urwaldes passte. Der Ton zog sich hin und zerfloss dann zu einer kleinen Melodie.

Anna verstummte und sie drehten beide die Köpfe zum Lagerfeuer, wo einer der kleinen Jungen ihren Platz eingenommen hatte. Er blies in eine Art Flöte, geschnitzt aus denselben Stöcken, die auch angespitzt in den Gräben steckten. Der Junge hatte die Rinde als eine Art hohle Röhre vom Stock gelöst. Darauf blies er den Ton, während er den Stock am anderen Ende in die Rindenröhre hineinschob oder herauszog. So konnte er Melodien spielen, bei denen die Töne ineinander übergingen. Es war offensichtlich, dass er das nicht erst hier gelernt hatte, denn es hörte sich wirklich wunderbar an.

Annas Zorn verpuffte und sie fing Peters Blick auf, der zu ihnen herüberlinste. Das hatte er also gemeint, als er von Pan gesprochen hatte. Anna lächelte und spürte eine Gänsehaut, als die zarten Töne zum anfänglichen, melancholischen Thema zurückkehrten, und in diesem Moment passierte noch etwas. In den Büschen und Sträuchern hinter ihr und Nick begann es zu knistern und zu knacken. Überall sprossen Knospen und Triebe und der Wald um die ganze Lichtung blühte in der Farbe der Musik auf. Anna hätte es nicht anders sagen können: Es war das Lied des kleinen Flötenspielers, das die Pflanzen als ihr buntes Kleid zeigten.

Peter blickte noch immer in ihre Richtung, er schien nicht überrascht. Die Horde am Rand der Lichtung lag überwiegend auf dem Rücken und schaute andächtig nach oben in die Blüten. Die Kinder machten »Aaah« und »Oooh«, als die Knospen aufbrachen, als beobachteten sie ein Feuerwerk am Himmel.

Anna genoss das Lied, bis es vorüber war, ohne sich zu fragen, wie die Pflanzen derart auf die Musik reagieren konnten. Sie wollte keinen Gedanken daran verschwenden, denn zum ersten Mal seit ihrer Ankunft erlebte sie einen Moment ohne Angst, sondern voll Freude über diese unerwartete Schönheit.

Feuervogel

Anna ertappte sich dabei, wie sie ständig mit einem Ohr auf die Steinfalle hörte, doch bis Nick und sie ihr Lager bereitet hatten, tat sich nichts. Eric teilte am Lagerfeuer die Wachen ein. Er hatte kein Wort mehr zu seinem Ausbruch von vorhin gesagt und auch Anna und Nick vermieden das Thema. Der Flötenspieler hatte sich wie die meisten von den Kleineren schlafen gelegt und so wurde es immer ruhiger im Lager. Nach seinem Lied war die Stille dennoch ganz anders als zuvor.

»Jeder weiß, wen er zu wecken hat, wenn er müde wird«, schloss Eric. »Und ihr geht keinen Schritt Richtung Eingang, habt ihr verstanden? Wenn ihr etwas hört, egal was, dann weckt ihr die anderen. Besser, wir schlafen schlecht, als dass sie uns doch überraschen.«

Alle nickten und verteilten sich. Connor und Poppins blieben sitzen. Sie würden die erste Wache übernehmen.

Auch Anna und Nick legten sich auf ihre Blätterlager. Nach den Nächten auf harten Lehm- und Erdböden kam es Anna vor, als läge sie in einem weichen Bett.

»Glaubst du, Álvaro schickt heute Nacht jemanden los?«, fragte Nick zögerlich, als könnte allein der Gedanke es heraufbeschwören.

»Ich weiß nicht …«, antwortete Anna. »Ich hoffe nicht.«

Kichern klang herüber, vermutlich aus der Horde, es konnte aber auch Ruth sein.

»Sie haben sich ganz schön schnell hier zurechtgefunden«, stellte Anna fest. »Als hätten sie kaum Angst.«

»Ja, ich glaube, sie verlassen sich ziemlich auf Eric – obwohl er ein Idiot ist …«

Anna schnaubte zustimmend.

»Hast du mitbekommen, warum sie mit dem Heulen angefangen haben?«, fragte sie. »Als wir es zum ersten Mal gehört haben, war es nur eine Stimme, glaube ich. Erst später wurden es mehr.«

»Vielleicht wollten sie sich damit nach ihrer Ankunft Mut machen? Und als es mehr wurden, so als eine Art Gruppenritual? Die Kleinen nennen sie die Horde, das passt doch.«

»Ja, vielleicht«, murmelte Anna verschlafen. »Wir können sie morgen ja mal fragen.«

Die Blüten standen noch immer in den Büschen und Bäumen und verströmten einen angenehmen Duft.

»Kannst du glauben, dass wir immer noch am selben Ort sind?«, fragte Nick.

Anna wusste, was er meinte. Spätestens seit Pans Lied war es, als wären sie hier in der Halle in einer Art Kokon einer besseren Welt. Erics Behauptung, sie seien im Paradies gelandet, schien auf einmal gar nicht mehr so abwegig.

Auf einmal streckte Nick die Hand von seinem Lager aus und berührte ihre Fingerspitzen, die neben ihrem Kopf auf Blättern und Zweigen lagen. Dann legte er die Hand auf ihre.

»Irgendwie bin ich auch froh, hier zu sein«, sagte er zögerlich. Anna war völlig überrumpelt. »Zumindest wegen dir. Das wollte ich dir die ganze Zeit schon mal sagen.«

Ehe sich Anna wieder gesammelt hatte und überlegen konnte, wie sie reagieren sollte, hatte er ihr schon eine gute Nacht gewünscht und seine Hand wieder weggenommen.

»Gute Nacht«, flüsterte sie ebenfalls und schloss verwirrt die Augen. Er konnte ihretwegen den letzten Tagen tatsächlich etwas Positives abgewinnen? Wahrscheinlich hatte sie in ihrem ganzen Leben noch kein schöneres Kompliment bekommen. Sie spürte noch seine Berührung und Nicks Worte mischten sich in das Gedankenkarussell, das sich wie jeden Abend in ihrem Kopf drehte. Der Name ihres Bruders an der Kirche und an der Mauer, Jelena, wie sie dort vor Álvaro am Boden lag, und vom Duft der Blüten kam ihr auch Pans Lied wieder ins Ohr. Es war ein heilloses Durcheinander und es begleitete sie bis in ihre Träume.

Anna erwachte mitten in der Nacht von einem fernen Krachen und Poltern. Die Steinfalle an der Tür!

»Anna.« Nick hatte sie kaum berührt, da saß sie schon aufrecht auf ihrem Blätterhaufen. Von dem Feuer war nur ein letzter Rest Glut übrig. Bis auf das schwache Glimmen war es stockfinster.

»Aufwachen!«, zischte Erics Stimme. »Alle aufwachen!«

Da waren keine Schreie, nichts. Entweder die Steine hatten niemanden erwischt oder wer immer hereingekommen war, lag schon erschlagen am Eingang.

»Psst«, mahnte sie Eric, als alle an der Feuerstelle zusammenkamen, wo er und Peter Wache gehalten hatten. »Lauscht!«

Doch es gab nichts zu lauschen. War der Korb mit den Steinen einfach abgerutscht, ohne dass jemand gekommen war? Keine Schritte, keine Stimmen, auch die Tür klapperte nicht. Aber etwas war da, wie das Knistern der Knospen am Abend.

»Horde, in den Dschungel!«, befahl Eric. »Wenn ich nicht rufe, legt ihr in fünf Minuten los.« Zwei der Kinder nickten. Das mussten die sein, die Englisch sprachen. Sie bedeuteten den anderen, ihnen zu folgen, und tauchten ins Dickicht ein. Nebelschlieren kamen durch den Wald. Das war seltsam, in der Stadt hatte Anna nie Nebel gesehen.

»FEUER!«, brüllte Connor entsetzt und Anna erkannte, dass es Rauch war.

Im undurchdringlichen Schwarz des Dickichts schlugen vereinzelt gelbe Flammen durch. Diese Irren hatten tatsächlich Feuer gelegt.

»Gibt es einen anderen Ausgang?«, fragte Anna panisch, doch Eric schüttelte den Kopf. In seinen Augen stand Todesfurcht, denn er hatte es längst erkannt: Sie saßen in der Falle.

Binnen weniger Sekunden wurde der Qualm so dicht, dass Annas Augen brannten. Poppins hatte sich sofort in die Büsche gestürzt und versuchte, die Horde wieder zurückzurufen. Nick griff nach Annas Hand und sie rannten mit den anderen Connor hinterher, der sich im Urwald wohl am besten auskannte.

»Komm zurück, Poppins!«, schrie Peter neben ihnen und tauchte immer wieder in den Büschen unter.

Der Rauch wurde noch dichter und biss in ihre Lungen. Bald husteten sie alle und duckten sich tief hinunter, wo es etwas besser war. Das Feuer breitete sich in alle Richtungen aus und die Hitze schlug ihnen entgegen. Anna vermutete, dass sie bereits eingeschlossen waren. Hoffentlich fanden Peter und Poppins die Kinder. Blind auf ihren tränenden Augen stolperte sie irgendwelchen Beinen hinterher, Nicks und ihre Hand ineinandergekrallt.

»Poppins!«, schrie Peter.

»Peter!«, drang deren verzweifelte Stimme durch das Knacken und Krachen. »Ich hab die Kleinen, Peter, wo seid ihr?«

Weinen und Rufe von Kindern in unterschiedlichen Sprachen klangen von ihr herüber. Das Feuer brüllte sie nieder, als die Flammen immer höher schlugen.

Vor ihnen lag eine schwarz qualmende Feuerwand. Flammen kletterten an allem empor, das ihnen Halt bot, und das Buschwerk war ein einziger Glutherd.

»Wir müssen hier durch!«, schrie Connor ihnen zu, während Poppins sich mit der Horde einen Weg zu ihnen bahnte. »Der Ausgang ist dahinter!«

Eric stand wie versteinert und schien sich nicht sicher zu sein, ob sie vor dem Feuer zurückweichen oder hindurchlaufen sollten, wie Connor verlangte. Doch sie hatten keine Zeit für seine Unentschlossenheit.

»Nehmt euch alle an der Hand!«, rief Anna und zum

ersten Mal widersprach der Anführer nicht. »Bildet eine Kette, schnell!«

Die kleineren Kinder weinten nur weiter verängstigt, doch Nick verstand sofort und auch die Älteren griffen die neben sich an den Händen und bedeuteten ihnen, dasselbe zu tun.

»Wir brechen durch die Flammen, einer nach dem anderen, so schnell ihr könnt«, erklärte Anna. »Wenn ihr dran seid, schützt euer Gesicht mit den Armen und rennt! Wir fangen euch hinter der Feuerwand auf, damit niemand verloren geht.« Sie bemühte sich, die entsetzten Blicke der Kinder einzufangen und ihnen Halt zu geben. »Ich geh als Erste, nach mir kommt Nick und so weiter. Wenn der vor euch loslässt, wisst ihr, dass ihr als Nächstes dran seid.«

Anna war klar, dass mehr als die Hälfte von ihnen sie unmöglich verstanden haben konnte, aber hinter ihnen regneten immer heftiger Glut und brennendes Blattwerk herab. Bald würde hier alles in Flammen stehen.

Sie wollte gerade Anlauf nehmen, um durch die Feuerwand zu stürmen, da hörte sie ein entsetzliches Kreischen.

Aus dem brennenden Wald brach eines der Hühner heraus. Es schlug hilflos mit den Flügeln, die Feuer gefangen hatten. Nick wollte sich losreißen, wahrscheinlich um es von seinen Qualen zu erlösen, doch Anna umschloss seine Hand mit eisernem Griff.

»Nicht!«, beschwor sie ihn und er hielt inne.

In diesem Moment brach ein ganzer Schauer aus brennenden Farnwedeln herunter und begrub das arme Tier unter sich. Ihnen konnte es nun jeden Augenblick genauso ergehen.

Sie holte tief Luft, ließ Nicks Hand los und rannte auf die Feuerwand vor sich zu. Mit dem Kinn auf der Brust und den Armen vor dem Gesicht stürmte sie durch die lodernden Büsche. Glut fraß sich in den Stoff ihrer Kleidung und eine Hitzewelle versengte ihr die nackten Arme und die Hände. Gerade noch erkannte Anna die verdeckten Fallgruben auf dem Boden und machte einen Satz darüber, dann stand sie vor der panisch klappernden Tür.

»JETZT!«, brüllte sie sofort, als sie sich vergewissert hatte, dass nicht Maik oder Enzo sie hier erwartete. »PASST AUF DIE FALLEN AUF!«

Nick tauchte wenige Augenblicke später auf, klopfte sofort die Glut von seinem gestreiften Shirt und strubbelte sie sich aus den Haaren. Es roch verbrannt und Anna musste erneut husten, als sie Rauch einatmete.

Nick positionierte sich gegenüber von ihr und gemeinsam nahmen sie die Kinder, die sich durch die Flammen kämpften, eins nach dem anderen in Empfang, damit niemand in die Fallgruben stürzte. Sie schubsten die Angekommenen durch die Tür nach draußen. Am Anfang versuchte Anna noch den Überblick zu behalten, damit sie niemanden vergaßen, aber bei all der heißen Asche und dem Rauch in der Luft wurde es ihr bald unmöglich.

Ruth, die den Kleinsten begleitete, wäre beinahe in die Grube gestürzt und aufgespießt worden, aber Nick bekam sie gerade noch am T-Shirt zu fassen und zog beide zu sich herüber. Lediglich Ruths linker Fuß brach beim Nach-vorne-Stolpern durch die Tarnung und offenbarte die grausame Konstruktion.

Poppins kam als Letzte durch die Flammen und in Annas Arme und sie stürzten gemeinsam durch die Tür nach draußen. Das Feuer schlug ihnen nach und ein Tosen in ihrem Rücken zeugte davon, dass die Halle endgültig erobert war. Anna hustete so heftig, dass sie meinte, es müsse ihre Lunge zerreißen.

Die Dunkelheit draußen wurde erhellt von dem Flammenmeer, das die mattweiße Oberfläche der Halle zum Glühen brachte. Der Rauch drang irgendwo oben durch das Dach und stieg zum Himmel empor. Anna war überrascht gewesen, dass niemand am Eingang auf sie gewartet hatte, denn insgeheim hatte sie bereits damit gerechnet, dass es keinen Ausweg für sie gab. Doch Anna kam nicht dazu, erleichtert zu sein, denn sie erblickte Poppins.

Das Gesicht des Mädchens zeigte blankes Entsetzen.

»A-acht!« Tränenspuren hatten sich ihren Weg durch die Asche auf ihren Wangen gebahnt. »Acht! Ich dachte ... o Gott, ich dachte, ich hätte sie alle. Es sind nur acht!«

Anna wollte nicht verstehen, was sie sagte. Sie weigerte sich. Es durfte nicht sein. Hinter ihr brüllte das Feuer in seinem Triumph.

»PAN!«, schrie Peter in die Nacht hinaus und sein ersticktes Schluchzen war das Letzte, was zu Anna durchdrang, bevor der Rauch ihren Verstand erstickte und sie das Bewusstsein verlor.

Der alte Mann sah das Feuer und den Rauch. Die schwarzgrauen Schwaden, die sich in einer Säule zum Himmel türmten. Er hörte auch die Schreie und durchlebte den Schmerz, als wäre es sein eigener.

Der Alte spürte, was geschehen war. So wie er die Blüten gespürt hatte, die der Junge mit der Flöte hervorgelockt hatte. Das war außergewöhnlich gewesen, doch was war in diesen Zeiten nicht außergewöhnlich?

Es musste mit dem zu tun haben, was unter der Erde geschah. Der Alte horchte auf die Stimme, die längst hätte verstummt sein müssen. Sie war ebenso mit der Stadt verbunden wie er selbst, vielleicht sogar mehr, und etwas hatte sie dazu gebracht, auf die Geschehnisse an der Oberfläche zu reagieren.

Er hegte die Vermutung, dass es mit diesem Mädchen zusammenhing. Alles, was bisher passiert war, schien ihrem Weg zu folgen, auch wenn er den Grund dafür noch nicht herausgefunden hatte. Der Alte hatte ihre Flucht aus der Burg zu den Kindern mit Sorge beobachtet. Er hatte den Krieg gefürchtet und nun schien er gekommen. Und wie so oft war sein erstes Opfer mit dem jungen Flötenspieler das bisschen Schönheit und Unschuld an diesem Ort geworden.

In diesem Moment erwachte das dunkle Herz tief unten in seinem Gefängnis. Der alte Mann keuchte, als der erste pochende Schlag ihm durch Mark und Bein ging. Mit jedem weiteren sog das Herz Wut und Verzweiflung von dem Feuer an der Oberfläche hinab und labte sich daran. Da waren Lust und Gier. Es hatte Blut geleckt und wollte mehr.

Der Alte spürte, wie es prüfend gegen seine Gitterstäbe schlenzte. Nicht mehr viel, das es zurückhielt. Ein paar Sandkörner noch, die durch die Uhr rieseln und sich in der Wüste verlieren mussten. Wenn es die letzten wären, wenn niemand frischen Sand nachfüllte, würde die Tür sich bald öffnen und es würde endlich wieder frei sein. Frei, diesen unseligen Ort zu verlassen und seinen

Hunger zu stillen. Das Grauen, das sich dort oben abspielte, war ihm nur willkommen. Es suhlte sich darin und wurde stärker. Mit jeder Sekunde, jedem Atemzug, jedem pochenden Herzschlag.

Hoffentlich würde die Ernte nicht zu spät kommen.

Die Maus war in der Morgendämmerung zurückgekommen. Anna hatte sie nicht wiedergesehen, seit sie vor dem Heulen der Kinder von Nicks Schulter geflohen war. Als Anna die Augen aufgeschlagen und die spitze Schnauze vor ihrem Gesicht wahrgenommen hatte, war schon ein Funken Hoffnung in ihr aufgekommen. Dass die Kinder, der Brand, Peters Schreie nach dem Jungen, dass das alles nur ein böser Traum gewesen war. Dass Nicks helles Lachen gleich erklingen würde, der ihr mit der Maus einen Streich spielte.

Doch natürlich war dem nicht so. Die Schwere hatte sofort wieder nach ihrem Herzen gegriffen, als sie hinter der Maus das Kirchenschiff mit den anderen erblickt hatte. Das kleine Tier hatte kurz geschnuppert und sie mit seinen Knopfaugen angesehen, dann war es wieder davongehuscht. Ein paar Trippelschritte über den Lehmboden und aus dem Torbogen an Nicks Seite hinaus, der dort noch immer schlief.

Es war mehr ein Gefühl als eine rationale Entscheidung gewesen, die ihre Schritte in der Nacht zurück zur Kirche gelenkt hatte. Vielleicht hatten sie die Hoffnung gehabt, an diesem Ort der Besinnung Trost und Zuflucht nach ihren fürchterlichen Erlebnissen zu finden. Zuflucht gab es hier für sie, Trost nicht. Wie viel Trost konnten Mauern auch spenden, die mit dem Satz *Du sollst nicht töten* vollgeschrieben waren. Ihre Verzweiflung war über Nacht kaum abgeklungen und trieb Anna schon wieder Tränen in die Augen. Wie hatte es so weit kommen können, dass ein Kind gestorben war? Hatten die Brandstifter dieses Risiko in Kauf genommen? Hatten sie gar darauf abgezielt?

Als Nick aufwachte, erzählte Anna ihm von dem morgendlichen Besuch. Alles war besser, als über die Dinge zu sprechen, die hinter ihnen lagen.

»Wo meinst du, ist sie hin?«, fragte er nachdenklich.

»Ich weiß nicht«, antwortete Anna. »Vielleicht hat sie irgendwo einen Unterschlupf? Wenn sie uns finden will, weiß sie ja jetzt, wo wir sind.«

Zumindest ist sie wohl rechtzeitig aus dem Feuer in der Halle entkommen, hätte Anna fast gesagt, doch sie hielt die Worte zurück, bevor sie ihren Mund verlassen konnten. Sie hatte Pans kleine Gestalt vor Augen, wie er bei den anderen saß und auf seiner Flöte spielte.

»Ist sonst noch niemand wach?«, erkundigte sich Nick.

Anna schüttelte den Kopf. Die kleineren Kinder hatten sie in die Ecke hinter dem Altar geschickt, in der sie beim letzten Mal mit Lev geschlafen hatten. Poppins lag ebenfalls dort, die anderen hatten sich auf die Bänke verteilt.

Anna und Nick lagen beim Eingang, doch sie hatten gar nicht erst versucht, Wache zu halten. Rauch und Erschöpfung hatten ihren Teil getan und außerdem, was hätte es auch für einen Zweck gehabt? Wenn Álvaro es gewollt hätte, dann hätte er seine Männer nur vor der Halle postieren müssen, um sie endgültig zu erledigen. Warum sollte er es also jetzt tun …?

Eins der Kinder wimmerte im Schlaf und sie hörten

Poppins, wie sie beruhigend flüsterte. Offenbar konnte Nick die Stille nicht aushalten, denn er stellte die Frage, die dem ganzen Horror, der hinter ihnen lag, wieder Raum gab.

»Wie konnte das passieren?«

Es gab keine Antwort darauf. Es konnte keine geben. Bei allem, was Anna für möglich gehalten hatte, nachdem sie Zeugen von Álvaros Brutalität geworden waren, *das* war nicht dabei gewesen.

»Ich weiß nicht«, brachte sie hervor und schluchzte leise. Nick beugte sich zu ihr herüber und schloss sie in die Arme. Sie vergrub ihren Kopf an seinem Hals und war dankbar, dass er sie hielt und dass sie mit ihrer Verzweiflung nicht allein war.

»Ich hab noch mit Maik geredet«, erzählte sie, als sie sich wieder beruhigt hatte, »er ist Deutscher wie ich. Ich hätte nie gedacht, dass er …«

»Vielleicht war es Enzo.«

»Alleine?« Anna fand das nicht sehr wahrscheinlich und sie sah Nick an, dass er selbst nicht daran glaubte.

»Es ist dieser Ort«, sagte Nick nach einer Zeit. »Er ist *falsch*, weißt du noch, wie wir das gesagt haben? Er macht alles schlecht. Ich spüre es die ganze Zeit. Irgendwas ist hier und es macht etwas mit uns allen.«

Anna wusste sofort, welches Gefühl er meinte. Sie spürte es in der Brust. Seit der letzten Nacht war es so stark geworden, dass sie daran zu ersticken drohte. *Du sollst nicht töten*, stand draußen an den Kirchenwänden und die Mahnung schien ihnen allen zu gelten. Sie hatte dennoch nichts genutzt.

Eine Gestalt regte sich. Es war Eric, der sich von seiner

Bank erhob. Anna konnte sein Gesicht im spärlichen Licht der Kirche kaum erkennen, aber der blonde Stoppelhaarschnitt und das Hemd, das unordentlich aus der Hose hing, ließen keinen Zweifel zu. Eric stand auf und ging dann auf die großen, tönernen Gefäße zu, die Anna schon beim letzten Mal entdeckt hatte. Drei bauchige Krüge mit unbeholfenen Henkeln standen dort an der Mauer und Eric hob einen davon auf. Mit einer Bewegung, so plötzlich wie Álvaros Schlag gegen Jelena, ließ er ihn auf die Erde fallen.

Das Scheppern, als der schwere Krug zerbrach, hallte laut durch die Kirche. Sofort fingen einige der Kinder an zu weinen und Poppins hatte große Mühe, sie zu beruhigen.

»Halt! Warte!«, rief Nick erschrocken neben Anna, als Eric schon den nächsten hob. »Wir brauchen sie zum Wasserholen!«

Eric hielt inne.

»Was für ein Idiot!«, zischte Anna, fassungslos ob Erics Zerstörungswut. »Was für ein unfassbarer Idiot!«

Nick erhob sich und ging zu dem Jungen.

»Hör zu, Eric. Wir können die Krüge vielleicht zum Wasserholen hernehmen«, hörte Anna ihn beschwörend auf den Jungen einreden.

Eric stand verloren mit dem Krug in der Hand, die Lippen zu einem schmalen Strich zusammengepresst. Er sah nicht auf, als er antwortete. »Ich hab dich schon verstanden.«

Seine Stimme klang so schwer, wie Anna sich fühlte. Wie in Zeitlupe ließ er den Krug wieder sinken und stellte ihn ab. »Aber es tut verdammt gut …«

Natürlich waren nun alle wach und sammelten sich nach und nach bei den Bänken. Vor allem die Horde machte einen bemitleidenswerten Eindruck. Von ihrem Stolz und ihrer Ausgelassenheit als Heuler war nichts geblieben. Stattdessen drängten sich die ruß- und tränenverschmierten Gesichter an Poppins' Seite. Alle, auch die Älteren, schauten fragend zu Nick und Anna, nachdem Eric im Feuer die Verantwortung abgegeben hatte. Doch ihr Anführer ergriff selbst das Wort.

»Wir werden es ihnen heimzahlen«, sagte Eric düster. Natürlich hatten ihn die Ereignisse getroffen. Aber anstatt sich zu erinnern, wie Anna und Nick ihn gewarnt hatten, schien er sich in seiner harten Haltung bestätigt zu fühlen. »Wir werden sie für Pan büßen lassen, diese feigen Mörder.«

Nick schüttelte den Kopf. »Ihr habt doch keine Chance. Ihr macht alles nur noch schlimmer!«

Eric ignorierte ihn einfach. »Wir müssen am Brunnen Wasser holen und sehen, wie es bei den Hallen aussieht«, plante er die nächsten Schritte. »Vielleicht reicht es sogar, um noch einmal satt zu werden.«

»Wie meinst du das?«, fragte Anna verwirrt. »Es gibt doch noch andere Hallen voller Pflanzen, die sind doch nicht alle zerstört.«

»Das hat sich dieser Álvaro wohl auch gedacht, was?« Eric lächelte höhnisch, als wäre das bereits Teil seiner Rache. Connor sprach für ihn weiter.

»Wir haben die Hallen am Anfang alle erkundet, aber die ganzen Früchte und so, davon gab es nur in unserer so viel. In den anderen waren fast nur Gestrüpp und Unkraut.«

»Wir durchsuchen sie jetzt gleich nach allem Essbaren«, bestimmte Eric. »Und dann kann Álvaro von mir aus Brennnesseln fressen. Na los!«

Während die Kinder sich nach draußen begaben, entdeckte Anna Peter am Altar. Sie dachte daran, wie sie ihn das erste Mal richtig hatte lächeln sehen, als er von Pan gesprochen hatte. Wie er glücklich zu Nick und ihr herübergelinst hatte, während die Büsche aufgeblüht waren.

Peter musste Erics Planung verpasst haben. Er stand mit dem Rücken zum Kirchenschiff und betrachtete gedankenversunken das geschnitzte Kreuz. Als Anna hinzutrat, zuckte er leicht zusammen.

»Entschuldigung, ich wollte dich nicht erschrecken.«

»Nicht deine Schuld«, murmelte Peter.

Sie wusste, dass es keine richtigen Worte gab, um ihm ihr Beileid auszudrücken, also schwieg sie.

Peter streckte den rechten Arm aus und berührte mit den Fingern das Kreuz. Die Krawatte trug er nicht mehr und das Hemd seiner Schuluniform war an einem Ärmel hochgekrempelt. Anna sah, dass sein ganzer Unterarm gerötet und wund war. Die Verbrennungen mussten höllisch wehtun, aber Peter ließ sich nichts anmerken.

»Ist das Elfenbein?«, fragte er.

Anna betrachtete das weiß-gelbliche Material der Schnitzerei.

»Elfenbein oder Knochen«, sprach sie ihre eigene erste Vermutung aus, ehe sie sich zurückhalten konnte. Aber Peter wirkte ohnehin nicht, als könnte ihm das noch Angst einjagen.

»Die anderen sind schon draußen«, sagte Anna vorsichtig. »Kommst du auch?«

Peter nickte wortlos und zog die Hand wieder zurück. Als Anna mit ihm als Letztes die Kirche verließ, warf Nick ihnen einen fragenden Blick zu.

»Er hat sich ziemlich übel verbrannt«, erzählte Anna ihm, während Peter sich wieder zu Eric orientierte. »Aber ich glaube, der Schock ist schlimmer.«

»Kein Wunder«, erwiderte Nick niedergeschlagen. »Sag mal, wo hast du den Namen deines Bruders gefunden?«

Anna drehte sich zur Kirchenmauer. Sie hatte schon gestern Nacht im Vorübergehen danach gesucht, als sie bei der Kirche angekommen waren. Aber obwohl der ferne Feuerschein ausgereicht hatte, um den Weg zur Kirche zu finden, waren die Schriften an der Wand von der Dunkelheit verhüllt geblieben.

Anna suchte die Mauer ab und stellte irritiert fest, dass sie auch jetzt die Stelle mit dem Namen ihres Bruders nicht zwischen den Schnörkeln und Buchstaben ausmachen konnte.

»Was ist, gehen wir?«, drängelte Eric.

Anna suchte fieberhaft. Zwischen den chinesischen Zeichen und dem englischen *Thou shalt not kill* war es gewesen, sie war ganz sicher. Doch die Stelle an der Wand war leer. Sie ließ den Blick schweifen und stutzte. Es waren nicht etwa die drei Buchstaben »Bem«, sondern etwas anderes, das ihr in dem Wust von Wörtern ins Auge fiel. Anna hätte schwören können, dass es dieselbe krakelige Kinderhandschrift war.

»Hallo?« Eric wurde ungeduldig, doch Nick hatte Annas Aufregung bemerkt.

»Ähm ... geht doch schon mal vor, ich glaube, wir brauchen noch kurz«, stammelte er.

Eric runzelte misstrauisch die Stirn.

»Ihr – braucht noch kurz?«

Er folgte Annas Blick und betrachtete mit zusammengekniffenen Augen die Mauer, ohne etwas zu entdecken.

»Ja«, riss Anna sich von ihrer Entdeckung los. »Ja, wir kommen gleich nach!«

Eric musterte sie argwöhnisch, doch sie fügten nichts hinzu, auch nicht, als Poppins sie ebenfalls verwirrt ansah.

»Na gut, kommt dann einfach zum Brunnen«, sagte Eric schließlich.

Es war offensichtlich, dass sie etwas verschwiegen, aber Anna hatte nicht vor, ausgerechnet jetzt die Geschichte von ihrem Bruder zu erzählen, und das hier war wichtiger als Erics Misstrauen.

»Was hast du gefunden?«, fragte Nick sofort, als die Kinder ins Gewirr der Gassen eingetaucht waren.

»Das hier«, deutete Anna mit klopfendem Herzen auf das Wort in der krakeligen Schrift.

»Ja und was steht da?«

Richtig, es war ja auf Deutsch, das hatte Anna in ihrer Aufregung komplett ausgeblendet. Etwas an den vier Buchstaben wirkte falsch, doch erst nachdem sie das zweite Mal hingesehen hatte, war sie darauf gekommen, was es war.

»Da steht Maus«, antwortete Anna. Der Fehler war bei dem kleinen a. Es war spiegelverkehrt.

Maus

»Maus?«, fragte Nick erstaunt, als hätte er mit allem gerechnet, nur nicht damit. Aber kurz darauf machte er große Augen. »Du meinst?«

»Was sonst? Dass sie heute Morgen hier war und jetzt der Hinweis an der Mauer, das ist doch kein Zufall!«

»Aber wie …?« Er führte den Satz nicht zu Ende und es blieb einfach so stehen. Aber wie? Das hatte sich auch Anna schon gefragt.

»Vielleicht hat sie jemand hergebracht und den Hinweis an die Mauer geschrieben«, sprach sie ihre Gedanken aus und wusste selbst, dass das nur weitere Fragen aufwarf. Wozu dann überhaupt die Maus, warum war er nicht gleich zu ihnen gekommen?

»Du meinst, dein Bruder?«

Anna zuckte mit den Schultern. Natürlich meinte sie ihren Bruder, aber sie traute sich nicht, das auszusprechen. »Wenn ich das früher gelesen hätte, dann hätte ich sie nicht so einfach laufen lassen!«, ärgerte sie sich. Aber hatte das Wort gestern Nacht überhaupt schon dort gestanden?

»Sie hat uns einmal gefunden«, versuchte Nick sie aufzumuntern. »Sie wird uns bestimmt auch wieder finden.«

Doch das reichte Anna nicht. Schließlich war es nur eine blöde Maus gewesen und nicht Lassie.

»Und was, wenn sie von irgendeinem anderen Vieh gefressen wird?«, fluchte sie. »Am Ende erwischt sie Connor mit einer seiner Fallen! Was ist, wenn das die einzige Spur war, und wir haben sie verpasst?«

Nicks Miene hellte sich plötzlich auf.

»Was ist?«, fragte Anna ungeduldig. »Was grinst du so?«

»Na, die Spur«, beeilte sich Nick zu erklären. »Sie hat doch bestimmt eine Spur hinterlassen, wie du gesagt hast. Wir müssen ihr nur folgen!«

Die Aufregung war sofort zurück. Die Erklärung war so offensichtlich, dass Anna sich fragte, wie sie nicht selbst darauf hatte kommen können. Doch bevor sie ihr folgen konnten, mussten sie die Spur erst mal finden.

Der sandige Boden bildete in der Stadt keine ebene Fläche wie in der Wüste. Er lag durchbrochen von alten Maueransätzen und Steinen und hier direkt vor der Kirche war gerade ein Dutzend Kinder durchgekommen.

Sie verbrachten sicher eine Viertelstunde in gebückter Haltung und Annas Augen tränten, so angestrengt starrte sie auf die wirren Muster am Boden.

»Da hätte ein Bär vorbeikommen können und wir würden es nicht sehen, nachdem die anderen alle drübergetrampelt sind«, fluchte sie.

Nick richtete sich auf und dehnte seinen Rücken.

»Wo ist sie denn genau aus der Kirche gelaufen?«, fragte er.

Anna lief zurück in die Kirche und zu der Stelle, wo sie gestern Nacht geschlafen hatte. Die Maus hatte auf ihrer Brust gesessen. Sobald Anna aufgewacht war, hatte sie sich durchs Tor davongemacht. An der rechten Seite des Bogens war das Tier hinausgehuscht. Anna hatte sich nichts dabei gedacht, Mäuse liefen doch immer an irgendetwas entlang, aber wenn sie dieser Mauer draußen, hinter dem Eingang, gefolgt war? Rechts an der Kirche entlang?

Hastig trat sie wieder hinaus und bückte sich zum Maueransatz.

»Hast du was?«, fragte Nick aufgeregt.

»Noch nicht«, murmelte sie.

Ausgerechnet dort waren die Kinder entlanggeschlurft und hatten den halben Boden dabei umgegraben. Warum mussten Kinder eigentlich immer schlurfen?

»Wie sieht eine Mäusespur überhaupt aus?«, überlegte Nick. »Wonach müssen wir suchen?«

In diesem Moment machte Annas Herz einen Satz.

»So sieht sie aus«, lachte sie und deutete triumphierend auf etwas am Boden. Dort, wo die Kinder sich von der Kirche entfernt und das Labyrinth der Stadt betreten hatten, zogen sich drei unscheinbare, feine Linien weiter die Kirchenmauer entlang durch den Sand. Die zwei äußeren mit ausgefransten Tapsern in regelmäßigen Abständen, wie von kleinen, krallenbewehrten Pfötchen, die mittlere mit schlangenförmigen Schleifspuren wie von einem Schwanz.

Sie folgten der Spur durch die halbe Stadt. Mal war sie klar zu erkennen, mal dauerte es eine gefühlte Ewigkeit, bis Anna oder Nick sie nach einer Weggabelung oder einer Stelle mit hartem Boden wiederentdeckte. Es war mühsam, aber das machte Anna nichts aus. Sie war zu gespannt, worauf sie stoßen mochten.

Irgendwann kamen sie zum Stadtrand, auf halbem Weg zwischen den Hallen mit den wummernden Turbinen zu ihrer Linken und Álvaros ferner Burgmauer zu ihrer Rechten. Anna meinte sogar, das Hitzeflimmern der Wüstenöfen zu erkennen. Es hätten aber auch ihre vom Spurenlesen angestrengten Augen sein können, die ihr einen Streich spielten.

Je länger sie in die Wüste hinausliefen, desto mehr ähnelte sie allmählich einem Geröllfeld. Anders als das, was Anna bisher davon gesehen hatte, schien sie hier von Steinen und Felsen durchsetzt. Doch als sie der Spur, die einen Bogen beschrieb, weiterfolgten (auf der freien Fläche war sie kaum mehr zu übersehen), stellten sie fest, dass es doch keine Steine waren.

»Das ... das ist ein Friedhof«, wisperte Anna entsetzt, als sie den ersten Schädel als das erkannte, was er war. Der Sand unter ihren Füßen war voll von abgeriebenen Knöchelchen und feinen weißen Splittern. Immer mehr Steine und Felsen entpuppten sich als Schädel und Knochenteile der unterschiedlichsten Form und Größe.

Anna schnürte es die Kehle zu. Es war mehr als ein Friedhof: ein Massengrab und es hatte sich nicht mal jemand die Mühe gemacht, die Gebeine zu beerdigen.

»Da sind Menschen dabei«, erkannte auch Nick mit zitternder Stimme. »Unsere Vorgänger?«

»Vielleicht.« Doch während Anna den Blick schweifen ließ, legte sich ihre Panik zumindest ein wenig. »Aber das meiste sind Tiere und so und sie sind weit verstreut. So viele sind es, glaube ich, gar nicht.«

Es wurde immer schwerer, die Spur der Maus am Boden zu erkennen. Der Sand war einfach nicht mehr fein genug. Schließlich verloren sie sie ganz.

Überreste von zahllosen kleinen Vögeln und Nagetieren starrten sie aus hohlen Augen an. Die wenigen Menschenschädel, die Anna ins Auge stachen, machten keinen besonders gut erhaltenen Eindruck.

»Siehst du das?«, fragte sie Nick und deutete auf einen besonders übel zugerichteten Kopf. Ein rissiges Loch klaffte in seiner hinteren Schädelplatte.

»Vielleicht ist das hier das Ziel«, überlegte Nick, »und wir sollten das hier entdecken.«

»Oder es ist nur die Müllhalde von Hunderten Jagdzügen«, antwortete Anna, ohne auf die menschlichen Überreste einzugehen. Sollten sie auf diesem Friedhof Antworten auf ihre Fragen finden, dann würden sie ihnen wohl nicht gefallen.

»Lass uns mal sehen, ob wir irgendwas entdecken«, beharrte Nick, »irgendeinen Hinweis oder eine Erklärung, was das hier zu bedeuten hat …«

Sie drehten jeden Schädel um, über den sie stolperten, und durchpflügten mit den Händen widerwillig die Wirbel, Rippenbögen und Gliederknochen auf dem Boden, ohne wirklich zu wissen, nach was sie suchten. Es war ein Ding der Unmöglichkeit, dieser Beschäftigung nachzugehen und dabei den allgegenwärtigen Tod nicht ins eigene Bewusstsein dringen zu lassen.

Die meisten Knochen wiesen Spuren von Gewalt auf, vor allem an den Schädeln wurde es sichtbar. Sie hatten Löcher oder waren gebrochen oder eingedrückt. Einer davon war so übel zugerichtet, dass Anna ihn schnell wieder beiseitelegte. Beide Wangenknochen waren weggebrochen und der Oberkiefer fehlte, sodass in der Mitte des Gesichts ein einziges schwarzes Loch klaffte.

»Schau mal hier«, rief Nick. Sie hatten sich über die Suche ein Stück voneinander entfernt und Anna eilte sofort zu ihm.

»Hast du was gefunden?«

Er deutete auf einen riesigen Schädel ein paar Meter weiter. Er war so groß, dass er von einem Mammut hätte stammen können, aber wahrscheinlicher war ein Elefant.

»Siehst du, wo die Stoßzähne waren?«, fragte Nick.

»Das hier, meinst du?«

Aus dem Oberkiefer ragten zwei abgebrochene, hohle Stumpen. Jemand musste sie mit einem Stein oder einem anderen primitiven Werkzeug abgehauen haben. Man konnte die Kerben in den Zahnstumpen sehen, wo er danebengeschlagen hatte.

»Die Sachen in der Kirche«, erkannte Anna erstaunt, »das Kreuz und der Leuchter und so: Ich wette das Elfenbein, aus dem sie geschnitzt sind, stammt von hier!«

Nick wollte offenbar gerade etwas erwidern, doch es blieb ihm im Hals stecken, denn in diesem Moment tat sich etwas auf dem Schädel. Aus einer der Augenhöhlen krabbelte die Maus hervor und wuselte über die breite, ausgeblichene Stirn.

Ehe Anna überlegen konnte, streckte sie reflexartig die Hand aus. Sie war überrascht über sich selbst und hatte offensichtlich auch die Maus auf dem falschen Fuß erwischt. Anna war sich ziemlich sicher, dass es normalerweise ein aussichtsloses Unterfangen gewesen wäre, aber sie bekam den kleinen Körper mit dem weichen Fell tatsächlich zu fassen.

Die Maus blieb ganz still in ihrer Hand und Anna spürte ihren rasend schnellen Herzschlag unter dem Zeigefinger.

»Das war ... schnell«, staunte Nick.

Sie hob die Maus, um sie zu betrachten. Was jetzt? Was hatte dieses Tier mit ihrem Bruder zu schaffen.

Das kleine Fellknäuel begann zu zucken, erst der Schwanz, dann ruckte der Kopf, der zwischen Daumen und Zeigefinger festsaß. Anna wollte nicht loslassen, machte sich schon auf den Schmerz gefasst, wenn die Maus zubiss. Da befreite diese ihren Kopf und auf einmal fixierten Anna wieder diese schwarzen Knopfaugen. Das Tier begann so heftig zu zappeln und zu treten, dass Anna es nicht mehr halten konnte. Sie ließ die Maus los und sie fiel auf den Boden, wo sie sich augenblicklich aufrappelte und losdüste.

»Los!« Anna und Nick machten sich sofort an die Verfolgung.

Die Maus wetzte dahin und sie hatten alle Mühe, ihr zu folgen. Sie waren schnell wieder aus dem Knochenfeld herausgelaufen und Anna atmete innerlich auf. Sie wusste nicht, was sie getan hätte, wenn das Tier sie zu einem kleinen Kinderschädel geführt hätte. Dieses Bild war während der ganzen Wühlerei in den Gebeinen immer wieder vor ihrem inneren Auge aufgetaucht.

Obwohl sich der Abstand vergrößerte, ließ Anna das Tier nicht aus den Augen. Ein paar Meter vor ihnen wuselte es durch die Wüste und hinterließ die Art Spuren, die sie die ganze Zeit über verfolgt hatten. Der Sand war ansonsten beinahe unberührt, erst nach ein paar Minuten der Verfolgungsjagd fiel ihr noch etwas auf: eine breite, undeutliche Schleifspur, wie von einer Schleppe oder einem Umhang. Anna hatte keine Zeit, sie zu untersuchen, denn in diesem Moment verharrte die Maus auf der Stelle und richtete erschrocken die Ohren auf. Sie drehte den Kopf zu ihnen und hastete nach rechts in Richtung der Stadt weiter.

»Komm!«, rief Anna Nick zu und lief einen Bogen, um den Haken, den die Maus geschlagen hatte, abzukürzen.

»Warte!«, rief Nick ihr nach und Anna drehte sich unwillig nach ihm um. Er war fast an der Stelle angekommen, wo die Maus verharrt war.

»Sie ist fast weg«, protestierte Anna. »Beeil dich!«

Doch Nick beugte sich stattdessen hinunter. »Ich – ich glaube, es ist hier.«

Von der Maus sah man nur noch etwas Sand, der in einiger Entfernung aufgewirbelt wurde. Annas Herz klopfte. Wenn sie die Spur nun verloren und später nicht wiederfinden würden …

Als sie an die Stelle kam, wo Nick stehen geblieben war, hatte dieser damit begonnen, Sand mit einem Fuß beiseitezuräumen. Anna wollte ihn schon fragen, was in aller Welt er da tat, da fiel ihr ein dunkler Schimmer unter dem Sand auf. Erst hielt sie es für einen halb vergrabenen Stein, doch je weiter Nick die Kreise darum zog, desto größer wurde die dunkle Oberfläche. Sie erkannte das Material als das der Brunnen und der Turbinen. Die Oberfläche war nicht glatt, sondern trug ein unregelmäßiges Muster aus Linien und Symbolen. Es war unmöglich zu erkennen, ob es lediglich Verzierungen waren oder ob sie eine Bedeutung hatten.

»Hast du so was schon mal gesehen?«, fragte Nick, als er mit seiner Arbeit fertig war.

»Nein«, murmelte Anna erstaunt. »Nein, hab ich nicht.«

Es war eine runde Scheibe, etwa vom doppelten Durchmesser eines Kanaldeckels.

»Vielleicht geht es da runter?«, vermutete Nick. Er ging in die Knie, legte die Hände auf die Scheibe und versuchte, sie zur Seite zu schieben. Nichts passierte, sie gab keinen Millimeter nach.

Anna spürte ein Unbehagen, während sie beobachtete, was er tat. Die Beklemmung in ihrer Brust, die seit der Nacht kaum nachgelassen hatte, wurde schlimmer. Ohne eine Erklärung dafür zu haben, war sie sich auf einmal sicher, dass es keine gute Idee gewesen war hierherzukommen. Und trotzdem ging sie selbst neben Nick in die Knie. Es gab keinen Zweifel mehr: Irgendetwas hatte sie mit dem Namen ihres Bruder hergelockt, vielleicht er selbst. Sie berührte die Oberfläche mit ihren Händen, eigentlich nur, um irgendeinen Mechanismus oder ein Schloss zu finden, denn die Scheibe saß trotz Nicks Bemühungen offensichtlich fest.

In dem Moment, als ihre Finger über die metallene Fläche strichen, geschah es: Ein Ruck ging durch den Boden, Nick griff nach Annas Schulter und hielt sie fest, als sie das Gleichgewicht verlor. Mit einem steinernen Schaben bewegte sich die Scheibe und sie krabbelten erschrocken zurück.

Und es passierte noch etwas: Während die Scheibe sich Zentimeter für Zentimeter zur Seite schob und eine Öffnung freigab (Anna war sich später sicher, dass sie Treppenstufen gesehen hatte), drang Kälte daraus hervor.

Es war nichts Sichtbares, auch kein Temperaturabfall im eigentlichen Sinne, mehr wie das Unbehagen, das sie schon die ganze Zeit über gespürt hatten. Es griff mit kalten, gierigen Fingern nach ihren Herzen und rang ihnen beiden ein entsetztes Keuchen ab. Anna durchdrang ein einziges, dröhnendes Pochen, wie ein Herzschlag oder die Glockenschläge in der Kirche, und der Boden erzitterte erneut. Grollend tat sich etwas unter ihren Füßen.

»Anna!«, schrie Nick und riss sie mit sich auf die Beine. »Da vorne!«

Er deutete zum Horizont und sie starrte mit ihm über die wüste Ebene, unfähig, sich zu rühren. Dort zogen sich Risse über den Himmel wie über gesprungenes Glas. Gleißende Lichtstrahlen brachen durch die sonst mattgelbe Fläche auf sie zu und Anna hob entsetzt die Arme vors Gesicht. Funken tanzten über ihre geblendeten Augen.

Der Boden zitterte noch immer von dem pochenden Schlag und aus der Ferne hörte Anna ein Geräusch von einstürzenden Gebäuden.

»Anna, wir müssen hier weg!«, brüllte Nick panisch und rüttelte an ihrer Schulter. Sie öffnete die Augen und schirmte das Licht mit den Händen ab. Wo am Horizont ein Loch im Himmel klaffte, breiteten sich nun wie ein Spinnennetz auch Risse über die Erde aus. Sand rutschte in die Spalten ab und grelle Lichtstrahlen schossen auch aus der Tiefe hervor. Sie vereinten sich mit dem Gleißen am Himmel wie zu einem Scheinwerfer.

Mit einem Mal fiel der kalte Griff von ihnen ab, widerwillig, als ginge er nicht freiwillig. Für Anna fühlte es sich an, als schrammten scharfe Krallen über ihr Herz und hinterließen dort schmerzhafte Furchen. Erst jetzt begriff sie, dass dieses Gefühl sie die ganze Zeit über gelähmt hatte, und rannte los. Nick war schon vor ihr und lief, so schnell er konnte, nicht ohne sich immer wieder zu vergewissern, dass sie nicht zurückblieb. Der zitternde Boden beruhigte sich allmählich und auch die Zerstörung hinter ihnen setzte sich nicht weiter fort, doch sie merkten es gar nicht. Sie sahen nur den Stadtrand mit seinen vermeintlich schützenden Mauern vor sich und wollten nichts wie weg von dieser höllischen Glut, die Himmel und Erde auffraß und zwischen beiden keinen Unterschied zu machen schien.

Sie hielten nicht an, kein einziges Mal. Nick lief voraus, Anna folgte ihm. Sie hätte in dem Tempo niemals den Weg zurück zur Kirche gefunden, aber Nick schien das keine Mühe zu bereiten. Staub lag in der Luft, und als sie endlich den Startpunkt ihrer Suche erreicht hatten, entdeckten sie auch den Grund dafür.

Der Kirchturm war eingestürzt. Seine Trümmer hatten eine Schneise in die Gemäuer vor der Kirche geschlagen. Auf dem Weg nach unten hatte er einen Teil der Rückwand des Kirchenschiffs bis zum Boden aufgerissen. Steine waren ins Innere der Kirche geregnet und ein Trümmerstück lag auf dem Altar wie ein Götzenbild.

»Was war das?«, fragte Anna fassungslos und heftig atmend. Sie schmeckte den metallenen Geschmack von Adrenalin auf der Zunge. Das Beben war vorbei, aber über der Stadt lag noch immer das gleißende Licht. Nick hatte damit begonnen, zu einer der noch intakten Fassaden hochzuklettern.

»Was machst du?«, fragte sie erschrocken. »Bleib hier!«

»Ich will wissen, ob es weiterwächst«, entgegnete er. Anna beobachtete besorgt, wie er oben einen vorsichtigen Blick über die Dächer warf.

»Es kommt nicht näher«, berichtete er. »Es breitet sich auch nicht weiter aus.«

»Komm wieder runter«, bat Anna. Sie wollte nicht, dass er lange in das Loch blickte. Wenn dieser ganze Ort hier *falsch* war, dann verkörperte der Riss, der am Horizont durch Himmel und Erde klaffte, dieses Gefühl geradezu. Endlich kletterte Nick wieder herunter.

»Hast du das auch gespürt?«, fragte sie ihn, als er bei ihr angekommen war, und legte sich die Hand auf die Brust, wo die Beklemmung am schlimmsten gewesen war.

Er nickte.

»Irgendwas ist da unten. Und es will raus.« Annas Gedanken wurden ihr selbst erst klar, während sie sie aussprach. »Bestimmt war es das, was wir die ganze Zeit schon gespürt haben. Nur waren wir ihm noch nie so nah.«

»Aber es konnte nicht raus, es wurde zurückgehalten«, murmelte Nick. »Und es war wieder weg, bevor wir gerannt sind.«

Sonst wäre es wohl nicht bei dem Riss am Himmel geblieben, vermutete Anna. »Hast du gesehen, ob der Eingang noch offen stand?«

Nick schüttelte den Kopf. »Aber ich hoffe, er ist zu und geht nie wieder auf. Was immer da unten ist, es hätte uns fast umgebracht.«

»Die anderen hätten schon längst wieder hier sein müssen«, fiel Anna plötzlich ein. »Wir waren doch Stunden unterwegs und sie wollten nur Wasser holen und ein paar Vorräte sammeln.«

Nicks Augen wanderten wieder zu der Ruine hinüber und Anna hörte seine Gedanken, ohne dass er sie aussprach.

»Peter?«, rief sie und lief auf die Trümmer zu. »Connor, Ruth!«

Auch Nick rief und sie stiegen in das teilweise zerstörte Kirchenschiff und suchten im Geröll nach Spuren. Zum Glück fanden sie nichts. Weder Tote noch Verletzte.

Danach brachen sie in Richtung der Hallen auf, um die Kinder dort zu suchen. Rufen wollten sie im Labyrinth der Stadt nicht mehr, aus Angst vor Álvaros Jägern. Wer wusste schon, ob sie nicht bereits die Stadt nach der Ursache für das Beben durchkämmten. Erneut fiel Anna auf, wie gut sich Nick bereits an diesem Ort zurechtfand. Sie selbst wäre noch immer in jede Sackgasse hineingelaufen, bis es nicht mehr weiterging. Besonders jetzt, wo manche der Häuser eingestürzt waren und sie ohnehin kaum etwas wiedererkannte.

Bis zum Stadtrand trafen sie auf niemanden. Anna versuchte sich die ganze Zeit über einen Reim auf die jüngsten Ereignisse zu machen. Der Name ihres Bruders, der gegen jede Logik auf irgendwelchen Mauern auftauchte und wieder verschwand. Dann die Maus, die sie zu der Stelle in der Wüste geführt hatte. Und schließlich das Grauen, das sie gepackt und diesen ganzen Ort an den Rand der Vernichtung gebracht hatte. Anna war sich sicher, dass irgendwo in alledem die Lösung zu dem

Rätsel ihrer Entführung lag. Aber ebenso hatte sie nicht die Spur einer Idee, an welcher Stelle sich der Knoten lösen ließ.

»Vorsicht!«, zischte Nick vor ihr und er tauchte zur Seite ab, während Anna sich in eine Nische zwischen zwei Häusern kauerte.

Knirschende Schritte näherten sich von vorne über den Weg und sie pressten sich gegen den Stein. Sie hatte kaum Platz, sich zu verstecken. Nick hatte es vor ihr noch in einen Hauseingang geschafft.

Das Knirschen kam immer näher und Anna betete innerlich, dass es nicht Maik oder Enzo war. Wer auch immer da kam, wenn er im Vorbeigehen einen Blick zur Seite warf, würde er sie unweigerlich entdecken.

Auf einmal verlangsamten sich die Schritte und wandten sich zur Seite. Annas Höhe hatten sie noch nicht erreicht und dennoch schlug ihr Herz wie wild. Hatte Nick sich irgendwie verraten?

Anna zuckte zusammen, als eine Hand mit lautem Klatschen auf Stein schlug, und dann ertönte ein Wutschrei.

»FUCK! FUCK, FUCK, FUCK!«

Sie wäre beinahe aus ihrer Deckung gestolpert, so heftig erschrak sie.

»FUCK!«

Ein letztes Mal fluchte die Stimme, die Anna sofort erkannt hatte, dann nahmen die Schritte wieder Tempo auf. Sie wagte nicht, den Kopf zur Seite zu drehen, so schlecht war ihre Deckung. Erst als Kyle vorbei war, drehte sie sich vorsichtig um.

Der Brite, der sie in der Burg gepackt und angefahren

hatte, war sichtlich ausgemergelt. Er kratzte sich im Nacken, während er sich weiter entfernte. Anna merkte, dass sie die ganze Zeit über den Atem angehalten hatte, und ließ ihn keuchend entweichen.

Nick trat aus dem Hauseingang und schloss sie kurz in die Arme. Sie spürte, dass er ebenso Angst um sie gehabt hatte wie sie um ihn.

»Was macht *der* hier?«, fragte sie mehr sich selbst, als sie sich wieder voneinander gelöst hatten. »Die Burg ist auf der anderen Seite der Stadt.«

»Vielleicht ist er jetzt auch Jäger«, mutmaßte Nick. »Aber sehr glücklich darüber scheint er nicht zu sein …«

Was immer der Grund für seinen Ausbruch gewesen war, er war wohl jetzt ihr Feind, also konnte es nur gut für sie sein, überlegte Anna. Vielleicht hatten sie die anderen entdeckt, aber nicht in die Finger bekommen.

Bald erreichten sie den Stadtrand und der Blick auf die Hallen öffnete sich ihnen. Schnell wurde klar, dass Kyle nicht der Einzige aus der Burg war, der sich hier herumtrieb. Der ehemalige Unterschlupf der Kinder stach aus den restlichen Konstruktionen hervor. Eine dunkle Schicht aus Ruß und Asche hatte sich von innen auf die weiße Oberfläche gelegt. Das Schillern wie von einer Benzinpfütze war noch da, aber es wirkte schmutzig und stumpf gegen die glänzend weißen Oberflächen der anderen Hallen.

Anna erkannte die massige Gestalt Maiks vor dem Eingang und Wut flammte in ihr auf. Er sah aus, als würde er vor der ausgebrannten Halle Wache halten. Während der Himmel sich ansonsten langsam verdunkelte, büßte das gleißende Licht aus dem Riss am Horizont nichts von seiner Kraft ein. Die Hallen warfen lange Schatten auf den Wüstenboden.

»Was machen die hier?«, murmelte Nick. Neben Maik standen und liefen weitere Männer zwischen den Hallen umher.

»Vielleicht wollen sie es doch noch zu Ende bringen und suchen die anderen«, erwiderte Anna verbittert. »Hoffentlich haben sie niemanden erwischt.«

Sie beobachteten die Szene eine Weile, doch es geschah nichts weiter, also machten sie sich irgendwann wieder auf den Weg. Sie brauchten Gewissheit, was mit Eric, Peter und den Übrigen geschehen war.

Aus Angst, entdeckt zu werden, machten sie einen großen Umweg im Schutze des Stadtrands, um auf die andere Seite der Hallen zu kommen, wo sich auch der Brunnen befand. Wieder folgte Anna Nick mehr oder weniger blind durch die Ruinen. Seine Schleichwege fielen hier am Stadtrand noch abenteuerlicher aus als weiter drinnen, doch Anna war kaum mehr überrascht, als sie wie beabsichtigt genau auf Höhe des Brunnens zwischen den Mauern hervortraten.

Er lag verlassen in einiger Entfernung bei den Turbinen, die ihr monotones Lied brummten. Erneut verharrten die beiden zunächst in ihrer Deckung, um nicht in eine Falle zu laufen. Anna quälte der Durst, sie hatten schon wieder den ganzen Tag nichts getrunken. Gerade wollten sie sich endlich anschleichen und ein paar Schlucke nehmen, da fiel ihr eine Bewegung auf. Sie hielt Nick zurück, der schon aus dem Schatten getreten war, und deutete darauf. Da war die Bewegung wieder. Und wieder.

Bei den Turbinen saß eine kleine Gestalt, die an irgendetwas schnitzte. Vor den dunklen Umrissen war sie in der anbrechenden Dämmerung kaum zu erkennen. Sie trug ein langes, zerlumptes Hemd und Anna musste nicht lange überlegen: Es war der Junge, der versucht hatte, ihr Handy zu stehlen. Das Messer musste er aus Álvaros Lager haben. Bei der ersten Versammlung in der Burg hatte er ganz vorne gesessen und Kyle hatte ihnen sogar seinen Namen genannt, aber Anna erinnerte sich nicht mehr daran.

Dort hockte er und Anna mochte wetten, dass er vor Begeisterung ganz aus dem Häuschen geraten wäre, wenn Nick und sie, die auf Álvaros Liste wohl ganz oben standen, so einfach auf den Brunnen zuspaziert wären. Aber dieses Mal hatte sie die Gefahr gerade noch rechtzeitig erkannt.

Taubenjagd

Es wurde nicht wirklich Nacht. Das gleißende Licht tauchte die Stadt in Kontraste aus Licht und Schatten, auch als der restliche Himmel bereits komplett dunkel war. Sie überlegten, ob sie die Suche nach den Kindern noch fortsetzen sollten. Doch oben auf den Dächern stand man wie im Scheinwerferlicht und in den Gassen war es stockfinster. Also suchten sie sich stattdessen einen Unterschlupf für die Nacht, durstig und entmutigt davon, dass sie keine Spur der Kinder gefunden hatten. In einem Hauseingang nicht weit vom Stadtrand ließen sie sich schließlich nieder. Anna hatte Mühe, die Anspannung loszuwerden und nicht alle paar Sekunden nervös zum Eingang zu blicken.

»Wir dürfen ihnen nicht davon erzählen, wenn wir sie finden«, sagte Nick, als hätte er sich über dieses Thema Gedanken gemacht. »Wenn sie selbst hingehen wollen und es wieder passiert …«

Er musste es nicht aussprechen. Anna wusste nicht, mit was sie es da zu tun bekommen hatten, aber einen zweiten Angriff wie den ersten würde niemand an diesem Ort überleben, das spürte sie selbst.

»Ja, Eric würde es sicher selbst sehen wollen«, antwortete Anna. Die Scheibe schien zwar nur auf sie zu reagieren, bei Nicks Versuch war überhaupt nichts passiert, aber darauf wollte sie es nicht ankommen lassen.

Nick schien noch mit etwas anderem zu ringen, das er sagen wollte.

»Und wir dürfen auch nicht wieder hin.« Er blickte auf und sah ihr in die Augen und ihr wurde schwer ums Herz. Nichts hätte sie lieber getan, als diesem Grauen für immer den Rücken zu kehren, aber die Buchstaben an der Mauer tauchten vor ihrem inneren Auge auf: »Bem«.

Anna schüttelte den Kopf. »Mein Bruder ... «

Nick fiel ihr ins Wort. »Anna, es ist zu gefährlich. Und wir wissen nicht, ob dein Bruder wirklich da unten ist. Vielleicht war es nur eine Täuschung.«

Sie runzelte die Stirn.

»Da unten ist etwas«, erklärte Nick seinen Gedanken, »das hast du selbst gesagt und wir hätten es fast befreit. Vielleicht hat es eine Schwachstelle bei dir gesucht und deinen Bruder gefunden. Vielleicht wollte es dich so nur anlocken, damit du sicher kommst.«

»Und warum ich?«, bohrte Anna nach. »Wenn es nur eine Schwachstelle gesucht hat, warum dann nicht bei dir oder den anderen?«

Sie las es in seinem Blick.

»Ich bin kein Kleinkind«, fuhr Anna wütend auf, »und auch kein leichtes Opfer!«

»Das hab ich nicht behauptet, warte!« Nick hielt sie am Arm fest, als sie aufspringen wollte. Sie hätte ihm nichts erzählen sollen. Seit er bei den Kindern ihre Hand genommen hatte, spürte sie, dass etwas zwischen ihnen in der Schwebe hing. Aber nun war sie auch in seinen Augen nur noch die Schwester eines verlorenen Kindes, die man nicht ernst nehmen konnte.

»Ich hab nicht behauptet, dass du ein leichtes Opfer bist«, protestierte Nick, »aber nach allem, was du und deine Familie durchgemacht haben, ist es doch ganz klar, dass du alles tust, wenn du eine Chance siehst, deinen Bruder zu finden.«

Es war genau, was Anna nicht hören wollte. »Und deswegen musst du das entscheiden? Klar, hast *du* kein Problem damit, meinen Bruder aufzugeben. Lass uns lieber auf Nummer sicher gehen und nichts mehr tun, ist ja nicht dein Bruder, der um Hilfe ruft!«

Sie wusste, dass sie ihm unrecht tat, aber es war ihr egal. Sie hätte sich fast gewünscht, weiter mit ihm streiten zu können, doch er antwortete nicht mehr. Wie konnte er für sie entscheiden, sie müsse ihren Bruder aufgeben? Als wäre sie ein kleines Kind, das die Tatsachen nicht akzeptieren wollte. Sie war selbst nicht scharf darauf, zurückzugehen und das Grauen erneut zu spüren.

Anna rief sich in Erinnerung, wie lange ihre Eltern sich an jeden Strohhalm geklammert hatten, der irgendetwas mit Bens Verschwinden zu tun haben könnte. Ihre Mutter hätte alles gegeben für nur einen der Hinweise, die Anna hier gefunden hatte.

Und das war noch nicht alles, was Anna umtrieb. Alle Fragen, die ihr zu diesem Ort auf der Seele brannten: wo sie waren, wie sie wieder nach Hause kommen sollten, wer oder was sie hergebracht hatte … Sie *wusste*, dass die

Antworten darauf dort unten lagen. Auch wenn sie eine Gänsehaut bei der Vorstellung bekam: Sie wollte herausfinden, was sie von dort unten rief, selbst wenn ihr Bruder nie hier gewesen war. Welches Risiko gingen sie denn dabei ein, wenn sie ansonsten sowieso auf ewig hier gefangen wären?

Es wurde eine unruhige Nacht und den ganzen nächsten Vormittag blieb die Stimmung zwischen ihnen schlecht. Nick wollte nicht von seinem Standpunkt abweichen und Anna weigerte sich, ihm irgendetwas zu versprechen.

Sie durchkämmten vorsichtig immer entlegenere Bereiche der Stadt nach einer Spur von den Kindern. Ursprünglich hatten sie sich bemüht, von der Mauer fernzubleiben, doch irgendwann blieb ihnen nichts anderes mehr übrig, als sich ihr anzunähern. Natürlich immer auf der Hut vor Wachen oder Jägern. Anna machte sich zunehmend größere Sorgen um ihre Wasserknappheit. Sie spürte den Durst fast schon wie am zweiten Tag nach ihrer Ankunft. Mit dem Brunnen in der Burg und dem bei den Hallen schienen nun die zwei einzigen Wasserquellen, die sie kannten, unerreichbar. Wenn Eric und die anderen nichts hatten und sie keinen dritten Brunnen fanden, würden sie bald noch dringendere Probleme haben als die Frage, ob sie in die Wüste zurückkehren sollten oder nicht.

Am frühen Nachmittag befanden sie sich an einer Stelle, wo Stadtrand und Burgmauer sich schnitten, und Anna spürte ihre Kräfte langsam schwinden. Sie lehnte sich an eine Wand, als ihr für einen Moment schwindlig wurde, und Nick kam besorgt an ihre Seite. Ein paar Meter vor ihnen pickte eine Taube auf dem Boden herum. Während sie sich von ihrem kurzen Schwächeanfall erholte, überlegte Anna, dass sie kaum mehr Tiere zu Gesicht bekamen. Wahrscheinlich waren die meisten bereits verhungert oder verdurstet. Die Hühner zu sich zu nehmen war eine verdammt gute Idee von Ruth gewesen. Sie hätten eigentlich direkt nach ihrer Ankunft alle Tiere in die ummauerte Burg treiben und versorgen müssen. Mit dem, was in den Hallen wuchs, dem Wasser aus den Brunnen und den Tieren hätten sie sich wochen-, wenn nicht monatelang versorgen können. Aber es war ja anders gekommen ...

Plötzlich flog etwas durch die Luft und die Taube flatterte erschrocken auf. Anna wurde jäh aus ihren Gedanken gerissen und auch Nick zuckte zusammen. Ein hölzerner Speer verfehlte die Taube nur knapp und klapperte gegen die nächste Mauer.

»*Do prdele!*«, tönte eine fluchende Jungenstimme aus der Ruine zu ihrer Rechten, wo der Speer hergekommen war. Connor trat daraus hervor, während die Taube sich ein Stück weiter vorn wieder auf den Weg setzte und weiterpickte. Als er ihnen das schmutzige Gesicht zuwandte, stutzte er.

»Ihr? Wo habt ihr denn gesteckt?«

Anna und Nick hatten in ihrem Streit ja kaum gesprochen. Sie hatten sich überhaupt keine Geschichte über ihr langes Wegbleiben einfallen lassen.

»Wir wären fast von Álvaros Leuten entdeckt worden.« So nah wie möglich bei der Wahrheit bleiben, dachte Anna. »Wir mussten uns vor ihnen verstecken und seitdem suchen wir euch.«

»O ja, wir haben uns ein neues Versteck gesucht. Eric sagt, wir sollen euch nicht mehr trauen, aber …« Connor konnte sich ein Grinsen nicht verkneifen. »… wir haben einen von denen erwischt!«

»Wirklich?«, fragten Anna und Nick beinahe zeitgleich. »Wen?«

Connor wollte es ihnen nicht sagen. Er habe ohnehin schon zu viel verraten, meinte er. Der Junge sammelte seinen angespitzten Stock ein und führte sie über ein paar Stufen zum Stadtrand hinaus.

»Ich hab wieder nichts erwischt«, murrte er. »Und Ruth hat schon zwei Hasen gefangen.«

»Mit dem Speer?«, fragte Nick.

»Nein, sie fängt sie mit bloßen Händen, weiß der Geier, wie sie das fertigbringt. Ich hatte schon Schnüre für Schlingen gedreht, aus den Pflanzen in der Halle.« Sein Stolz, dass er das fertiggebracht hatte, war unüberhörbar. »Aber es ist alles in dem verdammten Feuer verbrannt.«

Sie kamen zu einer Anhöhe aus Geröll, hinter der die Wüste begann. Als sie die Geröllfläche betraten, erkannte Anna erstaunt, dass es sich um eine Art Dach handelte. An ein paar Stellen zeigten Löcher im Schutt das Gewölbe, das sich unter ihnen verbarg und dessen Fundament ein gutes Stück unterhalb des Wüstenbodens liegen musste. Das Dach, auf dem sie liefen, ragte kaum einen halben Meter über die Erde. Angesichts des Zustands der ganzen Stadt schien es ihr ein Wagnis, darauf herumzuklettern.

»Kein schlechtes Versteck, was?«, war Connors Kommentar.

»Connor, bist du das?« Das war Poppins' Stimme.

»Ja! Schau mal, wen ich mitgebracht habe.«

Sie kamen an einen Rand. Hinter der Kante mussten das Dach und das Gewölbe darunter komplett eingestürzt sein. Sein ehemaliges Fundament lag ihnen tatsächlich in einer Art Grube zu Füßen. Die Erbauer schienen extra ein Loch dafür ausgehoben zu haben. Zwei abgebrochene Steinsäulen ragten aus dem Schutt. Poppins und ein paar der kleineren Kinder lugten mit staubigen Gesichtern aus dem Gewölbe unter ihren Füßen hervor. Sie erkannten zwei gemauerte Bögen und eine intakte Säule, die das Dach stützte, auf dem sie standen.

»Da seid ihr ja!« Poppins schien sich über ihr Erscheinen zu freuen. »Eric war ganz schön sauer, als ihr nicht zum Brunnen gekommen seid. Und dann die ganze Aufregung mit dem Russen.«

»Der Russe? Lev?«, fragte Anna überrascht und sie und Nick tauschten einen besorgten Blick.

»Wenn er so heißt«, sagte Poppins gleichgültig. »Er sagt nur ständig, dass es ihm leidtut. Aber Eric glaubt, dass das nur eine Masche ist, damit wir ihn laufen lassen.«

»Tun wir aber nicht!«, krakelte Ruth hinter ihr und die Horde stimmte schreiend zu, wahrscheinlich nur wegen ihres Tonfalls.

»Pssssst!«, zischte Poppins. »Wie oft soll ich euch noch sagen, dass ihr leise sein müsst!«

»Wo ist er?«, fragte Nick drängend.

»Eric? Ist mit Peter die Lage bei den Hallen auskundschaften gegangen. Da treiben die sich nämlich jetzt herum.«

»Nicht Eric, wo ist Lev?«, stellte Anna ungeduldig klar, während sie schon über Steine und Geröll nach unten kletterten. Unter ihren Schuhen bröckelte der Boden.

»Den haben wir im Gewölbe eingesperrt.«

Poppins deutete hinter sich in die Dunkelheit und Nick und Anna stürmten sofort an ihr vorbei.

»Hey! Ich glaube nicht, dass Eric das erlauben würde!«, rief sie ihnen hinterher und Connor mit seinem Stock blieb unschlüssig neben ihr stehen.

Sie ignorierten die beiden einfach und drangen in das Gewölbe vor. Hoffentlich hatten die Kinder Lev nicht zu übel mitgespielt. Anna dachte an die Gruben mit den spitzen Stöcken und an Erics Drohung, Pans Tod zu rächen. Wahrscheinlich war es ihm völlig egal, wen seine Rachegelüste trafen.

Ruth stand drinnen im Halbdunkel und hielt einen scharfkantigen Stein in der Hand. Die zwei Hasen, von denen Connor gesprochen hatte, lagen ausgestreckt vor ihr auf dem Boden und sie hatte damit begonnen, sie zu häuten. Anna lief ein Schauer den Rücken hinunter, als sie das Mädchen dabei beobachtete, wie sie den Hasen das Fell vom Körper zog. Und das, obwohl sie selbst erst vor Kurzem eine ähnliche Arbeit verrichtet hatte.

»Hi!«, rief das Mädchen ihnen zu, und als sie ihren Blick bemerkte, fuhr sie fort. »Ich hätte sie gern am Leben gelassen, aber die anderen hatten recht. Wir müssen ja auch essen.«

Dann machte sie weiter, wo sie aufgehört hatte. Viel Fleisch kam unter den Hasenpelzen nicht zum Vorschein. Annas Unbehagen verstärkte sich noch, sie wollte so schnell wie möglich zu Lev, während Nick immer wieder skeptische Blicke zur Gewölbedecke warf. An vielen Stellen brachen Lichtstrahlen durch Löcher und Risse.

»Lev!«, riefen sie. »Lev?«

»Hallo? Anna? Nick?«, krächzte die vertraute Stimme mit dem russischen Akzent.

Hier hinten waren die Gewölbebögen nachträglich zugemauert worden, vielleicht, um die ganze Konstruktion zu stabilisieren. Die Worte kamen aus einer der Mauernischen, die sich dadurch ergeben hatten.

Anna und Nick eilten sofort hin. Der Zugang zur Nische war etwa bis auf Schulterhöhe mit Geröll zugeschüttet. Man musste über den Schuttberg klettern, wenn man nach drinnen oder draußen wollte, was zweifellos keine unüberwindbare Aufgabe war, doch dann gab es ja nur den einen Ausgang aus dem Gewölbe. Für ein improvisiertes Gefängnis war es ohne Zweifel ziemlich clever.

»Gut, ihr lebt«, stöhnte Lev. »Wo ist Jelena?«

Der Russe sah fürchterlich aus. Sein Bauchumfang war beträchtlich geschrumpft. Auch sein Gesicht war abgemagert und eines seiner Brillengläser gesprungen.

»Was ist mit dir, hat Eric dir was getan?«, fragte Anna erschrocken.

»Nein, nein, die Kinder sind in Ordnung«, sagte er erschöpft.

Das war eine bemerkenswerte Aussage dafür, dass sie ihn gefangen und hier eingesperrt hatten, fand Anna. Vor allem, da er sie das letzte Mal, als sie ihm mit einem Stein den Kopf blutig geschlagen hatten, noch als Wilde und Monster bezeichnet hatte.

»Ich bin o. k., wo ist Jelena?«, beharrte Lev. »Ist sie bei euch?«

Sie erzählten ihm die ganze Geschichte. Von Jelenas Auseinandersetzung mit Álvaro und wie er sie aus dem Weg geräumt hatte. Von Elif und dem, was sie über Álvaro und den vermeintlichen Brunnenvergifter Sinan zu sagen gehabt hatte, und von den Kindern und dem Brand in der Halle. Nur über die Spur zu Annas Bruder und das, was sie in der Wüste gefunden hatten, verloren sie kein Wort.

Während ihrer Schilderung kam Leben in Lev. Er schüttelte den Kopf und ballte die Faust. Immer wieder murmelte er Verwünschungen auf Russisch vor sich hin. Als sie zu dem Brand in der Halle kamen, verstummte er jedoch wieder.

»Was hat er *euch* denn zu Jelenas Verschwinden erzählt?«, fragte Anna, als sie fertig waren. Das wollte sie schon seit ihrer Flucht wissen … »Lev?«

Auf einmal begann der Russe zu schluchzen. Anna und Nick tauschten einen verwirrten Blick, als Lev das eingefallene Gesicht verbarg und geschüttelt wurde von seinen eigenen Tränen.

»Lev, was ist denn?«, fragte Nick vorsichtig.

»Ich … i-ich habe ihn … ge-gefunden«, schluchzte der Russe.

Anna streckte den Arm über den Schutt hinweg und streichelte Levs Schulter.

»Wen hast du gefunden?« Nick klang ahnungslos, aber Anna hatte eine düstere Vermutung, wen Lev meinte. Am liebsten hätte sie ihn gebeten, es nicht auszusprechen.

»D-den … den Jungen«, schluchzte Lev und Anna sah, wie Nick neben ihr erstarrte. »Den, der … der in der … in der Halle …« Der Rest ging in Tränen unter.

»Dieser Mistkerl!«, fluchte er weiter, als er sich wieder beruhigt hatte. »Dieses Aas. Dieser Teufel!«

»Lev?«, fragte Anna erneut. »Was hat Álvaro euch erzählt?«

»Er hat gesagt, dass Jelena mit Maik und Enzo zusammen zu den Plantagen gegangen ist«, erwiderte er. »Und dass sie dort verschwunden ist.«

»Das ist alles?«, fragte Nick ungläubig.

»Die Versammlung war erst am nächsten Tag«, erklärte Lev. »Maik und Enzo waren da und haben von den Hallen erzählt und von den … von den Wilden. Sie haben gesagt, dass sie vorsichtig waren, aber dass Jelena mehr herausfinden wollte und sich nicht von ihnen hat davon abbringen lassen.«

»Und was hat er wegen uns gesagt?«, hakte Anna nach.

»Auch nicht viel. Nur, dass ihr verschwunden seid und dass ihr wohl Jelena und den anderen nach seid, weil ihr euch nicht einsperren lassen wolltet. Obwohl es zu eurer eigenen Sicherheit gewesen wäre.«

Anna war nicht wütend, dass Lev und die anderen Álvaros dürftige Erklärungen hingenommen hatten. Es steckte ein perfider Plan dahinter und sie hatten ihm voll in die Karten gespielt. Jelena hätte ihm keinen größeren Gefallen tun können mit ihrem unüberlegten Angriff. Und sie selbst? Jeder, der ihre Unzufriedenheit und die Szene nach der ersten Versammlung mit Kyle mitbekommen hatte, würde es nur logisch finden, dass sie danach abgehauen waren, um auf eigene Faust ihr Glück zu versuchen oder Jelena zu Hilfe zu kommen. Sie hätten von Anfang an viel vorsichtiger sein müssen und Álvaro hatte jeden ihrer Fehler genutzt.

»Maik und Enzo haben gesagt, ihr seid nie bei ihnen angekommen. Ich wusste nicht, was ich glauben sollte, ihr seid ja nicht dumm! Ich hab nachgefragt und wollte es genau wissen, aber sie sagten, mehr wüssten sie auch nicht.

Hinterher haben mich ein paar Jäger abgepasst und mich gewarnt, ich solle keinen Ärger machen, sonst könne auch Chloé und dem kleinen Arthur was passieren. Wegen der Kundschafter durfte ich auch nichts sagen. Wisst ihr, was sie rausgefunden haben?«

Anna nickte. Seit ihrer Flucht war so vieles passiert, dass sie kaum darüber nachgedacht hatte. Sie wussten immer noch nicht, mit welchen Mitteln sie an diesem Ort gefangen gehalten wurden und wie sie hergebracht worden waren. Nach den Erfahrungen in der Wüste schien ihr nichts mehr unmöglich.

»Am Abend war das Feuer«, fuhr Lev fort. »Wir haben es alle gesehen. Álvaro hat behauptet, Maik und Enzo hätten versucht, etwas über Jelena und euch herauszufinden. Aber die Wilden hätten sie entdeckt und angegriffen und dabei die Halle in Brand gesteckt. Ich habe ihnen da schon kein Wort mehr geglaubt, aber i-ich …« Er begann wieder zu schluchzen. »… ich bin sch-schuld, dass sie es … dass sie das tun konnten. Weil ich … weil ich so viel von den Wilden geredet habe.«

Anna legte ihm wieder die Hand auf die Schulter.

»I-ich wusste ja nicht … ich hatte eigentlich kaum etwas gesehen und – und ich hatte Angst. Aber wenn ich gewusst hätte …«

»Hey, Lev, es ist nicht deine Schuld«, murmelte Nick beruhigend.

»Álvaro hat sich das alles zusammengebastelt«, fügte Anna hinzu. »Er hat erst Sinan und dann Jelena eingesperrt und war bestimmt froh, als wir abgehauen sind. Es war perfekt für seine Geschichte. Und dann hat er die Kinder vertrieben und dabei Pan ermordet. Nur seine

Plantage, die er unbedingt sichern wollte, die hat er dafür opfern müssen.«

Lev schaute auf.

»Warum opfern?«, fragte er verwirrt.

»Die Kinder sagen, in den anderen Hallen gab es kaum was zu essen«, antwortete Nick. »Und ihre ist doch abgebrannt.«

»Also ... habt ihr es gar nicht gewusst?« Lev war offenbar erstaunt. »Ich dachte, ihr müsstet es sicher schon gewusst haben, wegen dem Jungen. Wie er dort lag. Álvaro hat wahrscheinlich nicht geahnt, dass es so schnell geht, aber wenn er das mit dem Feuer geplant hat, dann bestimmt auch das.«

»Was denn?«, fragte Anna, die gar nichts mehr verstand. »Was hat er geplant und ... wie lag Pan da.«

»Na ja, er ...« Der Russe seufzte. »Der Junge sah furchtbar aus. Aber es waren Zweige um ihn gewachsen und alles blühte, obwohl sonst nur Asche übrig war. Ob Álvaro es schon vorher gewusst hat oder nicht, die Halle ist jetzt eine *richtige* Plantage. Alles wächst unfassbar schnell. Keine Ahnung, ob das an dem Boden liegt oder daran, dass die Asche so was wie Dünger ist. Nachdem das ganze Grünzeug runtergebrannt war, sind schon am nächsten Tag die neuen Keime gekommen. Die Samen und Wurzeln steckten ja alle noch in der Erde. Du kannst ihnen beim Wachsen zusehen, es ist fast unnatürlich.«

Anna war fassungslos. Brandrodung? Das war Álvaros Plan gewesen?

»Aber, wie konnte er wissen ...«, begann Nick.

»Weil Maik und Enzo *wirklich* am Vormittag schon

alles ausgekundschaftet haben!«, brach es aus Anna hervor. »Das war nicht gelogen, nur Jelena hatten sie natürlich nicht dabei. Sie haben ihrem Boss alles beschrieben und er hat ihnen gesagt, sie sollen den Urwald runterbrennen und die Kinder am besten gleich mit.«

Vielleicht hatten sie sogar Pans Lied mitbekommen und die Reaktion der Pflanzen. Sie fragte sich, ob Álvaros Männer den Jungen und sein blühendes Grab wohl weggeschafft hatten, und spürte brennende Wut in ihrem Bauch.

»Und deshalb hält Maik jetzt dort Wache«, ergänzte Nick. »Sie haben die Halle besetzt, sobald wir weg waren.«

»Mich haben sie eingeteilt, da drinnen aufzuräumen«, berichtete Lev. »Wahrscheinlich, damit sie ein Auge auf mich haben können. Ich wollte gehorchen. Wollte ja nicht, dass den anderen was passiert. Aber dann … dann war da der Junge …« Er brachte den Satz nicht zu Ende und wischte sich mit den Händen übers Gesicht, wie um die Bilder fortzujagen. »Als die Pflanzen so schnell gesprossen sind, haben sie die Griechin aus der Kirche dazugeholt. Ich hätte dich gut brauchen können, Nick, hab kein Wort von der Alten verstanden.«

»Sie heißt Faní«, sagte Nick.

»Stimmt, ja. Sie wusste genau, welche Pflanzen essbar sind und bleiben können und welche ich gleich im Keim ausreißen sollte. Jetzt gibt es dort schon jede Menge Früchte und wildes Zeug, das ging so.« Er schnipste mit den Fingern. »Wusstet ihr wirklich nicht, wie schnell da drin alles wächst?«

Sie schüttelten den Kopf. Anna wusste nicht, welche

Rolle Pans Tod darin spielte, aber auch wenn die Pflanzen schon zuvor so schnell gewachsen waren, hätten sie es wohl kaum bemerkt. Es war wohl wie mit langen oder kurzen Haaren. Bei kurzen sah man weit deutlicher, wie schnell sie wuchsen.

»Kurz nachdem ich ihn entdeckt hatte, hat auf einmal die Erde gebebt«, erzählte Lev. »Habt ihr das mitbekommen? Das grelle Licht und alles?«

Sie nickten, ohne ihr Wissen mit ihm zu teilen, und Lev fuhr fort.

»Die Alte dachte gleich wieder, dass es jetzt so weit ist. Dass wir direkt zur Hölle fahren oder weiß der Teufel. Ehrlich gesagt hab ich das auch gedacht, besonders nachdem ich das gesehen hatte … Am Eingang haben sie nicht aufgepasst, da bin ich abgehauen. Hoffentlich tun sie Chloé und Arthur deswegen nichts an. Als dann die Welt doch nicht untergegangen ist, hab ich euch gesucht und dabei haben mich die Kinder erwischt.«

Also hatte ihr Ausflug in die Wüste zumindest auch etwas Positives bewirkt, wenn er Levs Flucht ermöglich hatte, dachte Anna. Doch nun saß der Russe hier in einer Zelle.

»Wir haben Kyle gesehen«, erzählte Nick. »Er ist von den Hallen gekommen und war ganz außer sich. Weißt du, was mit ihm los ist?«

»Ach das!« Ein schadenfrohes Grinsen schlich sich auf Levs Gesicht. Für einen Moment sah er fast wieder so aus wie noch vor ein paar Tagen, nicht ganz so niedergeschlagen und hoffnungslos. »Kyle ist ein Junkie, habt ihr das nicht gewusst? Ich hab es mir vom ersten Moment an gedacht, als er so gereizt auf dich reagiert hat, Anna. Und wie er sich immer kratzt. Er hat auch bei uns in der Halle rumgeschnüffelt. Wahrscheinlich hat er nachgesehen, ob er irgendwas findet, das er rauchen oder schlucken kann. Aber wenn er wütend war, dann hat er wohl vergeblich gesucht …«

Sie unterhielten sich noch eine Weile, auch über Elif und Sinan, Lev wollte jedes Detail wissen. Er konnte kaum glauben, dass Álvaro seine Militäruniform erst in der Burg gefunden hatte. Irgendwann fragte Anna Poppins, die sie und Lev aus der Nähe beobachtete, nach Wasser. Ihr war wohl noch immer nicht ganz wohl dabei, dass sie sich Erics Anweisung widersetzten. Doch als sie ihnen einen der Krüge brachte, halb voll mit Wasser, war Anna einfach nur dankbar und trank gierig. Poppins erzählte, dass sie das Wasser in der Aufregung des Bebens vom Brunnen geholt hatten. Nick nahm ebenfalls einige Schlucke und auch Lev boten sie Wasser an, aber er wollte es nicht annehmen.

»Nein, nein, trinkt ihr nur, ich komm schon klar«, sagte er. Offensichtlich hatte er immer noch mit seinem schlechten Gewissen zu kämpfen.

Die Dämmerung kam und es wurde noch dunkler in dem Gewölbe, bis schließlich Eric und Peter zurückkehrten.

Anna horchte schon die ganze Zeit über mit einem Ohr Richtung Eingang, aber sie hätten die Ankunft der beiden Jungen unmöglich verpassen können. Die Horde machte einen Heidenlärm, als ihr Anführer und sein Schatten auftauchten, und Poppins hatte alle Mühe, sie zu bändigen. Anna war froh mitzubekommen, dass die Kinder offenbar einen Teil ihres Schocks überwunden hatten, auch wenn Poppins Angst nicht ganz unbegründet war, immerhin lag das Versteck nicht weit von Álvaros Burgmauer entfernt.

»Ihr seid also wieder hier«, stellte Eric fest, als sie später zusammensaßen. »Habt euch ja Zeit gelassen.«

Er und Peter hatten es geschafft, ein paar trockene Zweige von den Hallen mitzubringen, und Connor röstete die Hasen über einem Feuer unter dem Gewölbedach. Er war bemüht, nicht zu viel verräterischen Rauch entstehen zu lassen. Bald duftete es herrlich nach gebratenem Fleisch.

»Lasst Lev aus seiner Zelle«, bat Anna ohne Umschweife. »Er hat euch nichts getan und ihr habt ihn bei der ersten Begegnung mit Steinen beworfen. Er hat das nicht verdient!«

»Ach ja, hat er nicht?« Die Wut wischte den Spott sofort aus Erics Gesicht. »Er hat euch eben doch noch selbst gesagt, dass es seine Schuld war. Er hat Pan auf dem Gewissen, das hat er zugegeben!«

Poppins wirkte ziemlich betreten und stocherte mit einem Zweig vor ihren Füßen herum.

»Du hast uns belauscht?«, herrschte Anna das Mädchen an und wandte sich sofort wieder an Eric, als Poppins nicht einmal aufsah. »Das ist Unsinn, er hat nur …«

»Es ist auch egal«, unterbrach Eric sie. »Ihr glaubt doch nicht, dass wir ihn einfach gehen lassen. Wir haben einen von ihnen und holen uns unsere Halle zurück!«

»Das klappt nicht!«, tat Nick Erics Plan ab. »Er gibt sie euch nicht, es ist ihm egal …«

Eric wollte ihnen offensichtlich nicht zuhören. Es wirkte fast, als gäbe er ihnen die Schuld an allem, was passiert war, seit die Flammen die Kinder aus ihrem gemachten Nest in der Halle vertrieben hatten.

»Warum sollten wir uns noch mehr von euren Lügen anhören?«, fragte er. »Ihr macht euch einfach aus dem Staub und plötzlich geht die Welt beinahe unter. Und dann taucht ihr wieder auf, als wäre nichts gewesen. Wir sind doch nicht dumm. Ihr wisst etwas darüber. Ihr wisst, was hier los ist! Und dann setzt ihr euch an unser Feuer, lasst euch von uns versorgen und lügt uns noch an. Ihr könnt froh sein, dass wir *euch* in keine Zelle sperren!«

Seine Worte sprühten Funken vor Zorn.

»Du glaubst, du hast das alles wunderbar durchschaut, was?«, entgegnete Anna verbittert. Nick legte ihr die Hand auf den Arm. Er wollte wohl nicht, dass die Stimmung zwischen ihr und Eric erneut eskalierte, aber sie fuhr dennoch fort. »Lev hat euch nie etwas getan. Wenn ihr euch an jemandem rächen wollt, dann habt ihr den Falschen.«

»Wisst ihr was? Wir lassen ihn frei, jetzt sofort!«, zischte Eric. »Sagt uns einfach die Wahrheit, wo ihr wart und was das Beben zu bedeuten hatte.«

Alle Augen waren nun auf sie gerichtet.

»Das wissen wir doch selbst nicht«, sagte Nick schwach und Anna hörte die Hilflosigkeit heraus.

Jeder Blick, dem Anna begegnete, schmerzte sie. Doch sie konnten es ihnen nicht erzählen. Vor allem Peter zeigte offen seine ganze Enttäuschung, als auch Anna keine Anstalten machte, etwas hinzuzufügen.

»Der Russe bleibt, wo er ist«, bekräftigte Eric in verbittertem Tonfall. »Und ihr, greift ruhig zu! Na los, bevor es kalt wird.«

Natürlich nahmen sie nichts von den Hasen und auch nichts von den wenigen Früchten, die Peter und Eric in den beiden verwilderten Hallen erbeutet hatten, obwohl vor allem Ruth und Poppins ihnen immer wieder etwas geben wollten. Ruth wahrscheinlich aus jägerischem Stolz, Poppins sicher, weil es ihr leidtat, dass sie das Gespräch mit Lev belauscht und Eric davon erzählt hatte.

Sie zogen sich bald zurück und erzählten Lev, dass Eric ihn nicht gehen lassen wolle. Anna hatte ein miserables Gefühl dabei, immerhin musste er für ihre Geheimniskrämerei büßen, aber Lev wollte nichts davon wissen.

»Die Kinder sind in Ordnung«, sagte er nur. »Haben jeden Grund, mich zu hassen.«

Nick und Anna wollten ihn nicht allein lassen, deshalb legten sie sich zum Schlafen an den zugemauerten Gewölbebogen, der die Seitenwand seines Gefängnisses darstellte.

Sie hatten kein weiteres Wort mehr über ihren Streit gewechselt und in Levs Gegenwart konnten sie auch jetzt nicht darüber reden. Anna war froh darüber. An ihrer Haltung hatte sich nichts geändert, mehr noch, sie hatte den Entschluss gefasst, sich in der Nacht allein auf den Weg zu machen. Mit Lev als Mithörer musste sie Nick nicht anlügen und er würde hoffentlich trotzdem nichts ahnen. Während sie sich eine gute Nacht wünschten, sah sie in seinen Augen, dass er sich noch immer Gedanken machte, und fühlte sich schlecht angesichts ihres Alleingangs. Die Angst vor dem, was sie dort draußen in der Wüste erwartete, kam dazu, aber es half alles nichts. Sie musste es tun.

Es dauerte lange, bis Anna sich überhaupt traute, die

Augen wieder aufzuschlagen. Nick regte sich nicht, sondern atmete ruhig. Aber wenn er doch etwas ahnte, konnte er das ebenso gut vortäuschen, wie Anna es schon eine ganze Zeit lang tat. Mit dem Aufstehen wartete Anna noch einmal etliche Minuten. Ihr Fuß war bereits zweimal eingeschlafen, und sie hatte ihn durch Wackeln ihrer Zehen wieder kribbelnd zum Leben erweckt. Schließlich wagte sie es, in die Hocke zu gehen, und beobachtete dabei Nicks Gestalt am Boden. Keine Reaktion. Auf Zehenspitzen schlich sie von ihm weg.

An der schlafenden Horde vorbeizukommen, war kein Problem, aber ausgerechnet Peter hielt Wache am Eingang. Selbst hier, auf der anderen Seite der Stadt, kam das Gleißen gegen die Dunkelheit an und sorgte für etwas Licht. Von Zeit zu Zeit stieg Peter auf das Gewölbedach hoch, um von dort Ausschau zu halten. Anna beobachtete ihn dabei so lange, bis sie meinte, die Zeit abschätzen zu können, die Peter fortblieb. Beim nächsten Mal, als Peter hinaufstieg, huschte Anna an der heruntergebrannten Feuerstelle vorbei zum Eingang hinaus. In Peters Rücken eilte sie sofort die wenigen Meter zu den nächsten Gemäuern hinüber und betete, dass sie niemand dabei beobachtete. Hinter der Deckung hielt sie inne. Nichts: Kein Laut, kein Ruf ertönte. Also atmete Anna tief durch und machte sich auf den Weg.

Bem

Anna nahm nicht den direkten Weg durch die Stadt. Hätte sie das getan, wäre sie geradewegs auf das Gleißen zugelaufen und hätte einen meterlangen Schatten geworfen, wo das Licht durch die Gassen brach. Sie schlich daher am Stadtrand entlang bis direkt an die Burgmauer. Anna wollte den großen Umweg außen um die Mauer nehmen und hoffte darauf, dass die Wachen das wüste Land hinter der Burg vernachlässigen würden.

Als sie die Mauer erreichte und ihre Steine mit den Fingern berührte, dachte Anna an ihre Flucht aus der Burg und Elifs Hilfe dabei. Sicher wartete das türkische Mädchen auf ein Zeichen und Anna hätte ihr gern eins gegeben, aber was sie tat, war ohnehin riskant genug. Elif würde noch etwas durchhalten müssen.

Anna schlich in geduckter Haltung weiter, bis die Stadt komplett hinter ihr verschwunden war. Zur anderen Seite wurde die Wüste immer heller und schließlich tauchte das ferne Gleißen am Horizont auf. Noch immer beleuchtete es den Stadtrand auf dieser Seite wie ein Scheinwerfer, mit harten Kontrasten zwischen seinem Licht und der Dunkelheit der Nacht.

Es war kaum zu vermeiden, dass sich Anna von nun an genau im Licht dieses Scheinwerfers bewegte. Nachdem sie allen Mut zusammengenommen hatte, rannte sie einfach los. Sie wagte nicht, vorher nachzusehen, ob sie Gestalten auf der Mauer entdeckte. Zu groß war ihre Angst, schon dabei entdeckt zu werden. Sie rannte einfach und betete innerlich, nicht den falschen Zeitpunkt gewählt zu haben.

Sie zählte die Sekunden, und als sie dem Hitzeflimmern der Öfen immer näher kam und schon die Wärme spürte, warf sie sich schließlich flach auf den Boden und riskierte einen Blick zurück. Bei den Dächern der Stadt sah sie zwei menschliche Umrisse auf der Mauer stehen, doch diese verharrten still auf ihren Posten. Keine Rufe, keine Aufregung, sie war nicht entdeckt worden. Anna atmete erleichtert auf.

Sie schlich um die Öfen herum, zu denen sie vorsichtigen Abstand hielt. Drei schulterhohe Quader ragten aus dem Boden. Der Untergrund in ihrer Nähe schillerte im Gleißen und wies geschmolzene und wieder erstarrte Stellen auf. Auch die Spuren von Lehm, von denen Elif gesprochen hatte, fand sie. Kleckse und Unebenheiten auf dem Boden, durch die Hitze festgebrannt. Die Türkin hatte vermutet, dass die Ziegel der Stadt von hier kamen. Das waren riesige Mengen. Anna spürte die Hitze, die von den Öfen ausging und ohne Zweifel zum Brennen von Ziegeln ausreichte. Woher kam diese Hitze? Sie waren der Antwort auf diese und die vielen anderen Fragen kein Stück näher gekommen.

Auf der anderen Seite der Öfen war eine gewaltige Grube ausgehoben. Die Lehmspuren führten dorthin oder kamen vermutlich eher von dort. Anna hielt sich nicht mit der Erkundung auf, sondern lief weiter über die Ebene. Ab hier würde sie von der Mauer aus schon allein wegen der Entfernung kaum mehr zu sehen sein.

Annas Schatten wurde immer länger und sie erahnte den Elefantenschädel und die Knochenfelder in der Ferne. Sie hatte sich gefragt, wie schwer es sein würde, die Stelle in der Wüste wiederzufinden, doch sie entdeckte sogar ihre und Nicks Spuren im Sand, die sie bei ihrer Flucht hinterlassen hatten. Sie beschloss, sie bei ihrer Rückkehr zu verwischen, damit niemand zufällig darüber stolpern konnte. Keine fünf Minuten später stand sie wieder vor der Scheibe und stellte fest, dass der Eingang verschlossen war.

Ihr Herz klopfte, als sie sich zu der dunklen Oberfläche hinunterbeugte. Sie war so abweisend, dass Anna in ihrem Entschluss beinahe ins Wanken kam.

Ein paar Sekunden hockte sie nur da und betrachtete sie, die Hand bereits vor sich ausgestreckt. Sie wusste nicht, was sie erwarten musste. Würde die Kälte wieder nach ihr greifen? Würde der Riss sich tatsächlich weiter öffnen und sie und diesen ganzen Ort verschlingen?

Es gab keine Alternative, redete sie sich ein. Sie wollte endlich die Wahrheit über ihren Bruder *und* diesen Ort. In ihrem Kopf war das längst zu ein und derselben Frage verschmolzen. Also gab sie sich einen Ruck und legte die Hand auf die Scheibe.

Obwohl sie darauf gefasst gewesen war, zuckte sie doch wieder zusammen, als sich die dunkle Oberfläche in Bewegung setzte. Das Schaben hörte sich genau an wie beim letzten Mal, aber nichts drang aus der Tiefe hervor. Anna spürte keine Kälte und die Erde blieb still. Es dauerte ein paar Sekunden, dann, als der Durchgang frei war, verharrte die Scheibe.

Auf zitternden Knien erhob sich Anna. Sie warf noch einmal einen Blick in das Gleißen, auch wenn es ihren Augen wehtat. Sie konnte keine Veränderung feststellen. Vorsichtig setzte sie einen Fuß auf die oberste Stufe, nichts geschah. Ihr Herz hämmerte ihr bis zum Hals, während sie sich weiter hinunterwagte, bis der Wüstenboden sie schließlich ganz verschluckt hatte.

Auf dem Weg nach unten wurde es nicht dunkler. Der Treppenabgang und die metallenen Stufen glänzten leicht im schummrigen Licht, das Anna von unten entgegenkam. Als sie das Ende der Treppe erreicht hatte, befand sie sich in einem leeren, runden Raum. Weitere Gänge zweigten daraus ab, und was Anna bereits durch die offenen Durchgänge erkannte, ließ von der Dimension her auf eine ganze Ebene hier im Untergrund schließen. Anna wusste, welcher bauliche Aufwand zum Beispiel für einen U-Bahn-Tunnel nötig war. Für die Anlage hier unten mussten schwere Maschinen und technisches Verständnis vorhanden gewesen sein. Die Erbauer der Stadt an der Oberfläche hatten nach Annas Einschätzung dagegen weder das eine noch das andere gehabt. Schon die komplex wirkenden Hallen hatten den Verdacht nahegelegt, dass es an diesem Ort schon einmal Siedler mit ganz anderen Möglichkeiten gegeben hatte, als ihnen zur Verfügung standen. Doch wo waren sie hin? Und wie waren Anna und die anderen hier gelandet?

»H-hallo?«, rief sie vorsichtig, doch niemand antwortete.

Das Licht drang aus dem Durchgang zu ihrer Linken hervor. Geradeaus gab es einen weiteren, hinter dem Anna ein Meer von leuchtend roten Punkten in der Dunkelheit erblickte. Anna zog es sofort dorthin und je näher sie dem Torbogen kam, desto mehr weiteten sich ihre Augen.

Hinter dem Durchgang führte ein schmaler Steg Hunderte Meter weit über einen Abgrund. Das hier war nicht nur eine Ebene, wie sie vermutet hatte, es war wie eine gigantische Höhle. Mit klopfendem Herzen trat sie auf den Steg hinaus. Der Abgrund verlor sich in einer Art senkrechten Röhre in der Tiefe. Die Innenwände waren voll der leuchtend roten Punkte. Anna hatte fast das Gefühl, in einer Raumstation oder einem Raketenbunker zu stehen.

Wenn sie dem Steg vor sich folgte, würde er sie bis hinüber zur anderen Seite bringen. Auf halber Strecke traf er auf eine Plattform, getragen von einem Pfeiler. Der Weg zur anderen Seite war weit, selbst die Plattform befand sich einige Hundert Meter vor Anna. Sie entdeckte weitere Stege, die von der Plattform abzweigten und sternförmig zu den Seitenwänden führten. So schien sich das Innenleben der Röhre endlos nach unten fortzusetzen.

Als Anna den Blick vorsichtig nach links wandte, spürte sie einen Anflug von Schwindel. Dort, wo das Licht herkam, zog sich ein Riss die ganze Röhre entlang nach unten. Es war das Gleißen und wie oben konnte man es kaum direkt ansehen, ohne von den Strahlen geblendet zu werden. Einige der Stege, die vom Pfeiler aus darauf zuliefen, waren auf halbem Weg gebrochen. Von einem hing an wenigen Stahlbändern noch ein Stück in die Leere. Die Zerstörung, deren Zeugen sie und Nick gewesen waren, setzte sich bis hier unten fort.

Langsam ging sie in die Hocke, um den Schwindelanfall abzuwarten. Das Beben hätte nur einen Augenblick länger andauern müssen, die Risse sich etwas weiter ausbreiten, und hier unten wäre alles eingestürzt. So, wie Anna es einschätzte, zog sich der Abgrund bis unter die ganze Stadt und hätte sie damit wohl ebenso einstürzen lassen. Manche der Stege hatten Geländer an den Seiten, doch nicht der, auf dem sie stand. Als sie für einen Moment daran dachte, wie lang der Sturz in die Tiefe der Röhre wohl dauern würde, bekam sie schwitzige Hände. Alice im Kaninchenbau, dachte sie.

»Anna?«

Sie zuckte zusammen. Die Stimme kam von überall. Sie füllte den gigantischen leeren Raum und Echos davon hallten in die Tiefe. Es war eine Kinderstimme.

»Anna, du bist da.«

Da …, du bist da …, hallte es nach. Doch es war nicht die Kinderstimme, die da verklang, es waren andere. Ein heiseres Flüstern, eine aufgeregte Frau.

»B-Ben?«, fragte Anna mit zitternder Stimme.

»Du hast mich gefunden!«

Gefunden …, gefunden …, es waren nicht dieselben Stimmen, dieses Mal echoten ein Mädchen und ein Mann nach.

»Hab keine Angst, das sind nur die anderen«, unterbrach Ben seinen eigenen Nachhall, »die meisten sind schon lange nicht mehr da, aber von jedem bleibt etwas zurück …«

»Was ist das hier?«, brachte Anna hervor. »Wo bist du?« Sie drehte sich um die eigene Achse, doch nirgends blieben ihre Augen hängen. Überall nur Dunkelheit und rote Lichter und das Pochen ihres eigenen, klopfenden Herzen.

»Ich bin überall«, antwortete Bens Stimme. Anna erkannte sie nicht von früher. Nicht weil sie anders klang, sie erinnerte sich einfach nicht daran. »Ich war oben, genau wie du, jetzt bin ich hier und doch zugleich in allem. Ich war bei dem Jungen und seiner Musik und ich war bei dir und habe dich hergeführt … Es war meine Schuld, Anna.«

Schuld, wiederholte eine Frauenstimme in anklagendem Tonfall, *Schuld*, bedauerte ein Mädchen.

»Was meinst du?«

»Als du hier warst, mit dem anderen. Als ich euch aufgemacht habe. Ich war nicht vorsichtig genug und darauf hat es gelauert. Ich habe nicht damit gerechnet, dass es wach ist.«

»Dass *was* wach ist?«, fragte Anna angespannt. »Was ist hier unten?«

Sie war froh, ihrem Bruder nach all den Jahren so nah zu sein. Doch die Freude wurde getrübt von ihrer Verwirrung angesichts dieser Umstände: Von der körperlosen Kinderstimme und all den Echos bekam sie Gänsehaut am ganzen Körper.

»Ich weiß es nicht genau. Es ist was Schlimmes. Es stellt sich wieder schlafend, aber ich glaube ihm nicht. Ich – ich halte es hier fest, weißt du? Ich bin der Letzte von uns.«

Von uns?, fragte ein Kind, *von uns*, bestätigte die Stimme einer alten Frau.

Anna hatte so viele Fragen, aber Ben ließ sie nicht zu Wort kommen.

»Pass auf, es ist noch nicht zu spät für euch, aber ihr müsst …« Er stockte. Ein aufgeregtes Flüstern stieg aus der Tiefe an, mehr Stimmen diesmal, viel mehr. »Bist du … bist du nicht allein gekommen?«

»Was meinst du?«, fragte Anna verblüfft. Das Flüstern wurde lauter, aufgeregt, wütend, was bedeutete das? Sie drehte sich um und hinter ihr, wo der Steg an dem runden Raum mit den Treppenstufen endete, stand Eric.

Furcht und Verwirrung spiegelten sich gleichermaßen auf dem Gesicht des Jungen mit den blonden Stoppeln und dem verschmutzten, zerknitterten Hemd.

»Du«, murmelte Eric, wohl bemüht, Ordnung in das Chaos zu bringen. »Wo ist der andere? Ihr habt euch unterhalten.«

In diesem Moment kam Leben in die Dunkelheit dort unten. Wo sich der Pfeiler und die Stege verloren, tanzten die Schatten. Die Kälte war zurück. Sie stieg in Anna auf, krallte mit den Fingern nach ihrem Herzen, wie beim letzten Mal.

»Es ist wach …«, rief die Stimme ihres Bruders. Er klang angestrengt. »Ihr müsst fliehen! I-ich kann es nicht …«

Das Echo wiederholte diesmal nicht *seine* Worte. Es hatte jetzt einen anderen Herrn.

Verrat, wisperte es, *Betrug*, *Lügen* … Es klang gierig und voller Vorfreude.

Erics Miene wandelte sich in Zorn.

»Du wusstest es von Anfang an.« Er schien die flüsternden Stimmen gar nicht zu hören. »Du bist eine von ihnen und ich hab dich erwischt!«

»Eric, hör mir zu«, bemühte sich Anna gegen den Schleier aus Panik anzukämpfen, der über sie kam. »Etwas ist hier. Etwas Böses.«

»Ich hab dich doch gehört. Du hast mit jemandem gesprochen und ihr kanntet euch.« Eric kam näher. »Was immer hinter allem hier steckt, du bist ein Teil davon. DU hast geholfen, Pan umzubringen. Du gehörst dazu, DU BIST SCHULD!«

Schuld, echote die brodelnde Finsternis, *Verrat …*

»Gibt es überhaupt einen Álvaro? Oder hast du dir das auch ausgedacht? WAS IST?«

»HÖR DOCH AUF!«, schrie Anna zurück. Sie spürte selbst Wut in sich hochsteigen. »Das ist alles Irrsinn, ich weiß genauso wenig wie du. Mein Bruder war hier, so wie wir. Er ist hier unten, ich hab ihn gesucht.« Wie sollte sie etwas erklären, was sie selbst noch nicht verstanden hatte. Noch dazu machte ihr die tobende Dunkelheit kaum weniger zu schaffen als Eric. »Wir haben Deutsch gesprochen, hast du das nicht gehört? Er ist hier!«

Lügen, zischten die Stimmen, *mehr Lügen …*

Anna sah es in Erics Blick, als der Junge immer näher kam: Die Schwärze hatte ihn vollkommen im Griff. Sie musste irgendwie zu ihm durchdringen.

»Denk an die anderen! Denk daran, dass wir euch vor Álvaro gewarnt haben!« Sie griff nach Erics Schultern und beugte sich zu ihm, um ihm direkt in die Augen zu schauen. »Ohne uns wäre es viel schlimmer gekommen!«

In diesem Moment schnellte Erics Kopf vor und eine

rote Wolke aus Schmerz explodierte in Annas Bewusstsein. Sie war für eine Sekunde blind, hörte, wie das Blut in ihren Ohren rauschte.

»ICH SOLL DIR DANKBAR SEIN?«, brüllte Eric und rammte Anna mit aller Kraft die Faust in den Magen. Sie bekam keine Luft mehr und sank zu Boden. »DU BIST SCHULD!«

Sekundenlang blieb ihr der Atem weg. In der Zeit drang das Wispern auf *sie* ein.

Verblüffung, *Schmerz*, *WUT* ...

»Anna!«, rief Bens Stimme von irgendwoher, doch sie hörte es kaum. Sie selbst konnte sich nicht mehr gegen die Dunkelheit wehren. Schock und Schmerz hatten sie jede Kontrolle gekostet.

Anna holte keuchend Luft, und als Eric das nächste Mal auf sie zukam, das Gesicht eine Maske des Hasses, sah sie nicht nur den störrischen Jungen. Sie sah Álvaro, wie er Jelena niederschlug, und sie sah das brennende, kreischende Huhn in der Halle. Sie hörte die Schreie von Poppins und Peter und sie wurden aufgegriffen und verstärkt von Tausenden anderen Stimmen um sie, die Anna nicht kannte.

SCHLAG ZURÜCK, mischten sich immer mehr Rufe darunter.

Anna wich Erics Tritt aus und versetzte ihm ihrerseits im Aufstehen einen Schlag in den Magen. Es war Eric, der sich nun zusammenkrümmte, und noch in derselben Bewegung stieß Anna ihn mit der linken Hand von sich. Der Junge taumelte zurück und machte ein verdutztes Gesicht, als er keinen Halt mehr fand. Erstaunt erblickte er die Kante des Stegs unter seinen Füßen ... und fiel.

Anna stürzte an die Stelle vor, wo Eric verschwunden war. Sie konnte nur noch zusehen, wie der Junge von der Dunkelheit verschlungen wurde. Hinterher würde sie sich nicht mehr daran erinnern können, ob Eric geschrien hatte oder ob er im Sturz noch immer den verdutzten Ausdruck auf dem Gesicht trug. Die Erkenntnis, was geschehen war, stülpte sich wie eine Glocke über sie und betäubte alles andere. Da war keine Wut mehr, kein Lärm. Sie war taub für den Schmerz und die Stimmen und hörte nichts mehr außer ihrem eigenen Herzschlag.

In dem Moment, als Eric eins mit der Finsternis wurde, brach ein Brüllen des Triumphs von unten hervor. Für einen Augenblick ergriff es selbst Anna und der Teil von ihr, in den sich die Schatten gekrallt hatten, feierte den Sturz des Feindes. Das erfüllte sie mit solchem Ekel und Entsetzen, dass sie aus ihrer Erstarrung erwachte.

Sofort drang Annas Bruder wieder zu ihr durch, der die ganze Zeit über geschrien hatte.

»GEH, SO LAUF DOCH!«, heulte die Kinderstimme, »DU MUSST WEG! ES IST ZU STARK!«

Und Anna gehorchte. Sie rannte zurück zu den Treppenstufen, stolperte auf dem Weg nach oben und hastete auf allen vieren weiter. Sie musste raus, einfach nur raus. Als sie die Oberfläche erreichte, rannte sie in die Wüste hinaus, weg von diesem verfluchten Ort. Sie schloss die Augen und rannte und rannte, bis sie ihre Beine nicht mehr spürte. Sie rannte, bis der Nachhall der Dunkelheit in ihr allmählich der Leere Platz machte und sie in ihrer Erschöpfung an nichts mehr denken musste außer an den nächsten Schritt und den nächsten und den nächsten.

Anna dachte nicht mehr daran, dass es kein Fortkommen von diesem Ort gab. Dass man nur wieder auf ihn zulief, je weiter man sich von ihm entfernte. Erst als der Stadtrand sich nach einer halben Ewigkeit wieder vor ihren Augen aus der Dunkelheit der Nacht schälte, da wurde es ihr klar und sie brach auf dem Boden zusammen. Schluchzend ließ sie allem Schmerz, der sich einen Weg aus ihrer geschundenen Seele suchte, freie Bahn. Tränen flossen ihr übers Gesicht und tropften auf den Wüstenboden, während es ihren Körper schüttelte, ein ums andere Mal. Anna weinte, ohne einen klaren Gedanken fassen zu können. Noch immer schwärzte die Bestürzung über das, was geschehen war, ihr ganzes Bewusstsein.

Irgendwann, als ihre Verzweiflung sie zu erdrücken drohte, rappelte sie sich wieder auf und setzte ihren Weg fort.

Anna lief auf die Stadt zu, bis sich aus dem rotbraunen Streifen am Horizont Häuser aus Stein und Ziegel schälten. Auf jeden Schritt folgte unweigerlich ein weiterer und daran hielt sie sich fest, um nicht erneut zusammenzubrechen. Als sie den Stadtrand erreichte, folgte sie ihrem langen Schatten in die Gassen hinein. Sie wurde dabei nicht langsamer, fast hoffte sie, entdeckt zu werden. Wenn die Jäger sie nun einfingen und zu Jelena und Sinan in eine Zelle sperrten, würde sich der Kreis des Unheils schließen. Begonnen hatte er mit Álvaros Gewalttat an Jelena und seitdem waren zwei Kinder gestorben.

Aber niemand hielt Anna auf, trotz ihrer Unvorsichtigkeit. Sie lief weiter, und obwohl sie sich nicht halb so gut orientieren konnte wie Nick, wusste sie, worauf sie zusteuerte, schon bevor die Trümmer der Kirche zwischen den Häusern auftauchten. *Du sollst nicht töten*. Ihr Kopf dröhnte und in ihren Ohren klangen Erics Anklagen. »DU BIST SCHULD!«

Sie ließ die trostlose Ruine hinter sich und steuerte, ohne es geplant zu haben, auf das Versteck der Kinder zu. Schuldgefühle, Angst und Verzweiflung bildeten einen festen Knoten um ihr Herz, dass es ihr die Kehle davon zuschnürte. Während sie auf den Stadtrand zutrat, wurden ihre Schritte allmählich langsamer, zögerlicher, doch es war bereits zu spät, um die Richtung noch einmal zu ändern. Sie trat hinaus aufs Geröll und erblickte Peters Gestalt wie eine Statue in der Dunkelheit. Er stand auf dem Dach des Gewölbes, und als er Anna als einen Schatten aus dem Stadtrand treten sah, fuhr er auf und verschwand nach unten. Zweifellos, um Alarm zu schlagen.

Anna verlangsamte ihre Schritte und die Stimme in ihrem Kopf wurde erneut lauter. »SOLLEN WIR DIR DANKBAR SEIN?«

Als Peter wieder auftauchte, stand Anna am Fuß der leichten Anhöhe, unter der sich das Versteck der Kinder befand.

»Anna, bist du das?«, fragte Peter verwirrt. »Was ist passiert?«

Anna rang um Worte, brachte jedoch nichts heraus. Sie spürte erst jetzt, wie heftig ihre Brust sich hob und senkte. Mit ihrer Flucht hatte sie sich völlig verausgabt.

»Wo … wo ist Eric?« Peters Stimme klang ängstlich. »Er ist dir gefolgt, wo ist er?«

»Anna?« Nick war ebenfalls zu ihnen hochgestiegen. »Anna!« Mit schnellen Schritten und bestürzter Miene kam er zu ihr und fasste sie an den Schultern. »Anna, was ist los?«

Sie sah ihm nicht in die Augen. »Eric ist tot«, antwortete sie und dabei zog sich der Knoten in ihr enger, sodass sie unwillkürlich nach Luft japste.

»W-was?«, stotterte Peter fassungslos und machte einen stolpernden Schritt rückwärts.

»Er ist tot«, wiederholte Anna und quälte sich damit selbst. Es war die einzige Wahrheit, die in ihrem Kopf noch Platz fand. Der einzige Teil, den sie verstand, von allem, was geschehen war, und sie konnte es in keine anderen Worte fassen.

»Nein – nein, das ist nicht wahr!«

Peter wurde immer lauter, bis er fast schrie. In Annas Ohren brachten seine Worte nur die Stimmen zurück.

Verrat, *Betrug*, *Lügen*, hörte sie das Murmeln der vielen Echos.

Die Gestalten von Poppins, Connor und Ruth kamen an Peters Seite. Sie waren aus dem Gewölbe hochgeklettert. Unten weinte eins der Kinder verängstigt und ein anderes murmelte beruhigende Worte.

»Eric ist … tot?«, fragte Poppins. Selbst im wenigen Licht, das vom Gleißen bis hierher drang, war zu erkennen, dass sie erbleicht war.

Anna nickte. Während Poppins in ihrem Schock in die Knie sank und Peter wie in Trance den Kopf schüttelte, sah Nick ihr in die Augen, bis sie seinem Blick nicht länger ausweichen konnte.

»Du bist in die Wüste gegangen?«, senkte er seine Stimme. »Und er ist dir zu der Stelle gefolgt?«

Nick wollte offensichtlich, dass sie ihm widersprach.

Dass er sich täuschte und sie ihn nicht derart hintergangen hatte. Doch sie nickte kaum merklich, mehr brachte sie nicht zustande.

»Ihr flüstert?«, zischte Peter plötzlich, sein Gesicht eine Maske des Zorns.

Anna sah noch das Flackern in Nicks Augen angesichts ihres Eingeständnisses. Dann drehte er sich von ihr weg und zurück zu Peter.

»Peter, da draußen in der Wüste ist etwas. Und es ist gefährlich, nur deshalb haben wir nichts verraten.«

Es war zu spät für Erklärungen. Er hätte ebenso gut mit einem wütenden Stier sprechen können. Peter schüttelte seine Worte ab, als hätte er Ekel vor ihnen.

»*Ihr* seid nicht gestorben, als ihr dort wart!«, klagte der Junge. »Also was ist mit Eric passiert? Was habt ihr getan?«

Anna spürte Nicks Seitenblick. Er hatte sie gewarnt, hatte sie nicht gehen lassen wollen.

»Er ist mir gefolgt, als ich hingegangen bin«, sagte Anna und ihr Körper begann wieder zu zittern, auch wenn ihre Tränen versiegt waren.

»Er hat gesagt, wir sollen euch nicht aufhalten«, flüsterte Poppins, »sondern ihn wecken, falls ihr euch davonschleicht.«

»Wie?«, fragte Peter und seine Stimme versagte ihm fast, sei es vor Wut oder vor Trauer. »Wie ist es passiert?«

»Es gibt einen Abgrund unter der Erde«, berichtete Anna mit bebender Stimme. »Eric hat mich überrascht. Es gab ein Handgemenge und er ist gestürzt.«

»Du … hast ihn umgebracht?«, flüsterte Peter.

»Da draußen ist etwas«, ergriff Nick wieder das Wort. »Es ist böse und bringt all diese schrecklichen Gefühle nach oben. Sicher habt ihr es auch schon gespürt, aber dort ist es viel stärker. Anna, ist es nicht so? Anna!«

Er schüttelte sie an der Schulter, aber Anna konnte nichts mehr sagen. Sie wollte sich nicht in irgendwelche Ausflüchte retten. Natürlich hatte die Dunkelheit sie ebenso bedrängt wie Eric. Aber sie hatte schließlich auch ebenso nachgegeben. Das war der Grund, warum Eric gestorben war. Wäre sie stärker gewesen, dann würde er noch leben.

»Ihr müsst gehen«, sagte Peter und man hörte, wie viel Mühe er hatte, sich zu beherrschen. »Jetzt sofort. Haut ab und kommt nicht wieder!«

Poppins mühte sich wieder auf und nahm Peters Hand. Tränen liefen ihr übers Gesicht.

»Lev …«, brachte Nick hervor. »Lasst ihr … Lev?«

»Ihr sollt gehen!«, schluchzte Peter. »Ich will euch nicht mehr sehen, ihr bringt nichts als Unglück!« Auch Connor und Poppins sahen ihnen nun feindselig entgegen.

»Peter, hör zu.« Nick wollte wohl tröstend klingen und machte einen Schritt auf den Jungen zu, doch das war ein Fehler.

Peter riss sich von Poppins los und hob einen Stein auf.

»Haut ab!« Er warf und traf Annas Arm. Sie spürte es kaum und doch zerbrach etwas in ihr. »HAUT ENDLICH AB!«

Er hob schon weitere Steine auf, doch diesmal gehorchten sie.

Anna folgte Nicks Schritten, während es langsam hell wurde. Sie irrten lange durch die Stadt, bis Nick ihnen irgendeinen halb eingestürzten Schlupfwinkel aus Stein und Staub auftat, der sich für Anna in nichts von den Dutzenden anderen unterschied, an denen sie bereits vorbeigekommen waren. Nick stellte nur eine Frage, als Anna darin vor Erschöpfung zu Boden sank.

»Dein Bruder, war er da?«

»Seine Stimme«, antwortete Anna schwach und er beließ es dabei.

Ob er Rücksicht nahm oder aus Wut nicht mit ihr sprechen wollte, wusste Anna nicht. Sie konnte ihm seine kühle Reaktion nicht verübeln, konnte ihn kaum ansehen, und so oder so hätte sie keine Kraft mehr gehabt, ihm weitere Erklärungen oder Entschuldigungen zu geben. Als sie die Augen schloss, übermannte sie binnen Sekunden der Schlaf.

Als sie am Morgen aufwachte, war sie allein und einen schrecklichen Moment lang dachte sie schon, Nick habe sie vor lauter Wut zurückgelassen. Anna rappelte sich sofort auf, noch immer übernächtigt und halb in den wirren Albträumen gefangen, die sie die ganze Nacht über geplagt hatten. Sie warf einen Blick aus ihrem Versteck und sah Nick, der ein Stück rechts vom Eingang saß. Ein Stein fiel ihr vom Herzen.

Sie machte ein paar Schritte nach draußen. Vorsichtig, als fürchtete sie, der Boden könnte jeden Moment unter ihr nachgeben, und genauso fühlte es sich auch an. Sie befanden sich nur wenige Schritte vom Stadtrand entfernt, an einer Stelle, von der aus man den Brunnen bei den Hallen im Blick hatte. Danach hatte Nick den Ort wohl auch ausgewählt. Sie würden irgendwie selbst an Wasser kommen müssen, nachdem sie sich nun auch bei den Kindern nicht mehr blicken lassen konnten.

»Ich hab dich heute Nacht gehört«, sagte Nick plötzlich. »Du hast im Schlaf geredet.«

Als er den Kopf zu ihr umwandte, sog er erschrocken die Luft zwischen den Zähnen ein und stand auf.

»Was ist denn mit deinem Gesicht passiert?«, fragte er, während er näher kam.

Anna hatte Kopfschmerzen und spürte, wo Eric sie geschlagen hatte, aber es war nichts gegen den Schmerz, der von innen kam, also nahm sie es mehr als eine Randnotiz ihres Körpers wahr.

»Du bist ja ganz grün und blau.«

»Ist nicht so schlimm«, antwortete Anna. Vielleicht hatten sich die Blutergüsse erst langsam gezeigt, vielleicht war es in der Nacht auch zu dunkel gewesen, sodass er sie erst jetzt entdeckt hatte.

Nick sah skeptisch aus, blieb aber auf einer Armlänge Abstand zu ihr stehen. »War das etwa Eric?«

Anna nickte. Die Erinnerungen schnürten ihr die Kehle zu und Nick seufzte hilflos.

»Es tut mir leid«, sagte er. »Ich hätte das nicht so sagen dürfen, dass du nicht zurückdarfst. Natürlich konntest du deinen Bruder nicht einfach aufgeben.«

Er hatte Tränen in den Augen und stand immer noch so da, bis Anna nicht mehr anders konnte, als den letzten Schritt auf ihn zu zu machen. Sie schlossen sich in die Arme und Anna rang schluchzend um Atem. Sie wollte nicht, dass er sich entschuldigte. *Sie* war doch einfach abgehauen und es hatte Erics Leben gekostet und sie beide ins Unglück gestürzt. Sie wollte es ihm gerade sagen, da spürte sie seine Lippen auf ihrer Stirn, ihren Wangen, wie sie die Tränen wegküssten, die sie erst jetzt bemerkte.

Ganz sanft, als wollte er ihr nicht zusätzlich wehtun. Ohne zu überlegen, drehte sie ihm den Kopf zu und erwiderte seine Küsse, bis ihre Lippen sich fanden. So standen sie eng umschlungen und küssten sich wie zwei Ertrinkende kurz vor dem Untergehen. Sie waren wieder allein, hatten schreckliche Dinge erlebt, und doch schien das in diesem Augenblick alles weit weg zu sein. Irgendwann lösten sich ihre Lippen wieder voneinander und Nick streichelte sanft ihren Rücken.

Sie setzten sich vor ihr Versteck, Anna mit rasendem Herzen, ohne zu wissen, an welchem ihrer vielen Gefühle das nun gerade lag. Ihre linke Hand klammerte sich an Nicks rechte und Anna erzählte von den Ereignissen der Nacht. Von der Stimme ihres Bruders, die sie nicht einmal mehr wirklich erkannt hatte, und von den Echos aus der Dunkelheit. Wie Eric sie überrascht hatte und wie die vielen Stimmen darauf reagiert hatten. Wie etwas sie angestachelt hatte und Eric plötzlich zugeschlagen hatte und wie sie ihn in den Abgrund geschubst hatte.

Er rückte näher und umarmte sie, als sie den Tränen wieder nahe kam, und sie riss sich zusammen.

»Ich bin irgendwann aufgewacht«, antwortete Nick, eine Weile nachdem Anna verstummt war. »Als du nicht da warst, hab ich echt Panik bekommen.«

Sie las in seinen Augen, wie verletzt er gewesen sein musste, und es tat ihr mehr weh als jeder blaue Fleck. Sie wusste noch, warum sie nicht versucht hatte, ihn umzustimmen: Sie hätte ihn noch mehr hintergehen und anlügen müssen, wenn er bei seinem Nein geblieben wäre. Aber das klang jetzt selbst in ihren eigenen Ohren erbärmlich.

»Ich wusste ja ziemlich sicher, wo du hingegangen warst«, fuhr er fort, »und ich hatte riesige Angst um dich. Ehrlich gesagt auch um mich nach dem, was letztes Mal passiert ist. Es ging dann ziemlich schnell, dass Peter gerufen hat, sonst wär ich hinterhergekommen.«

Wenn sie nur gemeinsam gegangen wären, dann wäre all das mit Eric vielleicht gar nicht passiert, dachte Anna. Sie wollte ihm gerade noch einmal sagen, wie leid es ihr tat, als sie aus dem Augenwinkel eine ferne Bewegung drüben beim Brunnen sah. Nick folgte ihrem Blick.

»Das ist Enzo«, sagte er düster. »Steht da schon den ganzen Morgen. Wenn wir Wasser wollen, werden wir wahrscheinlich Geduld haben müssen.«

Es schien, als wollten Álvaros Männer den Brunnen nicht mehr aus den Augen lassen, denn wenige Zeit später wurde Enzo durch einen der Jäger abgelöst, den Anna vom Zerteilen des Schweins wiedererkannte.

Sie beschlossen, die Wachen drüben auszuspähen und darauf zu hoffen, dass sie eine Gelegenheit bekommen würden, ihren Durst zu stillen. Natürlich lag Anna alles, was passiert war, weiter im Magen. Aber das Gespräch und Nicks Nähe seitdem war wie Balsam auf ihrer Seele.

Kyle war der Erste, der seinen Posten am späten Nachmittag aufgab, ohne dass eine Ablösung kam. Er machte selbst auf die Entfernung einen erbarmungswürdigen Eindruck, kratzte sich andauernd an den Armen und lief ruhelos umher. Sie hätten abwarten können, wie lange er dem Brunnen fernblieb, um es für das nächste Mal zu wissen, doch auch das wäre ein Risiko gewesen. Was, wenn sie so ihre einzige Chance auf Wasser verpassten? Also nutzten sie den Moment, um mit klopfendem Herzen die kurze Distanz vom Stadtrand zum Brunnen zu überwinden. Sie nahmen hastig einige Schlucke Wasser vom Brunnen, und so schnell sie gekommen waren, rannten sie zurück in ihr Versteck. Anna betete, dass das verschüttete Wasser, das den Sand vor dem Brunnen dunkel färbte, Kyle nicht auffallen würde.

Die ganze Zeit über dachten sie über ihre weiteren Schritte nach. Anna hatte nicht vergessen, dass ihr Bruder ihr einen Hinweis hatte geben wollen, kurz bevor Eric aufgetaucht war. Und sie verkrampfte innerlich, wenn sie sich daran erinnerte, in was für einer Situation sie Ben zurückgelassen hatte. Trotzdem sträubte sich alles in ihr dagegen, noch einmal in die Wüste zu gehen, und auch Nick sparte das Thema aus. So überlegten sie stattdessen, ob sie Kontakt zu Elif aufnehmen sollten oder ob sie Lev irgendwie helfen konnten, und kamen dabei kaum weiter.

Elif wollten sie nicht mit noch einer schlechten Nachricht unter die Augen treten. Immerhin hatten sie nun auch die Kinder gegen sich aufgebracht. Und gleichzeitig wollten sie die Situation mit Peter und den anderen nicht noch weiter eskalieren lassen, indem sie versuchten, Lev gegen ihren Willen zu befreien.

So brachten sie die nächsten Tage hauptsächlich damit zu, zu warten und zu beobachten. Neben Enzo und den Jägern sahen sie auch Kyle und den Jungen mit dem Schnitzmesser wieder. Die Wachen lösten sich regelmäßig gegenseitig ab, während Maik meist vorne am Plantageneingang stand. Álvaro hatte ihm wohl die Verantwortung über die neuen Gebiete gegeben. Auch die anderen Wachen verließen während der nächsten Tage ab und zu ihre Posten, um einen Rundgang zwischen den

Hallen zu machen, und sie passten von nun an mehr auf, keine Spuren zu hinterlassen. Kyle blieb derjenige, bei dem sie sich am besten versorgen konnten. Anna fragte sich, ob er wohl noch immer nach Drogen suchte, während er fortblieb.

Als der Hunger unerträglich wurde, wagten sie es, in eine der verwilderten Hallen zu schlüpfen und ein paar Beeren zu sammeln, auch wenn diese rar waren. Sich in den Hallen zu verstecken war ihnen zu riskant. Was, wenn Álvaro eine weitere davon mit Feuer roden würde? Die Bilder des brennenden Huhns waren Anna noch zu nah, von Pans Tod ganz zu schweigen. Sie hätte gern gesehen, ob etwas von dem Grab übrig war, das die Pflanzen laut Lev mit ihren Ranken für Pan gebildet hatten. Doch natürlich war gar nicht daran zu denken, die Plantagenhalle zu betreten. Maik bewachte sie weit zuverlässiger als die anderen Wächter den Brunnen.

Nick und sie verstanden sich bald beinahe ohne Worte, wenn sie sich zwischen den Hallen bewegten und achtgeben mussten, nicht von zufällig patrouillierenden Wachen entdeckt zu werden. Wenn Anna nachts Schweißausbrüche und Herzrasen bekam, weil die Erinnerungen sie nicht losließen, dann beruhigte Nick sie und nahm sie in den Arm. Oft zitterte sie dann am ganzen Körper. Immer öfter ertappte sich Anna dabei, wie sie ihn einfach betrachtete, zum Beispiel, wenn sie nebeneinander in ihrem Spähposten lagen. Dann erfasste sie eine tiefe Dankbarkeit, ihn bei sich zu haben, denn ohne ihn hätte sie diese Tage kaum überstanden.

Am Morgen nach der dritten Nacht nutzten sie einen von Kyles längeren Ausflügen von der Brunnenwache, um sich zu waschen. Sie drehten die Rücken zueinander, streiften ihre Kleidung ab und wuschen erst sich selbst mit dem kalten Wasser und dann die Klamotten. Eigentlich wollte es Anna nur schnell hinter sich bringen, doch als das Wasser ihre Haut berührte und Schmutz und Schweiß davon löste, war es ein herrliches Gefühl und sie wäre am liebsten komplett in den Brunnen gestiegen.

Hinterher zog sie ihre nasse Kleidung wieder an und ihr fiel dabei auf, dass ihr Körper sich verändert hatte. Sie sah durchtrainiert aus, mit flachem Bauch und straffer Haut, und hatte eine gesunde Farbe.

Nick war schon zu Beginn sportlich gewesen, doch auch er war dünner geworden, und als sie sich umdrehte und er gerade das T-Shirt überstreifte, sah sie für einen Moment die Andeutung der Muskeln, die sich an seinem Oberkörper abzeichneten. Sie dachte an den ersten Moment zurück, als sie sich gegenübergestanden hatten und Nick ihr das Handy zurückgegeben hatte. Anna war froh, dass sie damals noch nicht gewusst hatte, was noch alles vor ihr lag.

An diesem Abend, als sie Seite an Seite in ihrem Beobachtungsposten kauerten, konnte Anna sich dem Entschluss nicht länger entziehen, der längst in ihr herangereift war.

»Ich muss wieder hin«, sagte sie schweren Herzens, »zurück in die Wüste.«

Enzo stand am Brunnen und er bewegte sich oft stundenlang keinen Zentimeter von der Stelle, also lagen sie ohnehin mehr aus Gewohnheit hier und hielten Ausschau.

Natürlich wusste Anna, dass Nick sie nicht allein

gehen lassen würde, aber er versuchte auch nicht, sie von ihrem Vorhaben abzubringen. Er nickte nur.

»Glaubst du, wir können deinem Bruder helfen?«

Da war die Frage, der sie bisher aus dem Weg gegangen war.

»Ich weiß es nicht«, antwortete Anna ehrlich und spürte wieder das beklemmende Gefühl in der Brust, das sie sonst zumindest in Nicks Nähe hatte verdrängen können. »Er war nicht wirklich da, nur seine Stimme. Und ich weiß auch nicht, was es mit ihm gemacht hat, was da unten passiert ist … Es war auf einmal überall, als Eric …«

Anna brachte den Satz nicht zu Ende.

»So oder so«, überwand sie sich zum Weiterreden. »Ich glaube, da unten liegt unsere einzige Chance.«

»Du hast gesagt, er weiß etwas über diesen Ort?«

Die Art, wie er es sagte, zeigte Anna, dass er längst zu demselben Schluss gekommen war wie sie. Wenn sie es nicht angesprochen hätte, hätte er es irgendwann getan.

»Ja, Eric hat uns unterbrochen. Wenn uns jemand all das hier erklären kann, dann Ben.«

Mit dem endgültigen Entschluss kam auch ein Anflug der Panik zurück, die sie dort unten gespürt hatte. Die Furcht vor dem Ungeheuer in ihrem Innersten, das den Triumph über Eric gemeinsam mit der Dunkelheit gefeiert hatte. Sie spürte diesen Fremdkörper seit ihrer Flucht in die Wüste nicht mehr, doch die Leere, die er hinterlassen hatte, hielt die Erinnerung aufrecht.

Antworten

Als sie die Entscheidung erst mal getroffen hatten, wollten sie keine weitere Zeit verlieren. Es hätte nur bedeutet, die Angst vor dem Unausweichlichen in die Länge zu ziehen, und wer wusste außerdem, was Ben in der Zeit durchstehen musste. Also machten sie sich auf den Weg, sobald die Nacht hereingebrochen war. Von ihrem Versteck aus schlichen sie sich an die Knochenfelder heran, die von dieser Seite aus zumindest etwas Deckung in der Wüste boten. Sie hatten in der ganzen Zeit der Beobachtung keine der Wachen in die Wüste laufen sehen, aber sie wollten dennoch so wenig Risiko wie möglich eingehen.

Als sie den Elefantenschädel erreichten, dachte Anna an ihre Verfolgungsjagd mit der Maus. Wie aufgeregt sie gewesen waren. Jetzt kam ihr Herzklopfen nur von der Furcht. Sie konnte sich kaum vorstellen, wieder an den Ort des Geschehens zurückzukehren. Über dem Abgrund zu stehen, in den Eric mit seinem verdutzten Gesichtsausdruck gestürzt war, und herauszufinden, was mit ihrem Bruder nach ihrer Flucht geschehen war.

Das Gleißen starrte sie aus seinem blendenden Auge an, bis sie die Scheibe im Wüstenboden erreicht hatten. Sie stand offen, der Weg die Stufen hinab war frei.

»Meinst du, das hat etwas zu bedeuten?«, fragte Nick. Sie sah ihm an, dass auch er Angst hatte.

»Ich weiß nicht«, antwortete Anna. »Ich spüre nichts, aber das war beim letzten Mal genauso. Vielleicht lauert es nur wieder.«

»Meinst du, es könnte fort sein?«, fragte Nick.

»Nein«, schüttelte Anna den Kopf. Dessen war sie sich sicher.

Zögerlich trat Anna an den Eingang heran und setzte zum zweiten Mal Fuß auf die Stufen nach unten. Sie wusste nicht, was sie tun sollte, wenn die Dunkelheit wieder erwachte. Wie stark war sie geworden? Hatten sie ihr überhaupt irgendetwas entgegenzusetzen? Nick blieb dicht bei ihr, während sich mit jeder Stufe, die sie hinabstieg, mehr Zweifel in ihr Herz schlichen.

Sobald sie den Fuß der Treppe erreicht hatten, merkte Anna, dass etwas anders war. Eine Spannung lag in der Luft, wie mitten in einem schweren Gewitter, und das Kräftegleichgewicht wirkte so fragil, dass sie erneut fürchtete, sie könnten allein mit ihrer Anwesenheit weiteren Schaden anrichten.

»Das war beim letzten Mal nicht«, flüsterte sie und Nick fragte nicht, was sie meinte. Er schien es selbst zu spüren.

Anna nahm allen Mut zusammen und ging vorsichtig weiter auf den Durchgang vor ihnen zu, während Nick sich beklommen umsah. Anna hörte ihn erschrocken einatmen, als sie auf den Steg hinaustraten und er die ganze Dimension dieser Unterwelt erkannte. Es war kein Wunder. Sie hätte nichts von dem hier in Worten ausdrücken können, und wenn ihre Erzählung zehnmal so lang gewesen wäre.

Der Riss zu ihrer Linken verströmte wie beim letzten Mal sein grelles Licht und die zerstörten Stege, die darauf zugelaufen waren, wirkten ebenso verloren.

Hier auf dem Steg spürte Anna die Spannung in der Luft beinahe wie eine körperliche Barriere, gegen die man sich stemmen musste. Ein Kampf fand statt, und als Anna nach unten in den Abgrund sah (ihr Kopf neigte sich wie von selbst, obwohl sie nichts weniger wollte, als dort hinunterzusehen), wusste sie auch, wer hier kämpfte. Die Dunkelheit glich einer Schlangengrube. Schatten krochen übereinander, türmten sich auf und kletterten an dem Pfeiler in der Mitte des Abgrunds hoch, um wieder abzugleiten. Es brodelte und kochte in allen Zwischentönen von Schwärze. Mal schimmernd und schuppig, mal matt. Kalt glänzend oder in düsteren Schwaden.

Anna konnte sich kaum mehr von dem Anblick losreißen und sie zuckte zusammen, als Nick ihre Schulter berührte.

»Dein Bruder?«, flüsterte er.

Sie nickte und versuchte ihr Unbehagen niederzukämpfen. Dennoch sah sie Eric vor sich, wie er an die Kante geriet und nach hinten fiel. Wie er stürzte, ohne glauben zu können, was geschah.

»Ben?« Ihre Stimme klang zittrig und schwach.

Sie wartete und die Sekunden dehnten sich angesichts ihrer Anspannung.

»Anna.« Es war seine Stimme, doch kaum mehr als ein Schatten war davon geblieben. Annas Bruder kämpfte mit der Dunkelheit unter ihnen. Er hielt sie fest und rang mit ihr, dass es in der Luft zu spüren war. »Es ist … schwer.«

Ist schwer, schwer …

Anna schluckte. Er klang so schwach.

»Ich muss es … brauche alle Kraft … kann nicht …«

Muss es aufhalten, er kann nicht …, echoten die Stimmen.

Abgehackt und verschluckt stückelten sich die Worte zusammen. Die Echos füllten manche Löcher, schienen erklären zu wollen, doch manches blieb unverständlich.

»… Gefahr …«, brach es hervor.

Seid in … Gefahr

Er redete Deutsch und Anna hörte die Stimmen ebenfalls auf Deutsch. Sie begann für Nick zu übersetzen, doch der unterbrach sie.

»Ich verstehe ihn«, sagte Nick verwirrt, »oder die Stimmen, ich weiß nicht genau …«

Es war keine Zeit, sich jetzt darüber zu wundern.

»Ben, was ist das für ein Ort hier und wie kommen wir zurück nach Hause?«, stellte Anna ihre wichtigste Frage.

»… Gefängnis … für das …«

Ist ein Gefängnis, dunkle Herz, das dunkle Herz …

Die letzten Worte wurden unten von dem Flüstern aufgegriffen, das Anna bis in ihre Träume verfolgte. Doch das Wispern legte sich wieder. Zumindest für den Moment.

»Tor öffnen … gemeinsam …«

Kann euch, ich kann euch, öffnen …

»Du kannst uns das Tor öffnen?«, fragte Anna mit klopfendem Herzen. »Du kannst uns wieder nach Hause bringen?«

»Ja, aber … müsst gemeinsam«, wiederholte ihr Bruder angestrengt.

gemeinsam, nur gemeinsam …

»Gemeinsam mit wem? Mit dir?«, fragte Anna fieberhaft. »Aber wie können wir dich hier rausholen?«

»Hier … kommen …«

Müsst kommen, gemeinsam …

Anna verstand noch immer nicht. Sie sollten kommen? Da vorne, auf die Plattform am Ende des Stegs? Würde ihr Bruder dort erscheinen?

Sie wollte schon loslaufen, da redete ihr Bruder weiter.

»Alle … es reicht nicht … alle gemeinsam!« Er kämpfte um jedes Wort, und währenddessen war das Brodeln der Dunkelheit stärker geworden. Sie schwächten Ben mit ihrer Unterhaltung, begriff Anna, und es tat ihr weh, das zu spüren, aber sie hatte noch immer nicht verstanden, was sie tun mussten.

»Alle, die leben …«, keuchte die Kinderstimme und da kam Anna die Erkenntnis, während das Echo es aufgriff.

Gemeinsam … alle, die noch leben …

Nick griff nach ihrem Arm, dass es fast wehtat. Sie las in seinem Blick, dass er ebenso bestürzt war wie sie selbst. Sie mussten *alle* von dort oben hier herunterbringen? Álvaro *und* Jelena? Maik *und* Peter? Jeden Einzelnen? Das war unmöglich, es gab schon zu viel Hass, sie würden niemals zusammenarbeiten.

»Bis wann? Wie lange hältst du noch durch?«, fragte Anna rasch. Sie mussten hier weg, sonst würde Ben den

Kampf verlieren. Das dunkle Herz stemmte sich immer kräftiger gegen seine Fesseln.

»Noch ... zwei ...«, ächzte ihr Bruder und Anna dachte an Wochen.

Zwei, zwei Tage ... raunten die Stimmen und Anna verlor endgültig jede Hoffnung.

»Das ist zu wenig«, flüsterte sie. »Viel zu wenig!«

»Anna«, keuchte Nick neben ihr und sie folgte seinem Blick. Was sie sah, holte sie zurück aus ihren Gedanken: Die Dunkelheit hatte sich Meter für Meter nach oben vorgearbeitet. Sie hatte schon einige der Stege verschluckt und schien immer mehr die Oberhand zu gewinnen. Wenn sie nicht bald flohen, würden sie Erics Schicksal teilen und verschlungen werden.

»Flieht ... jetzt!«, rief Bens Stimme.

Das Flüstern teilte sich. Manches Wispern wiederholte die Worte von Nicks Bruder, doch immer mehr *Angst, Furcht, Tod* mischte sich darunter. Immer mehr gehorchten dem dunklen Herzen. Für einen Schreckensmoment dachte Anna, sie höre Erics Stimme heraus.

»Ben, was ist mit *dir*?«, rief Anna verzweifelt. »Kannst du mit uns nach Hause kommen?«

»Anna!« Nick griff nach ihrem Arm. »Wir müssen hier weg!«

Die Luft knisterte elektrisiert und die Dunkelheit stieg immer schneller. Wie die kommende Flut kroch sie ihnen gierig entgegen.

»... flieht ...«, wiederholte ihr Bruder, ohne auf ihre Frage zu reagieren, und fügte dann noch etwas hinzu. »Hütet euch ... dem ... Mann ...« Er klang, als hätte er sich entfernt.

Vor dem alten ..., dem alten Mann ..., raunten die Stimmen ebenfalls aufgeregt und ihr Geflüster vereinte sich wieder darin. Sie intonierten ihn unterschiedlich: ängstlich, zornig, hasserfüllt, sogar hoffnungsvoll, doch alle schienen ihn für wichtig zu halten.

»Anna!« Nick zog sie mit sich. Auch sie spürte jetzt die Kälte, die ihre Fänge nach ihnen ausstreckte. Noch hielt ihr Bruder dagegen, doch wenn dieses dunkle Herz sie bekam, dann würde es zweifellos noch stärker werden und den Kampf endgültig gewinnen.

Sie folgte Nicks Drängen und wollte zum Ausgang rennen, doch es war ihr fast unmöglich. Der Widerstand in der Luft wurde immer stärker und eine Art Sog ging plötzlich von der Dunkelheit hinter ihnen aus.

»Es hält uns fest!«, schrie sie entsetzt.

Nick stemmte sich vorwärts, doch sein Fuß rutschte auf dem glatten Boden ab und er taumelte zurück in Richtung Abgrund. Anna entfuhr ein Schrei. Sie klammerten sich aneinander fest, kamen jedoch nicht voran und hatten nichts zum Festhalten.

»HALT DAGEGEN!«, brüllte Nick. Er lehnte sich gegen den Widerstand, rang ihm wieder zwei Schritte ab. Mit ausgestrecktem Arm warf er sich nach vorn und bekam den Rand des Durchgangs zurück in den Raum mit der Treppe zu fassen. Daran klammerte er sich fest.

»JETZT!«, klang die verzweifelte Stimme von Annas Bruder für einen Moment klar und deutlich. Der Sog ließ nur einen Augenblick nach, doch das reichte. Anna bekam Nicks ausgestreckte Hand zu fassen und er zog sie mit sich in den Raum. Die Wut hinter ihnen wurde beinahe körperlich spürbar und ein Dröhnen schwoll an, durchdringender als die Turbinen oben.

»LAUF!«, schrie Anna Nick zu und sie schafften es gemeinsam bis zur Treppe. Mit jeder Stufe, die sie erklommen, wurde es leichter, bis sie schließlich oben angekommen waren und erschöpft und schwer atmend auf den Wüstenboden sanken.

»Es ist zu wenig Zeit!«, haderte Anna. Sie hatten sich in ihr Versteck am Stadtrand zurückgezogen und dort saßen sie nun, bemüht, nicht in Panik zu verfallen.

»Wir müssen Jelena und diesen Sinan aus der Burg befreien«, überlegte Nick laut. »Elif wird uns helfen. Wenn wir Peter und den anderen alles erzählen und sie auch mitkommen? Dann wären wir schon mehr als die Hälfte ...«

»Aber wir brauchen *alle*!«, sagte Anna traurig. »Wir müssen *alle* sein, damit er dieses Tor nach Hause öffnen kann.« Sie wusste, dass es ihre Schuld war, und umso unerträglicher fand sie ihre Lage. Indem sie der Dunkelheit beim Kampf mit Eric nachgegeben hatte, war das dunkle Herz überhaupt erst so stark geworden und vielleicht blieben ihnen auch deshalb nur zwei Tage. Zumindest hatte sie ihrem Bruder seine Aufgabe deutlich erschwert und Bens abgekämpfte Kinderstimme hatte ihr ohnehin in der Seele wehgetan.

»Wir müssen es doch irgendwie versuchen«, erwiderte Nick verzweifelt. »Vielleicht kann uns Elif mit den Menschen in der Burg helfen.«

Anna nickte schwach.

»Pan und Eric werden nicht mitkommen können«,

sagte sie und irgendwie wurde ihr jetzt erst klar, was es bedeutete, dass sie gestorben waren. Es würde kein Heimkommen für die beiden geben, und ganz egal, wie schwer es sein würde, für Nick und sie bestand zumindest noch eine Chance. Nick legte den Arm um sie und sie saßen wie so oft in den letzten Tagen da.

»Meinst du, er hat Pans Tod mitbekommen?«, murmelte Nick. »Hat er deshalb gesagt: alle, die noch leben?«

Anna erinnerte sich an etwas aus ihrer ersten Begegnung mit Bens Stimme zurück.

»Ich glaube schon. Er hat gesagt, er ist überall dabei. Vielleicht hat er sogar versucht, uns das zu zeigen.«

»So wie mit den Zeichen, die er dir gegeben hat?«

»Ja, das auch. Und erinnerst du dich an die Blüten, als Pan gespielt hat?«

»Du meinst, das war *er*?«, fragte Nick erstaunt.

Sie wusste es natürlich nicht sicher, aber ihr Gefühl sagte Ja, also nickte sie. Jetzt würde er zu so etwas kaum mehr die Kraft haben. Alles, was von Ben übrig war, brauchte er, um sich dort unten zu wehren.

»Dieses dunkle Herz«, sprach sie seinen Namen aus und dachte an die schillernde Schwärze, die sich wand und schlängelte und zu ihnen hinaufstieg, um sie zu verschlingen. »Was, glaubst du, ist das?«

»Ich weiß nicht«, erwiderte Nick stockend. »Irgendwas Schreckliches. Wie eine Wolke aus purem Hass.«

Manchmal hatte es wie eine Wolke gewirkt, überlegte Anna, aber dann auch wieder nicht. Seine Geräusche, das Zischen und Wüten, waren keine realen Geräusche gewesen. Sein Aussehen hatte sich ihren Augen immer wieder entzogen, als wäre es die ganze Zeit im Wandel. Am besten hatte sie fühlen können, was es war: Hass, Bosheit, Feindseligkeit. Allein die Erinnerung machte ihr jetzt noch eine Gänsehaut, und wenn sie daran dachte, dass Ben es auch in diesem Moment dort unten aushalten musste, traf sie wieder ein Stich. Sie musste ihn da rausholen, irgendwie.

»Wen könnte dein Bruder mit dem alten Mann gemeint haben, vor dem wir uns hüten sollen?«, überlegte Nick. »Álvaro?«

»Álvaro ist doch gar nicht so alt«, erwiderte Anna. Sie hatte kaum mehr an Bens letzten Satz gedacht.

»Ich weiß, aber wer sollte es sonst sein?«

Anna schüttelte nur ratlos den Kopf. Es hatte wichtig geklungen, doch es blieb wohl ein weiteres Rätsel.

Sie besprachen jedes Detail, jedes von Bens Worten und dem, was die Stimmen ergänzt hatten, doch sie gewannen keinerlei neue Erkenntnis daraus. Trotzdem konnten sie nicht einfach die Hände in den Schoß legen und dem Schicksal seinen Lauf lassen. Sie mussten etwas tun. Und da es ohnehin längst überfällig war, dass sie zu Elif in die Burg zurückkehrten, beschlossen sie, damit den Anfang zu machen.

Anna hätte gut eine Ruhepause brauchen können, um noch eine Weile hier bei Nick zu sitzen und zu sortieren, was sie gehört hatten. Aber gleichzeitig spürte sie jede Sekunde unerbittlich verstreichen. Zu groß war ihre Angst, an der Frist von zwei Tagen zu scheitern. Er küsste sie sanft auf die Schläfe, dann standen sie auf und machten sich auf den Weg in Richtung Burgmauer. Sie wollten durch den geheimen Durchgang und Elif finden, bevor die Morgendämmerung einsetzte und es ihnen zusätzlich erschwerte.

Als sie durch das Gewirr der Gassen von Weitem die ersten Mauerabschnitte entdeckten, fiel ihnen etwas auf.

»Die Mauer…«, murmelte Anna überrascht.

Aus ihrem Unterschlupf der letzten Tage hatten sie keine freie Sicht darauf gehabt. Ohnehin hatten sie sich nur um die Hallen und ihre kurzen Versorgungsetappen zum Brunnen gekümmert. In der Zwischenzeit musste Álvaro seine Leute wahrlich geknechtet haben, denn sie ragte nun deutlich höher über den umliegenden Dächern auf. Wer versuchte, von der Stadtseite aus hinüberzuklettern, würde von Wachen gut zu entdecken sein, denn das Licht des Gleißens erhellte die Mauer hier bei Tag und Nacht gleichermaßen.

»Sie haben sie verstärkt.« Nick klang nervös. »Meinst du, sie haben auch den Durchgang entdeckt?«

Anna hatte bisher gar nicht in Betracht gezogen, dass sie vielleicht gar keine Chance mehr haben würden, zu Elif durchzukommen. Jetzt, wo der Gedanke ausgesprochen war, schien es ihr im Gegenteil sogar wahrscheinlicher. Nach Levs Verschwinden war Álvaro sicher noch vorsichtiger geworden. Hoffentlich hatten sie es nicht zu lange hinausgezögert, zu Elif zurückzukehren.

Es gab nur einen Weg, es herauszufinden, also beschleunigten sie ihre Schritte noch. Die zwei Tage, die sie hatten, kamen Anna wie Fluch und Segen zugleich vor. So aberwitzig kurz die Frist auch war, sie erstickte jedes Zögern und jeden Zweifel: Was immer sie noch für Möglichkeiten hatten, sie mussten sie jetzt sofort nutzen oder sie würden ihnen nichts mehr helfen.

Zielsicher lotste Nick sie in die Gasse, über die sie damals aus der Burg geflohen waren. Dort ging er auf die Knie und kroch zu der Stelle mit den losen Steinen. Sie lag im Schatten der umliegenden Gebäude, daher gab es nicht viel Licht. Anna stand hinter Nick, während er die Mauer abtastete, und sie wurde immer unruhiger, derweil er Stein für Stein ausprobierte und keiner davon nachgab.

»Bist du sicher, dass wir ...« ... richtig sind, wollte sie gerade fragen, doch in dem Moment drang Nicks Hand in die Mauer, weil der Stein dahinter wegrutschte. Nick hatte wohl selbst nicht mit dem wenigen Widerstand gerechnet, denn der Stein rutschte auf der anderen Seite aus der Lücke und schlug mit einem dumpfen Poltern auf.

Anna fuhr zusammen und hielt den Atem an. Sie warteten einen Moment regungslos, aber es folgten keine Schritte oder Rufe.

Deutlich vorsichtiger zog Nick nun nach und nach weitere Steine heraus und Anna half ihm dabei, sie behutsam abzulegen. Als der Durchgang groß genug war, schlüpften sie hindurch auf die andere Seite. Von der Hütte, die hier gestanden hatte, waren weitere Teile eingestürzt. Anna erinnerte sich, dass sie schon bei ihrer Flucht baufällig gewesen war, das Beben vor ein paar Tagen musste ihr den Rest gegeben haben. Der Durchgang lag nun deutlich weniger geschützt, umso größer ihr Glück, dass er dennoch unentdeckt geblieben war.

Sie stapelten, so schnell sie konnten, ein paar Steine in das Loch und huschten dann zwischen die Trümmer. Ihre Tarnung des Durchgangs würde keinem zweiten Blick standhalten. Zusammengekauert warteten sie ab, bis ihr Herzschlag sich wieder etwas beruhigt hatte, dann wagte

Nick einen vorsichtigen Blick um die Ecke. Er zog den Kopf sofort wieder zurück.

»Eine Wache«, flüsterte er. »Oben an der Mauer. Kommt vom Eingangstor.«

»Hierher?«, erschrak Anna. Im Schatten der Mauer war es dunkel, aber von oben konnte man sie dennoch entdecken.

»Warte … jetzt!«, zischte Nick und sie rannten los. So geräuschlos wie möglich hasteten sie an der Mauer entlang. Anna warf einen Blick über die Schulter zurück. Dort war die Gestalt auf der Mauer. Seine Schultern und sein Kopf wurden vom Gleißen erhellt: einer von Maiks Jägern.

Das einzige Licht innerhalb der Mauer kam vom Brunnenplatz. Dort schien es ein kleines, flackerndes Feuer zu geben. Die Hütten um sie herum waren allesamt dunkel und niemand unterwegs, aber es war ja auch mitten in der Nacht.

Als sie endlich die nächste Hauswand erreichten, warfen sie sich dahinter. Beide rangen um Atem, bemüht, dabei nicht zu viele Geräusche zu machen. Sie wussten ja nicht, ob in der Hütte hinter ihnen vielleicht Enzo oder Maik schliefen oder wer sonst.

Nach zwei weiteren Etappen von Versteck zu Versteck sahen sie endlich das ehemals zweistöckige Gebäude, von dem nur das Erdgeschoss übrig war. Hier hatten sie sich zuletzt von Elif getrennt. Nach Luft japsend stürzten sie hinein, ehe der Wächter ihnen auf seiner Runde erneut nahe kommen konnte. Kaum waren sie durch den Eingang, stolperte Anna über etwas Großes am Boden. Ein erschrockenes Keuchen ertönte und ihr sprang das Herz bis zum Hals. Sie machte in der vollkommenen Dunkelheit einen Satz zur Seite, während die Gestalt vom Boden sich hektisch aufrichtete.

»Wer ist da?« Es war Elifs Stimme. »Macht ihr auf euren Patrouillen jetzt schon Hausbesuche?«

»Elif, wir sind es«, stieß Nick hervor und trotz all ihrer Sorgen hörte Anna die Freude in seiner Stimme, dass sie so weit gekommen waren. Anna selbst spürte eine tiefe Erleichterung. Sie hatten das Mädchen gefunden, ohne entdeckt zu werden, auch wenn das noch der leichteste Teil gewesen war.

Elif erwiderte nichts, sondern stürzte sofort an den Eingang und schien zu überprüfen, ob ihnen jemand gefolgt war.

»Es hat uns niemand …«, flüsterte Anna.

»Schhh!« Elif hob die Hand zum Zeichen, dass sie schweigen sollten. Nach ein paar Sekunden wandte sie sich ihnen zu.

»Jemand muss euch gesehen haben. Álvaro sagt, niemand nähert sich ungesehen der Mauer, besonders nachts.«

»Es war dunkel, wir waren leise«, erwiderte Nick. Sein Missgeschick mit dem Stein fiel Anna ein, aber nichts hatte sich danach gerührt. Elif schaute noch einmal hinaus, aber als sich nichts tat, schien sie endlich überzeugt.

»Wo zur Hölle wart ihr so lange?«, fuhr sie die beiden an. »Ihr wolltet gehen und die Kinder warnen, das war vor *sieben Tagen!*«

Anna und Nick schwiegen betreten.

»Habt ihr überhaupt eine Ahnung, was ich hier durchstehen musste? Hätten sie mich erwischt, wäre ich der nächste Verräter gewesen!«

Natürlich hatten sie damit gerechnet, dass Elif hinter der Burgmauer auf Kohlen sitzen würde, aber sie schien keinerlei Vorstellung zu haben, was Nick und sie selbst hinter sich hatten.

»Sie haben die Halle angezündet, in der wir alle geschlafen haben«, sagte Anna tonlos. »Ein Kind ist verbrannt, wir mussten fliehen.«

»V-verbrannt?«, flüsterte Elif entsetzt.

»Wir haben etwas in der Wüste gefunden, einen geheimen Zugang zu einem Ort unter der Stadt«, sprang Nick ihr bei.

»Was für einen *Zugang*? Was ist denn mit den anderen Kindern passiert? Warum habt ihr euch nicht versteckt? Ihr wusstet doch, dass Álvaro so etwas vorhatte.«

Gemeinsam erzählten sie zuerst von den Kindern in den Hallen, die sich als die Heuler herausgestellt hatten, und von Erics Sturheit. Dann von dem Brand und wie sie gemeinsam geflohen waren. Dass Nick und sie in der Wüste den Eingang nach unten gefunden hatten, ließ Anna eher wie einen Zufall klingen. Sie hatten keine Zeit, ins Detail zu gehen. Auch wie Eric ums Leben gekommen war, führte Anna nicht näher aus. Sie wollte ihren Anteil daran nicht verschweigen, aber als sie darüber ins Stocken kam, erzählte Nick einfach weiter. Er berichtete, wie die Kinder sie nach Erics Tod verstoßen hatten und dass sie Lev gefangen hielten. Das überraschte Elif, denn sie hatte nicht einmal von Levs Verschwinden gewusst.

»Ich dachte, er wäre noch bei den Plantagen«, flüsterte sie. »Und – als ich von euch so lange nichts gehört hatte …

Álvaro hätte uns bestimmt nichts verraten, wenn er euch …« Anna sah im fahlen Licht, das vom Eingang hereinfiel, dass Elif Tränen in den Augen hatte. »Ich hab geglaubt, dass ihr tot seid.«

Nick kam an Elifs Seite und nahm sie in den Arm, während Anna ihre Schulter streichelte. Anna mochte sich nicht ausmalen, welche Ängste Elif hier alleine ausgestanden hatte. Immer in Álvaros Machtbereich, ohne irgendwelche Informationen oder jemanden, mit dem sie hätte sprechen können. Anna dachte an all den Halt, den Nick ihr gerade in den letzten Tagen gegeben hatte, während der Albträume und Angstzustände.

Anna brachte ihre Erzählung mit dem zu Ende, was Ben ihnen mitgegeben hatte. Nick und sie hatten immer nur von der *Stimme* gesprochen, ohne zu erwähnen, dass sie von Annas Bruder kam. Dass sie ihnen helfen wolle fortzukommen, aber dass sie sich innerhalb von zwei Tagen alle dort unten versammeln müssten.

»Zwei Tage?«, fragte Elif entgeistert. »Und was passiert, wenn wir dann noch hier sind? Kommt dann dieses Böse, von dem ihr erzählt habt, hier rauf? Das dunkle Herz?«

»Wir wissen es nicht«, antwortete Anna. Natürlich hatte sie Vermutungen. Dass die Dunkelheit die ganze Stadt überschwemmen könnte, war eine davon. Eine andere, dass sie alle wie Ben zu körperlosen Stimmen in der Tiefe wurden, irgendwann nicht mehr als ein Echo im Abgrund. »Wir wissen es nicht«, bekräftigte Anna und schüttelte ihre Gedanken ab. »Auf jeden Fall werden wir keine Chance mehr haben, nach Hause zu kommen.«

»Wir müssen bis übermorgen einen Weg finden, dass

alle mit uns da runtergehen«, sagte Nick entschlossen. »Es muss irgendwie gehen, es wollen doch alle dasselbe!«

»Aber hier wird niemand auf euch hören«, wandte Elif ein. »Wenn ihr Álvaro mit der Geschichte kommt, sperrt er euch zu Jelena und Sinan und schickt seine Leute selbst in die Wüste.«

Anna konnte sich die Freude des dunklen Herzens vorstellen, wenn ein Enzo oder ein Maik in seine Nähe käme und sich ihm zur Verfügung stellte. Wenn die Dunkelheit dort unten überhaupt so etwas wie Freude empfand.

»Wir haben zwei Tage«, sagte Anna. »Wir müssen Jelena und Sinan befreien und danach Lev. Dann können wir einen Plan machen. Wir müssen irgendwie alle zusammenführen, es ist der einzige Weg!«

»Ihr habt Álvaro seit einer Woche nicht gesehen«, sagte Elif niedergeschlagen. »In seinem Kopf hat er sich längst zum Kaiser gekrönt. Wahrscheinlich will er gar nicht mehr hier weg. Die Versammlungen sind ein Witz geworden, noch mehr als vorher. Álvaro gibt uns im Grunde gar keine Informationen mehr und niemand verlangt nach welchen. Es reicht ihnen, dass sie gut versorgt sind und die immer gleiche Leier hören, dass unsere tapferen Jäger da draußen gegen all die Gefahren vorgehen.«

Anna dachte an Kyle, wie er am Brunnen stand und sich wie manisch Gesicht und Arme zerkratzte, vermeintlich im Kampf für die Sicherheit der Burgbewohner.

»Wo hat er Jelena und Sinan?«, fragte sie Elif. Sie verloren Zeit und Elifs Bedenken halfen nicht. Wenn sie schon Probleme hatten, *sie* zu überzeugen, wie sollten sie dann erst einen Álvaro oder einen Peter dazu bringen, ihnen in die Wüste zu folgen.

»Ich glaube, in dem Gebäude links vom Haupthaus«, antwortete Elif. »Auf der anderen Seite von dort, wo ihr euch damals versteckt habt.«

»Du glaubst?«, hakte Anna nach. Sie brauchten Gewissheit, mehr als eine Chance würden sie nicht bekommen.

»Du kannst da nicht einfach reinspazieren und mal eben nachsehen«, verteidigte sich Elif. »Da drin schlafen Maik und Enzo, wenn sie hier sind, oder zumindest Männer, denen Álvaro vertraut. Tagsüber sind auch immer Wachen da und durch die Fenster sieht man nichts. Aber ich habe alles andere abgesucht, alles auf den Kopf gestellt. Álvaro kann sie nur in dem einen Gebäude gefangen halten, ich bin sicher.« Sie klang, als wollte sie sich selbst überzeugen.

»Und wie bekommen wir sie da raus?«, fragte Nick.

»Wir müssen eine Ablenkung vorbereiten, damit Álvaro die Wachen wegschickt«, schlug Elif vor. »Dann kann einer von uns reinschlüpfen und vielleicht mit den beiden sprechen. Wenn wir dann mehr wissen, zum Beispiel ob wir einen Schlüssel brauchen oder so, dann können wir einen Plan machen, wie wir sie befreien.«

»Und dann wieder von vorne anfangen? Noch eine Ablenkung, um sie im zweiten Anlauf zu befreien?«, fragte Anna verzweifelt. »Das dauert viel zu lange. Uns läuft die Zeit davon!«

»Sobald die Wachen das Loch in der Mauer finden, werden sie wissen, dass etwas nicht stimmt«, warf Nick ein. »Dann können wir sie nicht mehr überraschen, auch nicht mit einer Ablenkung.«

»Das Loch haben sie jetzt eine Woche nicht entdeckt«, widersprach Elif.

Ehe Nick anfangen konnte, Elif zu erklären, dass es nun weit schlechter getarnt war, hatte Anna schon einen Entschluss gefasst.

»Wir machen es jetzt«, sagte sie. Und in Gedanken wiederholte sie die Formel, an die sie sich klammerte: zwei Tage, kein Zögern, keine Zweifel.

In höchster Not

Elif erklärte sie zunächst für verrückt, aber es war nun mal eine Tatsache, dass sie keine Zeit hatten, es vorsichtig anzugehen. Sie mussten es darauf ankommen lassen, und wenn sie scheiterten, hatten sie es zumindest versucht.

Annas ganze Hoffnung war, dass in der Nacht die Wachen hauptsächlich auf der Mauer patrouillierten. Die hatten sie ja bereits hinter sich. Wenn Elif recht mit dem Ort hatte, an dem Álvaro seine Gefangenen einsperrte, und wenn dort nur wenige oder gar nur ein Mann Wache hielt, dann konnte Elif diesen vielleicht in ein Gespräch verwickeln, während Nick und Anna sich hineinschlichen. Es waren zwei »Wenns«, auf die sie keinen Einfluss hatten, und damit zwei zu viel, aber es konnte klappen. Sobald sie Jelena und Sinan befreit hatten, mussten sie improvisieren. Wenn niemand Alarm schlug, konnten sie vielleicht wieder durch das Loch aus der Burg entwischen, durch das sie gekommen waren.

Sie beobachteten die Mauer für ein paar Minuten aus Elifs Unterschlupf. Als die Wache von vorhin auf ihrem

Weg in Richtung Tor vorbeigekommen war, wagten sie sich vorsichtig aus ihrer Deckung. Sie schlichen zwischen den Hütten hindurch. Jedes Scharren, jedes Rascheln unter ihren Füßen schien ihnen in der Stille laut genug, eine ganze Armee zu wecken. Anna hatte kein Gefühl dafür, wie lange es noch bis zum Tagesanbruch sein mochte. Noch ein Grund mehr, sich zu beeilen.

Kurz bevor sie den Schutz der heruntergekommenen Behausungen verließen, bewegte sich auf einmal etwas direkt neben Annas Füßen. Sie erschrak, doch es waren nur zwei aufflatternde Vögel. Adrenalin kribbelte in ihrem Körper, so angespannt war sie. Während die Vögel sich auf einem der Dächer niederließen, fiel Anna auf, dass sie schon seit Tagen keine anderen Tiere mehr gesehen hatte. Vermutlich waren die Vögel, die die Brunnen leicht erreichen konnten, die letzten Tiere, die noch nicht verdurstet waren.

Auf dem Weg zum Brunnenplatz, um den sich das Haupthaus und seine Nebengebäude gruppierten, gab es keine weitere Deckung. Sie würden einfach auf ihr Glück hoffen müssen, wenn sie die freie Ebene überquerten. Sie sahen sich gegenseitig an, und Anna bewegte lautlos die Lippen. Die Schrecksekunde von eben machte es nicht leichter, sich aus dem Schutz der Häuser zu wagen. »Macht euch bereit …« Anna nahm all ihre Entschlossenheit zusammen. »Los«, flüsterte sie und rannte.

Sie zählte in Gedanken die Sekunden, während sie schutzlos über die Ebene hasteten und für jeden, der in ihre Richtung sah, klar zu erkennen sein mussten. 1 … 2 … 3 … 4 …, als hätte ihnen irgendeine höhere Macht zehn Sekunden gewährt, während denen sie unentdeckt bleiben würden. Sie lief, so schnell sie konnte. ... 5 ... 6 ..., zumindest den Kampf gegen die Panik machte es leichter, die ihr sonst wohl die Glieder gelähmt hätte. ... 7 ... 8 ... 9, die Gebäude rund um den Brunnenplatz kamen näher, aber so schrecklich langsam. Der Lichtschein des kleinen Feuers, das sie schon von der Mauer aus gesehen hatten, tanzte und flackerte.

... 10. Keuchend erreichte sie die Rückwand, die ihnen am nächsten stand, und schmiegte sich sofort daran. Elif und Nick kamen fast zeitgleich mit ihr an. Ihre Beine brannten und waren schwer wie Blei. In diesem Tempo hätte sie vermutlich keinen weiteren Schritt mehr zustande gebracht. Als sie einen raschen Blick um die Ecke warf, sah sie, dass das Feuer auf dem Brunnenplatz verlassen war. Auf einem einzelnen Stück Holz züngelte eine Flamme in einem Nest aus Glut. Kein Mensch war zu sehen.

»Hier drin müssen mal Ställe gewesen sein«, flüsterte Elif und deutete auf die Wand in ihrem Rücken. »Es sind lauter Käfige drinnen aufgebaut, aus Bambus oder so was. Jelena und Sinan müssen in dem flachen Gebäude auf der anderen Seite des Brunnens sein. Gleich neben dem Haupthaus.«

Dass sie niemanden sahen, machte es fast schlimmer, fand Anna. So wussten sie nicht einmal, wessen Blicken sie ausweichen mussten, als sie sich auf der Rückseite um die ringförmig angeordneten Gebäude schlichen. Sie kamen an dem Lager vorbei, in dem sie damals Schutz gesucht hatten und auf Elif gestoßen waren. Anna fragte sich unwillkürlich, wie viele der Dinge darin einmal zu den vielen Stimmen gehört hatten, die ihr aus dem Abgrund zugewispert hatten. Auch an Álvaros Haupthaus kam sie vorbei, wo sie beobachtet hatten, wie er Jelena aus dem Weg geräumt hatte. Hier trauten sie sich nur auf Händen und Knien weiter, aus Angst, jemand könnte hinter den Fensterlöchern nach draußen spähen und sie entdecken. Kein Geräusch durchbrach die Stille, kein Laut war zu hören. Es war gespenstisch.

»Hier ist es«, flüsterte Elif, als sie die angrenzende Rückwand erreicht hatten. »Ihr könnt aufstehen, die Fenster sind blind.«

Tatsächlich waren die Löcher in der Wand vermauert. Anna konnte sich nicht erinnern, ob das schon in der Nacht ihrer Flucht so gewesen war. Zumindest war es ihr nicht aufgefallen.

»Der Eingang ist auf der anderen Seite, am Brunnenplatz. Bestimmt ist da eine Wache.«

»Bei dem Feuer stand keine«, flüsterte Anna, doch Elif ließ sich nicht beirren.

»Es ist immer eine da. Umso schlimmer, wenn wir nicht wissen, wo.«

Wie in Zeitlupe arbeiteten sie sich um das Gebäude voran. Kein Schritt, ohne mit dem Fuß vorher prüfend den Boden zu betasten, denn jedes noch so kleine Geräusch konnte sie verraten und alles scheitern lassen.

»Ich gehe alleine vor«, flüsterte Elif, als sie am Eck angekommen waren. »Wer immer da drin ist, ich versuche ihn rauszulocken und dann schleicht ihr euch rein.«

»Und wenn sie zu zweit sind und noch jemand drinnen bleibt?«, entgegnete Anna leise.

»Ich hab doch gesagt, das ist Wahnsinn!«, zischte Elif. »Ich kann keine zwei Wachen auf einmal beschäftigen.«

»Wenn jemand drin bleibt, dann versuchst du, uns

zu warnen«, versuchte Nick sie mit ruhiger Stimme zu beschwichtigen. »Du kannst ihm ja im Rausgehen irgendwas zurufen, ob er nicht doch mitkommen will oder so. Das hören wir auch.«

Elif schnaubte leise. Anna sah sie einmal tief durchatmen, dann trat sie aufrecht hinter der Ecke hervor auf den Brunnenplatz. Man hörte ihre knirschenden Schritte zum Brunnen und den Wassertrögen, dort verharrte sie. Wasser plätscherte. Trank sie etwa?

»H-hallo?«, tönte Elifs Stimme danach verhalten in die Stille hinein. »Ist hier jemand?«

Anna hörte wieder Schritte, als Elif vom Brunnen auf das Gebäude zutrat.

»Hallo?«, fragte sie erneut. Es klang dumpfer, sie sprach wohl in den Eingang hinein. »Da … da ist was im Brunnenwasser.«

Anna hatte die Kiefer vor Anspannung zusammengepresst. Sie musste sich zwingen, sie zu lockern. Noch immer keine Antwort des Wächters. Würde er den Köder nehmen und mit Elif zum Brunnen gehen? Und würde das reichen, damit Nick und sie in das Gebäude schlüpfen konnten? Der Eingang war ein paar Meter die Wand entlang.

Doch nichts passierte und Annas ungutes Gefühl verstärkte sich immer mehr. Da, wieder zwei Schritte.

»Hey, kommt raus«, flüsterte Elif und Nick zuckte neben Anna zusammen, »hier ist nur einer und der schläft.«

Sie schlichen ihr nach. Anna musste allen Mut aufbringen, um auf den Brunnenplatz im Feuerschein hinauszugehen. Wenn jemand aus dem Haupthaus den Platz im

Auge hatte, so wie Enzo in der Nacht ihrer Flucht, dann hätte er sie jetzt alle im Visier. Elif folgend betraten sie auf Zehenspitzen das flache Haus. Kein Licht fiel nach drinnen, bis auf den flackernden Feuerschein, der zuckende Schatten über die Wände schickte. Rechts am Boden war eine Pritsche, links an einer Wand mit Durchgang eine zweite. Auf der rechten Pritsche lag die schlafende Gestalt mit dem Gesicht zur Wand.

Das türkische Mädchen nickte stumm in Richtung des Durchgangs zu ihrer Linken. Dahinter war es noch dunkler. Sie folgten ihr mit klopfendem Herzen und Anna tastete die Wand hinter dem Durchgang ab, um sich orientieren zu können. Dort stand eine weitere Pritsche, doch niemand lag darauf. Als sich ihre Augen an die Dunkelheit gewöhnten, sah sie einen großen rechteckigen Umriss auf dem Boden und einen zweiten, unförmigen daneben. Elif ging davor auf die Knie. Sie streckte eine Hand aus und berührte etwas auf dem Boden. Zitternd streckte sie die Finger nach oben. Es sah aus, als wäre dunkle Farbe daran.

»Blut«, keuchte sie.

Und plötzlich konnte Anna den unförmigen Umriss einordnen: Es war ein zusammengekrümmt daliegender Mensch. Elif lehnte sich sofort über ihn. »Ich glaube, er atmet noch …«

Anna war der Schock bis in die Zehenspitzen gefahren. Was hatte sich hier abgespielt? Einem schrecklichen Verdacht folgend schlich sie sich zurück in den Raum mit dem Schlafenden.

»Was machst du?«, flüsterte Elif entsetzt, als Anna sich der Pritsche näherte und sich hinunterbeugte. Nick folgte ihr zögerlich, während Anna nur ein paar Zentimeter vom Kopf des Wächters verharrte.

»Der hier atmet nicht mehr«, murmelte sie, und ein zweiter Schauder lief ihr den Nacken hinunter. »Er ist tot.«

Nick war wie versteinert. »Wir müssen hier weg«, flüsterte er entgeistert.

»Tot?«, fragte auch Elif entsetzt. »Aber wer …?«

Anna wusste es nicht, aber sie durften jetzt nicht den Kopf verlieren. »Das ist unsere einzige Chance«, flüsterte sie und versuchte damit auch die eigene Panik niederzukämpfen. Vor ihnen lag ein Verletzter, hinter ihnen ein Toter. War der Mörder noch in der Nähe? Beobachtete er sie in diesem Augenblick, bereit, erneut zuzuschlagen? »Wir können jetzt nicht aufhören. Elif, schnell, was ist da am Boden?«

Anna berührte Nick am Arm, der immer noch wie erstarrt stand, und spürte, wie er zitterte.

»Nick«, sagte sie seinen Namen. »Nick, wir kommen hier wieder raus.«

Er wischte sich mit der Hand übers Gesicht, wie um einen bösen Traum abzustreifen. Währenddessen hatte Elif damit begonnen, den rechteckigen Umriss am Boden abzutasten.

»Ein Felsblock oder so was«, flüsterte sie.

Nick schien sich langsam von seinem Schock zu erholen. Sie mussten sich beeilen, Anna spürte die Präsenz des Toten und des Bewusstlosen, als würden die beiden sie beobachten. Sie wollte nichts wie weg von diesem Ort. Als sie hinüberging, um Elif zu helfen, stolperte sie über eine Unebenheit am Boden. Sie fiel schmerzhaft auf die Knie.

»Alles o. k.?« Nick wollte ihr aufhelfen, aber Anna hatte den Stein gefunden, an dem sie umgeknickt war. Er hatte eine scharfe Kante auf einer Seite und lag gut in der Hand. Sie konnte ihn kaum sehen, aber er fühlte sich vertraut an. Ob es dieser oder ein ähnlich gearbeiteter Stein gewesen war: Sie selbst hatte mit so einem improvisierten Werkzeug wenige Meter von hier Schweinefleisch zerteilt. An der stumpfen Seite, wo sie ihn hielt, war er feucht vom Blut des am Boden liegenden.

Ehe sie ihre Gedanken sortieren konnte, hörte sie ein Schaben und der Steinquader neben ihr bewegte sich.

»Helft mir«, ächzte Elif und Nick ging ihr zur Hand.

Mit aller Kraft stemmten sie sich gegen den Quader und er setzte sich Stück für Stück in Bewegung. Anna ließ den blutigen Stein liegen und half. Als sie den Quader ein paar Zentimeter zur Seite geschafft hatten, schlug den dreien auf einmal ein bestialischer Gestank entgegen. Es roch wie nach einer Mischung aus Kanalisation und Raubtierkäfig. Stöhnend wandte Anna ihr Gesicht ab.

»Sinan?«, flüsterte Elif in das Loch, das sie unter dem Quader freigelegt hatten.

»H-hallo?«, antwortete eine schwache Frauenstimme.

»Jelena?«, überwand Anna sofort ihren Ekel und kauerte sich neben Elif an das Loch. »Jelena, bist du das?«

»Anna«, antwortete die Stimme erleichtert, die Anna kaum als Jelenas erkannt hätte.

»Wir holen dich hier raus, ist Sinan bei dir?«

Nick sah sich hinter Anna nervös nach dem Eingang um. Anna selbst rechnete jeden Moment damit, dass jemand hereinstürzen und sie überwältigen würde. Wer immer die Wächter überfallen hatte: Sie wollte nicht hier sein, wenn er wieder kam.

»Ja, Sinan ist hier …« Elif atmete hörbar auf. »Nick, Anna, seid ihr das wirklich?« Jelena schien es nicht glauben zu können.

»Schnell jetzt«, sagte Anna und mit einem letzten Ruck schoben sie den Quader weg. Nick und Anna streckten die Hände nach unten, doch niemand griff danach.

»Ihr müsst zuerst Sinan hochziehen«, sagte Jelena.

»Was ist mit ihm?«, fragte Elif besorgt.

Anna erkannte mittlerweile eine Art Kellergrube. Sie schien nicht groß zu sein, kaum mehr als eine Art Schacht unter dem Loch in der Erde.

»Er ist schwach, wartet, ich richte ihn auf.«

Sie hörten ein angestrengtes Stöhnen, eine zweite Stimme, dunkler, keuchte ebenfalls auf, dann eine Bewegung.

Nick und Anna packten zu und bekamen etwas zu fassen. Da waren Haare, der Kopf dazu baumelte kraftlos zur Seite, dann eine Schulter. Sie hievten Álvaros Gefangenen nach oben und Elif stützte ihn, damit er sich dabei nicht verletzte. Ein weiteres Stöhnen entwich den Lippen des Mannes. Er stank fürchterlich.

Danach halfen sie Jelena aus dem Loch. Sie wirkte zwar ebenfalls schwer mitgenommen, doch Sinan war in deutlich schlechterer Verfassung. Im Aufrappeln landete Jelena mit der Hand in der Blutlache auf dem Boden.

»Blut? Habt ihr…?«

»Nein, aber wir haben keine Zeit«, drängte Anna. »Wir müssen euch hier rausbringen, los jetzt!«

Sie wollte mit Nick Sinan stützen, doch Elif bestand darauf, selbst zu helfen, also überließ Anna ihr Sinans rechte Schulter. Der Türke schien kaum mehr Kraft zu haben als die alte Griechin, als sie sie damals aus der Kirche mitgenommen hatten.

Während sie eilig auf den Brunnenplatz hinaustraten, murmelte Sinan irgendein Wort, das Anna nicht verstand. Sie dachte zunächst, er spräche im Fieber, aber Elif übersetzte.

»Er braucht Wasser!«

Das Feuer war endgültig ausgegangen, nur die Glut schwelte noch etwas und trotzdem war es heller als zuvor. Der Morgen brach an.

»Wir müssen auf die andere Seite der Mauer«, drängte Anna. »So schnell wie möglich!«

Am liebsten hätte sie einfach die Beine in die Hand genommen, aber Sinan war vermutlich am Rande des Verdurstens. Nick und Elif setzten ihn vorsichtig vor einem der Tröge ab und er trank mit gierigen Schlucken. Auch Jelena schöpfte Wasser mit den Händen und trank. Anna erschrak, als sie die Polin im Licht nun besser sah, denn sie war kaum wiederzuerkennen. Ihr Gesicht unter den teils wirren, teils zum Pferdeschwanz gebundenen Haaren schien nur aus Augenringen und den Schatten ihrer hohlen Wangen zu bestehen. Die Brille musste sie verloren haben und zwischen den Augen zeichnete sich noch immer eine dünne rote Linie ab, wo Álvaro ihr die Nase gebrochen hatte.

»Wie kommen wir raus hier, das Tor wird doch sicher

bewacht?«, fragte Jelena, nachdem alle ein paar Schlucke genommen hatten. »Und was ist da drinnen mit den Wachen passiert?«

»Wir wissen es nicht«, antwortete Anna. »Es war alles schon so, als wir gekommen sind. Wir müssen schnell hinüber zu den Hütten.«

Endlich hatten Nick und Elif Sinan wieder hochgeholfen und sie setzten sich in Bewegung. Es ging alles viel zu langsam. Während sie auf die offene Ebene hinaustraten, wurde es immer heller. Anna entdeckte die Wachen am Tor, zwei kleine Gestalten in der Ferne.

»Schneller, schneller!« Sie stolperten und stürzten vorwärts. Sinan kämpfte augenscheinlich und bemühte sich, seine Helfer zu entlasten, aber seine Beine gaben immer wieder unter ihm nach.

»He!«, rief jemand hinter ihnen und Anna drehte sich erschrocken um. »He, ihr da!« Die Gestalt war von der anderen Seite auf den Brunnenplatz getreten. Es war also doch noch jemand außer ihnen dort gewesen. Vielleicht eine Leibwache bei Álvaro im Haupthaus.

»Scheißescheißescheiße«, presste Elif durch zusammengebissene Zähne, Sinans Arm auf ihrer Schulter.

»Lauft!«, rief Anna, nahm Jelena an der Hand und rannte los. Obwohl sie kaum mehr Kraft in den Beinen hatte, zwang sie sich mit nichts als ihrem bloßen Willen zum Laufen. Sie betete, dass die anderen Schritt halten konnten, denn schon Jelena kämpfte mit dem Tempo, das sie anschlug. Auch die Torwächter gaben die Rufe ihres Verfolgers nun zurück.

»Halt! Bleibt stehen!«

Als sie die ersten Hütten erreichten, meinte Anna, ihr

Herz müsse explodieren, so heftig schlug es in ihrer Brust. Die Panik verschleierte ihre Wahrnehmung und hatte die Kontrolle übernommen. Doch es war keine lähmende Panik, stattdessen war sie wie im Tunnel, zögerte keine Sekunde und rannte mit Jelena weiter in Richtung des Mauerdurchgangs.

Keine fünf Sekunden später drangen auch ihre Verfolger in das Labyrinth der Häuser ein.

»Wo sind sie?«, fragte eine Stimme.

»Du gehst hier lang«, befahl eine andere, »ich suche da, die kommen nicht weit.«

Es war noch ein Stück bis zur richtigen Stelle in der Mauer und Annas Beine hatten immer mehr Mühe, ihrem Tempo zu folgen. Wie musste es erst den anderen gehen?

»Anna«, keuchte Elif auf einmal, »Anna, hilf mir!«

Anna vermutete, Elif müssten die Kräfte ausgegangen sein. Sie wies Jelena die Richtung und ließ sich zu Nick und Sinan zurückfallen. Hastig nahm sie Elifs Position an Sinans Seite ein, der nur noch mitgeschleift wurde, und hörte die Stimmen ihrer Verfolger immer näher kommen.

»Da lang!«, rief einer.

Elif löste sich von ihnen und ließ plötzlich ein schrilles Heulen erklingen, dass Anna zusammenzuckte. Hoch und spitz, offensichtlich der Schrei eines Mädchens und kaum zu verwechseln mit dem der Kinder. Dennoch schlich sich Verwirrung in die Rufe der Wachen, während Elif sich in eine Seitengasse schlug.

Anna war überrascht von Elifs Manöver, doch sie musste sehen, dass sie gemeinsam mit Nick Sinan vom Fleck bekam. Sie strebten dem Mauerdurchbruch entgegen, so schnell sie konnten, und doch fühlte es sich zu langsam an. Jelena hatte die Stelle bereits entdeckt und fast erreicht. Die zwei schlampig aufgeschichteten Ziegelstapel, die Anna und Nick hinterlassen hatten, füllten das Loch nicht ansatzweise aus und so war es kaum zu verfehlen.

Als auch ihr Dreiergespann fast am rettenden Ausgang angekommen war, warf Anna einen Blick zurück. Elif rannte durch eine schmale Gasse auf sie zu, Wachen waren keine zu sehen.

Beeil dich, dachte Anna, *raus hier!*

Jelena räumte vor ihnen die Steine beiseite und verschwand in dem Loch. Anna stützte Sinan, während Nick ebenfalls in den Durchgang kroch. Bevor Sinan an der Reihe war, drehte sich Anna erneut zu Elif um: Sie kam gerade bei den letzten Häusern an, da brach an anderer Stelle eine Wache zwischen den Hütten hervor.

»Hier sind sie!«, schrie der Mann sofort.

Elif stoppte aus vollem Lauf und duckte sich zurück in Deckung. Die anstürmende Wache schnitt ihr den Weg zur Mauer ab. Nick nahm gerade Sinan durch das Loch entgegen. Anna wollte Elif helfen, aber wie?

Das türkische Mädchen sah sich gehetzt um und verschwand dann zurück dorthin, wo sie hergekommen war. Keinen Moment zu spät, denn schon brachen weitere Männer zwischen den Häusern hervor.

»Anna!«, rief Nick von hinter der Mauer. »Anna, komm raus, worauf wartest du?«

Der erste Verfolger hatte schon die halbe Strecke hinter sich. Es war Bogdan, einer der Jäger, die mit Maik das Schwein erlegt hatten.

»Da ist ein Loch in der Mauer! Sie fliehen!«

Endlich erwachte Anna aus ihrer Erstarrung und stürzte sich in den Durchbruch. Sie krabbelte nach vorn, um sich auf die andere Seite zu retten, doch da spürte sie eine Hand am Knöchel. Bogdan musste einen Sprint hingelegt und sich nach vorne gehechtet haben, denn auf einmal schloss sich der Griff um ihren Fuß und sie fiel in den Staub.

»Er hat mich«, schrie Anna entsetzt und Nick ergriff sofort ihre Hand.

»Lass sie!«, brüllte er. »Lass sie los!«

Jelena packte ebenfalls zu. Es tat weh, als die Polin und Nick an Annas Armen rissen, doch sie spürte gleichzeitig, wie dem Jäger bei dem plötzlichen Ruck ihr Fuß entglitt. Halb robbte sie aus dem Durchgang, halb zog Nick sie nach draußen. Hinter ihr kam jemand nach und dann sah Anna aus dem Augenwinkel einen Schatten niederfahren.

Sie hörte einen dumpfen Schlag und drehte sich gehetzt um. Dort lag Bogdan, bewusstlos, die Hand nach ihr ausgestreckt, halb auf dieser, halb auf der Burgseite der Mauer.

»Das Mädchen?«, fragte Jelena, den Stein, mit dem sie zugeschlagen hatte, noch immer in der Hand.

»Hat es nicht bis zur Mauer geschafft«, keuchte Anna, während sie sich aufrappelte.

»Elif hat es nicht geschafft? Wir können sie doch nicht hier zurücklassen!«, protestierte Nick entsetzt, zusammen mit Jelena hatte er gerade Sinan auf die Beine geholfen.

»Sie haben sie nicht entdeckt«, erklärte Anna. »Sie wissen nicht, dass sie uns geholfen hat. Aber es kommen mehr, wir müssen weg hier, *sofort*!«

Anna sah förmlich, wie es in seinem Kopf arbeitete, aber es gab keine andere Lösung. Wenn sie nicht hier und jetzt scheitern wollten, dann mussten sie sich in Sicherheit bringen, bevor sie alle in Álvaros Zelle landeten. Sie konnten Elif nicht helfen.

Sie rangen sich zum Weiterlaufen durch und Anna warf einen Blick zurück. Sie betete, dass die nächsten Wachen sich von ihrem bewusstlosen Kameraden abschrecken lassen und auf Verstärkung warten würden. Wenn sie ihnen folgten, würden sie mit Sinan keine Chance haben, den Männern zu entkommen.

Immer wieder schlugen sie Haken, während sie tiefer und tiefer in die Stadt eindrangen. Als sie endlich sicher waren, dass ihnen tatsächlich niemand mehr folgte, kauerten sie sich zu viert hinter eine Mauer. Bleierne Erschöpfung lähmte Annas Glieder, als das Adrenalin langsam nachließ. Sie hatten Jelena und Sinan bei sich, beide Gefangene waren befreit, aber sie hatten auch einen hohen Preis bezahlt.

Elif hatte zurückbleiben müssen und sie konnten nur hoffen, dass die Wachen sie tatsächlich nicht schon vorher erkannt hatten. Auch ihr geheimer Durchgang zur Burg war nun keiner mehr, sie würden ihn nicht wieder benutzen können. Und da war noch etwas, was in Anna rumorte: der blutige Stein. War er tatsächlich Teil des Werkzeugs gewesen, mit dem sie das Schwein zerlegt hatten? Wenn das Werkzeug immer noch in Maiks Obhut war, hieß das, der Anführer der Jäger hatte die beiden Wachen überwältigt und eine davon umgebracht? Aber selbst wenn, wusste Anna immer noch nicht, ob es alles geplant gewesen war: ob er in Álvaros Auftrag gehandelt hatte, um ihnen die Morde anzuhängen. Ohne den Durchgang in der Mauer wären sie sicher nicht entkommen.

Die andere Möglichkeit war, dass Maik ihnen hatte helfen wollen und dass er ein doppeltes Spiel mit Álvaro trieb. Doch auch wenn der Wächter tatsächlich für sie hatte sterben müssen und wenn sein Mörder ihr mit dem Stein ein Zeichen hatte hinterlassen wollen, hätte Anna keinesfalls Dankbarkeit dafür empfinden können. Es war eine weitere Leiche, die in jedem Fall an diesem Ort zurückbleiben würde.

Der alte Mann hastete durch die Wüste. Die Ereignisse überschlugen sich und er wurde in ihrem Strudel mitgerissen, statt die Dinge in Ordnung zu halten, wie es eigentlich seine Aufgabe war.

Das dunkle Herz war stark geworden, zu stark. In dieser Phase war es normal, dass es zu spüren war. Selbst dass es Zerstörung an der Oberfläche anrichtete, war schon vorgekommen, besonders wenn unter den Neuankömmlingen Kämpfe tobten. Aber einen Angriff wie den neulich, der das Loch am Horizont hinterlassen hatte, so einen hatte es noch nicht gegeben.

Die Dunkelheit hatte ihr Gefängnis in den Grundfesten erschüttert und es um ein Haar gesprengt, und das alles wegen dieser denkbar unwahrscheinlichen Konstellation: Geschwister in aufeinanderfolgenden Zyklen. Doch jede Unwahrscheinlichkeit war in einer unendlichen Abfolge eben auch nur eine Frage der Zeit. Der Alte hatte sich Vorwürfe gemacht, doch niemand hätte die Reaktion der beiden vorhersehen können. Niemand hätte *wissen* können, dass die Ankunft der Schwester ausreichen würde, um den Jungen, der längst geerntet worden war, wachzurütteln ... und nun schien er zu allem entschlossen.

Der Alte erreichte das Tor und war nicht überrascht, es offen vorzufinden. Wie oft hatte er sich danach gesehnt, noch einmal hinunterzusteigen. Jetzt hätte er gern darauf verzichtet, wenn nur die Ordnung dadurch wiederhergestellt gewesen wäre. Mit gemischten Gefühlen wandte er sich nach unten.

Er erschrak angesichts des Sternenlichts, das auch unter der Oberfläche eingedrungen war. Der Schirm, den die Erbauer über die Stadt gespannt hatten, schützte sie vor dem gleißenden Licht, das diesen Ort sonst in ein feuriges Inferno verwandelt hätte, ohne jeden Unterschied zwischen Tag und Nacht. Es war das Licht der Unendlichkeit und viele der Millionen Sterne, die es einst ausgesandt hatten, waren schon verglüht, bevor die Welt der heutigen Neuankömmlinge überhaupt entstanden war. Es war eine Besonderheit dieses Orts, dass er nicht, wie der Rest des Universums, dem stetigen Wandel unterworfen war. Er existierte außerhalb seiner Grenzen und nur so konnte er seinen Zweck erfüllen.

Der Alte trat zögerlich in den Raum am Fuß der Treppe und wandte sich dem Rundgang zu, statt sofort auf den Steg hinauszutreten und den Jungen zur Rede zu stellen. Er redete sich ein, dass er die Schäden hier unten prüfen müsse. In Wahrheit konnte er der Versuchung nicht widerstehen, die vertrauten Orte seiner Kindheit aufzusuchen. Der Gang führte außen herum um den großen Schacht, den man auch mittels der Stege überqueren konnte. Zu seiner rechten führten hermetische Türen auf die unterirdischen Felder. Sie waren von Beginn an so angelegt gewesen, dass die Früchte von der Decke wuchsen und ihr Licht vom Boden erhielten, das erleichterte die Ernte. Als sie den Plan gefasst hatten, Neuankömmlinge an der Oberfläche anzusiedeln, hatten sie deren Versorgung gewährleisten müssen, denn es gab keinen Regen und kein natürliches Wachstum dort oben.

Sie hatten die Decke über den unterirdischen Feldern aufgebrochen und den Nährboden bis an die Oberfläche aufgeschüttet. Über den frisch angelegten Äckern hatten sie die Hallen errichtet. Deren organisches Material sorgte für Feuchtigkeit und ein ausreichendes Lichtspektrum.

Sie hatten den Menschen sogar die Verarbeitung der Feldfrüchte erleichtert, doch wie der Alte mitbekommen hatte, herrschte in den Hallen nur noch Wildwuchs. Die Maschinen, die das einst sprießende Korn aus den Halmen lösen und zugleich zu Mehl zermahlen sollten, befanden sich oben gleich neben den Hallen. Sie waren vor einer halben Ewigkeit zu wummerndem Leben erwacht. Vielleicht ein fehlgeleiteter Hilferuf einer Seele im Augenblick der Ernte, als ihr Bewusstsein mit dem der Stadt verschmolzen war. Seitdem war das stete Dröhnen im Boden zu spüren, ohne dass es irgendeinem Zweck gedient hätte.

Rote Lichter neben den Türen zeugten davon, dass sie verschlossen waren, so wie die vielen tausend anderen hier unten, die zu Lagern, Wohnräumen, Werkstätten und allem möglichen führten. Verriegelt, verwaist und sich selbst überlassen. Nichts zeugte davon, dass dieser Ort einmal ein Ort des Lebens gewesen war. Nur der Schatten war übrig, der auch damals schon auf allem gelegen hatte.

Der Alte betrat einen weiteren runden Raum, durch den der Brunnenschacht führte, der oben vor den Hallen den Boden durchbrach. Das metallene Rohr hatte ursprünglich eine der beiden Hauptadern der Wasserversorgung hier unten gebildet. Sie hatten die Leitungen zur Oberfläche erweitert und für die ersten Ankömmlinge gekappt, die im Schweiß ihres Angesichts ihre primitiven Behausungen errichtet hatten. Den Lehm hatten die Menschen aus dem Boden gewonnen und getrocknet. Später hatten andere die Stellen an der Oberfläche gefunden, wo der Sand vor Hitze zu Glas geworden war. Die alten Fusionsöfen lagen darunter und die Ankömmlinge hatten deren Energieabstrahlung für ihre Öfen genutzt, um Ziegel zu brennen. Der Erfindungsreichtum dieses jungen Volkes hatte sie ein ums andere Mal zum Staunen gebracht. So sehr, dass sie versucht gewesen waren, den Populationen immer längere Entwicklungszeiten zuzugestehen. Doch sie hatten feststellen müssen, dass sich dadurch auch das Leid nur vergrößerte, das für jeden, der hier lebte, so unvermeidbar kam wie der Tod.

Der Alte riss sich zusammen und verscheuchte die Erinnerungen. Er spürte die Stärke der Dunkelheit sehr wohl, aber noch schien der Junge sie zurückhalten zu können. Nicht mehr lange, wenige Tage vermutlich. Würde es bis zur Ernte reichen? Nach allem, was vorgefallen war, konnte das wohl niemand sagen.

Ein vielstimmiges Zischen begrüßte ihn, als er schließlich auf einen der Stege hinaustrat. Er war darauf vorbereitet gewesen, doch der Riss, der sich nach unten fortsetzte und das Gleißen einfallen ließ, raubte ihm dennoch den Atem. War er bereits groß genug, dass er diesen Ort früher oder später ganz allein vernichten würde?

»Was tust du?«, fragte er mit zitternder Stimme. Sein löchriger Umhang flatterte in der Luft, die im Schacht verwirbelt wurde. »Wenn es ihnen mit deiner Hilfe gelingt, ist das alles umsonst gewesen. All die Stimmen die du hörst, jede Ernte, seit Anbeginn. Die Opfer, die wir alle gebracht haben, lange vor euch. Ihr seid doch nicht die Einzigen, das musst du wissen!«

»Ich … weiß es«, tönte es verbissen zurück.

»Wer bist du? Wer ist deine Schwester, dass du meinst, ihr wärt wichtiger als das Schicksal aller anderen?«

Das Zischen wurde lauter, aggressiver, wollte ihn verscheuchen. Sie machten *ihn* verantwortlich.

»Wer die Dunkelheit verbannen will, muss Opfer bringen!«, sagte der Alte und die Worte fühlten sich schal in seinem Mund an. Wer war er, dass er den Lämmern auf seiner Schlachtbank noch Predigten hielt? Natürlich waren sie zornig. Niemand hatte es ihnen erklärt oder sie gar gefragt.

»Lass sie … leben«, kämpfte der Junge mit den Worten. Der Alte wollte sich nicht ausmalen, was das Kind hier unten hatte erdulden müssen: allein mit den Schatten, nicht mehr er selbst und die Stadt um sich wie eine Haut, auf der er jede Erschütterung spürte. »Das, was ihr hier gefangen haltet … *ihr* habt es hergebracht, warum sollen *wir* dafür sterben?«

Ein Denkmal

Anna schlug aus dem Halbschlaf die Augen auf und erschrak. Helles Tageslicht blendete sie. Wie lange hatten sie geschlafen, wie viel kostbare Zeit war verstrichen? Es gab keinen Sonnenstand und auch sonst keine Möglichkeit, herauszufinden, wie spät es war, nachdem der Akku ihres Handys schon lange aufgebraucht war.

Zwei Tage hatten sie laut ihrem Bruder und noch in der Nacht hatten sie es geschafft, Jelena und Sinan zu befreien. Doch nun waren wertvolle Stunden des ersten Tages ungenutzt vergangen.

Anna rappelte sich auf. Neben ihr lag Sinan wie bewusstlos an der freistehenden Mauer, hinter der sie am frühen Morgen Schutz gesucht hatten. Er lag noch immer exakt so, wie Jelena und Nick ihn zwischen sich auf den Boden hatten sinken lassen. Seine Lippen zwischen dem dunklen Bartdickicht waren spröde und rissig, die eingefallenen Gesichtszüge verfärbt von alten Blutergüssen. Von ihren eigenen Blessuren aus dem Kampf mit Eric spürte Anna mittlerweile nichts mehr.

Auch Nick schien noch zu schlafen, doch Anna entdeckte Jelena, die in einigen Metern Entfernung an der Mauer lehnte und geradeaus starrte. Sie machte einen Schritt auf die Polin zu.

»Jelena?«, murmelte sie.

Jelena zuckte zusammen, dann fanden ihre Augen in die Realität zurück und sahen Anna an.

»Guten Morgen«, erwiderte sie mit einem Lächeln, das die Spuren der Gefangenschaft in ihrem Gesicht beinahe noch deutlicher hervortreten ließ. »Ich kann dir gar nicht sagen, wie dankbar ich euch bin.«

Wenig später weckte Anna Nick, ließ aber Sinan noch schlafen. Jelena überprüfte die Atmung und den Puls des dunkelhaarigen, ausgemergelten Mannes und schien zufrieden damit. Er stank noch immer fürchterlich und seine Kleidung war voll mit allem möglichen Dreck, von dem Anna gar nicht wissen wollte, woher er stammte.

Sie erzählten Jelena alles, wirklich alles. Sie wurde damit die Erste, die genauso viel wusste wie Nick und Anna selbst, und allein das war schon eine spürbare Erleichterung.

»Dein Bruder war auch hier?«, fragte Jelena, als sie von den Hinweisen an der Kirche und der Burgmauer berichteten. Sie runzelte dabei die Stirn, aber nicht ungläubig, sondern eher, als müsste sie zwei Puzzleteile zusammenfügen, die offensichtlich nicht zueinanderpassten. Auf ihre Erzählung, was die Kinder betraf, reagierte Jelena nicht sehr überrascht. Nur als sie erfuhr, dass diese tatsächlich die Heuler gewesen waren, runzelte sie erneut die Stirn.

»Das hätte ich nicht gedacht«, sagte sie und dann mit dem Anflug eines Lächelns, das nicht sehr heiter wirkte:

»Also hatte Lev wohl doch nicht ganz unrecht. Was diese armen Kinder durchgemacht haben müssen …«

Als sie von dem Feuer erzählten, sagte die Polin kein Wort mehr. Anna spürte Jelenas Wut und ihr Entsetzen, wie weit Álvaro offensichtlich ging, um sich seine Macht zu sichern. Bis zum Ende ihrer Erzählungen schwieg sie, selbst als Anna zu der knappen Frist und der Aufgabe kam, vor der sie nun standen.

»Wir müssen mit Peter reden.« Anna wusste selbst, wie schwierig das sein würde, doch es war der einzig logische nächste Schritt. »Er hat uns zwar verjagt, aber Erics Tod muss ihn fertiggemacht haben, er war schon nicht mehr er selbst, als wir Pan verloren haben. Wir müssen es versuchen.«

Nicks Miene zeigte Sorge. »Auf dich wird er mit Sicherheit nicht gut zu sprechen sein. Wir haben nur einen Versuch, wenn er abblockt, dann war's das.«

Jelena atmete tief durch, als könnte sie damit Ordnung in das Chaos bringen. Es war auch viel auf einmal zu verarbeiten gewesen.

»Was passiert eigentlich danach«, fragte sie Anna, hörbar bemüht um einen nüchternen Tonfall. »Hat dein Bruder das gesagt? Also, wenn wir nicht alle bis morgen Abend dort unten durch dieses Tor gehen.«

»Nein«, antwortete Anna. Es war dieselbe Frage, die auch Elif gestellt hatte. »Vielleicht bleibt von uns auch nur eine Stimme übrig.« Sie spürte, wie sie eine Gänsehaut bekam. Es war nicht zu spät für ihren Bruder, redete sie sich ein, sie würde ihn hier rausholen.

»Und wer ist für das alles verantwortlich? Wer steckt dahinter?«

»Wir wissen es nicht«, erwiderte Anna. »Ben hat gesagt, wir sollen uns vor dem alten Mann hüten. Aber wir können nichts damit anfangen.«

Jelena schien nachzudenken, aber sie gab es bald wieder auf. »Anna, ich glaube, was Nick sagt, stimmt. Wenn dieser Peter dich für Erics Tod verantwortlich macht, dann sollte jemand anders mit ihm reden.«

»Ich gehe«, sagte Nick. »Mich kennt er und ich kann es ihm erklären, ich war ja jetzt selbst dort unten, wo es passiert ist.«

»Aber ich komme mit«, beharrte Anna. Sie hatte kein gutes Gefühl dabei, Nick allein gehen zu lassen. Es war nicht so, dass sie es ihm nicht zutraute, und das sollte er auch nicht denken. »Wenn Peter glaubt, dass ich ihm ausweiche, macht ihn das nur wütend.«

Jelena nickte. »Ich bleibe bei Sinan. Sie haben ihn da unten fast sterben lassen, aber ich glaube, er kommt wieder auf die Beine. Zum Glück hat er schon etwas Flüssigkeit bekommen.«

»Wenn Peter und die anderen mit sich reden lassen, dann geben sie uns sicher noch Wasser für ihn«, sagte Nick und es klang zuversichtlicher als das, was Anna in seinen Augen las. Zuerst einmal mussten sie die Kinder finden, wusste Anna. Hoffentlich waren sie überhaupt noch im selben Versteck. Und nicht nur Sinans Schicksal hing davon ab, ob Peter ihnen zuhören würde …

Als sich Nick und sie aufmachten, spürte Anna die Strapazen, die hinter ihnen lagen, deutlich in den Beinen. Besonders die Flucht aus der Burg, als sie die letzte Kraft aus sich herausgeholt hatten, war an die Reserven gegangen. Doch nun mussten sie die Zähne zusammenbeißen und weitermachen. Sie vermisste die Nähe zu Nick. Seit sie begonnen hatten, der Frist hinterherzulaufen, hatten sie sich kaum mehr berührt. Aber sie konnten sich keinen noch so kleinen Moment des Innehaltens mehr leisten. Nicht, wenn sie hier lebend herauskommen wollten.

Während ihrer Flucht aus der Burg hatten sie sich einfach blindlings durch die Gassen gekämpft, deshalb brauchte Nick dieses Mal etwas länger, bis er sich wieder orientieren konnte. Anna selbst hätte wahrscheinlich Stunden benötigt, um den Weg in das letzte Versteck der Kinder zu finden, den Kirchturm als Orientierungsmarke gab es ja nicht mehr. Aber Nick erkannte schließlich ein paar Treppenstufen hier und eine markante Mauerformation dort und bald waren sie auf dem richtigen Weg.

Je näher sie dem Stadtrand kamen, desto mehr von den Gefühlen wirbelten auf, die sie gehabt hatte, als sie nach Erics Tod diesen Weg gekommen war. Es war, als ob man Tee aufgebrüht und stehen gelassen hätte. Dann rührte man irgendwann später um und die dunkle Farbe zog Schlieren im heißen Wasser. So schlichen sich Erics Anschuldigungen und die flüsternden Echos zurück in Annas Bewusstsein. Als die Schotterrampe in Sicht kam, zog sich auch die alte Beklemmung wieder in ihrer Brust fest. Natürlich hatte sie nichts von ihren Erlebnissen bisher wirklich verarbeiten können, dafür würde sie wahrscheinlich Jahre brauchen, wenn ihr diese überhaupt noch vergönnt waren.

Anna betrachtete das Dach des Gewölbes vor sich und dachte an Lev. Dort unten war er nun der letzte Gefangene in der Stadt. Zumindest, wenn Peter und die anderen ihn nicht weggeschafft und sich einen neuen Unterschlupf gesucht hatten.

»Bleib du hier«, murmelte Nick und Anna blieb wie vereinbart stehen, während er weiter auf die Rampe zuging. Er sah sich in alle Richtungen um und seine Haare zitterten im Wind. Sie waren bereits ein Stück gewachsen und seine Locken, die Anna lieb gewonnen hatte, kamen mehr zur Geltung als am Anfang. Die Streifen seines T-Shirts waren dagegen kaum mehr zu erkennen. Obwohl er es einmal gewaschen hatte, starrte es nur so vor Dreck und Staub.

»Peter?«, brach Nicks Stimme die Stille. Irgendwo hinter ihnen flatterte ein Vogel auf. »Ist jemand hier? Peter?«

»Nick?« Das war Poppins' erschrockene Stimme von unten und Anna war erleichtert, dass sie die Kinder zumindest gefunden hatten.

»Du … du solltest nicht hier sein«, stammelte Poppins, »wir haben euch verstoßen!«

»Sind die anderen auch da?«, fragte Nick vorsichtig. »Wir wissen jetzt, wie wir von hier wegkommen …«

Schritte und kullernde Kieselsteine waren am Hang zu hören.

»Ist das wieder eine von euren Lügen?« Peters Gestalt hob sich über das Geröll. Er blieb oben an der Rampe stehen, fast an derselben Stelle wie damals, als er mit Steinen nach ihnen geworfen hatte, um sie zu vertreiben. Anna entdeckte die faltige rosa Haut an dem Arm, den er sich im Feuer verbrannt hatte.

»Ist Anna auch da?«, fragte er kühl.

»Ja«, sagte Anna, ehe Nick für sie antworten konnte, und begegnete Peters hartem Blick, als er sie hinter Nick fand. Der Junge war wie ausgewechselt. Anna entdeckte nichts mehr von seiner sensiblen Art, seiner Unsicherheit und der leichten Melancholie. Als wäre ein Teil von Peter mit Eric gestorben und als lebte ein Teil von Eric in Peter weiter.

»Und? Wie kommen wir von hier weg?«, fragte Peter, ohne auf Annas Gegenwart einzugehen.

»Wir können diesen Ort nur bis morgen Abend verlassen«, erklärte Nick. »Und nur gemeinsam, niemand von uns alleine.«

»Das habt ihr in eurem Plan wohl nicht bedacht, was?«, entgegnete Peter gehässig, »sonst wärt ihr ja sicher längst weg …«

»Ich kann deine Wut verstehen«, bemühte sich Nick um einen versöhnlichen Tonfall, »aber der einzige Grund, warum wir nicht alles erzählt haben, war, dass wir selbst nichts Genaues wussten. Es gab keinen Plan, schon gar keinen gegen euch. In der Nacht, als Anna die ersten Antworten in der Wüste gefunden hat, ist Eric ihr nachgekommen. Du weißt, was dann passiert ist.«

Doch das war nur die halbe Wahrheit und Peter wusste das natürlich. Er schnaubte. »Ihr habt uns schon davor angelogen, das kannst du schönreden, wie du willst! Und warum hat Anna sich allein davongeschlichen, wenn sie nur auf der Suche nach Antworten war?«

Nick wollte etwas erwidern, doch es war nicht seine Aufgabe, sich für sie zu entschuldigen, fand Anna und trat deshalb zu ihm. Sie berührte ihn an der Schulter und er ließ sie reden.

»Nick und ich hatten gestritten«, sagte sie und Peter wandte ihr widerwillig den Blick zu. Er wollte gar keine

Erklärungen, begriff sie, er wollte nur anklagen und seine Wut loswerden. Sie konnte seine Gefühle gut nachvollziehen und versuchte es dennoch weiter. »Nick wollte nicht, dass ich zurück in die Wüste gehe. Als wir die Stelle das erste Mal gefunden hatten, ist das mit dem Beben passiert. Unter dieser Stadt ist ein Gefängnis, Peter, und wir haben den Zugang gefunden. Es ist etwas Böses da unten, etwas Schlechtes, das einen ganz wahnsinnig macht. Nick hatte recht: Es war zu gefährlich. Und als Eric dort aufgetaucht ist, da ist es außer Kontrolle geraten. Du weißt, wie Eric war. Es ist da unten völlig durchgedreht. Er hat *mich* angegriffen.«

Peter schnaubte wieder, aber es klang eher hilflos.

»Es war unsere Schuld, dass es so weit gekommen ist. Wir hätten es euch erklären und die Entscheidung gemeinsam treffen müssen, ob jemand dorthin zurückgeht. Sie ging uns alle an. Aber als Eric mir dort hinuntergefolgt ist, war es schon zu spät. Ich habe zurückgeschlagen. Die Dunkelheit hatte mich genauso gepackt wie ihn, aber ich wollte ihn niemals töten und er mich auch nicht!« Anna erzählte das alles, wie sie es nun schon mehrmals getan hatte. Jedes Mal wurde es etwas mehr zu bloßen Worten, die sie wiederholte und deren unvorstellbarer Inhalt sie kaum mehr erreichte. Doch als sie in diesem Moment Peter in die Augen sah, war etwas anders.

Sie sah seinen Schmerz und begriff, dass er der Erste war, der wirklich um Eric trauerte. Auf einmal ging es nicht mehr um sie, die Nick in den Rücken gefallen war. Sie, die dem Hass *auch* nachgegeben hatte, wie Eric schon längst vor ihr. Sie, die mit der Schuld, dass er gestorben war, nun leben musste. Es ging um den Jungen selbst, der sein Leben verloren hatte und dessen verblüffter Gesichtsausdruck sie bis in ihre Albträume verfolgte.

Anna war getroffen von dem, was sie in Peters Augen sah, und als sie daraufhin verstummte, fuhr Nick fort: »Wir müssen das irgendwie hinter uns lassen. Wenn ihr Anna nicht verzeihen könnt, ist das eben so, aber der einzige Weg, wie wir hier wegkommen, ist gemeinsam. Alle oder keiner.«

Auch Poppins kam hinter Peter nach oben geklettert, stellte sich an seine Seite und nahm seine Hand. Ihre Miene gab nicht preis, was sie dachte.

»Seit Erics Tod treffen wir unsere Entscheidungen gemeinsam, wir alle«, sagte Peter schließlich mit einem Seitenblick auf Poppins. »Die anderen sind noch unterwegs. Wenn sie wiederkommen, werden wir weitersehen.«

»Wir haben keine Zeit«, widersprach Nick neben Anna verzweifelt. Doch Anna sah der abweisenden Miene des Jungen an, dass sie ihn nicht würden umstimmen können. Nick versuchte es dennoch weiter. »Wir brauchen jetzt eine Entscheidung und wir müssen auch noch einen Weg finden, Álvaro und die anderen aus der Burg zu überzeugen.«

»Du meinst, wir müssen den Mördern von Pan auch noch eine Brücke bauen, um sie zu retten?«, fragte Peter mit harter Stimme. »Wenn du jetzt eine willst, dann lautet die Antwort nein! Wenn du wartest, bleibt dir das zumindest erst mal erspart.«

»Wir brauchen Wasser für einen Verletzten«, bat Anna, als Nick nur ungläubig den Kopf schüttelte. »Wir haben zwei Freunde aus Álvaros Gefängnis in der Burg befreit. Und ... wir würden gern auch Lev mitnehmen. Er hat nichts Böses getan.«

Ein Lächeln stahl sich auf Peters Gesicht.

»Lev ist bei den anderen«, sagte er ohne weitere Erklärungen. »Wasser können wir euch keins geben. Wenn wir Glück haben, bringen sie welches mit, wenn sie da draußen fertig sind.«

Peters Reaktion verwirrte Anna. Was taten sie mit Lev? Poppins wandte sich währenddessen Peter zu und redete leise mit ihm, woraufhin der Junge nickte.

»Poppins hat eine Idee, wie du deine Zeit nutzen kannst, Anna, bis die anderen wiederkommen.«

»Wie?«, fragte sie.

Das Mädchen, das auch jetzt noch einen ordentlichen, von zwei Klammern gehaltenen Scheitel im Haar trug, räusperte sich.

»Du kannst Eric ein Grab machen«, sagte sie. »Und dabei darüber nachdenken, was du getan hast.«

Sie hätte beinahe gelacht, so absurd klang der Satz in ihrer Situation. Hier stand sie, nach Nächten voller Albträume und Tagen der Verzweiflung, und sollte darüber nachdenken, was sie angerichtet hatte, während sie alle noch in Lebensgefahr schwebten.

»Uns läuft die Zeit davon«, erwiderte sie verbittert, »und ihr wollt, dass ich ein Loch schaufle, in das ich nichts hineinlegen kann?«

Es klang härter, als sie es meinte. Sie wollte Erics Andenken nicht beleidigen, aber sie konnte auch nicht ertragen, dass in diesem Hin und Her zwischen ihnen und den Kindern das Schicksal ihres Bruders auf dem Spiel stand.

»Tu, was du willst«, murmelte Peter so leise, dass Anna Mühe hatte, ihn zu verstehen. »Aber er hat ein Grab verdient.«

Als er sich umdrehte, meinte Anna, eine Träne über seine Wange laufen zu sehen.

»Soll ich mit dir hierbleiben?«, fragte Nick vorsichtig, als die beiden Kinder verschwunden waren.

Anna schüttelte den Kopf. »Das mach ich allein. Wenn ich etwas tun kann, um sie umzustimmen, sollte ich es wohl versuchen.«

Nick lächelte vorsichtig. »Vielleicht fällt dir ja was Besseres ein, als ein Loch zu schaufeln«, sagte er und Anna erwiderte sein Lächeln niedergeschlagen. Sie war so erschöpft, so müde, aber ihre harten Worte Peter gegenüber taten ihr dennoch leid.

Nick schloss sie kurz in die Arme und machte sich dann auf den Rückweg. Als sie allein war, schritt Anna eine Weile den Boden um den Hang ab, wo es zum Gewölbe hinunterging. Unter dem Staub wirkte er steinhart und sie hätte wohl kein Loch zustande gebracht, selbst wenn sie eins hätte graben wollen. Aber was sonst? Sie dachte an die Pflanzen, die Pans Flötenspiel bis in den Tod gefolgt waren. Die Blüten, die vielleicht ihr Bruder hatte sprießen lassen. Aber Anna hatte diese Kräfte nicht und außer in den Hallen wuchs in der ganzen Stadt kein Grashalm.

Sie konnte Eric auch kein Kreuz aufstellen, nur Stein gab es in Hülle und Fülle und das brachte Anna endlich auf eine Idee. Sie ging auf den Rand der Dachrampe zu und blickte hinunter. Dort ragten die beiden abgebrochenen Steinsäulen aus dem Schutt, die sie in Erinnerung gehabt hatte. Sie stieg hinab, und unten beim Gewölbeeingang angekommen, entdeckte sie ein paar Gesichter der Horde. Das Herz wurde ihr schwer von dem Anblick, denn die Kinder sahen beinahe so schlimm aus wie Sinan. Abgemagert, hohlwangig und mit verängstigter Miene. Von den Heulern aus den wuchernden Hallen war nichts mehr übrig, keine zwei Wochen nach ihre Ankunft hier. Länger dauerte es wohl nicht, wenn erst mal die Hoffnung verloren war. Sie hätten aus Nachrichtenbildern stammen können, die zu Hause jeden Abend über den Fernseher flimmerten.

Poppins rief von hinten im Gewölbe und die Gesichter verschwanden, während Anna sich der größeren der beiden Säulen zuwandte. Man sah die Stellen, wo die Bögen abgebrochen waren, die ehemals auch hier die Decke getragen hatten. Nun nahm das Dach ein abruptes Ende über dem letzten intakten Stützpfeiler und dieser hier stand wie ein kahler Baumstamm in einem Trümmerfeld.

Anna begann damit, den Fuß der Säule freizulegen, und schaffte Schutt und Geröll weg. Einen spitz gesplitterten Stein und einen schweren Brocken legte sie zur Seite. Sie würden hoffentlich ausreichen, um ihre Idee zu verwirklichen.

»Was machst du?«, fragte eine Stimme hinter ihr. Peter klang ehrlich neugierig, fast wie jedes andere Kind in seinem Alter.

»Ich dachte«, antwortete Anna, unsicher, wie er ihre Idee finden würde, »wenn wir nichts von ihm eingraben können, dann sollte er zumindest einen Grabstein haben.«

Sie fing einfach an, ohne seine Reaktion abzuwarten. Den spitzen Stein nahm sie in die linke, den Brocken in die rechte Hand. Sie versuchte, dabei nicht daran zurückzudenken, wie sie bei ihrer Befreiungsaktion in der Burg den blutigen Stein, die Mordwaffe, in der Hand gehalten hatte. Anna verwendete ihre improvisierten Werkzeuge wie Hammer und Meißel und begann eine Kerbe in die Säule zu schlagen, etwa auf Augenhöhe.

»Gute Idee«, murmelte Peter und sah ihr bei der Arbeit zu.

Sie hatte eine ziemlich ruhige Hand und bald prangte Erics Name groß auf der Säule. Danach hielt Anna inne. Was sollte sie zu diesem Jungen schreiben? Ihre Tat war unverzeihlich, aber im Grunde ihres Herzens schien Pan ihr der größere Verlust, das unschuldigere der beiden Kinder, die gestorben waren. Eric war jähzornig und eigensinnig gewesen. Er hatte dem dunklen Herzen bereitwillig nachgegeben, es geradezu begrüßt dort unten. Vielleicht hätte sich manches verhindern lassen, wenn der störrische Junge von Beginn an mehr auf Nicks und ihre Ratschläge gehört hätte.

»Eric war nicht sein wirklicher Name«, sagte Peter plötzlich. »Er hat sich einen neuen gegeben, so wie wir alle.«

»Wirklich?«, fragte Anna erstaunt. Sie hatte gedacht, Eric hatte sich dadurch, dass er seinen Namen behielt, vielleicht von den anderen absetzen wollen. Sozusagen als der einzig Erwachsene.

»Er hieß Tom.«

»Warum dann Eric?«, fragte Anna.

»Er hat es mir in der ersten Nacht in der Dschungelhalle erzählt. Es war der Name seines Vaters.«

»Es *war* sein Name? Ist sein Vater tot?«

»Ja, und das war das Beste, was er in seinem Leben fertiggebracht hat. Das waren Erics Worte. Er hat richtig glücklich geklungen, als er es erzählt hat. Sein Vater hat ziemlich üble Sachen mit ihm gemacht …«

Es war schwierig, etwas darauf zu entgegnen. Anna fiel nichts ein, also schwieg sie lieber.

»Ich hab es nie so wirklich verstanden«, fuhr Peter schließlich fort, »warum er sich den Namen von diesem Typ genommen hat, den er so gehasst hat. Gefragt habe ich Eric auch nicht. Vielleicht, weil sich sein Vater nicht dagegen wehren konnte, dass er sich seinen Namen genommen hat. So wie Eric selbst sich auch nie hat wehren können. So als Triumph über ihn, weißt du, was ich meine?«

Anna konnte es sich zumindest vorstellen und nickte.

»Oder vielleicht hat er auch gedacht, mit dem Namen kann ihm niemand mehr was. Damit ist er nicht mehr das Opfer, sondern der Stärkere.«

Beides klang für Anna plausibel und sie war verblüfft von Peters tiefer Einsicht in die Gefühlswelt seines toten Freunds. Sie hatte ihn für den typischen Schwächeren gehalten, der zum Stärkeren aufsah. Das kleine Geschwister, das dem großen überallhin nachrannte, so wie sie selbst Ben als kleines Mädchen nachgelaufen war. Sie hatte Peter offensichtlich unterschätzt.

»Ich glaube nicht, dass wir es ohne ihn geschafft hätten«, sagte Peter, als Anna weiter schwieg. »Hast du die Kleinen gesehen? Es geht ihnen verdammt schlecht. Natürlich liegt das auch daran, dass sie Hunger haben und so, aber nicht nur. Eric war wie gemacht für das hier. Als Poppins, er und ich am Anfang die Dschungelhallen entdeckt haben, da hat er geheult wie Tarzan.«

Wie Tarzan hatte es sich für Anna nun wirklich nicht angehört – aber so erklärte sich zumindest, warum das Heulen später aus mehr Stimmen bestanden hatte als am Anfang.

»Eric hat uns Mut gemacht und uns organisiert. Wir haben die Kinder, die wir gefunden haben, zu uns geholt und er hat es geschafft, ihnen die Angst zu nehmen. Natürlich war er eigen, mit den Erwachsenen und so. Wahrscheinlich hätten wir sie ohne ihn nicht weggejagt. Aber er hat gesagt, dass wir jetzt an einem besseren Ort sind, und wir haben es ihm *wirklich* geglaubt. Zumindest eine Zeit lang.« Peter stand auf. »Das solltest du da hinschreiben. Dass er unser Anführer war und dass wir es ohne ihn nicht so weit geschafft hätten.«

Und Anna arbeitete die Worte in den Stein, mehr oder weniger so, wie Peter sie diktiert hatte. Es dauerte eine Weile und am Ende machte sie auch noch zwei gekreuzte Speere darunter. Solche wie die angespitzten Stöcke, mit denen die Kinder ihnen bei ihrer ersten Begegnung entgegengetreten waren. Auf Grabsteinen waren doch immer irgendwelche Symbole und die Speere schienen ihr passend. Eric hatte ein Kriegerdenkmal bekommen und so eines hätte er sich vermutlich auch gewünscht.

»Wir haben entschieden.«

Anna hatte ungeduldig vor dem Gewölbe gewartet, während es langsam dunkel wurde. Sie hatte förmlich gehört, wie die Sekunden unwiederbringlich davontickten. Vor etwa einer Stunde waren Ruth und Connor zurückgekehrt, zusammen mit einem Lev, der so gar nicht mehr nach einem Gefangenen aussah. Er war gekommen und hatte Anna so freudig umarmt, dass es ihr die Luft aus den Lungen getrieben hatte, und gleich noch einmal, als Anna ihm von Jelena und Sinans Befreiung erzählt hatte.

Danach waren auch Connor und Ruths Blicke Anna gegenüber etwas freundlicher geworden. Sie hatten den Wortwechsel zwischen Nick und ihr und Peter ja nicht mitbekommen und so waren sie von ihrer Anwesenheit im Lager zunächst gelinde gesagt überrascht gewesen. Peter hatte ihnen und Lev dann aber alles erklärt und ihnen auch stolz Annas Arbeit an der Säule für Eric gezeigt. Besonders Connor war begeistert gewesen. Er hatte verkündet, er wolle genauso eine für sich, wenn er im Kampf sterben sollte. Es war alles ein einziges Abenteuer für ihn, aber das lag wohl in seiner Natur.

Dann hatten sie sich zurückgezogen. *Ein* Fürsprecher schien Anna sicher, denn wie selbstverständlich saß Lev wenig später in der Runde mit den vier anderen und den zwei Kleinen, die Englisch sprachen, im Kreis zusammen.

Nach einer gefühlten Ewigkeit waren sie nun nach draußen getreten, um ihr die Entscheidung mitzuteilen, die sie gefällt hatten. Anna konnte Levs Gesichtsausdruck schwer deuten, zumindest wirkte er nicht gerade euphorisch. Sie hätte zu gern Nick an ihrer Seite gehabt. So stand sie der Gruppe allein gegenüber.

»Wir wollen nichts zu der Rettung von diesem Álvaro beitragen«, erklärte Peter, »oder von den Männern, die Pan auf dem Gewissen haben.«

Anna konnte nicht glauben, was sie hörte. Sie wollte widersprechen, doch Peter fuhr fort.

»Lass mich ausreden. Wir wollen keine Pläne schmieden und uns Listen ausdenken, damit diese Menschen entkommen und noch mehr Leuten Schaden zufügen können. Aber wir wollen auch nicht hierbleiben und ihnen ausgeliefert sein oder morgen Abend sterben oder was immer passieren mag.«

»Wir können nur alle gemeinsam hier weg«, bemühte sich Anna noch einmal, ihm klarzumachen. Hatten sie das denn noch immer nicht verstanden?

»Ich weiß, was du gesagt hast«, sagte Peter. »Aber ehrlich gesagt war es ziemlich viel und es ist nicht leicht gewesen, eine Entscheidung zu fällen, für die anderen entsprechend noch weniger, nachdem sie es nur von mir gehört haben.«

»Ich kann es noch mal erklären. Ich kann es euch allen erklären, aber wir haben keine Zeit mehr.«

»Dann lass mich doch einfach ausreden.« Peter hatte nicht mehr viel Geduld mit ihr, aber Anna stand wie auf Kohlen.

»Wir haben nicht die Hälfte von dem verstanden, was eure Worte bedeuten, und vieles davon gefällt uns nicht. Aber wir haben beschlossen, dass wir dir vertrauen, trotz allem, was passiert ist. Eric hatte die meisten Zweifel an dir und hätte er die nicht gehabt, vielleicht wäre er dann noch hier. Vielleicht wäre sogar Pan noch hier.«

Anna lauschte seinen Worten mit Erleichterung.

»Du und Nick und die beiden, die ihr befreit habt, ihr könnt unseren Unterschlupf nutzen, und was immer du morgen sagst, was wir tun sollen, wir werden es tun, auch wenn es bedeutet, dass wir Pans Mördern helfen. Vielleicht hat dieser Albtraum dann ja wirklich bald ein Ende.«

Es war augenscheinlich, dass Peter die Worte nicht leichtfielen. Sie mussten sich für ihn wie ein Verrat an

Eric anfühlen. Anna überwand kurz entschlossen die wenigen Schritte und nahm den Jungen, der so viel hatte ertragen müssen, vor Erleichterung in die Arme. Peter war sichtlich überrascht, ließ es aber geschehen, ohne sich zu wehren.

Ein Stein war ihr vom Herzen gefallen. Sie hatten auch diese Hürde genommen. Doch es blieb nur noch ein Tag, und um ehrlich zu sein, hatte Anna nicht die geringste Idee, wie es weitergehen sollte.

Ein Plan

Ruth war gegangen, um Nick, Jelena und Sinan zu holen. Als sie sich gegenseitig erkannten, liefen Jelena und Lev augenblicklich aufeinander zu und umarmten sich. Anna hatte das Bild noch vor Augen, wie Lev dem Schwein durch die Gasse hinterhergerannt war, als sie ihn das erste Mal gesehen hatten. Wie er bemerkenswerte Ähnlichkeit mit seiner Beute gehabt hatte, mit seinem runden, speckigen Gesicht, der massigen Gestalt und den kleinen Augen. Jetzt trug Lev einen wilden Bartwuchs im Gesicht und war deutlich abgemagert, genau wie Jelena, die durch die Gefangenschaft gezeichnet war.

Anna sah den Stolz in Nicks Augen, dass sie es geschafft hatten, die Fronten zu klären. Es war ein Moment des Durchatmens, und Anna fühlte sich den Menschen hier so verbunden, wie bisher kaum jemandem in ihrem Leben. Natürlich galt das vor allem für Nick, aber auch für Lev und Jelena und selbst für die Kinder. Anna musste an Elif denken. Wie sie für Sinan eingestanden war und ihn niemals aufgegeben hatte, obwohl sie ihn kaum gekannt haben konnte. Es schmerzte, dass das Mädchen nicht mit ihnen aus der Burg entkommen war.

Sinan hatte es auf eigenen Füßen in das Versteck der Kinder geschafft, wenn auch auf Jelena gestützt. Während der Begrüßungsszene stand er ziemlich verloren am Fuß der Geröllrampe, bis sich Poppins des Mannes mit dem Erscheinungsbild eines Wilden annahm. Anna beobachtete, wie sie ihn an der Hand nahm und mit sich führte, ihn hinunter zum Eingang des Gewölbes bugsierte, vermutlich, um ihm Wasser zu geben. Connor, Ruth und Lev hatten es in einem der großen Krüge mitgebracht, die noch aus der Kirche stammten. Anna selbst spürte ihre trockene Kehle. All das Reden hatte ihren Durst nicht besser gemacht.

Wie sie bald herausfand, war Wasser nicht das Einzige, das Lev und die beiden Kinder erbeutet hatten. Ihr war das Bündel in Levs Hand schon bei ihrer Ankunft aufgefallen, aber da war sie noch zu erstaunt gewesen, Lev in freier Eintracht mit den Kindern zu sehen, um ihn danach zu fragen. Doch während sie alle nach unten stiegen, kam Connor an Anna und Nicks Seite und weihte sie ein.

»Wir haben für jeden was gefangen, wir bekommen alle was zu essen«, verkündete er stolz.

»Was gefangen?«, fragte Nick erstaunt. »Gibt es bei den Hallen noch Kaninchen?«

»Keine Kaninchen.« Er zog etwas aus seiner Hosentasche und hielt es ihnen entgegen. Sie standen mittlerweile unten vor dem Gewölbe.

»Ein Vogel? Hat dir Ruth ihren Trick gezeigt?«, grinste Anna.

Es war ein kleines Ding mit braunem Gefieder und sein Kopf hing zur Seite. Sie hatten ihm wohl das Genick gebrochen.

Connor schnaubte entrüstet.

»Nein, Lev! Er ist großartig! Er hat seinen Pulli aufgeribbelt, noch während er in dem Loch da hinten saß.« Connor nickte in das Gewölbe hinein. »Daraus haben wir ein Netz geknüpft.«

Levs Pulli war groß wie ein Zelt gewesen, erinnerte sich Anna. Und natürlich, aus den aufgedröselten Strickmaschen hatten sie sicher einiges an Schnur zusammenbekommen. Die Fertigkeit, daraus ein Netz zu knoten, mit dem sich Vögel fangen ließen, hätte Anna Lev oder den Kindern dennoch nicht zugetraut. Sie konnte sich aber vorstellen, dass Connor danach Feuer und Flamme gewesen sein musste, Lev freizulassen und mit ihm auf die Jagd zu gehen.

»Wir haben das Netz an schmalen Stellen zwischen den Dächern oder in den Gassen aufgespannt«, berichtete Connor eifrig, »und dann haben wir sie aufgeschreckt, sodass sie direkt hineingeflogen sind und sich verheddert haben. Wir haben fast jeden erwischt, bei dem wir es versucht haben!«

Anna verzichtete darauf, zu entgegnen, dass sie wohl nicht mehr viel Zeit haben würden, ihre neue Technik zu nutzen.

Als Lev dann das Bündel aus dem Gewölbe hervorholte und das Netz aus blauer, engmaschig geknoteter Wolle leerte, fiel ein ganzes Häuflein toter Vögel heraus. Es war alles dabei: klein und bunt, groß und schwarz, selbst zwei Tauben. Während Connor ein kleines Feuer aus mitgebrachten Stöcken und Wurzeln entfachte, half Anna Lev und Ruth beim Rupfen der Tiere.

Über die Vorbereitungen gelang es ihr beinahe zu verdrängen, dass sie noch immer keinen Plan hatten, was die nächsten Schritte anging. Bis auf das Gleißen aus der Ferne war die Dunkelheit komplett hereingebrochen. Anna redete sich ein, dass sie nach dem Essen sicher besser würden nachdenken können als jetzt mit leeren Mägen.

Die kleineren Vögel grillten sie im Ganzen auf Spieße gesteckt. Die größeren, wie Tauben und Krähen, zerteilten sie vorher. Wären Anna und Nick nicht mit den beiden Befreiten aufgetaucht, wäre es vermutlich ein Festmahl für die Kinder und Lev geworden, aber auch so hatte am Ende zumindest jeder ein Stück Fleisch in der Hand. Allein das Kauen und Nagen half schon gegen den Hunger und das war auch gut so, denn von den kleinen Portionen wurden ihre Mägen nicht voll.

Dann war der Moment gekommen, sich zu besprechen. Was sie entschieden, würde die Chancen für sie alle bestimmen, von hier fortzukommen, deshalb blieben sie in der großen Runde. Niemand sollte das Gefühl bekommen, er würde nicht angehört. Die meisten kleineren Kinder entfernten sich ohnehin bald, da sie nichts von dem verstanden, was gesagt wurde.

»Also haben wir Zeit bis morgen Abend, um mit diesen Verbrechern in die Wüste rauszugehen?«, fragte Lev in seinem rumpelndem Englisch. Die grobe Geschichte kannte er ja schon von Peter. Jelena hatte ihrerseits Sinan aufgeklärt. Während Anna und Nick fort gewesen waren, hatte sie genug Zeit gehabt, um ihm das Nötigste trotz seiner schlechten Englischkenntnisse begreiflich zu machen. »Wäre wohl am besten, wenn Álvaro und seine Leute dann gefesselt und geknebelt wären …«

»Wir können sie nicht überwältigen, schon gar nicht in der Burg«, widersprach Anna. »Gegen Álvaros Leute haben wir keine Chance.«

Es sei denn, jemand half ihnen von innen, fügte sie in Gedanken hinzu. Sie sprach es aber nicht aus, denn sie war sich ja selbst noch nicht einmal sicher, ob es wirklich Maik gewesen war, der die Wachen ausgeschaltet hatte, und wenn ja, ob er ihnen damit hatte helfen oder schaden wollen.

Nick führte den Gedanken in eine andere Richtung weiter. »Da drinnen gibt es doch noch mehr Menschen als Álvaro und seine Männer«, sagte er. »Sie müssen von allem erfahren, was Álvaro getan hat. Dann spielen sie sein Spiel bestimmt nicht länger mit. Chloé und Elif haben wir auf jeden Fall auf unserer Seite. Je mehr wir werden, desto schlechter wird er mit uns fertig.«

»Aber dazu müssten wir erst mal offen zu allen sprechen können«, gab Jelena zu bedenken. »Álvaro würde das niemals zulassen. Und wahrscheinlich würden die meisten uns auch nicht zuhören, wenn er uns alle als Verräter gebrandmarkt hat.«

»Aber das hat er ja gar nicht«, fiel Anna ein. »Er hat doch nur Sinan als Verräter eingesperrt. Niemand außer seinen Leuten wusste, dass Jelena auch gefangen war. Er hat gesagt, sie sei zu übereifrig bei der Erkundung der Hallen gewesen. Und wir auch, wir seien ihr nachgegangen und nicht wieder aufgetaucht. Niemand hält uns für Verräter.«

»Was ist mit Lev«, widersprach Nick. »Wir wissen nicht, was er zu Levs Verschwinden gesagt hat.«

»Gestern Nacht wusste Elif noch gar nichts davon. Sie war überrascht, als wir es ihr erzählt haben.« Anna war sich sicher, dass sie ein Muster in Álvaros Lügengeflecht gefunden hatte. »Und wenn er doch noch etwas erzählt hat, dann ist er bestimmt bei seiner Strategie geblieben. Dass sie ihn verloren haben, weil er sich vielleicht auf die Suche nach uns gemacht hat, was ja auch wieder stimmt. Er bleibt immer möglichst nah an der Wahrheit. Deshalb wird auch niemand misstrauisch. Niemand, der Lev kennt, würde ihm zutrauen, dass er auf einmal zum Verräter wird.«

Ungewollt wanderten Annas Augen zu Sinan. Poppins hatte ganze Arbeit geleistet und ihn so weit wie möglich von dem Dreck der Zeit befreit, in der er wie ein Tier gehalten worden war. Sein Blick war noch immer finster und abwesend. *Ihm* hatten die Burgbewohner zugetraut, sie alle umbringen zu wollen. Kyle hatte sich als Zeuge dafür hergegeben und Anna war sich nicht sicher, ob sie es nicht selbst geglaubt hätte, wenn ihr der Türke mit seiner dunklen Mähne tobend und wütend und mit der passenden Geschichte dazu vorgeführt worden wäre.

»Also, *wenn* wir es an den Wachen an der Mauer vorbei schaffen«, versuchte Lev Annas Gedanken nachzuvollziehen. »*und* zu den Menschen sprechen können, dann *kann* es sein, dass sie uns erst mal zuhören und uns nicht für Verräter halten. Aber selbst wenn all das klappt, dann heißt das immer noch nicht, dass sie uns auch glauben, wenn wir ihnen erzählen, dass ihr Anführer in Wahrheit ein Mörder und Verbrecher ist.«

»Ich …«, begann Sinan mühevoll, »ich spreche nicht gut … Aber das ist schlechter Plan.«

Anna wusste selbst, dass Levs Zusammenfassung nicht sehr vielversprechend klang, aber ihnen fehlten die Alternativen! Jelena hatte es doch auf den Punkt gebracht: Sie mussten die Menschen in der Burg auf ihre Seite bringen.

»Álvaro gibt nicht auf.« Sinan musste vor jedem Wort überlegen. »Wird Kampf geben. Wird … Zeit brauchen.«

»Es stimmt«, seufzte Jelena. »Wenn wir eine Revolution gegen Álvaro anzetteln, dann wird es nur noch schwieriger, alle morgen zusammenzubringen. Wenn wir Zeit hätten …«

»Also müssen wir mit Álvaro zusammenarbeiten?«, zog Anna den einzig möglichen Schluss daraus. Sie warf einen Seitenblick zu Peter. Genau das war es gewesen, was er befürchtet hatte. Dass sie Pans Mördern eine goldene Brücke in die Freiheit bauen würden. Doch Peter hielt sich weiter zurück. Er hatte sein Versprechen, ihrem Urteil zu folgen, wohl ernst gemeint.

»Aber wir können ihm nicht vertrauen«, widersprach stattdessen Lev erneut. »Er wird nur eine Gelegenheit abwarten, um uns endgültig loszuwerden.«

»Dann dürfen wir ihm wohl keine geben«, erwiderte Jelena hilflos.

Nick schüttelte den Kopf. »So weit wird es gar nicht erst kommen. Álvaro wird niemals Gespräche mit uns auf Augenhöhe führen. Nicht, solange er uns überlegen ist. Und das bleibt er, solange wir nicht mit dem Rest sprechen können. Er hat eine Mauer und seine Jäger zwischen uns und ihnen.«

»Wir haben Elif hinter der Mauer«, warf Anna ein.

»Die kann auch nicht mit allen gleichzeitig reden und sie für uns gewinnen«, beharrte Nick. »Nicht in der kurzen Zeit.«

Sie zerbrachen sich noch eine Weile die Köpfe und kamen doch zu keinem befriedigenden Ergebnis. Schließlich beschlossen sie entmutigt, erst mal eine Pause einzulegen. Es war bereits tief in der Nacht und Anna fragte sich langsam, was sie tun sollten, wenn sie sich zu überhaupt nichts durchringen konnten, bis es hell wurde. Sicher machte sich Elif in der Burg schon wieder Sorgen, weil sie nichts von ihnen hörte. Sie wusste ja, wie knapp die Zeit war.

»Ich hätte ja nicht gedacht, dass es leicht wird«, sagte Nick zu Anna, während sie sich draußen vor dem Gewölbe die Beine vertraten, »aber dass es *so* schwer sein würde, ein paar Menschen zusammenzubringen, um sie zu retten …«

»Álvaro will nur Macht«, erwiderte Anna düster, »und die hat er jetzt. Alles andere ist ihm egal.«

»Als wir ihn belauscht haben, hat er gesagt, es ginge ihm nur darum, die Überlebenschancen von allen zu erhöhen.«

»Das hat er doch nur erzählt, um Maik auf seine Seite zu bringen«, schnaubte Anna.

Sie gingen hier draußen Hand in Hand, und obwohl die Nähe guttat, weckte sie doch auch die Sehnsucht nach einem anderen Leben, in dem sich in diesen Tagen wohl alles nur um Nick und sie gedreht hätte.

»Es gibt noch eine andere Möglichkeit«, sagte Anna zögerlich.

»Welche?«

»Das mit den Wachen«, erklärte sie. »Ich glaube, das war Maik.«

Nick sah sie verwirrt an. »Wie kommst du darauf?«

»Da lag ein blutiger Stein am Boden, neben dem Niedergeschlagenen. Das war einer von dem Werkzeug, das Maik bei seiner ersten Jagd hatte.«

»Hm«, überlegte Nick und kam dann zur selben Überlegung wie sie anfangs. »Kann schon sein, aber dann ist es ja fast noch wahrscheinlicher, dass Álvaro dahintersteckt und alles eine Falle war.«

Ihre eigene Unklarheit über die Sache mit den Wachen war wohl der Grund, warum weder Jelena noch sie oder Nick das Thema in der Versammlung angesprochen hatte. Es gab so viele offene Fragen, zum Beispiel, woher derjenige überhaupt gewusst hatte, dass sie kamen. Oder, ob Álvaro wirklich den Tod eines seiner Männer in Kauf genommen hatte. Aber vielleicht hätten sie es trotzdem mit allen besprechen sollen.

»Und wenn er uns helfen wollte?«, äußerte Anna die andere Möglichkeit. »Wenn wir ihn auf unserer Seite wüssten, dann könnten wir Álvaro vielleicht doch überwältigen, so nah wie Maik an ihm dran ist.«

Es war ein verzweifelter Gedanke, aber sie hatten schon so vieles verworfen.

»Ist das dein Ernst?«, fragte Nick entgeistert. Es war in etwa die Reaktion, die Anna erwartet hatte. »Er hat sich für Álvaro entschieden! Er hat die Hallen angezündet oder er hat es zumindest nicht verhindert. Maik hat Pan auf dem Gewissen!«

»Aber wir wissen nicht, welche Rolle er da tatsächlich

gespielt hat«, beharrte Anna. »Wir haben keine Ahnung, wie das mit dem Feuer abgelaufen ist. Und nach der Sache mit Jelena, welche Alternative hatte er denn, als sich Álvaro anzuschließen? Er hatte doch gerade erst miterlebt, was Álvaro mit Leuten macht, die sich ihm entgegenstellen.«

»Und wie willst du es herausfinden? Willst du ihn fragen?«, bremste sie Nick. »Und willst du dein Leben darauf setzen, dass er Enzo *und* Álvaro in Schach halten kann und die Jäger ihm folgen und sich nicht für Álvaro entscheiden? Willst du all unsere Leben darauf setzen?«

Anna wusste, dass das Risiko immens war. Aber sie hatten schon so vieles durchgespielt und alles hatte noch schlechtere Erfolgsaussichten gehabt.

»Irgendwas müssen wir doch versuchen.«

Natürlich klammerte sie sich an einen Strohhalm, aber Maik war anders als Álvaro oder Enzo. Umso mehr hatte sie sein damaliges Einverständnis gegenüber dem *Comandante* bestürzt. Vielleicht hatte Maik sich ihm nur zum Schein angeschlossen. Oder er hatte mittlerweile genug von Álvaro. Über das Werkzeug hatten er und Anna sich kennengelernt. Vielleicht hatte Maik ihr mit dem Stein tatsächlich ein Zeichen geben wollen.

»Ich kann dich ja verstehen«, sagte Nick mit betont ruhiger Stimme. »Du *willst*, dass er auf unserer Seite steht. Er ist Deutscher, wie du. Ihr habt eine Verbindung. Aber er ist gefährlich!«

»Und wenn wir versuchen, mit Álvaro zusammenzuarbeiten, ist das nicht gefährlich?«, antwortete sie. »Oder wenn wir ihn angreifen, ohne Kontakt zu Maik aufzunehmen?«

Er schwieg eine Weile und sah sie dabei unglücklich an. Es war vermutlich nichts gegen das, wie Peter ihren Einfall aufnehmen würde.

»*Wenn* es tatsächlich ist, wie du vermutest«, ließ sich Nick auf ihre Hoffnung ein, »und das ist ein ziemlich unsicheres Wenn ... Wie sollen wir überhaupt an ihn rankommen?«

»Wir könnten zu den Hallen gehen«, erwiderte Anna, erleichtert, dass er sie nicht weiter abblockte, »vielleicht hält er dort Wache. Er stand doch meistens direkt am Eingang der Plantage, während ein anderer den Brunnen bewacht hat oder herumgegangen ist.«

»Aber das war vor dem Ausbruch«, gab Nick zu bedenken. »Meinst du nicht, dass Álvaro seine besten Leute jetzt in der Burg behält?«

»Dann würde er doch seine ganze Versorgung aufs Spiel setzen«, antwortete Anna. »Dass die Leute satt sind, hält ihm in der Burg den Rücken frei. Aber wenn Maik wirklich in der Burg ist, dann haben wir immer noch Elif dort.«

Nick wollte protestieren, aber Anna ließ es nicht zu.

»Ich weiß, dass sie nicht im Alleingang die ganzen Leute gegen Álvaro aufbringen kann. Aber sie kann sich als Einzige von uns frei bewegen und sie kann zu Maik Kontakt aufnehmen, falls er dort ist. Niemand wird deswegen Verdacht schöpfen.«

»Wenn er sie nicht einfach direkt an Álvaro verrät«, kehrte Nick zu seiner ursprünglichen Skepsis zurück.

»Lass es uns den anderen vorschlagen«, bat Anna. »Wenn sie Nein sagen, dann höre ich auf damit. Aber es ist etwas, das wir tun können. Es ist besser, als rumzusitzen und zu diskutieren, bis es irgendwann zu spät ist.«

Und dem stimmte Nick schließlich zu.

Es wurde ein steiniger Weg. Zunächst mal wusste ja noch niemand außer Jelena überhaupt davon, dass die Wachen bereits vor der Befreiungsaktion in der Burg unschädlich gemacht worden waren. Als Nick es erzählte, brachen zunächst einmal wilde Spekulationen aus. Anna musste erneut dagegen argumentieren, dass es eine Falle für die Befreier gewesen war, um ihnen einen Mord anzuhängen.

Als Anna schließlich ihre Vermutung präsentierte, dass Maik auf ihrer Seite stand, und vorschlug, auf ihn zuzugehen, gab es einen regelrechten Tumult. Peter konnte nicht länger stillhalten und klagte sie offen an.

»Du warst dabei, als Pan gestorben ist«, rief er fassungslos. »Ohne dich wären wir vielleicht gar nicht aus dieser brennenden Halle gekommen. Du hast doch selbst noch gesagt, dass Maik und dieser Enzo den Brand gelegt haben müssen.«

»Aber ich wusste es damals genauso wenig wie heute«, versuchte Anna zu beschwichtigen. »Niemand von uns hat es gesehen. Ich weiß nur, dass jemand uns geholfen hat, Jelena und Sinan zu befreien, und ich glaube, dass es Maik war. Er hat vielleicht von Anfang an nur so getan, als würde er auf Álvaros Seite stehen. Wenn es so ist, dann wären wir mehr als dumm, nicht auf ihn zuzugehen. Und einen besseren Plan haben wir auch nicht.«

Die Entrüstung prasselte weiter auf Anna ein und sie wiederholte unermüdlich die immer gleichen Argumente. An ihr selbst nagten ja auch die Zweifel. Was, wenn Maik doch einfach nur der kaltblütige Mörder war, den fast alle hier in ihm sahen? Was, wenn es irgendein Stein gewesen war und irgendjemand, der damit zugeschlagen hatte? Sie wollte das Ganze schon beenden, als Sinan sich ein zweites Mal zu Wort meldete.

»Ich habe nicht kennen diesen Maik«, stolperte er langsam von Wort zu Wort. »Aber wenn es Hilfe gibt, wir müssen versuchen.«

Man sah in seinen Augen, wie sehr er darauf brannte, Álvaro doch noch zu Fall zu bringen und mit der Grübelei, wie sie mit ihm zusammenarbeiten konnten, aufzuhören.

»Ich bin mir mit Maik auch nicht sicher«, fügte Nick hinzu. »Aber Anna hat recht, wir haben keinen besseren Plan. Und wenn Maik uns tatsächlich helfen sollte, dann stünden unsere Chancen ziemlich gut. Vielleicht sollten wir es versuchen.«

Anna war dankbar für seine Hilfe, doch zugleich spürte sie die Last der Verantwortung auf ihren Schultern. Auf einmal stand die Möglichkeit im Raum, ihren Plan umzusetzen. Lev und Peter machten noch immer unglückliche Gesichter und Anna spürte förmlich, wie die Waage zwischen Pro und Kontra im Gleichgewicht zitterte. Niemand wollte das entscheidende Wort für oder gegen ihren Vorschlag sprechen.

»Und wie genau wollt ihr auf ihn zugehen?«, fragte schließlich Jelena und damit waren sie beim praktischen Teil angekommen.

Anna und Nick erläuterten, dass sie es bei den Hallen versuchen wollten und dass gleichzeitig jemand Elif benachrichtigen musste, für den Fall, dass Maik in der Burg war.

»Und was macht ihr, wenn er bei den Hallen nicht alleine ist?«, fragte Lev.

»Als wir da draußen unser Versteck hatten, haben wir die Hallen und den Brunnen oft beobachtet«, antwortete ihm Anna. »Es gab fast immer Zeiträume, in denen die Wachen zwischen den Hallen unterwegs waren. Nur am Brunnen blieb immer einer und am Eingang ihrer Plantage. Dort meistens Maik. Wenn es wieder so ist, finden wir einen Moment, um auf ihn zuzugehen.«

»Und wer sagt Elif, dass sie mit Maik reden muss, sollte er in der Burg sein?«, frage Jelena. »Jemand muss über die Mauer zu ihr. Der Durchgang ist jetzt entweder verschlossen oder bewacht.«

»Das kann ich machen«, preschte Connor vor, als hätte er nur auf die Gelegenheit gewartet.

»Nein, ich!«, krakelte Ruth. Beide hatten seit Stunden nichts von sich gegeben, aber nun hatten sie eine Gelegenheit für einen ihrer Wettkämpfe gefunden.

»Ich kann viel besser Englisch als du, du bringst doch keine zwei geraden Sätze raus!«, rief Connor.

»Ich bin schneller«, hielt Ruth dagegen. Und dann folgten noch ein paar schlecht verständliche Worte, aus denen Anna ziemlich sicher ein »Lahmarsch« heraushörte.

»Hört auf!«, sprach Peter ein Machtwort und die beiden sahen ihn gespannt an. Er zögerte nur kurz. »Connor macht es.«

Ruth begann sofort lautstark in einem Mischmasch aus Englisch und Holländisch zu widersprechen.

»Connor schleicht sich in die Burg!«, beharrte Peter. »Er hat sicher alles verstanden, was wir besprochen haben, und kann es Elif erklären. Ruth, du gehst mit ihm hin und passt an der Mauer auf, dass er beim Klettern nicht entdeckt wird.«

»Ich habe auch alles verstanden«, maulte Ruth angesichts Connors zufriedenem Gesichtsausdruck, doch niemand reagierte darauf.

»Wenn die beiden erwischt werden und Álvaro unseren Plan herausbekommt, dann gibt es keinen zweiten Versuch …«, mahnte Jelena, die die Auseinandersetzung der beiden mit kritischem Blick verfolgt hatte.

»Du meinst, weil sie Kinder sind, bekommen sie es nicht so gut hin?«, fragte Peter trotzig. »Niemand von euch ist so flink wie Ruth und Connor steht ihr in nichts nach. Er kommt locker über diese Mauer und Ruth passt auf, dass er nicht entdeckt wird.«

Jelena sah nicht ganz überzeugt aus, aber im Grunde stimmte Anna ihm zu. Vielleicht hätte sie sich eher für Ruth entschieden, nachdem sie tatsächlich etwas kleiner und schneller war und Anna ohnehin nicht damit rechnete, dass Maik in der Burg war.

Aber auch Connor würde unbemerkt hinüberkommen, hoffte sie, und er war mit Sicherheit die gewissenhaftere Wahl.

»Geht am besten gleich los«, sprach Anna die beiden an. Sie hatten keine Zeit zu verlieren. »Connor, kletter am besten auf der Schattenseite rüber. Da, wo das Gleißen nicht hinkommt, rechts vom Stadtrand.«

Der Junge mit dem schmutzigen Gesicht nickte eifrig.

»Sie haben die Mauer erhöht, also musst du schnell sein, damit du nicht zu lange zu sehen bist. Drüben findest du Elif in einem der äußersten Gebäude. Es war früher mal zweistöckig, aber es ist nur noch der untere Teil übrig, das erkennst du sicher.«

Wieder nickte Connor.

»Erklär ihr alles. Aber sie soll nur dann etwas tun, wenn Maik in der Burg ist und es bis vor Tagesanbruch nicht so aussieht, als würde er zu den Hallen aufbrechen. Wenn er nicht da ist, dann weih sie einfach in unseren Plan ein. Falls doch, dann soll sie mit ihm sprechen und dir seine Antwort geben. Hinterher kletterst du zurück über die Mauer, solange es noch dunkel ist.«

»O. k.«, bestätigte Connor.

Es klang alles komplizierter, als es war, hoffte Anna.

»Wenn Maik nicht dort ist, dann hältst du dich einfach versteckt, wo Elif es dir sagt«, stellte Anna noch einmal klar, »und ihr wartet darauf, dass wir oder Maik auf euch zukommen. Alles verstanden?«

»Und was, wenn Elif zu Maik geht und nicht wieder zurückkommt?«, knurrte Lev. »Was hast du dir dafür überlegt, wenn Maik sie nicht mehr gehen lässt?«

Das saß. Hatte sie überhaupt das Recht, Elif so aus der Deckung zu befehligen und die beiden Kinder dazu?

»Dann kommst du wieder zu uns zurück«, half Nick aus. »Und zwar noch vor Tagesanbruch, damit dich niemand sieht.«

Sie ließen Connor alles noch einmal wiederholen, dann machten er und Ruth sich auf den Weg. Anna bemerkte die sorgenvollen Blicke, die Jelena den beiden hinterherwarf.

»Was genau wollt *ihr* Maik eigentlich sagen, wenn ihr ihn findet?«, fragte Lev.

»Es gibt nicht viel zu sagen«, antwortete Anna. »Wenn

er auf unserer Seite steht, dann wird er sich uns zu erkennen geben und wir können zusammen einen Plan machen. Vielleicht kommt er sogar mit hierher.«

»Und wenn nicht?«, fragte Lev.

Diesmal hatte sie darauf gewartet.

»Dann können wir ihm zumindest die Situation erklären. Dass wir bis morgen Abend Zeit haben und dass wir nur alle gemeinsam von hier wegkommen. Wir warten, bis er allein ist, und bleiben vorsichtig. Maik wird an Álvaro weitergeben, was wir zu sagen haben, und dann wissen sie es zumindest. Wenn sie leben wollen, müssen sie auf uns zukommen.«

Das klang für den schlechteren Ausgang ihres Plans nicht einmal so schrecklich, fand Anna und auch Lev gab sich damit zufrieden. Nick und sie machten sich ebenfalls sofort auf den Weg und Anna spürte die Blicke der anderen in ihrem Rücken. Als sie das Gewölbedach erklommen hatten und Nick hörbar aufatmete, erwiderte Anna sein Lächeln. Auch sie war erleichtert, dass sie das lange Gerede endlich hinter sich hatten. Ein langer Weg lag vor ihnen, und wenn alles gut ging, dann führte dieser Weg nach Hause. Doch ein mulmiges Gefühl blieb. Zu viel Verantwortung lag nun auf ihren Schultern.

Maik

Im Mantel der Nacht stahlen sie sich am Stadtrand entlang in Richtung der Hallen, deren gewölbte Dächer im Glanz des Gleißens schimmerten. Noch immer war der Ruß des Brandes als gleichmäßiger Schatten unter einer der Oberflächen erkennbar.

Während sie sich näherten, mieden sie die Lichtstrahlen aus dem Loch am Horizont, denn wer immer die Ebene im Blick hatte, hätte sie sofort gesehen. Anna hatte immer noch Bens Warnung vor dem geheimnisvollen alten Mann im Hinterkopf.

Als sie sich vom Stadtrand trennen mussten, legten sie sich für das letzte Stück flach auf den Boden und krochen auf allen vieren vorwärts. Sie durften nicht entdeckt werden, solange sie nicht wussten, ob Maik alleine war. Wie sollten sie wissen, welche der Jäger Maik und welche Álvaro gegenüber loyal waren. Wenn sie sich dem Falschen zeigten, würden sie Maik so vielleicht dazu zwingen, sie doch Álvaro zu übergeben, selbst wenn er es nicht wollte.

»Siehst du was?«, flüsterte Nick, als keine fünfzig Meter mehr zwischen ihnen und der Plantagenhalle lagen. Er sprach leise, obwohl das Wummern und Brummen seine Worte sicher nach wenigen Metern verschluckte. Das Geräusch war ihr mittlerweile so vertraut, dass sie es kaum mehr wahrnahm.

»Nein, vielleicht ist er drinnen«, flüsterte Anna zurück. Der Eingang mit den automatischen Schiebetüren lag verlassen da. Dass die Türen bis auf den schiefen Spalt verschlossen waren und nicht offen gehalten wurden oder gar zerstört waren, nahm Anna als Zeichen, dass ihr Mechanismus den Brand überlebt hatte.

»Wir können nicht einfach rein«, murmelte Nick angespannt. »Bei dem Geklapper kämen sofort alle angelaufen.«

»Sehen wir uns erst einmal um.«

Sie krochen vorsichtig in einigem Abstand um das Gelände. Annas Knie und Ellenbogen taten von dem rauen Untergrund schon weh, doch sie trauten sich nicht, sich anders fortzubewegen. Zwischen den Hallen gab es zu viel Deckung für jeden, der hier herumschlich. Sie musste nur an Kyle denken und wie oft er seinen Posten verlassen hatte, um auf seine verzweifelte Drogensuche zu gehen.

Doch sie entdeckten niemanden. Nicht bei den Hallen und nicht am Brunnen. Nachdem sie die Szenerie eine Weile beobachtet hatten, wagten sie es schließlich, das letzte Stück hinüberzukriechen. Erst am Brunnen standen sie auf und tranken, wie sie es noch vor wenigen Tagen regelmäßig getan hatten.

»Wir werden hineingehen müssen«, sprach Nick aus, was auch Anna bereits klar war. Hier war kein Wächter.

Wenn einer unterwegs gewesen wäre, hätten sie ihn bereits entdeckt.

»Maik ist bestimmt alleine in der Halle, wenn sie schon sonst keine Wachen auf dem Gelände haben«, hoffte sie.

Sie schlichen sich geduckt an den röhrenden Turbinen vorbei und zwischen den Hallen durch, denn das Gefühl, dass noch irgendwo jemand lauern konnte, ließ sich nicht so einfach abschütteln. Schließlich standen sie an derselben Stelle vor dem Halleneingang wie damals, als sie nach ihrer Flucht aus der Burg die Kinder hatten warnen wollen. Es blieb ihnen nichts weiter übrig, als das Risiko einzugehen, dass der Falsche sie entdeckte.

»Auf drei?«, fragte Nick angespannt.

Anna atmete tief durch und nickte.

»Eins …«, begann Nick zu zählen, »zwei …«

Doch er kam nicht mehr zu drei, denn in diesem Moment raschelte es hinter der Tür und der Mechanismus erwachte schlackernd zum Leben. Nick machte einen Satz nach hinten und riss Anna mit sich. Ihr Herz hämmerte, als die rechte Seite der Doppeltür aufglitt und die linke ihren verkeilten Tanz im Türrahmen begann, wie schon beim letzten Mal.

Ein kleiner Schatten bewegte sich dahinter, hob raschelnd vom Boden ab und kam durch die offene Tür unbeholfen auf sie zugeflattert. Anna duckte sich weg und spürte einen Luftzug. Sie sah aus dem Augenwinkel ein Flügelschlagen, dann war der Schatten an ihnen vorbei.

»Es war nur ein Vogel«, brachte Nick heraus, als die Tür aufgehört hatte zu klappern. Anna drehte sich um und sah dem torkelnden Schemen nach, der sich Richtung Stadt durch die Luft mühte.

»O Gott, ich dachte, es wäre wieder eine Falle«, sagte sie heftig atmend.

Nick machte einen entschlossenen Schritt auf die Tür zu. »Komm, wenn noch jemand hier ist, hat er das sowieso gehört.«

Anna bemühte sich, ihre Nerven wieder zu beruhigen. Sie schlüpften hastig durch die Tür, um den Lärm so gering wie möglich zu halten. Auf der anderen Seite blieben sie wie angewurzelt stehen. So groß, so weit erstreckte sich die verkohlte Fläche mit den abgebrannten Stümpfen und dem wild wuchernden frischen Bewuchs. Anna ließ rasch den Blick schweifen, um sicherzugehen, dass ihnen niemand auflauerte.

Es war eine gigantische Ebene, die vor Tagen noch von Urwald überwuchert gewesen war. Asche, verkohlte Wurzeln und Pflanzenstümpfe bedeckten den Boden, doch Lev hatte die Wahrheit gesagt: Für die kurze Zeit war tatsächlich schon eine beachtliche Plantage entstanden. Da wuchsen hüfthohe Sträucher und Stauden, Gemüsepflanzen und sogar vereinzelte Baumschösslinge. Wilde Getreidehalme sprossen überall. Doch Annas Staunen über das, was vor ihnen lag, konnte nicht verhindern, dass ihr noch etwas anderes in aller Deutlichkeit klar wurde. Diese Halle lag verlassen. Sie waren alleine und ihre Hoffnung, Maik hier zu treffen, war vergebens gewesen.

»Álvaro muss ihn in der Burg behalten haben«, vermutete Nick. »Wahrscheinlich wegen unserer Befreiungsaktion.«

Diese Überlegung hatte er schon ganz zu Anfang geäußert und Anna hatte sie abgetan. Doch Nick sagte es bedauernd, ohne jede Rechthaberei.

»Dann müssen wir hoffen, dass Connor und Elif mehr Glück haben«, erwiderte Anna niedergeschlagen.

Ihr schlechtes Gewissen meldete sich zurück. Nun trugen Elif und die Kinder das Risiko von Annas Plan ganz allein.

Sie beschlossen, zumindest rasch etwas Proviant zusammenzutragen, um nicht mit völlig leeren Händen zu den anderen zurückzukehren. Nick zog sein T-Shirt aus und sie sammelten darin allerlei Beeren und was sie sonst noch so auf die Schnelle verstauen konnten.

»Was ist da hinten?«, fragte Nick auf einmal und deutete auf einen Farbtupfer in der grün-schwarzen Fläche in einiger Entfernung.

Anna erwartete nicht mehr als ein paar Beerensträucher, doch während sie darauf zugingen, erkannte sie immer mehr unterschiedliche Blüten und die plötzliche Erkenntnis lief ihr wie eine Gänsehaut über den ganzen Körper.

»Das ist Pan«, keuchte sie und beschleunigte ihre Schritte.

Als sie bei der Stelle ankam, verschlug ihr die Blütenpracht den Atem. Ein Rankengestrüpp wuchs aus der Erde und bildete fast so etwas wie einen kleinen Grabhügel. Die neuen *Gärtner* der Halle schienen versucht zu haben, die Pflanzen zu bändigen, davon zeugten zahlreiche abgehauene Triebe. Doch ihr Werkzeug hatte nicht ausgereicht oder die Pflanzen hatten sich schlicht nicht zurückdrängen lassen. Wenn ihre Orientierung sie nicht täuschte, dann befanden sie sich gar nicht so weit weg von der Stelle, wo die Lichtung mit dem Lager der Kinder ursprünglich gewesen war. Sie konnte sich noch gut erinnern, wie Eric die Kinder losgeschickt hatte, um die Angreifer mit ihrem Heulen im Wald aufzuscheuchen.

Anna erkannte nicht die Hälfte der Gewächse. Zarte wie auch kräftige Blütenfarben mischten sich in einer Decke über den Ranken und Anna hatte sofort wieder Pans Lied im Ohr, das er seiner Weidenflöte entlockt hatte. War das Bens Werk gewesen?

Nick stand neben ihr und sie hielten gemeinsam inne. Anna dachte auch an die anderen Kinder der Horde. Was sie hier erlebt hatten, würde sie nie wieder loslassen, egal wie es endete. Welchem perfiden Zweck folgte dieser Ort? Ben war erst ein kleines Kind gewesen, als er verschwunden war. Sie hoffte nur, dass er wie Pan eine Gruppe um sich gehabt hatte und nicht allein durch die Stadt geirrt war. Als stumme Tränen über ihre Wangen liefen, nahm Nick ihre Hand. Sosehr die Zeit auch drängte, wenn dieser Moment, den sie an Pans Grab standen, ihnen am Ende zu ihrer Heimkehr fehlen sollte, so hätte Anna dennoch nicht an den Blüten vorbeilaufen können.

Bis sie am Versteck der Kinder ankamen, hatte der schwarze Himmel ein verwaschenes Grau angenommen und der Tagesanbruch war nicht mehr zu leugnen. Oben an der Rampe stand eine Kindergestalt und hielt Ausschau. Als sie Anna und Nick kommen sah, kam die Gestalt sofort auf die beiden zugerannt. Es war Connor und Anna stellte mit Bestürzung fest, dass seine Miene voller Zorn war.

»Sie ist einfach vorausgelaufen!«, rief er ihnen zu. »Die blöde Kuh ist einfach losgerannt!«

Anna verstand kein Wort.

»Habt ihr Maik gesehen?«, fragte sie fieberhaft. »Hat Elif mit ihm gesprochen?«

Da erschien Peter vorne am Rand, wo es zum Gewölbe hinunterging.

»Kommt hier runter. Ruth erzählt gerade alles.«

Bildete Anna sich das ein oder klang er freudig?

»Du hattest recht, Anna, Maik ist auf unserer Seite!«

Während sie und Nick die letzten Meter überwanden, fühlte sich Anna mindestens zehn Kilo leichter. Connor lag ihnen weiter mit seinen Beschwerden in den Ohren. So weit Anna es mitbekam, hatte sich Ruth über Peters Einteilung hinweggesetzt und war an Connors Stelle über die Mauer geklettert. Ihm war nichts anderes übrig geblieben, als bis kurz vor Tagesanbruch zu warten, als sie schließlich zurückgekehrt war.

Unten am Gewölbeeingang saßen alle beisammen und folgten den nicht immer ganz leicht verständlichen Ausführungen von Ruth, die die Aufmerksamkeit sichtlich genoss. Annas und Nicks Auftauchen nutzte sie, um noch einmal von vorne zu beginnen, während Connor in stillen Protest überging und Ruth finstere Blicke zuwarf.

Sie erzählte, dass sie Elif gefunden und ihr alles erklärt hatte. Anna war nicht überrascht, zu hören, dass Elif zunächst an die Decke gegangen war. Ruth wiederholte breit grinsend einige der Flüche, mit denen das türkische Mädchen Nick und sie bedacht hatte. Elif hatte wohl bereits gewusst, dass Álvaro all seine Leute in der Burg zusammengezogen hatte, so auch Maik. Ihr war also sofort klar gewesen, dass die Aufgabe, auf Maik zuzugehen, bei ihr lag.

Während Elif sich aus ihrem Unterschlupf davongemacht hatte, war Ruth mit dem Auftrag, sich versteckt zu halten, zurückgeblieben. Elifs Furcht, sich in die Höhle des Löwen zu begeben, musste wirklich Eindruck auf Ruth gemacht haben, denn zur Abwechslung hatte sie Elifs Anweisung gehorsam befolgt. Sie hatte alleine in der Ruine verharrt und mit zunehmender Anspannung auf Elifs Rückkehr gewartet. Aber schließlich war Elif zurückgekommen und offenbar hatte sie die Nachricht selbst kaum glauben können, die sie Ruth auf den Weg gab.

»Maik ist also auf unserer Seite?«, fragte Anna, denn sie wollte es noch einmal unmissverständlich von Ruth hören.

»Ja, ist er! Elif hat gesagt, ihr sollt hier draußen auf das Zeichen warten«, berichtete Ruth, bemüht, sich verständlich auszudrücken. »Maik und sie werden in Álvaros Namen alle in der Burg zu einer Versammlung zusammenrufen. Dann gebe ich euch das Zeichen und lasse euch herein.«

»Du lässt uns herein?«, fragte Jelena verwirrt, »Aber du bist doch hier …« Dann begriff sie. »Du willst *noch einmal* über die Mauer?«

»Ja, aber das ist kein Problem«, plapperte Ruth beiläufig. »Ich weiß jetzt, wo ich gut rüberkomme. Und es ging nicht anders, ich musste euch ja alles erklären.«

»Sie wollte doch nur ihren Auftritt hier haben und sich wichtig fühlen«, warf Connor wütend ein und Anna befürchtete, dass auch das ein Teil der Wahrheit war. Sonst hätte sie Connor ebenso gut durch die Mauer weitergeben können, was Elif ihr eingeschärft hatte. Andererseits wusste Anna auch nicht, ob das angesichts Connors Wut die zuverlässigere Variante gewesen wäre.

»Wenn ihr alle drin seid, dann stürmen wir die Versammlung!«, fuhr Ruth fort und überging Connors Bemerkung. »Maik erklärt denen alles und gemeinsam überwältigen wir Álvaro und Enzo. Und dann haben wir gewonnen!«

Es klang fast zu gut und Anna drängten sich sofort ein Dutzend Fragen auf. Würden Álvaro und Enzo tatsächlich widerstandslos aufgeben, wenn Maik ihnen in den Rücken fiel? Konnte Maik sich der Unterstützung der Jäger gewiss sein? Wenn sie dort aufmarschierten und sich die halbe Versammlung gegen sie stellte, dann würde alles in Gewalt ausarten. Das dunkle Herz würde sich an aller Wut und aller Angst laben, die von so einem Tumult ausgehen musste.

Selbst wenn es ihnen gelang, Álvaro zu stürzen, würden sie niemandem völlig vertrauen können. Alles hing nun davon ab, dass die Menschen begriffen, dass sie nur eine Chance hatten, von hier fortzukommen. Es lag an ihr und Nick, sie zu überzeugen, und Anna bekam allein von dem Gedanken schwitzige Hände.

»Ich muss zurück, ich hab Elif versprochen, dass ich nicht lang brauche«, tönte Ruth freudig. »Das Zeichen ist, dass ich einen Stein aus der Burg über die Mauer werfe. Connor weiß, wo.«

»Gibt es denn keine andere Möglichkeit?« Jelena wollte sich wohl nicht so einfach mit den Tatsachen, die Ruth schuf, abfinden. »Kann nicht Elif das Zeichen geben und das Tor für uns öffnen?«

»Wie sollen wir das jetzt noch absprechen?«, warf Anna ein und Ruth schüttelte den Kopf.

»Wir haben ausgemacht, dass ich rüberkomme und ihr helfe. Maik will Elif irgendwie in die Versammlung einspannen.«

Sie hatten keine Möglichkeit mehr, auf das einzuwirken, was Maik und Elif sich ausgedacht hatten. Wenn sie jetzt etwas durcheinanderbrächten, würden sie es den beiden nur schwerer machen. Ruth würde noch einmal das Risiko auf sich nehmen müssen und Jelena beließ es dabei.

»Connor, geh wieder mit ihr«, wandte sich Peter an den schmollenden Jungen. »Halt ihr den Rücken frei und schau, dass keiner sie erwischt. Wenn sie den Stein herüberwirft, läufst du sofort zu uns. Diesmal seid ihr bei Tageslicht unterwegs, also seid vorsichtig!«

Connor rappelte sich wortlos auf und Ruth nahm ihn ins Schlepptau.

»Keine Sorge, das wird kinderleicht«, lachte sie noch und dann waren sie fort.

Dem Rest blieb nichts anderes übrig, als einigermaßen überrollt zurückzubleiben. Ihr seltsames Gefühl lag sicher zum Teil an Ruths sprudelnder Art, aber selbst Anna, deren Idee es ja gewesen war, Maik einzubeziehen, fiel es schwer, ihm nun blind zu vertrauen. Es gab nicht mehr viel, was sie selbst noch tun konnten, um die Erfolgsaussichten des Plans zu steigern.

»Wenn die Menschen in der Versammlung Angst vor uns haben«, überlegte Nick, »dann wird es schwieriger, sie davon zu überzeugen, dass wir ihnen helfen wollen. Álvaro wird hoffentlich so und so kapieren, dass er keine Chance gegen uns alle zusammen hat. Also sollten wir besser harmlos aussehen.«

Anna ließ ihren Blick über die Runde wandern. Die Kinder, auch die kleinen, sahen mittlerweile tatsächlich wie eine Horde Wilder aus. Schmutzig, mit verfilztem Haar und zerrissener Kleidung. Schon allein mit Sinan in die Versammlung zu platzen, ohne dass alle schreiend davonliefen, würde schwer genug sein.

»Poppins. Kannst du die Kinder herrichten und vielleicht die Erwachsenen auch?«, überlegte sie. »Je weniger verwildert sie aussehen, desto weniger Angst werden die Menschen in der Burg haben.«

Poppins hatte sofort ein Funkeln in den Augen und nickte eifrig.

Für die Burgbewohner würde es das erste Mal sein, dass sie die Kinder sahen. Wenn sie Mitleid mit ihnen hatten, so wie Jelena damals, dann würde ihre Empörung über Álvaro groß und alles andere leichter sein.

Poppins machte sich sofort an die Arbeit und war in ihrem Element. Eifrig wusch sie verdreckte Gesichter, denn mit dem Wasser mussten sie nun nicht mehr sparsam sein. Sie holte sogar eine Art Kamm hervor, den sie selbst aus einem Knochen improvisiert haben musste, zog damit Scheitel durch die nassen Schöpfe und bearbeitete verknotete Haare, dass es den Kindern die Tränen in die Augen trieb. Selbst Annas kräuseligen Pferdeschwanz beäugte sie kritisch und bot ihr zwei ihrer Haarspangen an, doch Anna lehnte lächelnd ab. Nick und sie bemühten sich, Kleidungsstücke nach Zustand zu sortieren und neu zu verteilen, sodass jedes Kind einigermaßen ordentlich ausgestattet werden konnte.

Währenddessen verteilte Peter das Essen, das sie aus den Plantagen mitgebracht hatten, und die anderen schmiedeten weiter Pläne. Als Poppins' Arbeit getan war, schlug Jelena vor, sich einen Unterschlupf nahe am Tor zu suchen.

»Umso schneller sind wir da, wenn es losgeht«, erklärte sie. »Peter kann vier Kinder als Kette zwischen Connor und uns aufstellen.«

Das musste sein, denn Ruth war schon fort und würde Connor das Signal an einer Stelle geben, wo sie Deckung durch Häuser hatte, nicht am Tor.

»Nick kennt sich am besten aus«, warf Anna ein. »Am besten, er geht mit.«

Während Nick sich wenig später mit den Kindern, die Peter auf ihre Aufgabe vorbereitet hatte, in Richtung Mauer wagte, sammelte Anna mit einer Mischung aus Aufregung und Angst im Bauch den Rest. Nicht mehr als eine Stunde nach Ruths Bericht verließen sie das Versteck der Kinder. Der Himmel hatte bereits seine schwefelgelbe Farbe wieder und der letzte Tag war angebrochen.

Sturm auf die Burg

Sie fanden einen Unterschlupf, der groß genug war, sie alle aufzunehmen, und sich wenige Gassen von ihrem Ziel entfernt befand. Anna hielt draußen nach Nick Ausschau, bis dieser angelaufen kam. Er bestätigte, dass alle Kinder positioniert seien. Ruths Signal würde sie binnen kürzester Zeit erreichen, und wenn alles glattging, dann käme ihre Gruppe wenige Minuten nach dem Zeichen aus der Burg am Eingangstor an.

Die Stunden des Wartens zogen sich quälend langsam dahin. Sie hatten keinerlei Anhaltspunkt, wie lange es dauern mochte, bis Maik den richtigen Zeitpunkt für die Versammlung gekommen sah. Die meisten versuchten, sich noch ein wenig auszuruhen, nachdem sie die ganze Nacht nicht geschlafen hatten, doch für Anna war daran nicht zu denken.

Wenn die Burgbewohner sie nun doch als Feinde ansahen und auch Maiks Beistand nichts half? Sie waren lange fort gewesen und Álvaro hatte in der Burg die Angst vor allem, was von jenseits der Mauer kam, geschürt.

Oder wenn nun schon etwas schiefgegangen war und sie hier vergeblich warteten? Elif und Maik konnten von jemandem belauscht worden sein. Oder das Zeichen war bereits erfolgt, aber in der Signalkette der Kinder verloren gegangen. Sie hatten ihnen eine enorme Verantwortung gegeben, war das nicht purer Leichtsinn? Diesem Gedanken folgend trat Anna zu Nick, der am Ausgang stand und nach draußen Ausschau hielt.

»Meinst du, wir sollten noch mal den Weg der Kinder abgehen?«, schlug sie vor. »Wir können auch mit Connor reden, ob wir ihm noch mehr Beobachter an die Mauer stellen sollen.«

»Der wird nicht gerade glücklich sein, wenn wir ihm das mit dem Signal jetzt auch noch wegnehmen«, schmunzelte Nick. Doch er sah ihr wohl an, wie nervös sie war, und willigte ein.

Nachdem sie Jelena Bescheid gegeben hatten, traten die beiden hinaus in die Gasse. In diesem Moment stürmte ein kleiner Junge heran. Das sorgfältig gescheitelte Haar presste er sich im Rennen mit beiden Händen auf den Kopf. Poppins hatte ihm sicher eingeschärft, er solle bloß auf seine Frisur aufpassen. Ohne die Nachricht des Jungen abzuwarten, rief Anna nach drinnen. »Es geht los!«

Keine zwanzig Sekunden später hatte sich der Pulk in Bewegung gesetzt. Anna und Nick, dann Lev, Peter und Poppins. Danach kamen die verbliebenen vier Kinder der Horde, zu denen sich auf dem Weg zum Tor auch die aus der Signalkette gesellten. Ganz hinten gingen Jelena und Sinan. Die Burgbewohner sollten den Türken so spät wie möglich erblicken und Jelena passte auf, dass keins der Kinder verloren ging.

Sie bewegten sich vorsichtig, obwohl es eigentlich keinen Grund dafür gab. Wenn Elif und Maik ihr Teil gelungen war, dann hielt hoffentlich niemand mehr Wache.

Als sie aus der Stadt traten, stieß Connor zu ihnen. Zu ihrer Rechten zog sich die Mauer in einer langen Linie bis zum Tor – doch der Durchgang war verschlossen. Ruth hätte die steinerne Scheibe bereits beiseiteräumen sollen, aber wie Anna in beginnender Panik feststellte, versperrte sie noch immer den Eingang.

»Ruth?«, zischte Anna, als sie dort angekommen waren. »Bist du da?«

»Ich bin hier, aber ich krieg – das – blöde – Ding – nicht – auf!« Die Verzweiflung war ihr anzuhören. »Ihr müsst mir helfen, schnell, es sind schon alle am Haupthaus. Ich weiß nicht, wie lange das gut geht.«

Sofort traten fünf von ihnen an die Scheibe. Anna suchte mit den anderen fieberhaft Halt in Rissen und Kerben und sie bemühten sich, das enorme Gewicht zur Seite zu rollen. Von innerhalb der Burg konnte man sich einfach gegen die Ränder der Scheibe stemmen, aber von außen war es ungemein schwerer.

»Es … es reicht nicht!«, hörten sie Ruth schluchzen. »Das Ding bewegt sich nicht.«

Auch Sinan und Jelena kamen, aber es war gar kein Platz für weitere Helfer an der Scheibe. Es durfte nicht wahr sein, sie waren so weit gekommen, um jetzt an der verdammten Eingangstür zu scheitern.

»Geht zurück, zurück!«, rief Nick auf einmal. »Ruth, weg von der Scheibe, geh auf die Seite!«

»Was hast du vor?«, fragte Anna, während sie von der Scheibe zurücktrat.

»Auf drei rennt ihr mit allem, was ihr habt, darauf zu, klar?«

Anna begriff. Sie konnte sich noch vom letzten Mal erinnern, als sie durch das Tor gegangen waren. Die Scheibe war nicht dicker als einen halben Meter gewesen und wurde auf der anderen Seite nicht gestützt. Wenn sie sie nicht wegrollen konnten …

»Eins … zwei …«, zählte Nick.

Bei drei stürmten sie los. Mindestens zehn der anderen hatten schnell genug kapiert und rannten mit. Fast gleichzeitig drehten sie Schulter oder Rücken zum Tor und krachten dagegen. Es war ein schmerzhafter Aufprall und die Nachkommenden sorgten für weitere Blessuren, doch die Scheibe wankte, Anna spürte es. Sie schien sich gerade zu entscheiden, ob sie zurück zur Mauer kippen oder den Weg freigeben wollte, da machte Lev die Sache klar.

Aus dem Augenwinkel sah Anna ihn als einen der letzten heranstürmen und dann trieb es ihr schon die Luft aus den Lungen, als der Mann mit der immer noch beachtlichen Statur auf sie traf. Gemeinsam kippten sie mit dem Torstein wie in Zeitlupe hinüber und mit einem gewaltigen Rums und einem mittleren Erdbeben schlugen sie auf dem Boden auf. Ruth stand knapp neben dem Rand der Scheibe, die sie beinahe in den Boden gestampft hätte, und machte große Augen.

»Weiter«, keuchte Anna unter der Last der Menschen, die nun auf ihr lagen. »Schnell jetzt!«

Sie rappelten sich auf und im Laufen klopften sie sich den Staub von T-Shirt, Pulli oder Hose. Sicher war einiges von der Arbeit, die Poppins in das Erscheinungsbild der

Kinder gesteckt hatte, durch die Aktion verloren gegangen, aber sie hatten keine Zeit, das zu beheben.

»Geradeaus, zu den großen Gebäuden!«, rief Anna für alle, die noch nie hier gewesen waren, doch Nick hielt sie am Arm fest.

»Schau doch«, sagte er.

Vom Brunnenplatz her kamen mehrere Gestalten auf sie zugerannt. Eine davon war der wild gestikulierende Maik, die anderen ein paar seiner Jäger.

»Warum ist er nicht bei der Versammlung?«, fragte Anna bestürzt.

»Ihr seid zu früh«, rief Maik ihnen schon von Weitem entgegen. »Kommt mit!«

Der bärtige Hüne kam ihr noch muskulöser als beim letzten Mal vor. Maik deutete auf die Hütten entlang der Mauer und schlug einen Bogen dorthin. Nick und die anderen folgten seiner Aufforderung und rannten in diese Richtung.

Zu früh? Wie konnten sie zu früh sein, Ruth hatte doch gesagt, dass die Versammlung bereits zusammengerufen worden war. Anna folgte den anderen und bemühte sich, Maik einzuholen. Sie wollte ihn fragen, doch der Hüne schien in diesem Moment sein Ziel erreicht zu haben. Ein Steinhaus, eines der ersten an der Mauer.

»Hier rein, schnell, bevor sie euch sehen!«, wies er sie an.

»Maik, was soll das?«, keuchte Anna auf Deutsch, atemlos vom Laufen. »Wir müssen doch zur Versammlung. Wir müssen Álvaro und Enzo überwältigen.«

Maik schüttelte nur den Kopf.

»Es war zu knapp. Wir müssen sichergehen, dass er

niemanden mehr auf seiner Seite hat, versteckt euch hier.«

»Wir sollen da rein?«, protestierte Lev, der Maiks Worte nicht verstanden hatte. Er war völlig verausgabt von dem kurzen Sprint. »Die Fenster sind vermauert, das ist ein Gefängnis! Anna, das ist eine Falle!«

Tatsächlich waren die Fensterlöcher zugemauert, genau wie bei dem Nebengebäude am Haupthaus, in dem Sinan und Jelena gefangen gehalten worden waren.

»Unsinn, ich muss euch nur irgendwo verstecken«, widersprach Maik auf Englisch. »Geht jetzt da rein, schnell, ich erklär euch alles später. Ich muss zurück zu Álvaro.«

»Nein!«, sagte Peter kopfschüttelnd und schaute zu dem Mann auf, der ein gutes Stück größer und doppelt so breit war wie er selbst. »Nein, wir gehen da nicht rein. Am Ende verbrennst du uns da drin.«

»*Ihr* wolltet doch meine Hilfe«, grollte Maik. »Aber wenn es nicht anders geht, dann eben so …«

Er gab seinen Männern einen Wink, die sich hinter ihre Gruppe hatten zurückfallen lassen. Die fünf senkten die Speere, die sie trugen, und kamen auf sie zumarschiert.

»W-was machst du?«, stammelte Anna entgeistert. »Hör auf!«

Die Steinspitzen der primitiven Waffen rückten näher und drängten die Gruppe an der Wand des Hauses zusammen. Die bleiche Poppins rief die Kinder zu sich. Lev ließ einen Wutschrei hören und wollte zwischen den Speeren ausbrechen, doch die Jäger schubsten ihn zurück und zwei setzten ihm ihre Waffen auf die Brust.

»Rein da!«, knurrte Maik Anna an und stieß sie durch die Pforte. Sie stolperte über eine Furche im Boden und fiel in das dunkle Haus. Andere kamen nach und Anna hörte einen Schmerzenslaut, als ein Junge aus der Horde stürzte. Sie rollte sich zur Seite weg und rappelte sich auf.

»Maik!«, schrie sie. »Maik, lass uns raus!«

Scharrend verkleinerte sich der Türausschnitt, der die einzige Lichtquelle darstellte. Die Furchen waren Schleifspuren gewesen, begriff Anna. Ihre Hütte wurde mit einem Stein verschlossen. Sie wurden eingesperrt.

»MAIK!«, brüllte Anna durch die Rufe der anderen.

»Tut mir leid«, drang Maiks Antwort herein. »Aber ihr wolltet es ja nicht anders. Jetzt hört auf mit dem Theater, wenn ihr euch und mir einen Gefallen tun wollt!«

Es war stockdunkel in der vermauerten und verbarrikadierten Hütte. Sie hatten eine Weile gerufen, doch keinerlei Antwort mehr bekommen. Natürlich hätten sie weiter schreien und darauf warten können, dass *irgendjemand* sie hören und Alarm schlagen würde, aber der konnte ja nur bei Álvaro landen, deshalb sprach Anna sich schweren Herzens dagegen aus.

»Du glaubst doch nicht noch immer, dass Maik uns helfen will?«, entrüstete sich Lev daraufhin.

»Ich weiß es doch auch nicht«, gab Anna verzweifelt in die Richtung zurück, aus der die Worte gekommen waren. Es war zu dunkel, um selbst Schemen zu erkennen. Auch sie und Nick hatten sich nur über ihre Stimmen gefunden. »Aber wir können im Moment nichts tun. Wenn sie gemeinsame Sache machen, haben wir eh keine Chance mehr. Also müssen wir Maik vertrauen.«

Eins der Kinder weinte unablässig. Es war der Junge, der beim Hereinkommen gestürzt war. Jelena versuchte gerade tastend zu erkennen, ob er verletzt war, während Poppins ihn tröstete.

In Annas Kopf rasten die Gedanken. War es ein Trick gewesen, um sie alle hinter Schloss und Riegel zu locken, oder war Maik tatsächlich nur aus der Not heraus so rücksichtslos vorgegangen? Wo war Elif? Sie hätte alles aufklären können.

»Anna hat recht.« Das war Jelenas beherrschte Stimme. »Entweder Maik kommt zurück und hat einen neuen Plan oder wir sitzen sowieso in der Falle. Tut das weh?«

Das Letzte war wohl an den Jungen gerichtet, der kurz darauf laut aufheulte. Es war keine Übersetzung nötig.

»Wahrscheinlich ist ein Band gerissen. Wenn er bald wieder laufen soll, braucht er eine Schiene. Haben wir hier einen Stock oder so was?«

Sie tasteten gemeinsam den Boden ab, fanden aber nichts, bis plötzlich ein Klopfen von der Wand ertönte. Alle verharrten in Stille.

»Ich hole jetzt Anna.« Maiks dumpfe Stimme hinter dem Stein. »Macht keine Dummheiten, ihr seid bald alle wieder draußen. Wenn ihr Ärger macht, tut ihr euch nur selbst weh.«

Anna bewegte sich schon mit ausgestreckten Armen durch die Dunkelheit auf Maiks Stimme zu.

»Halt«, zischte Nick, »du kannst doch nicht alleine gehen!«

»Maik, lass uns raus oder erklär wenigstens allen, was du vorhast«, bat Anna auf Englisch, damit es alle verstanden.

Von Maik kam keine Antwort.

»Verfluchter Mistkerl«, schimpfte Lev.

»Wir sollten zusammenbleiben«, drängte Nick, »zumindest solange wir nicht wissen, was er von dir will.«

Die Angst um sie war ihm deutlich anzuhören.

»Wir haben keine Zeit«, widersprach Anna leise, obwohl sie sich ganz und gar nicht wohl in ihrer Haut fühlte. »Vielleicht bringt er mich ja zu Elif.«

Sie wandte sich dem Torstein zu, ehe Nick sie zurückhalten konnte. »Ich bin hier!«

Mit demselben Schaben wie vorhin öffnete sich ein Spalt zu Annas Rechten und Licht fiel herein. Anna sah Jelena, die neben dem verletzten Jungen kniete. Sein linker Knöchel war dick angeschwollen und ganz blau.

»Maik, wir haben einen Verletzten hier«, sagte Anna eindringlich. »Wir …«

Doch weiter kam sie nicht. Eine Hand von draußen packte sie und zerrte sie hinaus.

Nick schrie wütend auf. »Anna!«

Doch Maik riss sie vom Eingang weg und zwei Jäger machten sich bereits wieder daran, ihn zu verschließen.

»Lass uns raus!«, verlangte Peters Stimme und ein Fuß drängte sich in den Spalt.

Maik trat zu und ein Ächzen erklang.

»Weg von der Tür!«, rief er, »wenn ihr nicht noch mehr Verletzte wollt.«

Der Spalt schloss sich und Anna starrte den massigen Mann mit der Glatze und dem Vollbart fassungslos an. Sie konnte nicht glauben, dass sie ihre Hoffnung in ihn gesetzt hatte.

»Was zur Hölle machst du da? Was soll das?«

Maik packte sie grob am Arm und riss sie mit sich.

»Los jetzt, Álvaro wartet«, sagte er und schlug ein strammes Tempo an.

Anna stolperte und versuchte, trotz der Verzweiflung, die sie überkam, nicht zu stürzen. Also hatte Maik ihnen tatsächlich nie helfen wollen, wie Lev es schon geahnt hatte. Sie versuchte, sich loszureißen, doch Maiks Griff war eisern und hinter ihr liefen die beiden Jäger. Anna blieb nichts weiter übrig, als Schritt zu halten.

»Das ist Wahnsinn«, keuchte sie. »Wenn ihr nicht auf uns hört, dann sterben wir alle zusammen.«

»Halt jetzt endlich den Mund!«, fuhr Maik sie an.

»Warum hast du uns geholfen, Jelena und Sinan zu befreien?«, ließ Anna sich nicht beirren. »Was sollte das?« Sie wollte zumindest verstehen …

»Das dachte ich mir, dass du denkst, dass ich das war«, gab Maik im Laufen zurück. »Aber da hast du dich getäuscht. Jetzt sei still oder ich schwöre dir, ich bring dich zum Schweigen. Wir haben keine Zeit und du erfährst schon alles früh genug.«

Anna wurde zwischenzeitlich kurz schwarz vor Augen, bevor sie das Haupthaus erreichten. Sie hatte sich vollkommen verausgabt und spürte schon jetzt den Bluterguss unter Maiks Griff an ihrem Arm. Vielleicht wollte er sie am Reden hindern, auf jeden Fall hatte er das Tempo sogar noch einmal verschärft. Selbst ihre Gedanken zusammenzuhalten, fiel ihr schwer. Sie war sich so sicher gewesen, aber wenn Maik ihnen nicht geholfen hatte, wer dann? Maik schien es zu wissen.

Um Atem ringend stützte sie sich an die Wand des

Haupthauses, als sie den Brunnenplatz erreicht hatten. Er war menschenleer.

»Los jetzt, rein da!« Damit schob Maik sie hinein in den leeren Versammlungsraum, wo sie Álvaro nach ihrem Plan hatten überwältigen wollen. Nur dass es anscheinend gar nicht erst zu der Versammlung gekommen war. Zielstrebig führte Maik sie zu der Treppe, die an der Rückwand nach oben führte, während die Jäger sich am Eingang postierten.

Anna stolperte die steilen Stufen hinauf und erreichte irgendwie das obere Ende. Sie sah den steinernen Tisch, vor dem auch Jelena gestanden hatte, und die Gestalt, die sich dahinter aufgebaut hatte: Álvaro. Maik trieb sie weiter nach vorne, bis sie vor dem Tisch stand, und die ganze Zeit über erwiderte sie verbissen den Blick dieses Ungeheuers, das sie selbstzufrieden anlächelte.

»Anna, richtig?«, fragte der *Comandante* und knirschte seine schwarzen Lederhandschuhe zwischen beiden Händen, wie er es schon bei der ersten Versammlung getan hatte. Er kam ihr so erbärmlich vor, dieser ganze Mensch in seiner falschen Uniform.

»Ihr wolltet mich also aus dem Weg räumen.« Das Lächeln wich nicht von seinem Gesicht. »Und ihr dachtet, Maik würde euch dabei helfen.«

Anna hörte jemanden leise wimmern. Sie sah aus dem Augenwinkel Enzo am Fenster stehen, genau wie damals bei Jelena. Doch das Wimmern kam nicht von dort, sondern vom Boden neben dem Tisch. Anna lehnte sich mit mulmigem Gefühl zurück, um an der Tischkante vorbeisehen zu können, und entdeckte Kyle, der dort kauerte. Im ersten Moment war sie erleichtert, dass es nicht Elif war, doch Kyles Haltung jagte ihr einen Schauder über den Rücken. Er lag eingerollt auf der Seite und zitterte. Seine Hände schützten seinen Kopf, als wäre er bis eben noch geschlagen worden.

»Ja, Kyle ist auch schon hier«, kommentierte Álvaro ihre Bewegung. »Was ihr doch für ein unwahrscheinliches Team abgebt, ihr beiden.«

Anna war verwirrt. Kyle und sie ein Team? Kyle hatte doch Álvaro geholfen, Sinan zu verunglimpfen und die Kontrolle über die Burg zu erlangen.

»Euer kleines Komplott ist aufgeflogen.« Die Handschuhe knirschten, während er um den Tisch herum auf Kyle zuging. »KYLE!«, brüllte er auf einmal, dass die Gestalt am Boden zusammenzuckte. »Warum erzählst du uns nicht, was wir sowieso schon wissen? Bist du schon so weit oder muss ich erst noch einmal nachhelfen?«

Álvaro stampfte mit dem Stiefel auf und Kyles Wimmern wurde vor Schreck lauter. Das Häuflein Elend zitterte am Boden und das dünne Lächeln auf Álvaros Gesicht verbreiterte sich. Anna wurde schlecht von dem Anblick.

»Was war es? Was hat dich dazu gebracht, mich zu verraten?«

Kyle schluchzte nur lauter. Anna war wie erstarrt. Eine weitere Albtraumszene spielte sich in diesem Raum ab und erneut konnte sie nichts tun, um es aufzuhalten.

»Maik glaubt, dass er den verbrannten Jungen in meiner Plantage gefunden hat«, fuhr Álvaro beiläufig fort, »als noch etwas von ihm zu sehen war unter dem ganzen Gestrüpp …«

Anna zuckte zusammen. »Pan?«, entfuhr es ihr und

Kyle warf erstmals einen Blick nach oben, als er ihre Stimme hörte. Sein Gesicht war verschmiert von Blut und Tränen.

»Aaaah, es lebt«, kommentierte Álvaro. »Also hatte Maik recht? Ein bisschen verbrannte Haut, nicht einmal deine eigene, und du vergisst, welche Hand dich füttert?«

Kyle schien ihn kaum zu hören. Zwischen seinem Schluchzen brachte er ein paar Worte hervor, die er an Anna richtete.

»I-ich hab nicht gewusst … es w-w-war ein Kind. Ein totes Kind. Er ist ein Monster, ihr m-müsst ihn stoppen.« Álvaro tat so, als lauschte er gebannt. »E-es tut mir … so leid. Es hat mit mir angefangen … der Türke, ich habe gelogen. A-aber, ich hab versucht … es wiedergutzumachen.«

Diesmal trat Álvaro mit dem Stiefel zu und Kyle am Boden krümmte sich schluchzend zusammen.

»Nicht!«, schrie Anna erschrocken, doch Álvaro hatte schon wieder von Kyle abgelassen.

»Das haben wir mitbekommen«, sagte er. »Maik ist nicht entgangen, wie oft du Ratte am Brunnen deinen Posten verlassen hast. Deine Schützlinge waren da draußen, was? Aber mit ihnen erwischt werden wolltest du wohl auch nicht, du erbärmlicher Feigling.«

Álvaro lachte, während Annas Gedanken rasten.

Kyle hatte ihnen die ganze Zeit über helfen *wollen*? Er hatte den Brunnen mit Absicht verlassen und Nick und sie trinken lassen? Und plötzlich fiel ihr etwas ein: Sie hatten Kyle ja gesehen, als er ganz außer sich von den Plantagen gekommen war. Lev hatte vermutet, er sei verzweifelt gewesen, dass es keine Rauschpflanzen in den Hallen gab.

Vielleicht war er ja wirklich auf der Suche nach etwas gewesen, das ihn von seinem kalten Entzug erlösen würde, aber er musste dabei Pans Überreste entdeckt haben, genau wie Lev. Das hatte ihn wohl ziemlich mitgenommen.

»Aber das ist nicht alles. Los, sag uns, was du getan hast, in der Nacht, als der Türke und die Polin abgehauen sind. Raus damit!«

Kyle hatte sein Gesicht nach Álvaros Tritt wieder unter den Armen verborgen. An der Stelle, wo sein Kopf auf dem Boden lag, hatte sich inzwischen eine kleine grünrötliche Pfütze aus Rotz und Blut gebildet. Anna spürte das kalte Grauen. Sie wünschte sich nichts sehnlicher, als dass all das hier endlich ein Ende nähme.

»I-ich wusste, dass ihr es versuchen würdet.« Wieder schielte ein Auge zu Anna herüber. Seine Stimme klang fast trotzig. »Ich hab euch gehört … als ihr d-d-durch die Mauer seid. Und ich hab euch den Weg freigemacht.«

Den Weg freigemacht, hallte es in Annas Ohren nach. Kyle hatte einen der Wächter niedergeschlagen und den anderen getötet. Er hatte es getan, um ihnen zu helfen, und doch bekam Anna eine Gänsehaut, als sie dem flackernden Blick dieses Häufleins Elend am Boden begegnete.

»Maik ist ein guter Mann«, ergriff Álvaro selbstzufrieden wieder das Wort. »Natürlich hat er den Braten gleich gerochen und ist zu mir gekommen. Ich wollte Kyle sofort öffentlich aufhängen, aber Maik riet mir zu warten. Er hatte den richtigen Instinkt.«

Die Gewissheit quälte Anna schon, seit sie Kyles Rolle in den Geschehnissen ganz begriffen hatte. Sie hatte sich nicht nur in Maik getäuscht, Maik war vielleicht sogar noch schlimmer als Enzo. Er war Kyle auf die Schliche gekommen und hatte ihn Álvaro ausgeliefert, ohne mit der Wimper zu zucken.

»Aber jetzt ist es so weit«, genoss Álvaro den Moment. »Dass ihr dreist genug sein würdet, Maik um Hilfe zu bitten, hätte er wohl noch nicht einmal selbst gedacht. Jetzt habe ich euch *beide* …«

Anna stutzte. Wusste er nichts von all den anderen, die mit ihr gekommen waren? Auch Elif hatte er mit keinem Wort erwähnt.

»… und ich brauche nur noch einen von euch«, beendete Álvaro seinen Satz und hielt auf einmal die Pistole in der Hand.

»Nein!«, stieß Anna entsetzt hervor, als Álvaro den Arm streckte und mit dem Lauf der Waffe auf den bebenden Kyle deutete, der sich am Boden noch enger zusammenrollte. Anna wollte sich über den Tisch werfen, es verhindern, doch Maik riss sie zurück und nahm sie in seinen Schraubstockgriff.

»Nein! Maik muss es dir doch gesagt haben«, rief Anna fieberhaft, »wir können nur alle zusammen von hier weg, du brauchst uns beide!«

Das war das Erste, das ihr in den Kopf schoss, doch Álvaro ließ sich nicht beirren.

»Dann kommen wir sowieso nicht weg«, antwortete er, ohne den Blick von Kyle abzuwenden. »Es sind schon andere gestorben. Abgesehen davon, wer will das überhaupt? Es ist doch herrlich hier …«

Anna wehrte sich vergeblich gegen Maiks Griff. »Lass mich los!«, schrie sie ihn auf Deutsch an und warf mit aller Kraft den Kopf zurück. Sie traf etwas, aber der Griff ließ dennoch nicht nach. »Er bringt ihn um. Er bringt uns alle um und du bist schuld. DU BIST SCHULD!«

Maik erdrückte sie fast. Er spuckte Blut auf den Boden, löste plötzlich einen Arm und presste ihr die Hand aufs Gesicht, sodass Anna kaum mehr atmen konnte.

»Halt doch einmal die verdammte Schnauze!«, knurrte er dabei, ebenfalls auf Deutsch. »Willst du alles versauen? Sollen wir *alle* sterben, inklusive deiner Freunde da unten in der Hütte? Spiel mit!«

Álvaro hatte innegehalten, die Waffe gesenkt und den wütenden Wortwechsel zwischen ihnen beiden verfolgt. Auch Enzo wandte sein Doggengesicht vom Fenster aus zum ersten Mal ihnen zu.

Mit zwei Schritten stand Álvaro vor Maik, der ihn um ein Stück überragte.

»Mach das nie wieder!« Seine Stimme war fast ein Flüstern und selbst Kyles Wimmern hielt inne. »Sag noch einmal etwas, das ich nicht verstehe, und du bist der Nächste.«

Dann drehte er sich in einer fließenden Bewegung um und ein ohrenbetäubender Knall erschütterte Annas Trommelfell. Álvaro hatte Kyle erschossen.

Freund oder Feind

Anna erwachte und im ersten Moment dachte sie schon, etwas stimme mit ihren Augen nicht, so dunkel war es um sie herum. Sie atmete ein und musste würgen von dem Gestank, der sie umgab.

»H-hallo?«, fragte sie mit zitternder Stimme, aber niemand antwortete. Es klang auch nicht, als wäre sie in der Steinhütte, in der Maik sie und die anderen zuvor eingesperrt hatte. Ihre Stimme wurde sofort verschluckt und Anna begriff. Sie hatten sie in das Erdloch geworfen, in dem bis vor wenigen Tagen noch Jelena und Sinan eingesperrt gewesen waren.

»Maik!«, rief sie. »MAIK!«

Nichts.

Nur allmählich kehrte die Erinnerung zurück. Die Bilder von Kyles Körper, der sich nicht mehr rührte. Das Blut, das sich erst in einer roten Blume auf seinem T-Shirt ausbreitete und dann eine Lache auf dem Boden formte.

Während Álvaro geredet und geredet hatte, dass sie erst am Anfang stünden und aller Anfang schwer sei, hatte

Anna den Blick nicht davon abwenden können, wie die Ränder der Lache sich langsam ausbreiteten. Wie das Blut die Furchen und Risse des Lehmbodens eroberte, rot und braun.

»Wo ist es?«, hatte Álvaros gierige Stimme sich irgendwann wieder an sie gewandt. »Wo ist dieser Ausgang, von dem Maik berichtet hat?«

Anna hatte es ihm gesagt. Sie hatte ihm die Stelle, wo es nach unten ging, anhand der Knochenfelder beschrieben. Was machte es noch für einen Unterschied. Hoffentlich würde ihr Bruder wissen, was Álvaro getan hatte, und ihn irgendwie in die Dunkelheit locken. Doch das würde bei Álvaro wahrscheinlich gar nicht nötig sein. Das dunkle Herz würde leichtes Spiel mit ihm haben.

Álvaro hatte gar nicht vor, den Ausgang zu öffnen, hatte er laut getönt. Er glaubte ihnen zwar, dass es einen gab, aber dass sie alle sterben würden, wenn sie hierblieben, hielt er für eine Lüge. Er hatte behauptet, ihr Plan sei gewesen, mit dieser Lüge alle von hier zu befreien, von *ihm* zu befreien, ohne dass er sie daran hindern würde. Darauf, dass er diesen vermeintlichen Plan durchschaut hatte, war er sehr stolz gewesen.

Mit ihrer Wegbeschreibung hatte er sich noch nicht begnügt. Álvaro hatte von ihr wissen wollen, wo sich die anderen versteckt hielten: Jelena und Lev, Sinan und die Kinder und »dieser Junge«, mit dem sie immer herumgelaufen war. Da war Anna der Gedanke gekommen, dass sie Nick vielleicht schon zum letzten Mal gesehen hatte.

Natürlich hatte Anna ihm nicht verraten, wie nahe sie

ihm alle waren. Selbst wenn sie den morgigen Tag nicht mehr erleben würden, er sollte nicht auch noch eine Gelegenheit bekommen, sie zu quälen.

Anna hatte irgendwann einfach die Augen geschlossen und danach hatte Álvaros Toben sich immer weiter entfernt. Sie war noch geschlagen worden, aber sie hatte es kaum gespürt.

Wie lange sie nun ohnmächtig gewesen war, wusste sie nicht, aber es musste mindestens schon Nachmittag sein. Zwei Tage, hatte Ben gesagt, aber wie viel Zeit hieß das genau? Nur bis zum Abend oder gar bis Mitternacht? Sie wollte nicht hier sein, wenn es passierte. Sie wollte nicht alleine sterben.

Anna erhob sich vorsichtig. Alles tat ihr weh, ihr Gesicht war ein einziges, dumpfes Pochen, wo sie geschlagen worden war. Ein scharrendes Geräusch von oben ließ sie aufblicken.

»Na, aufgewacht, Schneewittchen?«, hörte sie Maiks dunkle Stimme auf Deutsch. Es drang kaum Licht von oben ein. »Ich hoffe, du hast dich diesmal besser im Griff, dann schaffen wir es vielleicht noch.«

»Du – du hast ihn umgebracht«, kamen die heiseren Worte über Annas Lippen. »Álvaro hat geschossen, aber *du* hast Kyle umgebracht!«

»Du hast Einwände? Du hättest lieber selbst sterben wollen?«, blaffte Maik sie an. »Warte, ich rufe Álvaro zurück, das erledigt er gerne. Hätte er schon getan, wenn ich ihm nicht gesagt hätte, er solle erst überprüfen, ob du auch die Wahrheit gesagt hast.«

»Álvaro ist in die Wüste gegangen?«

»Zusammen mit seinem Schoßhund. Er will den Ausgang verschließen, der Wahnsinnige. Wenigstens eins hast du richtig gemacht, als du ihm die Stelle genannt hast. Das war der einzige Weg, die Spinne aus dem Netz zu bekommen. Álvaro hätte uns eher erschossen, bevor er sich in der Versammlung ergeben hätte. Hier, nimm meine Hand, wir müssen uns beeilen.«

Anna rührte sich nicht.

»Woher hatte er den Stein, mit dem er zugeschlagen hat?«, fragte Anna mit trockener Stimme. »Hast du ihm den gegeben? Hast du Kyle von Anfang an für die Drecksarbeit benutzt?«

»Was für ein Unsinn«, erwiderte Maik entnervt. »Kyle hatte Zugriff auf das Jagdwerkzeug, wie jeder andere von Álvaros Leuten. Du hast dich völlig verrannt, aber es war trotzdem gut, dass ihr zu mir gekommen seid, sonst wären wir alle draufgegangen.«

»Aber ...« Allmählich fügten sich die Puzzleteile in Annas Kopf zusammen und dann verstand sie endlich. »Du warst nie auf unserer Seite, bis zuletzt. Du hättest Kyle so oder so ans Messer geliefert und jetzt hast du ihm den Rest eben auch noch mit aufgeladen. Du hilfst uns nur, weil Álvaro dich genauso sterben lassen würde wie du uns!«

Maiks Stimme wurde kalt.

»Und wo wärt ihr jetzt ohne mich?«, stieß er hervor. »Kyle hatte sich schon lang seine eigene Schlinge gedreht. Und ihr genauso. Álvaro wäre es egal gewesen, ob er Kyle oder dich oder uns alle umbringt, wenn wir ihn vor versammelter Mannschaft herausgefordert hätten. Der Irre würde uns nie von hier fortlassen. Jetzt nimm meine Hand, wenn du noch eine Chance haben willst, oder ich schwöre dir, wenn du zwischen mir und einem Ausweg von hier stehst, dann bist du nicht schlauer als Kyle.«

Viel offener hätte Maiks Drohung kaum sein können, aber um sich selbst hatte Anna keine Angst mehr. Die erschütternde Szene, deren Zeuge sie geworden war, hatte sie völlig leergebrannt. Sie dachte stattdessen an die anderen und an ihren Bruder, denn wenn es noch irgendeine Chance gab, sie nach Hause zu bringen, durfte sie diese nicht verspielen. Nur deshalb griff sie nach der Hand und Maik zog sie ohne große Mühe nach oben.

Er war allein gekommen und im spärlichen Licht der Hütte sah Anna, dass sein rechtes Auge blutunterlaufen und die Haut darum dunkel verfärbt war.

»Dein russischer Freund ist nicht besonders gut auf mich zu sprechen«, brummte Maik. »Der Idiot hat nichts begriffen von dem, was ich ihm und deinem Haufen erklärt habe. Noch so einer, der uns alles kaputt machen kann. Komm jetzt …«

Anna hörte Stimmen, als sie Maik zum Ausgang folgte. Gemurmel, wie von vielen Menschen in einem Raum. Der Brunnenplatz war nach wie vor leer, doch zu ihrer Linken standen dieselben beiden Jäger am Eingang des Haupthauses, die Anna vor Kurzem noch zu Álvaro gehetzt hatten.

Als sich ihre Augen an das Licht draußen gewöhnt hatten, stellte sie erschrocken fest, dass der Himmel bereits einen dunklen Braunton angenommen hatte: Es wurde Abend.

Die Stimmen, die sie gehört hatte, kamen aus dem anscheinend vollen Versammlungsraum, doch Maik zog sie in die andere Richtung und auf die Rückseite der Gebäude.

»Hier ist sie«, sagte er zu jemandem und gab Anna einen Stoß.

Im Vorwärtstaumeln erkannte sie die Gestalten, die sich dort hinter dem Gefängnis verbargen. Nick löste sich sofort aus der Gruppe.

»Anna!«, rief er und schloss sie in die Arme. Sie krallte ihre Finger in seine Schultern. Sie würde nicht sterben müssen, ohne ihn noch mal gesehen zu haben.

»Was hast du mit ihr gemacht, du Monster?«, hörte sie Lev wüten. Jelena und alle anderen waren ebenfalls da. Anna sah Lev aus dem Augenwinkel, wie er sofort auf Maik zuging, doch der Hüne wich keinen Zentimeter zurück.

»Planänderung«, sagte er. »Das hat alles zu lange gedauert. Anna geht mit mir voraus, wir müssen uns um Álvaro und Enzo kümmern. Ihr wisst ja, was ihr hier zu tun habt. Lasst am besten Jelena reden, nur nicht den Russen.«

»Du verdammter …« Lev hob die Faust, aber Jelena hielt ihn zurück.

»Du glaubst doch nicht, dass Anna noch mal alleine mit dir kommt«, empörte sich Nick.

Anna löste sich aus seiner Umarmung und er sah sie irritiert an. Es war ein schönes Gefühl, dass er sie beschützen wollte, aber die Zeit für romantische Gesten war vorbei. Ihr war es nur recht, wenn Maik sie in die Wüste zu Ben mitnahm. Entweder ihm gelang, was auch immer er vorhatte, oder sie würde zumindest noch von ihrem kleinen Bruder Abschied nehmen können. Ihrem kleinen Bruder, der vor langer Zeit einmal älter gewesen war als sie.

»Ich hab allmählich genug davon, euch mitzuschleifen«, knurrte Maik gefährlich leise. »Wir hätten die Versammlung schon viel früher zusammenrufen können, wenn ihr nicht darauf bestanden hättet, das Mädchen hier zu Gesicht zu bekommen. Ihr habt sie gesehen. Verlorene Zeit, und wenn wir deswegen alle draufgehen, ist es eure Sache. Aber jetzt tut verdammt noch mal euren Teil!«

»Wir versuchen, sie in die Wüste zu bekommen«, klärte Nick Anna auf. »Alle Burgbewohner. Elif hat sie zusammengetrommelt.«

»Los jetzt«, forderte Maik und gab Anna einen Stoß, der sie nach vorne stolpern ließ. Nick hielt sie fest.

Die unnötige Grobheit schien Lev den Rest zu geben. Mit einem wütenden Grunzen löste er sich von Jelena, als ein Messer in Maiks Hand aufblitzte.

»Hört auf!«, rief Anna entsetzt. Es sollte nicht noch mehr Blutvergießen geben. »Hört auf damit!«

Sie wollte schon dazwischengehen, doch Nick ließ sie nicht.

»Komm nur her, du verdammter Narr«, lockte Maik den Russen. »Wenn du nicht sowieso schon die ganze Versammlung aufgescheucht hast mit dem Aufstand, den du hier machst.«

»Geh!«, sagte Jelena mit kalter Stimme zu Maik. Sie stellte sich neben Lev, und obwohl sie bei Weitem nicht so viel Masse hatte, strahlte sie doch eine ganz andere Autorität aus. »Geh mit Anna und tu, was du für richtig hältst! Wir versuchen hier unser Bestes.«

»Dann sollten wir alle beten«, sagte Maik mit einem abschätzigen Blick auf Lev, dessen Augen funkelten.

Er steckte das Messer weg und ergriff wieder Annas Arm, um sie in Bewegung zu setzen. Er erwischte genau die Stelle, wo sie noch blaue Flecken vom letzten Mal trug, doch Anna ließ es sich nicht anmerken.

Nick sah ihr widerwillig zu, wie sie Maiks grober Einladung folgte.

»Pass auf, sei vorsichtig!«, bat er sie inständig und Anna nickte.

Sie war froh, als Maik sofort ein strammes Tempo anschlug. Sie hatte keine Angst davor, dem dunklen Herzen ein letztes Mal entgegenzutreten.

Das Burggelände war verlassen. Auch das Tor wurde nicht bewacht und die umgefallene Scheibe lag noch immer flach davor auf dem Boden. In der Versammlung entschied sich wohl gerade, ob sie trotz der wenigen verbleibenden Zeit überhaupt noch eine Chance hatten. Vieles hing davon ab, ob die Burgbewohner den anderen vertrauen würden. Anna erschien es töricht, dass Maik, Álvaros rechte Hand, nicht dort war und zu den Leuten sprach. Doch das war nun die Sorge der anderen. Sie wollte nur zu Ben und verhindern, dass Álvaro noch mehr Schaden anrichtete, als er es schon getan hatte.

»Warte«, knurrte Maik, als sie auf Höhe der steinernen Öfen angekommen waren, wo der Boden gläsern schillerte. Er hielt selbst inne und zog sich seinen Pulli über den Kopf.

»Zieh das an«, sagte Maik, »schnell!«

Es war ein grober Baumwollpulli, viel zu groß für sie.

»Was soll das?«, fragte sie entgeistert, aber da sie selbst spürte, wie die Zeit immer knapper wurde, streifte sie ihn sich über. Der Pulli hing wie ein Zelt an ihr herunter. Als sie in die Ärmel geschlüpft war, trat er einen Schritt auf sie zu.

»Erschrick nicht!« Damit nahm er die losen Ärmelenden und schnürte sie darin ein, dass es ihr die Luft aus den Lungen trieb.

»Hey«, stieß sie hervor, während Maik ihr die Arme über Kreuz führte und die Ärmel auf dem Rücken miteinander verknotete. Sie versuchte natürlich, sich zu wehren, hatte aber keine Chance gegen seine starken Arme.

»Es muss aussehen, als wärst du meine Gefangene«, erklärte Maik und zog sie schon weiter.

»Du hast mich gefesselt«, erwiderte Anna wütend, »ich *bin* deine Gefangene!«

»Umso besser wird es aussehen. Geh du voran, du kennst den Weg.«

Aber Anna wollte die Treppe, draußen in der Wüste, nicht gefesselt und hilflos hinabsteigen.

»Sag mir, was du vorhast. Du hast keine Ahnung, was da unten auf uns wartet!«

»Nein, habe ich nicht, aber auf jeden Fall sind da Álvaro und Enzo. Und mit denen müssen wir zuerst fertig werden. Wir haben keine Zeit zum Palavern, los!«

Der Himmel hatte sich noch mehr verdunkelt, nicht mehr lange bis zur Nacht, deshalb lief Anna weiter, mit brennender Wut im Bauch. Maik wusste hoffentlich, was er tat, oder sie würden es alle mit dem Leben bezahlen.

»Da vorne«, sagte Anna, als sie der Stelle näher kamen und sich eine Gestalt aus der Dämmerung schälte. »Siehst du den Schatten?«

»Enzo«, murmelte Maik und verlangsamte seine Schritte. »Leise jetzt. Ist da der Eingang?«

Sie nickte.

»Sei wieder so eine Heulsuse wie bei Álvaro«, wies er sie an. »So kennt er dich.«

Anna hätte ihn am liebsten verraten, so wie er Kyle verraten hatte. »Wenn du mich gefesselt lässt, kann ich nichts tun, wenn er dich durchschaut«, protestierte sie noch einmal gegen ihre Fesseln.

»Also hoffst du besser, dass er mich nicht durchschaut«, brummte Maik.

Der Hüne gab ihr einen Stoß nach vorn und sie wäre erneut fast gestürzt.

»Enzo!«, rief er und die Gestalt ruckte herum. Der Schatten blieb stumm, bis sie auf einige Meter heran waren.

»Was willst du hier mit ihr?«, antwortete Álvaros Leibwächter dann mit seinem südeuropäischen Akzent. »Der Boss hat dir gesagt, was du zu tun hast.«

»Ich weiß selbst, was er gesagt hat, aber das Mädchen behauptet, sie kann ihm den direkten Weg zum Ausgang zeigen. Er hat ihn noch nicht gefunden, oder?«

Natürlich hat er ihn noch nicht gefunden, dachte Anna. *Es gibt keinen Ausgang. Zumindest nicht, solange wir nicht alle hier sind.*

»Nein …«, antwortete Enzo zögerlich und runzelte misstrauisch die Stirn. »Sag es mir!«, verlangte er von Maik. »Ich geb's an ihn weiter.«

»Oh, viel Glück, es aus ihr herauszubekommen«, höhnte Maik und stieß Anna auf ihn zu.

Enzo streckte reflexartig die Hände aus, um Anna abzufangen, und diesen Moment nutzte Maik, um sich auf Enzo zu werfen. Während Enzo überrascht grunzte, gingen sie zu dritt zu Boden.

»Boss!«

Sein Ruf war nicht besonders laut, da er sowohl Annas als auch Maiks Gewicht auf sich hatte, aber Anna fürchtete dennoch, dass Álvaro die Treppenstufen heraufkommen und die Pistole auf sie richten würde.

Enzo stieß Anna mit den Beinen weg und sie hatte ohne ihre Hände keine Möglichkeit, sich auf ihm zu halten. Mit dem Gesicht am Boden rollte sie sich zur Seite, schmeckte Sand und Erde und mühte sich sofort wieder auf die Knie.

Maik rangelte mit Enzo, der noch immer auf dem Rücken lag, und hatte ihm seine Hand ins Gesicht gedrückt. Er presste Enzos Kopf mit aller Kraft auf den Boden und versuchte, die Oberhand zu gewinnen. Seine Finger arbeiteten sich zu Enzos Augen vor, doch Maik konnte die Arme seines Gegners mit der anderen Hand nicht von sich weghalten. Enzo traktierte mit den Fäusten seinen Oberkörper.

Mit einem wuchtigen Hieb traf er Maiks Seite unterhalb der Rippenbögen und der muskelbepackte Mann keuchte schmerzerfüllt auf. Seine Hand rutschte von Enzos Gesicht, doch ehe dieser wieder schreien konnte, war Anna heran. Sie brachte es nicht über sich, den am Boden Liegenden ins Gesicht zu treten, doch sie warf sich mit ihrem ganzen Körper über seinen Kopf und erstickte so seine Rufe. Enzo versuchte, sich unter ihr hervorzukämpfen. Anna hatte alle Mühe, da sie ihre Arme nicht benutzen konnte, doch plötzlich stand Maik stolpernd auf und gab Enzo frei, der Anna sofort abwarf.

Während Anna entsetzt zum zweiten Mal im Staub landete, sah sie, wie sich Enzo halb aufrichtete, um sich zu orientieren. Er holte gerade Luft, um nach Álvaro zu schreien, da wurde er von Maiks rechtem Aufwärtshaken getroffen. Krachend schlugen seine Kiefer aufeinander und Enzos Kopf flog zurück, Anna meinte, Zähne splittern zu hören. Enzo sank vollends zu Boden und rührte sich nicht mehr.

In diesem Moment erklang Álvaros schneidende Stimme.

»Enzo? Was ist da los?«

»Hilf mir!«, zischte Anna Maik zu und zog und zerrte hinter ihrem Rücken an den verknoteten Ärmeln. Doch Maik schlich stattdessen mit gekrümmter Seite zum Treppenabgang im Boden. Enzos Schlag vorhin musste ein Volltreffer gewesen sein, denn Maiks Gesicht war noch immer schmerzverzerrt.

»Enzo!«

»Boss«, keuchte Maik, und ob er nun wegen der Schmerzen anders klang oder ob er es nur oft genug gehört hatte: Seine Stimme war der Enzos zum Verwechseln ähnlich. Währenddessen kämpfte Anna noch immer mit dem Knoten.

»Was ist da draußen los, Enzo?« Álvaro näherte sich. Er kam die Treppe herauf.

»Nichts, Boss«, improvisierte Maik, »alles in Ordnung.«

Aber Álvaro erkannte seinen Mann.

»Maik?«, fauchte er und Anna hörte das Klicken, als er seine Waffe entsicherte. Im nächsten Moment erschien Álvaro mit der Pistole im Anschlag im Treppenabgang.

Maik stürzte sich todesmutig von der Seite auf ihn, doch Álvaro war auf die Attacke vorbereitet gewesen. Er versuchte, die Waffe zwischen sich und den Angreifer zu bringen. Krachend löste sich ein Schuss, doch er verfehlte Maik, der mit Álvaro im Treppenabgang polternd zu Boden ging. Ein weiterer Schuss fiel und der Querschläger heulte dort unten auf, während die beiden die Treppe hinunterkullerten. Anna stürzte heran. Sie hatte mittlerweile mit den Fingern den Knoten zwischen den beiden Ärmeln zu fassen bekommen und bearbeitete ihn fieberhaft, doch mit ihrem eigenen Gezerre vorhin hatte sie ihn so festgezogen, dass er kaum mehr zu lockern war.

»Verdammtes – verräterisches – Schwein!«, bellte Álvaro, jedes Wort von einem dumpfen Schlag begleitet.

Anna erreichte den Abgang und sah, wie Álvaro Maiks Kopf gepackt hielt und ihn immer wieder gegen die Seitenwand schlug, die den Sturz der beiden etwa auf halber Höhe der Treppe aufgehalten hatte. Drei Stufen über ihnen lag Álvaros Pistole, die dieser in seiner Rage scheinbar komplett vergessen hatte.

Maik wehrte sich noch, wirkte aber benommen wie ein angezählter Boxer. Mit einem Kniestoß gab Álvaro ihm den Rest, denn er traf ausgerechnet die Stelle unter den Rippen des Hünen, die zuvor schon Enzo traktiert hatte. Maik gab kaum einen Laut von sich, als er nach unten wegsackte, während Anna gleichzeitig spürte, wie der Knoten sich endlich unter ihren Fingern löste.

Álvaro drehte sich um und erblickte die Pistole im

selben Moment, in dem Anna ihre schmerzenden Arme hochriss und ungeachtet der Treppe nach vorne hechtete.

Sie kriegte den Pistolengriff zu fassen und prallte dann auf die harten Kanten der Treppenstufen. Ihr Körper bekam drei Schläge gleichzeitig auf die Rippen und das Becken und Álvaro war sogleich über ihr und holte mit der Faust aus. Anna versuchte gar nicht, sich wegzudrehen, sondern streckte Álvaro stattdessen die zitternde Hand mit der Pistole entgegen.

»ZURÜCK!«, brüllte sie ihn in ihrer Panik auf Deutsch an. Ihr Körper war vollgepumpt mit Adrenalin, ihr Herzschlag pochte wie ein Presslufthammer in ihrer Brust und sie konnte die Muskeln ihres Zeigefingers über dem halb gespannten Abzug kaum kontrollieren. »WEG VON MIR!«

Álvaro konnte zwar die Worte nicht verstehen, aber der Inhalt war wie Annas Zustand wohl offensichtlich. Er ließ die Hand sinken und trat hastig zwei Treppenstufen von ihr weg nach unten.

»Ruhig, Mädchen«, flüsterte er fast. »Mach keine Dummheiten, du bist doch keine Mörderin ...«

»Nicht wie du, meinst du?«, fand Anna ihr Englisch wieder. Ihre Stimme zitterte wie die Waffe, deren kantiges Handstück noch immer warm war von Álvaros Griff.

»Maik!«, rief Anna.

Sie hatte nicht nur Álvaro vor sich, sondern rechnete auch jeden Moment damit, dass das dunkle Herz auf ihren Kampf reagieren würde. Wo waren nur die anderen? Wenn sie nicht bald kämen, dann würden ihnen alle Versammlungen der Welt nichts mehr nützen.

Maik stöhnte auf den Stufen, doch er blieb wie ein Betrunkener in seiner verkrümmten Haltung liegen.

»Wir finden sicher eine gute Lösung für alle Beteiligten«, versuchte es Álvaro mit seiner Schlangenzunge. »Du kennst doch den Ausgang von hier, also geh. Ich werde dich nicht daran hindern. Warte auf deinen Freund, wenn du willst, den Jungen.«

»Kein Wort mehr …«, zischte Anna und bemühte sich, das Zittern ihrer Hand zu unterbinden. Es gelang ihr nicht ganz, aber zumindest war sie sich halbwegs sicher, dass sie den Abzug nicht versehentlich betätigen würde. Sie sah Álvaro an, dass er ihr nicht zutraute, ihn zu erschießen, doch offensichtlich wollte er es nicht darauf ankommen lassen.

»Maik, steh auf, wir haben keine Zeit!«

Sie wandte sich an Álvaro. »Hilf ihm hoch!«, befahl sie ihm. »Na los!«

Gehorsam bückte sich Álvaro, und riss den benommenen Maik grob nach oben. Der Verletzte rang rasselnd nach Luft.

»Sei vorsichtig«, verlangte Anna. Sie hatte zwar kaum Mitleid mit dem Mistkerl, doch sie brauchte ihn auf den Beinen.

Langsam tastete Anna sich rückwärts Stufe für Stufe weiter hoch, peinlich darauf achtend, nicht zu stolpern.

»Langsam«, zischte sie, als Álvaro ihr näher kam. »Halt Abstand!«

Annas Kopf hob sich über den Wüstenboden, und obwohl im selben Moment all ihre Alarmsignale schrillten, wandte sie den Blick ab. Sie sah sich nur für einen Sekundenbruchteil um, ob die anderen schon kamen, doch das nutzte Álvaro. Er schubste Maik beiseite, sodass er auf den Treppenstufen erneut hart aufprallte, und sprang, zwei Stufen auf einmal nehmend, auf Anna zu. Anna brachte es nicht fertig, ihm ins Gesicht zu schießen. Sie stolperte rückwärts aus dem Treppenabgang, während Álvaro ihr mit einem Haifischgrinsen nachsetzte.

In dem Moment, als er sie erreichte, stürzte sie sich aus dem Abgang zur Seite und kullerte über den Wüstenboden. Álvaro bekam sie nicht zu fassen und er landete selbst ebenfalls im Staub. Beide rappelten sich, so schnell sie konnten, auf und Anna richtete die Pistole sofort wieder auf den *Comandante.*

»Rühr dich nicht!« Annas Stimme überschlug sich. Sie fühlte sich wie ein Tier, ausweglos in die Ecke gedrängt.

»Das traust du dich nicht.« Álvaro machte einen Schritt auf sie zu. Es trennten sie nur noch zwei Armlängen. Anna wich langsam zurück. Wenn sie stolperte, würde er sie überwältigen.

»Du hast es nicht in dir.« Noch ein Schritt.

»Bleib stehen!«, flüsterte Anna.

Sie hielt die Pistole in beiden Händen und dennoch zitterte das verfluchte Ding immer noch wie die Kaffeetasse einer alten Frau. Langsam lehnte sich Álvaro nach vorn und wollte die Waffe am Lauf ergreifen.

Ehe Anna selbst wusste, was sie tat, senkte sie die Pistole und drückte zweimal ab.

Die Schüsse hallten wie Donnerschläge über die Ebene. Álvaro schrie auf und fiel zu Boden. Sie hatte ihn nur mit einem Schuss getroffen, doch seine Hose war unter dem Knie sofort blutgetränkt. In einer Sprache, die sich nach Spanisch anhörte, wütete und fluchte er und hielt sich, am Boden zusammengekrümmt, das Bein.

Wie eben, ohne nachzudenken, nahm Anna die Waffe

an ihrem noch heißen Lauf und schleuderte sie in hohem Bogen von sich.

»Anna!« Das war Nicks Stimme in dem Wust aus Álvaros Verwünschungen.

Sie drehte sich sofort nach dem Rufenden um und sah Nick auf sich zurennen. Eine große Schar Menschen kam ihm nach.

»Anna«, rief er ihr erneut zu, »bist du verletzt?«

Anna verharrte auf der Stelle, spürte, wie ihre Brust sich heftig hob und senkte, und konnte selbst nicht so ganz glauben, dass sie es nicht war. Zwischen dem bewusstlosen Enzo, dem zumindest nicht ansprechbaren Maik und Álvaro, den sie selbst unschädlich gemacht hatte, war ausgerechnet sie übrig geblieben.

»Nein«, antwortete sie, »Nein, bin ich nicht.«

Álvaro wand sich noch immer auf dem Boden.

»Anna!« Nick legte die Hände auf ihre Schultern, als er angekommen war, untersuchte ihr Gesicht, umarmte sie, als könnte er es gar nicht glauben, und löste sich dann wieder von ihr, um sie erneut anzusehen. »Ich hab die Schüsse gehört und dachte schon … Anna, wir haben es geschafft, wir haben alle dabei!«

Der Weg hinaus

In wenigen Minuten erzählte Nick, was in der Versammlung geschehen war, während der große Pulk sich noch auf dem Weg zu ihnen befand. Offenbar hatte vor allem Jelena die Burgbewohner weitgehend mit der Wahrheit konfrontiert, wenn auch nicht in allen Details. Das falsche Spiel, das Álvaro mit ihnen allen gespielt hatte, hatten Elif und die Jäger ihnen bestätigt, und als sie den Burgbewohnern das Verlies gezeigt hatten, in dem Jelena und Sinan gefangen gewesen waren, hatten sie damit auch die letzten Zweifler überzeugt. Von Sinan hielten die meisten dennoch Abstand, das erkannte Anna, als sich die Menschen näherten. So leicht ließ sich die Weste eines vermeintlichen Verräters nicht reinwaschen, vor allem nicht bei einem mit Sinans Erscheinungsbild.

Anna entdeckte Elif neben Sinan und war unendlich erleichtert, nun auch mit eigenen Augen zu sehen, dass sie die letzten Tage in der Burg unbeschadet überstanden hatte. Nach allem, was sie in Álvaros Haupthaus miterlebt hatte, hätte es ebenso gut sie statt Kyle treffen können, wenn Maik das wichtig für sein Überleben gefunden hätte. Während Elif und sie sich umarmten, beschloss Anna, vorerst niemandem von Kyle zu erzählen. Sie fühlte sich schlecht dabei, denn er hatte ein besseres Andenken verdient, aber bis auf das Gleißen war es fast vollkommen dunkel geworden. Sie musste *jetzt* zu ihrem Bruder.

»Maik«, rief sie, während die anderen sie angesichts der Verletzten am Boden drängten, zu erzählen, was sich hier zugetragen hatte. Álvaro wälzte sich noch immer im Wüstensand. Maik antwortete ihr mit einem schmerzerfüllten Stöhnen vom Treppenabgang und Anna nutzte es, um sich gemeinsam mit Nick von den anderen loszueisen.

»Maik, deine Jäger müssen sich um Álvaro und Enzo kümmern. Ich weiß nicht, wie viel Zeit wir noch haben.«

Das brachte ihn wohl wieder auf die Beine, denn einen Moment später kam ihnen der deutlich angeschlagene Maik an der obersten Stufe entgegen. Nachdem er sich kurz orientiert hatte, pfiff er seine Männer zu sich. Er verteilte sie auf Álvaro und Enzo.

»Wir beide gehen vor«, stimmte Anna sich mit Nick ab, »sag den anderen, sie sollen uns langsam und vorsichtig folgen. Wir wissen nicht, wie es auf so viele Menschen reagieren wird.«

Sie musste ihm nichts weiter erklären. Er verständigte rasch die Traube, die sich bereits um Jelena gebildet hatte.

Anna ließ ihren Blick über die Burgbewohner schweifen, die im Pulk mit den Kindern und den Verstoßenen standen. Sie entdeckte den Jungen, dessen Bein Jelena geschient hatte, zu beiden Seiten von Erwachsenen gestützt. Die Mienen der Menschen schwankten zwischen hoffnungsvoller Erwartung und Verwirrung. Ihr ehemaliger Anführer Álvaro wurde von seinen Bewachern gerade unsanft auf die Beine gebracht und stieß schmerzerfüllte Flüche aus.

Anna wandte sich in Richtung Treppenabgang. Niemand von ihnen, nicht einmal Nick und sie selbst, wusste wirklich, was sie dort unten erwartete. Hatte Ben dem dunklen Herzen standgehalten? Was, wenn es sich wieder regte und die Menschen in Panik gerieten?

Noch bevor Nick zu ihr aufgeschlossen hatte, stieg sie die ersten Stufen hinab. Ihr Herz klopfte bis zum Hals.

»Jelena versucht, sie zurückzuhalten«, berichtete Nick, als er sie auf der Treppe erreicht hatte, »aber sie denken, dass es da unten nach Hause geht. Sie werden nicht lange Geduld haben.«

Sie erreichten den Fuß der Treppe und Anna lief sofort auf den Steg zu, der sich geradeaus von dem Raum mit seinem schummrigen Licht aus über den Abgrund erstreckte. Obwohl sie auf alles gefasst gewesen war, erschrak Anna dennoch, als sie bei dem Durchgang angekommen war. Es lag keine Spannung in der Luft und es gab keinen Abgrund mehr. Die Dunkelheit waberte links und rechts zu ihren Füßen neben dem Steg und auch der Pfeiler, auf dem die Plattform weit vor ihnen stand, wurde von dem schwarzen Gewühl umkreucht und umschlängelt. So hoch war die Schwärze gestiegen, dass nicht mehr viel fehlte, bis sie ihr eigenes Gefängnis verschlingen und auch die Treppenstufen und die Oberfläche überspülen würde.

Anna spürte den Sog, der von ihr ausging.

»Ben?«, rief sie. »Ben, wir sind hier, wir haben alle dabei, BEN!«

Nick kam hinter ihr und von den Treppenstufen erklangen bereits weitere Schritte.

»Ben, hörst du mich?«

Während Anna verzweifelt versuchte, Kontakt zu ihrem Bruder aufzubauen, erschienen Jelena, Lev und einige der Kinder hinter ihnen am Fuß der Treppe. Die Polin und der Russe erstarrten, als sie erkannten, in welchen Dimensionen sich die Unterwelt erstreckte. Dabei war von den vielen roten Lichtern kaum mehr etwas zu sehen, die Schwärze hatte sie verschluckt. Nur der Steg führte noch immer kilometerweit geradeaus über die Dunkelheit, die erstaunlich still dalag.

»Ben!«, rief Anna immer panischer, während sich die Schritte von der Treppe mehrten. »Ben, sag doch was, wir sind hier!« Sie sprach Deutsch und das irritierte die Nachkommenden zusätzlich.

»Was redet sie?«, fragte jemand mit unverhohlenem Argwohn. »Was soll das? Wo ist der Weg hier raus?«

Anna nahm es kaum wahr. Warum antwortete ihr Bruder nicht? War er schon zu schwach dafür? Hatte Álvaro hier unten irgendetwas verändert?

Die Menschen drängten nach, um zu sehen, was passierte. Wer vorne stand, wurde weiter auf den Steg hinausgeschoben.

»Vorsicht, passt auf!«, hörte Anna Jelenas Stimme. »Hier gibt es kein Geländer.«

»Haltet euch zurück!«, blaffte Maik. Seine Jäger hatten Álvaro und Enzo gefesselt und schleiften sie mit sich.

Wäre der Abgrund nicht durch die Schwärze verhüllt gewesen, hätten die Menschen sich vermutlich anders über den Steg bewegt und auch das dunkle Herz gab sich weit weniger bedrohlich als beim letzten Mal. Es war nicht mehr als ein undurchsichtiger schwarzer Nebel, der dennoch an Anna zu zupfen und zu zerren schien wie ein kleines Kind an der Hand.

»Ist das der Weg?«, fragte Connor von irgendwo aus der Menge mit faszinierter Stimme. »Müssen wir da runter?«

In diesem Moment verklangen die letzten Schritte von der Treppe und es tat sich etwas. Der Pfeiler vorne, auf dem die Plattform thronte, drehte sich klickend und ratternd um seine eigene Achse, ohne den Steg in seiner Drehung mitzunehmen. Eine Schleuse schien sich auf der Plattform zu öffnen und der Pfeiler schraubte sich durch die Plattform hindurch nach oben. Eine Art Türrahmen zeigte sich dort, wie bei einem offen stehenden Aufzug.

Der Pfeiler drehte sich so weit empor, bis der Türrahmen vollständig sichtbar war und direkt vor dem Ende des Stegs auf der Plattform zum Stehen kam. Was sich hinter der offenen Tür verbarg, war von hier nicht zu sehen, aber die Anziehung, die davon ausging, war ungleich stärker als die der Dunkelheit unter ihnen.

»Ben? Bist du das? Ist das der Weg? BEN!« Anna spürte Nicks Hand an ihrem Arm, aber sie drehte sich nicht zu ihm um. Warum antwortete er nicht? Sie waren hier, sie hatten es geschafft!

Sie widerstrebte der Anziehungskraft, die von der Tür ausging, doch andere waren weniger vorsichtig und drängten nach vorne. Für die Menschen am Rand des Stegs wurde es immer enger und die Jäger bemühten sich mit ihren Speeren, die Ordnung einigermaßen zu wahren.

»Vorsicht!«, rief Lev, der versuchte, die Menschen auch von Jelena und den Kindern um sich fernzuhalten. »Hört auf zu schieben!«

»Reißt euch zusammen und wartet«, verlangte Maik, während er sich zu Anna und den anderen an die Spitze vorkämpfte.

»Worauf?«, fragte einer. »Das ist der Weg nach Hause.«

»Ja, geht aus dem Weg, wir wollen weg hier!«

»Anna!« Nick fasste sie am Arm und drehte sie zu sich um. »Anna, wir müssen irgendwas tun oder hier bricht Chaos aus.«

»Hey«, rief Maik ihnen zu. »Ist es das? Ihr habt behauptet, ihr kennt den Ausgang!«

Der Sog wurde immer stärker, aber genau das verwirrte Anna. Die Anziehungskraft fühlte sich an wie beim letzten Mal, als sie vom dunklen Herzen unter ihnen ausgegangen war. Wie konnte das sein, wenn das hier der Weg nach Hause war? Und was war mit ihrem Bruder passiert? »Warum antwortet er nicht?«, fragte sie Nick verzweifelt. »Ich muss ihn finden!«

»Maik?« Bogdan, der ihnen am nächsten war, stand der Schweiß auf der Stirn. Immer mehr Menschen wagten sich vor, Ruth war darunter und auch der Junge, mit dem Anna in der Wüste angekommen war, der versucht hatte, ihr das Handy zu stehlen. Anna fiel auf, dass irgendein Gegenstand sein Hemd am Bauch ausbeulte, doch dann verlor sie ihn aus den Augen.

»Ben!«, rief Nick mit ihr. »BEN!«

»Lass uns durch«, tönte es immer drängender von hinter ihnen. »Wir wollen nach Hause!«

»Wartet!« Die Stimme kam von der Treppe. Sie klang trocken und rau: die Stimme eines alten Mannes. »Ihr müsst mich erst anhören!«

Er sprach in fremden Worten und Anna hätte keins davon wiederholen können, doch ihre Bedeutung war ihr dennoch augenblicklich klar. So musste es Nick mit Bens Deutsch gegangen sein.

Ein Raunen kam auf, aber es stammte nicht von der Dunkelheit. Die lag noch immer reglos da, wie ein lauerndes Raubtier. Das Raunen kam von den Menschen, die erschraken, angesichts des Auftauchens eines Fremden. Auch das Phänomen, dass sie seine Sprache verstanden, ohne sie zu kennen, musste sie verängstigen.

»Wer ist das?«, zischte Maik.

»Der alte Mann«, antwortete Nick tonlos und das war tatsächlich beinahe alles, was sie über ihn wussten.

Ben hatte sie vor ihm gewarnt, doch was Anna zwischen den Menschen erblickte, die sich gegenseitig wegdrängten, um selbst etwas zu sehen, war nichts sehr Erschreckendes. Die Gestalt war in einen dunklen, zerschlissenen Umhang gehüllt, der bis auf den Boden hing (die Schleifspuren im Sand fielen Anna auf einmal ein, draußen in der Wüste, als sie der Mäusespur gefolgt waren). Auf einen Stock gestützt blickte ihnen der Alte entgegen und zeigte sein Gesicht, das über und über mit Falten bedeckt war. Das wenige schlohweiße Haar wuchs spärlich auf seinem Kopf und selbst seine Haut wirkte vom Alter so verblichen, dass man fast seinen Schädel unter all den Falten durchscheinen sah.

»Ich habe euch etwas zu sagen.«

»Wer bist du?«, fragte Jelena.

Das Raunen der Menschen in dem weiten Raum klang fast wie in Annas Albträumen. Ihre Erinnerung fügte all die Worte hinzu, die Eric und sie aufgestachelt hatten.

Furcht, Verrat, Lügen …

»Ich bin der Letzte«, sprach der Alte. »Der letzte Beobachter, der letzte Wächter, der Letzte meines Volkes, das sich für eures und viele andere geopfert hat.«

»Und was wollt ihr von uns?«, fragte Jelena. »Was ist das hier?«

»Ich bin hier, um es euch zu erklären. Damit ihr versteht … Vor langer, langer Zeit haben wir hier etwas eingeschlossen. Einen Spross, den wir mitsamt der Wurzel aus der Welt gerissen hatten. Einen Spross, den wir das dunkle Herz nennen. Es gräbt seine Wurzeln in den Rücken ganzer Zivilisationen und gedeiht auf deren Rücken. Als wir es unter Aufbietung all unserer Kräfte hier gefangen hatten, trieben wir einen Spalt zwischen diesen Ort und alles andere. Einen Spalt, den nichts und niemand mehr überwinden sollte. Doch es braucht ein Opfer, damit dieser Ort nicht zurück in die Welt stürzt und die Dunkelheit wieder freigibt. Und dieses Opfer brachten zunächst wir.«

Die Menschen waren still geworden. Die meisten lauschten dem Alten gebannt. Anna dagegen suchte weiter verzweifelt nach irgendeinem Hinweis auf den Verbleib ihres Bruders.

Währenddessen schien das brodelnde Schwarz unter ihnen Mühe zu haben, sich zu beherrschen. Ein Wispern und Flüstern zischelte herauf und mit einem Mal spitzte Anna hoffnungsvoll die Ohren. War das Bens Stimme gewesen?

»Über lange Zeit schrumpfte mein ganzes Volk dahin, das hier unten gelebt hat, und irgendwann waren wir nur noch wenige. Wir sorgten dafür, dass die Dunkelheit nach unserem Verschwinden nicht zurück in die Welt käme. Wir sorgten dafür, dass dieser Ort neue Opfer aus ebenjener Welt schöpft, die er beschützt. So seid ihr hergekommen.«

Anna berührte Nick am Arm.

»Ben«, flüsterte sie. »Ich glaub, ich hab ihn gehört.« Fieberhaft horchte sie weiter nach seiner Stimme.

»Ihr habt uns absichtlich hergebracht?«, entgegnete Jelena zögerlich. »Ihr *wolltet* uns hier sterben lassen? Als ein Opfer?«

»Ja«, bestätigte der Alte seufzend und entfesselte damit Empörung unter den Menschen: die Wut, auf die das dunkle Herz gewartet hatte und in die es freudig einstimmte. Zischend, wispernd, Chaos stiftend.

»Aber nicht für uns und nicht für das dunkle Herz«, bemühte der alte Mann, sich Gehör zu verschaffen, »sondern für eure eigene Welt. Vielleicht hatten wir kein Recht, für euch zu entscheiden, aber jedes Leben, das hier genommen wurde, wurde an einem anderen Ort tausendfach bewahrt. Ihr seid bis hierhergekommen und ich kann euch nicht mehr aufhalten. Ich würde es gar nicht wollen. Es ist eure Welt und ihr sollt die Entscheidung jetzt selbst treffen. Doch wenn ihr geht, so werdet ihr die Dunkelheit mit euch nehmen. Ihr werdet das Opfer all derer zunichtemachen, die vor euch kamen.«

Davon hatte ihr Bruder nie etwas erzählt. Sagte der Alte die Wahrheit oder wollte er sie mit seiner Geschichte doch nur zum Bleiben bewegen? Hüte dich vor dem alten Mann!, hatte Ben sie gewarnt.

»Ich bitte euch, denkt an eure Heimat, an eure Familien. Ihr seid wenige und könnt sie alle schützen!«

Die Menge war noch immer aufgebracht und die Stimme des Alten drang kaum durch ihre Angst. Die Menschen spürten die Verlockung der Tür und hörten nur, sie hätten die Chance, nach Hause zu gehen. Sie hörten, dass sie hätten sterben sollen, wie schon viele vor ihnen, und sie wollten nichts als fort von hier. Noch während der Alte sprach, versuchten sich bereits einige weiter in Richtung Pforte vorzudrängeln. Andere starrten nun einfach in die Schwärze hinunter, in die langsam Leben kam. Wo war Ben? Anna hatte ihn gehört, sie war sich ganz sicher.

»Lasst es nicht zu!«, rief der Alte, der spüren musste, dass seine Worte nichts als Verwirrung brachten. »Lasst es nicht zurück in eure Welt, ich bitte euch.«

Und da setzte das dunkle Herz zur Antwort an. Der Alte hatte mit der Stimme der Vernunft gemahnt. Das dunkle Herz sprach einen anderen Ton an.

Opfer, Lügen, Tod zischte es mit seinen vielen Stimmen und pflanzte Furcht in die Menge.

»Lasst mich durch!« Niemand achtete mehr darauf, wer ihm im Weg stand. Der Platz am Rand des Stegs wurde knapp, während sich alle gleichzeitig vorwärtsdrängten. »Macht Platz!« Sie hatten verstanden, dass es um Leben und Tod ging, mehr brauchten sie nicht zu wissen. Schatten lösten sich aus der trüben Suppe unter ihnen und tanzten über die Wände und endlich fand Anna wieder, was sie schon die ganze Zeit über suchte. Dort im Flüstern und Zischen hörte sie Bens Stimme.

»Anna …« Schwach, aber hörbar. »Hilf mir!«

»BEN«, schrie sie durch das Chaos, das jetzt ausbrach, »BEN, WO BIST DU?«

Nick wandte ihr verwirrt den Kopf zu. Er musste es doch auch gehört haben.

Weinende Kinder, Kreischen und Jammern. Die Jäger und Maik verloren endgültig die Kontrolle. Sie wurden einfach beiseitegeschoben und die Ersten hasteten über den Steg weiter, um die Tür zu erreichen.

»Anna, halt! Nimm meine Hand!«, rief Nick, der sich nicht von ihr trennen lassen wollte. Sie stemmte sich gegen die Leute, die an ihr vorbeidrängten, und sie bekamen sich gegenseitig zu fassen, krallten die Finger ineinander.

»BEN!«, schrie sie gleichzeitig in die Richtung, aus der sie ihn gehört hatte, und bemerkte dabei gar nicht, dass sie nicht die Einzige war, die etwas anderes als die Tür oder der Alte beschäftigte. Der Junge, der ihr Handy hatte stehlen wollen, starrte entgeistert in die tanzenden Schatten, schien dort etwas zu sehen, das ihn die Augen aufreißen ließ. Andere sprachen mit den Stimmen, riefen Namen.

»Es ist das dunkle Herz!«, warnte die brüchige Stimme des Alten. »Traut nicht euren Augen, nicht euren Ohren. Es ist schon frei!«

Ein Knäuel von Menschen schob sich vor Anna um den arabischen Jungen, der noch immer regungslos in die Schatten starrte und den Weg verengte. Sie hatte Mühe, Nicks Hand nicht zu verlieren.

»Anna, lass nicht los!«, rief er verzweifelt.

Plötzlich schob der Junge die Hand unter den Pulli, und als sie wieder zum Vorschein kam, hielt er Álvaros Pistole darin. Er streckte den Arm aus und schoss mit hasserfüllter Miene in die Dunkelheit. Wieder und wieder und die Schüsse und Schreie betäubten Annas Ohren. Jemand rang den Jungen nieder und in dem Tumult stürzte ein Kind vom Steg. Es war, als kehrten Annas Albträume von Erics Tod zurück. Sie konnte nicht erkennen, wer es gewesen war. Anders als Eric wurde das Kind schon im nächsten Moment von der hungrigen Dunkelheit verschlungen und die Erde erzitterte unter einem mächtigen Herzschlag.

»NEIN!«, schrie Anna, und als Panik um sie ausbrach, verlor sie Nicks Hand.

Sie wollte sich gerade wieder zu ihm durchkämpfen, da sah sie einen Schatten. Eine Gestalt, nicht größer als ein Kind, die auf dem Steg zur Tür rannte und dort verschwand. Es war niemand aus ihrer Gruppe, die Ersten überwanden gerade erst die letzten Meter. Ben?

Anna schob sich durch die Körper und rannte. Sie achtete nicht darauf, wer noch zurück war oder an wem sie vorbeikam. Nicht auf Peter, der gerade der gestürzten Poppins aufhalf, und auch nicht auf Lev, der wie erstarrt dastand und dorthin zurücksah, wo das Kind vom Steg gestürzt war. Noch immer dröhnte es laut wie in einem Hallenbad voller schreiender Menschen und das Beben nach dem pochenden Schlag ging weiter. Staub rieselte sowohl von oben herab als auch von ihrem Steg nach unten, denn feine Risse hatten sich unter ihren Füßen gebildet.

Vor Anna verschwanden die Ersten in dem Türrahmen. Sie wurden einfach verschluckt. Ben, das war das Einzige, an das sie denken konnte. Ihre Hoffnung, ihn retten zu können, hatte sich mit dem Sog der Dunkelheit vereint.

Sie musste ihn einholen, musste ihn nach Hause bringen zu ihren Eltern, das allein zählte.

Die letzten Meter kamen ihr vor, als würden ihre Füße kaum mehr den Boden berühren. Sie stürzte nach vorne, achtete nicht darauf, wie die Welt hinter ihr unterzugehen schien, und fiel kopfüber in den Türrahmen, fiel und fiel, bis sie nur noch Dunkelheit umgab.

Anna fing an zu laufen. Die Dunkelheit ringsum war undurchdringlich, doch sie spürte festen Boden unter den Füßen. Und das, obwohl sie sich nicht erinnern konnte, nach ihrem Sturz auf dem Boden aufgekommen zu sein. Sie war in Dunkelheit gefallen und nun lief sie in Dunkelheit. Der Lärm hinter ihr wurde leiser, nur das Dröhnen des Erdbebens blieb und wummerte in ihren Ohren.

»Ben!«, rief sie verzweifelt. »Ben, wo bist du?«

Sie hörte Kinderlachen und sah ihren Bruder wenige Meter vor sich. Den Pulli, den er trug, erkannte Anna. Es war der aus dem Video ihrer Mutter. Aus dem Video, in dem sie selbst als Dreijährige ihrem Bruder hinterhergestolpert war und »Bem, Bem!« gerufen hatte.

Sie lief ihm nach. Sie musste ihn einholen, doch zwei Sekunden später war ihr Bruder wieder verschwunden, verschluckt von der Dunkelheit.

»Ben!«, rief sie erneut und sah sich nach allen Seiten um. Da war er und drehte ihr sein lachendes Gesicht zu.

»Bleib stehen! Bleib bei mir, wir müssen hier raus!« Doch ihr Bruder hörte nicht auf sie, reagierte gar nicht auf das, was sie sagte. Er drehte sich wieder um und war fort.

»BEN!«, schrie Anna und Tränen liefen ihre Wangen hinab. »Ben, ich schaff es nicht, du musst stehen bleiben!«

Ben lachte nur, irgendwo. Anna sah ihn nicht und das Lachen echote umher, verlor sich.

Sie sank auf die Knie und schluchzte, rang gleichzeitig nach Atem. Alles hatten sie überwunden, jedes Hindernis, und nun schaffte sie es nicht, ihren kleinen Bruder einzuholen, um ihn nach Hause zu bringen.

»Wie heißt du?«

Anna sprang auf die Beine und drehte sich erschrocken um.

»Wie heißt du?«, fragte der alte Mann erneut mit seiner raschelnden Stimme. Er war plötzlich hinter ihr aufgetaucht.

»Nein, er hat mich vor Ihnen gewarnt.« Anna schüttelte den Kopf. »Ich muss ihn finden. Er ist hier, aber ich schaffe es nicht.«

»Sag mir doch deinen Namen«, beharrte der Alte.

Sie fixierte ihn mit ihren Augen. Noch immer hatte sie nicht das Gefühl, sich vor ihm fürchten zu müssen.

»Anna«, erwiderte sie schließlich. »Warum haben Sie ihm das angetan? Warum haben Sie *uns* das angetan?«

Der alte Mann seufzte tief, als läge eine schwere Last auf ihm.

»Anna, ich hätte es euch gern erspart, wie auch allen anderen vor euch. Aber es hätte nur mehr Leid für andere bedeutet, abertausendfach mehr Leid.« Er schüttelte den Kopf. »Aber dass es nun dieses Ende genommen hat ... Ich weiß nicht, ob es mein Fehler war oder der eines anderen. Eurer war es jedenfalls nicht, ich kann euch keinen Vorwurf machen.« Anna sah ihn die Stirn runzeln und irgendwie machte er damit genau den Vorwurf, den er in seinen Worten bestritt. Seine bemüht väterliche Art stieß sie ab. Wie viel Leid hatte er an diesem Ort mit angesehen und war nicht eingeschritten?

»Wo sind wir hier?«, fragte Anna, ohne die vielen Rätsel anzusprechen, die sich durch die Worte des Alten ergaben. In ihrem Kopf war kein Platz mehr für Rätsel. »Der Weg sollte nach Hause führen.«

»Das tut er«, antwortete der alte Mann. »Aber niemand hat behauptet, dass es ein leichter Weg sein würde, auch nicht dein Bruder. Der Weg hinaus führt durch das dunkle Herz, und jeder muss seinen eigenen finden.«

Anna begriff nicht.

»Muss ich erst meinen Bruder erreichen? Warum hört er nicht auf mich, wie kann ich ihn retten?«

Der Mann zog ein vergrämtes Gesicht. »Du kannst ihn gar nicht retten, fürchte ich. Der Junge, den du hier wohl siehst, ist nicht dein Bruder. Er ist nur eine Erinnerung. Deinem Bruder hättest du nicht mehr helfen können, auch nicht am ersten Tag deiner Ankunft.«

»Das ist nicht wahr«, widersprach Anna erschrocken. »Er war nur zu schwach ... Ich gehe zurück, er wird wieder zu Kräften kommen!«

Sie wollte fort von diesem Alten. Seine Augen betrachteten sie, als stünde er einem Tier gegenüber, das sich in einem Zaun verfangen hat.

»Du kannst nicht mehr zurück«, stellte der alte Mann ruhig fest. »Dieser Ort kennt kein Zurück. Er kennt nur das Verharren oder das Weitergehen. Die Stadt war versiegelt, bevor dein Bruder dieses Siegel von innen geöffnet hat. Er hat gefunden, was für euch nicht vorgesehen war – einen Weg nach Hause. Nur wer ihn meistert, kann in sein altes Leben zurückkehren. Aber ich fürchte, von allen, die ihn heute angetreten haben, wird es nur eine Handvoll schaffen.«

Nick, dachte Anna sofort. Sie hätte ihn nicht allein lassen dürfen. Lev, Jelena, Peter und all die anderen. Irrten sie wie sie durch die Dunkelheit?

»Was ist mit meinem Bruder?« Sie konnte ihn nicht aufgeben, auch wenn es keine Hoffnung, sondern pure Verzweiflung war, die sie spürte. »Es muss einen Weg geben!«

»Nein«, widersprach der Alte, nicht grob, aber deutlich. »Er war bereits fort und das dunkle Herz frei, als ihr eure Gruppe dort unten versammelt habt. Ich hatte es befürchtet, aber nicht wahrhaben wollen. Das Erwachen deines Bruders hat ihn viel Energie gekostet. Es hat ihn geschwächt, deshalb hätte er gar nicht mehr bis zu eurer Ernte durchgehalten, wo ihr seinen Platz hättet einnehmen sollen. Aber das dunkle Herz hat gewartet. Warum hätte es seine Ketten aus eigener Kraft sprengen sollen, wenn es doch wusste, dass ihr es freiwillig in eure Welt tragen würdet? Es kann jeden von euch benutzen, der sich in seinen Fängen verläuft oder sich ihm freiwillig ergibt.«

Die Kälte schloss sich immer enger um Annas Herz. Sie suchte nach Auswegen aus den Argumenten, die der Alte um sie zuzog, doch es gab keine, im Gegenteil. *Darum* hatte Ben ihr nicht mehr geantwortet. Er war nicht mehr da gewesen. Alles, was sie auf sich genommen hatten, war für ihn zu spät gekommen.

Sie bemühte sich, ruhig zu atmen, doch das Schluchzen stieg aus ihrem Innern auf, ohne dass sie es verhindern konnte. Sie verbarg das Gesicht. Der Alte sollte sie nicht weinen sehen.

»Und warum hat er mich vor Ihnen gewarnt?«, brachte sie hervor.

»Er wusste ja nicht, ob ich gegen euren Fluchtversuch ankämpfen würde«, antwortete der Alte mit ruhiger Stimme. »Aber nach allem, was vorgefallen war, hätte ich euch ohnehin kaum mehr aufhalten können. Es ging ihm von Anfang an nur um dich, Anna. Er wusste längst, dass er selbst nicht mehr zu retten war. Sicher wollte er verhindern, dass du dich vielleicht dafür entscheiden würdest, dein eigenes Opfer in Kauf zu nehmen, um das dunkle Herz gefangen zu halten. Hast du wegen seiner Warnung an meinen Worten gezweifelt?«

Sie riss sich zusammen, schluckte die Tränen hinunter und nickte. Die Erkenntnis, dass Ben nur noch ihre Rettung im Sinn gehabt hatte, versuchte sie so weit wie möglich von sich fernzuhalten. Die Trauer drohte sie schon so zu überwältigen.

»Um meinen Bruder zu retten, hätte ich mich geopfert«, sagte Anna impulsiv und wusste sofort, dass sie es tatsächlich getan hätte.

»Aber diese Möglichkeit gab es nie und er wollte um jeden Preis verhindern, dass du auf diesen Gedanken kommen könntest«, sagte der Alte, als hätte er nur auf Annas Einwurf gewartet. »Er wollte, dass du für ihn *lebst*, anstatt zu sterben. Dein Wille, ihn zu retten, hat dich immer weiter vorangetrieben, obwohl er selbst wusste, dass er längst verloren war. Er war erst sieben Jahre alt, als er in die Stadt gezogen wurde, doch in den zehn Jahren bis zu deiner Ankunft muss dennoch etwas in ihm vorgegangen sein. Ob das bei allen so war oder nur bei ihm, weiß ich nicht. Es gibt niemanden, der nach der Ernte noch einmal so weit zurückgekehrt ist, also können wir nur Vermutungen anstellen. Er muss seine Familie vermisst haben, umso wichtiger war es ihm wohl, dich zu schützen.«

Anna hörte die Worte, doch sie ließ sie nicht zu sich durchdringen. Sie konnte sich jetzt nicht vorstellen, wie Ben mit sieben Jahren an diesen schrecklichen Ort gekommen war und sie vermisst hatte. Es hätte sie um den Verstand gebracht.

»Auf jeden Fall hat er deine Ankunft gespürt, und die hat ihn wachgerüttelt, so wie Hass und Schmerz das dunkle Herz wachgerüttelt haben. Er war einerseits bereits ein Teil dieses Orts, ein Teil des Gefängnisses. So konnte er dessen Wirklichkeit in gewissem Maße verändern und Kontakt zu dir aufnehmen. Andererseits muss er sich viel von seiner Persönlichkeit bewahrt haben, sonst hätte er nie so gehandelt.«

»Wenn es schon frei war«, fragte Anna, um ihn zu unterbrechen, ehe er noch ihrem Bruder die Schuld an allem gab, »dann hätten wir es gar nicht mehr aufhalten können, als Sie das gefordert haben?«

»Nein«, murmelte der Alte, »dafür wäre es wohl schon zu spät gewesen. Auch wenn ich nicht leugnen kann, dass mich eure leichtfertige Entscheidung überrascht hat.« Diesmal war ihm der Vorwurf noch deutlicher anzumerken.

Anna konnte gut nachvollziehen, warum die Worte des Alten keine Wirkung gezeigt hatten. Die Menschen waren vollkommen verängstigt gewesen und in der Angst ums eigene Überleben hielt man sich kaum mit moralischen Fragen auf. Noch dazu hatte sich der Alte als der Grund vorgestellt, warum sie überhaupt in diese Lage geraten waren. Er hatte sie die Schrecken in der Stadt durchleben lassen, genau wie Ben und all die anderen vor ihnen, und ausgerechnet im letzten Moment und größten Chaos war ihm eingefallen, sie vor die Wahl zu stellen?

Und doch spürte Anna gleichzeitig bittere Reue in sich aufsteigen. Wenn es Ben nichts geholfen hatte, dann schien der Erfolg ihres Plans so sinnlos wie nur irgendetwas. Und der Alte hatte gesagt, dass nicht einmal allen, die noch am Leben waren, die Heimkehr gelingen würde. Sie hatte nach wie vor nicht einmal grobe Vermutungen, was das dunkle Herz in ihrer Welt anstellen würde, doch allein wenn sie an Erics Tod zurückdachte, bekam sie eine Gänsehaut. Der Preis ihrer Flucht erschien ihr schrecklich hoch.

»Kann es denn niemand mehr aufhalten?«, fragte sie kleinlaut. »Ist es schon in unserer Welt?«

Aus irgendeinem Grund hellte sich die Miene des Alten ausgerechnet bei dieser Frage auf.

»Noch ist es nicht dort, aber es ist jetzt nur noch eine Frage der Zeit. Es brechen schwere Zeiten für deine Welt an, aber natürlich kann etwas getan werden.«

»Was?«, fragte Anna.

»Zunächst musst du den Weg nach Hause finden. Jeder von euch, dem die Befreiung aus der Dunkelheit gelingt, ist ein Pfeiler, auf den sich eure Welt im kommenden Kampf stützen kann. Je mehr es sind, umso mehr könnt ihr gegen das dunkle Herz ausrichten. Ich werde euch begleiten, denn das ist meine Pflicht. Was mein Volk erkämpft hat, darf nicht verloren gehen, doch eine schwere Prüfung steht eurer Welt bevor. Ich muss jetzt zu den anderen. Viel Glück!«

Mit diesen Worten machte der Alte einen Schritt zurück, wandte sich dann zur Seite, als ginge er durch eine Tür – und verschwand.

»Halt, warten Sie!«, rief Anna. »Wie komme ich hier raus? Wie finde ich den Weg nach Hause?«

Doch es kam keine Antwort mehr, stattdessen passierte etwas anderes. Ein paar Meter vor ihr trat Ben aus dem Schatten, lachte und rannte davon.

Ben

Anna rannte ihrem Bruder hinterher, obwohl sie wusste, dass sie ihn nicht einholen konnte. Im Grunde wusste sie es, seit sie seine Kleidung als die aus dem Video ihrer Mutter erkannt hatte. Es war eine Projektion, wahrscheinlich das Einzige, was ihr Verstand überhaupt noch von Ben zustande brachte. Anna hatte kaum eine andere Erinnerung an ihn. Die Stimme des echten Ben war ihr fremd vorgekommen, bei ihrer Begegnung unter der Stadt nach all den Jahren. Hätte sie nicht die Hinweise auf Ben gehabt, sie hätte ihn an dieser Stimme gar nicht wiedererkannt. Und doch hatte sie ihm dort auf eine unbegreifliche Art und Weise tatsächlich gegenübergestanden, während sie jetzt nur einem Trugbild nachlief.

Anna blieb stehen und versuchte, wieder zu Atem zu kommen. Vor ihr hallte Bens Lachen nach. Es war immer derselbe Laut, fiel ihr nun auf, immer derselbe Klang in einer Art Dauerschleife.

Anna wurde sich bewusst, dass sie in ihrer Trauer fast wie ihre Mutter war. Sie lief der Illusion ihres Bruder hinterher und kümmerte sich gar nicht darum, dass sie die Hoffnung längst aufgegeben hatte. Und auf einmal wurde ihr klar, was sie tun musste, um auf die andere Seite der Dunkelheit zu gelangen. Sie musste ihn zurücklassen. Es reichte nicht aus, dass sie verstanden hatte, dass Ben nicht hier war. Sie musste sich wirklich von ihm verabschieden. Wenn ihr das gelang, dann würde sich dieser Ort auflösen wie eine Seifenblase.

Man hätte meinen können, die Lösung dieses Rätsels wäre eine Befreiung gewesen, denn sobald Anna sie gefunden hatte, fühlte sie sich so richtig an, dass sie keinen Zweifel mehr daran hatte. Aber sie war keine Befreiung. Sie bewirkte eher, dass Anna sofort wieder loslaufen wollte, als ihr Bruder einen Moment später erneut auftauchte.

»Ben«, rief sie ihm zu.

Natürlich reagierte er nicht, doch allein der Gedanke, ihren Bruder aufzugeben, weckte so unerträgliche Schuldgefühle in ihr, dass er sie antrieb, das Gegenteil zu tun. Ben hatte alle ihm verbliebene Kraft dazu aufgewendet, sie zu sich zu holen und Anna den Weg zu ihrer Rettung zu zeigen. Und sie hatte dort unten das dunkle Herz gestärkt und ihm den Kampf noch schwerer gemacht.

Anna zwang sich, in die Hocke zu gehen.

»Ben«, begann sie und achtete nicht auf das ferne Lachen, die trappelnden Schritte. »Ben, hör zu. Es tut mir leid. Es tut mir leid, dass du nicht hier bist, sondern ich!« Es tat ihr nicht nur leid, es zerriss ihr fast das Herz. »Es tut mir leid, dass ich schon so viel länger lebe als du, während du an diesem beschissenen Ort festgesessen hast, hörst du?« Anna wurde immer leiser, doch die Worte mussten nach innen zu ihr durchdringen, nicht nach außen. »Es tut mir leid, dass du Mama und Papa nicht wiedersehen kannst. Und dass du so wenig schöne Dinge und so viel Mist erlebt hast, es tut mir leid!«

Der kleine Junge tauchte vor ihr auf, drehte sich zu ihr um und lachte. Anna reagierte nicht darauf, das war nicht Ben. Ihr Blick war schon wieder tränenverschleiert, deshalb schloss sie die Augen und redete weiter.

»Es tut mir leid, dass du in den letzten Tagen noch mal durch die Hölle gegangen bist, um mich zu retten. Und dass ich für dich nichts tun konnte.« Sie flüsterte jetzt fast. »Dass ich alles nur noch schlimmer gemacht habe und Eric da runtergestoßen habe. Es tut mir leid! Dass dieses beschissene dunkle Herz jetzt frei ist …«

Das Dröhnen war noch immer da und verstärkte sich in Annas Ohren, während sie sich aufrichtete, doch sie hielt die Augen geschlossen. Sie wollte das hier zu Ende bringen.

»… und dass ich dich zurücklassen muss«, sagte sie entschlossen, »das tut mir leid.«

Es war so laut um sie geworden, dass Anna ihre eigenen Worte nicht mehr hören konnte. Sie öffnete die Augen – und stand in einer Kirchenbank neben ihrem Vater. Die Glocken schlugen und jeder Schlag ergriff Annas Körper, dass ihr schlecht davon wurde. Tränen liefen über ihre Wangen und sie atmete heftig. Das lag an ihrer Trauer ebenso wie an der Überanstrengung, denn sie hatte seit drei Tagen und zwei Nächten praktisch nicht geschlafen. Gleichzeitig war der Schock, hier plötzlich aufzutauchen, beinahe so groß wie damals in der Stadt.

Ihr Vater öffnete die Augen, drehte sich aus seinem

stillen Gebet zu ihr und nahm seine schluchzende Tochter in den Arm. Hätte er einen zweiten Blick auf sie geworfen, hätte er vielleicht bemerkt, in was für einem ramponierten Zustand ihre Kleidung auf einmal war. Er hätte ihren mitgenommenen Pferdeschwanz gesehen oder die Wangen, die von Álvaros Schlägen sicher noch gerötet waren. Doch das tat er nicht. Er schloss sie einfach fest in die Arme und weinte mit ihr zusammen. Annas Mutter stand noch immer vorne am Lesepult und klammerte sich mit geschlossenen Augen daran fest, wie auch der Rest der Gemeinde mit gesenktem Kopf ins Gebet vertieft war.

So viele Wellen von Emotionen kämpften in Anna um die Vorherrschaft, dass eine Gänsehaut nach der anderen über ihren Rücken und ihre Arme jagte. Es schüttelte sie vor Trauer und vor Dankbarkeit, vor Freude, vor Fassungslosigkeit und aus Erschöpfung. Diesen Sturm erlebte Anna in den Armen ihres Vaters, so lange, bis die Trauerglocken für Ben ihren letzten Ton geschlagen hatten.

Epilog

»Anna, bist du das?«

Anna sah auf, als sich das Licht auf ihrem Bildschirm änderte. Die Worte waren in einer kleinen weißen Chatbox erschienen, die sich auf Annas Notebook öffnete. Sie starrte auf den weißen Namen in dem blauen Oberrand des Kästchens und spürte ihr Herz flattern: Nikos Onassis.

Seit Tagen war sie auf allen Kanälen online, hatte selbst verzweifelt gesucht, es nach etlichen Stunden irgendwann aufgegeben und dann wieder damit begonnen. Sie hatte nicht vergessen, dass sein eigentlicher Vorname Nikos war, aber sein Nachname? Anna war auch nicht sicher gewesen, ob ihr eigener im Gespräch mit ihm irgendwann einmal aufgekommen war. Anna Engel, selbst mit dem Nachnamen musste es Hunderte, wenn nicht Tausende mit ihrem Namen geben. Wie lange hatte er gesucht, bis er sie gefunden hatte? Wie viele von ihnen angeschrieben?

Mit zitternden Fingern tippte sie.

»Nick?«

Drei Punkte zeigten an, dass er schrieb. Sie musste nicht lange auf die Antwort warten.

»O Goooooooooooooott, ich hab dich gefunden!«

Annas Herz machte Kapriolen vor Aufregung. Er hatte es geschafft, er war wie sie nach Hause gekommen. Es *gab* ihn in dieser Welt, Nick, der dasselbe durchlebt hatte wie sie. Anna wollte ihn umarmen und spüren, dass er wirklich da war, doch stattdessen musste sie ihm Emojis und Worte durch den Äther schicken. Und sie schickte ihm eine Menge davon.

»Was ist mit den anderen passiert?«, schrieb sie, als das Fenster bereits bunt überquoll. Sie hatte sein Profilbild geöffnet und sah ihn an irgendeinem Strand. Sie hatte ihn vermisst in den letzten Tagen und ihre Sorge um ihn und die anderen hatte alles andere in den Hintergrund gedrängt. »Lev und Jelena und Peter und alle, sind sie heil da rausgekommen?«

Anna starrte auf die drei Punkte, die diesmal viel zu lange pulsierten, bis endlich eine Antwort erschien.

»Es war die Hölle. Ich hab dich in der Menge gesucht, aber nicht wiedergefunden. Ich dachte, du könntest vielleicht auch gestürzt sein. Die meisten sind einfach gerannt. Lev und Jelena haben sich bemüht, dass die Kinder nicht unter die Räder kommen. Irgendwann dachte ich, die letzte Chance ist, dass du durch die Tür bist, und da bin ich dir nach …«

Wieder die drei Punkte.

»Ich weiß nicht, ob noch jemand verletzt wurde. Es ging drunter und drüber, aber es wurden ja immer weniger. Ich denke schon, dass sie irgendwann alle durch die Tür gekommen sind.«

Anna spürte Tränen aufsteigen. Tränen der Erleichterung, dass es Nick gut ging. Dass er es durch die Tür und bis in ihre Welt geschafft hatte.

»Hast du mitbekommen, wer gefallen ist?«

Sie sah vor sich, wie das Kind in dem Tumult nach dem Schuss vom Steg gefallen war, und sie hatte sich den Kopf zerbrochen, wer es gewesen sein konnte.

»Nein, aber ich glaub, jemand aus der Horde«, kam die Antwort von Nick. »Das Kind war ziemlich klein.«

Das fünfte Leben, das das dunkle Herz gefordert hatte, davon drei Kinder.

Anna wollte Nick schon fragen, was ihn hinter der Tür erwartet hatte, aber sie tat es nicht. Ihren eigenen Weg durch die Dunkelheit hätte sie ihm auch nicht über die Tastatur schildern wollen, er fühlte sich noch zu nah, zu persönlich an.

»Ist der alte Mann auch zu dir gekommen?«, tippte sie stattdessen.

»Ja. Er war ziemlich durch den Wind. Was ich so rausgehört hab, hatte er schon ein paar aufgegeben, aber beim ersten Mal hab ich nicht alles verstanden.«

Anna runzelte vor dem Bildschirm die Stirn.

»Beim ersten Mal?«

»Er ist hier. In unserer Welt.« Der Antwort kam sofort und wieder erschienen die drei Punkte.

Anna spürte gemischte Gefühle in sich aufkommen. Seit einer guten Woche war sie wieder zu Hause. Bald würde sie längere Zeit wieder hier sein, als sie in der Stadt verbracht hatte, so unvorstellbar das auch schien. Sie hätte keinen Moment daran gezweifelt, dass alles, was sie erlebt hatte, wirklich passiert war, auch ohne die blauen Flecken an ihrem Körper und ihre in Mitleidenschaft gezogene Kleidung. Und doch war zumindest die Ankündigung des Alten, dass sie das dunkle Herz entfesselt und mit sich gebracht hatten, mit den Tagen in den Hintergrund gerückt.

Anna hatte eine Zeit lang im Minutentakt verschiedene Nachrichtenseiten aktualisiert, immerhin war sie sowieso ständig online gewesen, doch bis jetzt hatte sie nichts mitbekommen und schon die leise Hoffnung gehabt, dass das auch so bleiben würde.

»Ich bin ihm am dritten Tag hier auf der Straße begegnet und hab ihn erst für einen Bettler gehalten. War ein ziemlicher Schock! Als ich ihn nach dir und den anderen gefragt hab, meinte er nur: ›Es gibt Hoffnung‹, und dass ich mich auf die Suche machen soll. ›Es gibt Hoffnung‹, damit hat er mich vertröstet. Was für ein Idiot, oder? Ich sag's dir, ich bin verrückt geworden die letzten Tage, hab kaum geschlafen. Du hast keine Ahnung, wie krass es ist, dich endlich gefunden zu haben, ich bin die ganze Zeit nur am Grinsen!«

Anna musste selbst lächeln. Natürlich wusste sie genau, wie er sich fühlte. Am liebsten hätte sie gar nichts mehr von dem alten Mann und allem anderen gewusst. Am liebsten hätte sie sich mit Nick zusammengetan, und jeden einzelnen ihrer Gefährten gesucht. So lange, bis sie alle gefunden hätten und wüssten, dass sie wohlauf waren. Danach wäre ihre Welt zumindest grundsätzlich wieder in Ordnung gewesen, doch das blieb wohl eine Wunschvorstellung. Ehe sie ihn fragen konnte, wie es denn weitergehen solle, tippte er schon wieder.

»Wir müssen uns sehen«, schrieb er. »Kannst du weg von zu Hause?«

Anna dachte kurz über diese Frage nach. Sie hatte Schule, doch das schien ihr im Vergleich geradezu grotesk unwichtig. Sie konnte sicher etwas Geld zusammenbekommen, einen Rucksack packen und sich auf den Weg machen. Nach Griechenland zu Nick oder *irgendwohin*. Sie wurde kaum nervös bei dieser Vorstellung nach allem, was hinter ihr lag. Nur ihre Eltern, denen konnte sie das nicht antun. Anna hatte die Spuren, die die Stadt an ihr hinterlassen hatte, so gut es ging, vor ihnen verborgen. Natürlich hatten sie trotzdem etwas bemerkt. Sie hatte noch in der Kirche versucht, den roten Staub unauffällig von ihrer Kleidung zu klopfen – mit zweifelhaftem Erfolg. Nach dem Gottesdienst war sie den Fragen zu ihrem Erscheinungsbild ausgewichen und hatte sich schnell abgesetzt, um alleine zu trauern, wie sie ihren Eltern erklärt hatte.

Dann hatte ihr Vater die SMS bekommen, als Anna das nächste Mal ihr Handy angesteckt hatte: »Ruf mich schnell zurück!« Sie hatte sich rasch etwas aus den Fingern gesaugt, nachdem er sie kurz darauf tatsächlich aus der Arbeit zurückgerufen hatte. Aber wirklich überzeugend war sie wohl nicht gewesen.

Die letzte Woche über war es ihr vorgekommen, als klammerten ihre Eltern sich geradezu an sie, wie in einer natürlichen Reaktion auf die Verschlossenheit ihrer Tochter. Sie kümmerten sich um sie, als wollten sie zehn Jahre nachholen, in denen es beinahe ausschließlich um Ben gegangen war. Ihr Vater kam mit belegten Broten an ihre Zimmertür, wenn sie nicht zum Essen runterkam, und ihre Mutter nahm sie bei jeder Gelegenheit in die Arme. Es würde ihnen das Herz brechen, wenn sie einfach so verschwand. Und erklären konnte sie ihnen schon gar nicht, was los war.

»Nein«, schrieb sie schweren Herzens. »Eigentlich nicht …«

Es dauerte keine fünf Sekunden, dann stand Nicks Antwort da, und obwohl sie wusste, dass erneut harte Zeiten auf sie zukamen, spürte sie die Aufregung.

»Dann komm ich zu dir«, schrieb Nick. »Anna, es fängt gerade erst an.«